Vier Herzen am See

Tina Schlegel war Regieassistentin, Drehbuchautorin und Redakteurin, bevor sie als freiberufliche Kulturjournalistin unter anderem für die Süddeutsche Zeitung und die Münchner Abendzeitung arbeitete. Seit 2012 schreibt sie für die Augsburger Allgemeine über Kunst, Theater und Musik und lebt mit ihrer Familie am Niederrhein und im Unterallgäu.

TINA SCHLEGEL

Vier Herzen am See

ROMAN

emons:

Bibliografische Information der Deutschen Nationalbibliothek
Die Deutsche Nationalbibliothek verzeichnet diese Publikation in der Deutschen Nationalbibliografie; detaillierte bibliografische Daten sind im Internet über http://dnb.d-nb.de abrufbar.

FSC
www.fsc.org
MIX
Papier | Fördert gute Waldnutzung
FSC® C083411

Umschlaggestaltung: Nina Schäfer, unter Verwendung der Bildmotive agefotostock.com/Zoonar.com/Nando Lardi, shutterstock.com/Diana Taliun
Gestaltung Innenteil: DÜDE Satz und Grafik, Odenthal, nach einem Layout von Nina Schäfer
Lektorat: Lothar Strüh
Druck und Bindung: CPI – Clausen & Bosse, Leck
Printed in Germany 2023
ISBN 978-3-7408-1798-5
Roman
Originalausgabe

Für Mona,
eine schon halb dreizehn gewordene Marlene
mit tausend schönen Gedanken im Kopf.

Für Oliver,
der ein so großes Herz hat, das allen
Wahrscheinlichkeiten trotzt.

Für meine Mutter,
die glücklicherweise noch Familienälteste ist
und kleine Pferde über den Teppich galoppieren lässt.

Für meinen Vater,
der zu früh gegangen ist, aber gewiss aus stiller Ferne
über seine Enkeltochter lächelt.

… und in Erinnerung
an Elfies Lachen.

Prolog

Marlene betrachtete hoch konzentriert den Löffel mit Schokoladeneis. Langsam bugsierte sie ihn in Richtung Mund und – scheiterte. Erneut.

»Ups«, sagte die Fünfjährige. »Dieses Mal hätte es aber fast geklappt.«

»Was genau?« Sophie holte das nächste Taschentuch aus ihrer Handtasche.

»Na, das mit dem Besteck fehlerfrei und so.« Marlene fuhr mit dem Löffel über ihr T-Shirt und rettete so noch ein wenig Eis.

»Ach, Marlene, doch nicht so!«, schimpfte Sophie, musste aber lachen dabei, denn im Grunde war in dem Moment klar, wie es ausgehen würde, als sie ihrer Tochter erlaubt hatte, Schokoladeneis zu bestellen, obwohl es kein fehlerfreies Schokoladeneis gab und immer ein Shirt daran glauben musste.

»Heute ist ein Scho-ko-la-den-eis-tag«, sang Marlene und wedelte mit dem Löffel durch die Luft.

Sophie bekam einen Spritzer Schokoladeneis ab – mitten auf die Nase.

»Treffer!«, kommentierte Marlene jubelnd.

Sophie schielte auf die getroffene Stelle und wischte dann mit dem Finger darüber.

»Ach, Marlenchen«, sagte sie seufzend.

»Ach, Mammchen!«, Marlene grinste breit und beugte den Kopf nach vorne. Sophie legte ihre Stirn gegen die ihrer Tochter, und einen Moment verharrten sie in der innigen Position. Dann aber widmete sich Marlene wieder ihrem Eis, und Sophie ließ ihren Blick schweifen. Um sie herum herrschte reges Treiben. Es war ein sommerlicher Mittwochnachmittag im Juli und die Eisdiele gut gefüllt. Überall saßen Mütter mit Kindern und junge Pärchen. An einem der Tische küssten sich gerade eine Frau mit kurzen, pink gefärbten Haaren und ein Mann mit Dreadlocks. Marlene hatte die beiden auch erblickt. Sie kicherte.

»Solche Haare will ich auch mal!«, sagte sie.

»Pink? Untersteh dich!« Sophie lachte.

»Nö, das mit den Locken!« Marlene leckte einen Schokoeisrest von ihren Fingern. »Die muss man bestimmt nicht bürsten.«

Kopfschüttelnd wanderte Sophies Blick weiter über den Platz vor der Eisdiele. Kinder sprangen barfuß in dem großen Brunnen herum und spritzten sich gegenseitig, aber natürlich auch ihre Mütter nass. Außerhalb des Brunnens spielten sie Fangen, und Tauben mussten vor nassen Kinderfüßen flüchten. Vielleicht sollten sie später noch schwimmen gehen. Aber ein Freibad in Frankfurt zu finden, das an einem Sommertag nicht überfüllt war, war schwierig bis hoffnungslos. Zu Hause am See …

»Mama, du träumst schon wieder? Wovon denn?«

»Ich träume gar nicht.«

»Wohl.«

»Na gut. Lass mal überlegen. Wenn ich jetzt träumen würde, dann vom Meer. Also einem richtigen Meer, einem riesengroßen Meer, das nach Salz schmeckt und hübsche Schaumkronen an den Strand trägt. Und da liege ich und höre das Rauschen der Wellen. Es riecht nach Sand und Sonnenmilch …«

»Und nach Gummibärchen.«

»Das auch. Ich hab ein Buch in der Hand und lese.«

»Wieder so einen Liebesschmöker.« Marlene verdrehte die Augen. »Müssen die eigentlich immer so dick sein?«

»Vielleicht«, sagte Sophie, die tatsächlich gern Liebesromane las, in denen sich alles immer so schön fügte: die große Liebe, das Leben an dem richtigen Ort, das traumhafte Zuhause mit natürlich schönen Aussichten. Wenn Sophie darüber nachdachte, war es durchaus zweifelhaft, was da oft als Wohnraum von durchschnittlichen Menschen gezeigt und beschrieben wurde. Glaubte man den gängigen Filmen, so wohnten alleinstehende Frauen gern in Altbauten mit großen Fenstern, Dielenböden und offenen Wohnküchen. Gern in der Innenstadt, sodass sie überallhin mit dem Fahrrad kamen. Auch die Einrichtung war …

»Und wo bin ich?«

»Du baust eine Sandburg.«

… lächerlich an der Realität vorbei. In ihrem aktuellen Buch hatte die Hauptfigur natürlich eine Dachterrasse und der Mann, den sie kennenlernte, ein Landhaus in Südengland. Da könnte man schon ins Grübeln kommen, ob das die große Liebe durchaus ein wenig beschleunigte.

»Also in meinem Traum baust du aber mit. Wär das nicht viel besser als so ein dickes Buch in der Hand?« Marlene winkte. »Mama? Du guckst so verträumt. Wär eine Sandburg nicht viel besser?« Sie tippte ihrer Mutter nachdrücklich auf den Oberarm.

Sophie griff nach der piksenden Kinderhand und küsste ihre Tochter auf die Stirn. »Bestimmt. Dann hole ich mir auch keinen Sonnenbrand unter den Armen.«

Marlene machte große Augen. »Das ist dir mal passiert?«

Sophie nickte und erinnerte sich daran, wie sie sich ihr Buch gegen die Sonne hochhaltend jenen unangenehmen Sonnenbrand eingefangen hatte.

»Und dann hast du die Arme immer vom Körper weggehalten?«, fragte Marlene lachend.

Sophie wiegte den Kopf hin und her und wedelte mit den Armen in der Luft. »Aber logo. Am zweiten Tag konnte ich beinahe abheben.« Während Sophie mit den Armen in der Luft ruderte, sah sie aus dem Augenwinkel, dass sie Aufmerksamkeit erregt hatte. Ein Mann stand am Nebentisch und lachte sie an. Er hatte dunkle Haare und ebensolche Augen. Über die Schulter hatte er eine graue Umhängetasche, eine Hand am Tragriemen, die andere lässig in der Hosentasche seiner hellblauen Jeans, die, das sah sie sofort, nicht nur lächerlich bis zu den Knöcheln reichte, sondern bis auf die dunkelgrünen Chucks. Die Arme noch in der Luft, grinste Sophie verlegen und überlegte, ob auf ihrer Nase wohl auch noch ein Schokoeisklecks war. Bestimmt. Der Mann hob den Daumen in die Luft und sagte: »Sichere Landung wünsche ich.«

Marlene lachte, und zack, schon tropfte der dritte Klecks Schokoladeneis auf das Shirt. »Gelandet!«

Er lachte und hob unschuldig die Schulter.

Sophie verschränkte die Arme und verdrehte übertrieben ernst die Augen. Der Mann lächelte sie noch immer an, und als Nächstes fiel ihr ein Grübchen auf seiner linken Wange auf. Ihre Blicke hingen schon zu lange aneinander, um in Flüchtigkeit unterzugehen. Gerade als sie etwas zu ihm sagen wollte, kamen eine Frau und zwei Kinder zu ihm an den Tisch, und gemeinsam setzten sich die vier. Schnell widmete sich Sophie ihrer Tochter, die ihr T-Shirt hochzog und über den Schokoklecks leckte. Sophie öffnete den Mund, war aber zu langsam.

»So ist viel besser als mit dem Löffel.« Marlene präsentierte den Fleck. »Guck mal, so gut wie weg.«

Weg. So gut wie weg. Sophie brauchte einen Augenblick nach dieser unsanften Landung. Für einen Moment war sie von diesem anderen Mann einfach aus ihrem Alltag herausgefischt worden und hatte sich schwebend leicht gefühlt. Wie in einer Seifenblase.

»Sauber!« Marlene stand vor Sophie und streckte ihr das fleckige Shirt direkt vor die Nase. Es roch sommerlich süß.

Der Mann am Nebentisch ließ seine Hände beim Sprechen durch die Luft tanzen wie auf einem unsichtbaren Klavier, der kleine Junge neben ihm lachte und versuchte, die Hände zu fangen. In Sophies Nacken kribbelte es, und sie fuhr sich zaghaft darüber. Jetzt sah er zu ihr herüber und deutete ein Fliegen an. Idiot, dachte Sophie, der hat eine Frau und zwei Kinder und flirtet mit mir. Entschlossen drehte sie ihren Stuhl weg und wandte der Familie halb den Rücken zu.

»Mama! Hallo, Marlene an Mama, jemand zu Hause?«

Sophie strich ihrer Tochter über die Nasenspitze. »Ich hab dich sehr lieb. Obwohl du gekleckert hast.«

Das kleine Gute-Laune-Paket mit den blonden Haaren, die nicht richtig durchgebürstet waren und in wilder Unordnung den Kopf zierten, klatschte begeistert in die Hände.

»Wie sehr?«

»Sehr sehr.«

»Ich hab dich garantiert mehr lieb.«

Sophie spielte mit und dachte angestrengt nach. »Das wird wohl stimmen.«

Trotzig legte Marlene die Arme vor der Brust übereinander und sagte: »Das geht nicht. Eine Mama muss ihr Kind immer am allermeisten lieb haben. Vor allem wenn es gekleckert hat.« Sie nickte ihrer Rede zu. »Das ist Fusselwüff-Gesetz.«

»Vor allem dann. Stimmt. Ganz sicher gilt das auch, wenn es keine Fusselwüffs gibt und das Gesetz wohl irgendwo in den Sternen …«

Nebenan reichte der Mann dem Jungen gerade den Keks von seinem Kaffee und streichelte ihm über den Kopf. Eine Geste, die belanglos hätte sein können und es nicht war. Es war die Art, wie manche Menschen ihr Gegenüber ansahen: nicht flüchtig, sondern voller aufmerksamer Zuneigung. Es versetzte Sophie einen Stich.

»Hey, Mama, ich bin doch ein Fusselwüff.«

»Ach, Mensch, dich hätt ich jetzt fast vergessen. Noch eine Kugel Vanilleeis? Auf die Hand?« Sie stand auf und schob ihre Tochter vor sich her zur Eistheke.

»Super«, jubelte Marlene. »Davon gehen dann die Schokoflecken weg.«

Weg, dachte Sophie, bloß weg hier. Gab es keinen Mann, der ihr gefiel, der keine Familie hatte?

1

Einhörner am Horizont

Der Geruch nach faulem Gemüse mischte sich in den sonnigen Herbstmorgen. Sophie blinzelte und rümpfte die Nase.

»Nee, oder?«, schimpfte sie und pustete einmal laut die Luft aus. Fassungslos starrte sie abwechselnd auf die Biomülltonne und ihre leere rechte Hand. Es war wie in diesen Comics, wenn jemand über den Dachrand hinaus weiterrannte und dann erst in der Luft nach einem skeptischen Blick nach unten panisch wurde und abstürzte. Überflüssigerweise sah Sophie also noch einmal prüfend in die andere Hand und dann angeekelt in die Tonne – auf vergammeltem Salat und Brot gebettet lag er, ihr Autoschlüssel mit dem hübschen Einhornanhänger. Sophie legte den Kopf in den Nacken und schloss für einen Moment die Augen. Sie hatte Schlüssel und Mülltüte in einer Hand gehalten und aus Versehen beides losgelassen.

»Mama? Kommst du?«

Marlene. Sie saß im Auto, aus dem schon fröhlich einige Fillys um die Wette sangen. Sophie seufzte, kippte die Mülltonne nach vorne und streckte sich so weit es ging, um ihren Schlüssel herauszuangeln. Der Geruch würde sie nun den ganzen Tag über begleiten.

»Was machen Sie denn da?«

Sophie stieß auf dem abrupten Rückzug mit dem Kopf an die Innenseite der Tonne, bevor sie wieder an der frischen Luft war. Vor ihr stand die alte Dame aus dem Erdgeschoss, Hildegard Kreisler, die nach zweiundzwanzig Uhr stets die Haustür absperrte, sodass die Bewohner ihren späteren Besuchern persönlich die Tür öffnen mussten. Alles Diskutieren half nichts. »Das haben wir schon immer so gemacht. Das machen wir jetzt auch so!«, lautete das schlagende Dauerargument.

Die prinzipientreue Hildegard beäugte Sophie abwartend mit kritischem Blick.

»Herrje, Frau Kreisler, was denken Sie denn? Mir die Tonne mal von innen ansehen? Ich habe meinen Autoschlüssel aus dem Müll gefischt«, erklärte Sophie verärgert.

»MAMA! Es ist spät geworden!«

»Sie kommen schon wieder unpünktlich«, sagte Frau Kreisler und fügte gönnerhaft hinzu: »Ich räum schon auf für Sie. Mach ich ja meistens.«

Sophie zog die Augenbrauen zusammen und hatte gemeine Sätze auf der Zunge, sagte aber keinen davon. Sophie sagte selten gemeine Dinge, eigentlich nie.

»Vielen Dank, Frau Kreisler. Bin gleich da, Marlene.«

Im Auto angekommen hörte sie die bunten Pferdchen galoppieren.

»Mama, hier riecht es jetzt aber unheimlich merkwürdig.«

Sophie beobachtete im Rückspiegel das Gesicht ihrer fünfjährigen Tochter, das aussah, als hätte sie in eine Zitrone gebissen, obwohl bei Marlene dafür schon eine gewöhnliche Frucht ausreichte. Umgehend öffnete Sophie ein Fenster und ließ frische Luft ins Auto. Bis ins Büro wäre der merkwürdige Geruch hoffentlich verschwunden. Und wenn nicht? Sie überlegte, ob sie Termine mit Kunden hatte oder nur mit ihren Kollegen in der Kantine sitzen würde, was sich ja problemlos vermeiden ließ. Nein, ihr fiel nichts ein. Sie könnte sich also den ganzen Tag in ihrem Büro verschanzen. Zusammen mit diesem *merkwürdigen* Geruch, wie ihn ihre Tochter charmant umschrieb.

»Mama, kalt.«

»Marlene, könnten wir uns bitte auf ganze Sätze einigen? Und ›danke‹ und ›bitte‹ wäre auch schön.«

»Mama, mir ist kalt, bitte.«

»Bitte?«

»Das Fenster zu, danke.«

Sophie drehte sich um und musterte ihre Tochter. »Veräppelst du mich, Marlene?«

»Ich wollte dich nur lustig machen.«

»Aufheitern?«

Ihre Tochter freute sich. »Das war das Wort, das ich gesucht habe, genau.«

Der Weg zum Kindergarten dauerte ungefähr fünfzehn Minuten, von dort hatte Sophie dann noch einmal fünfzehn Minuten, das reichte für eine Filly-Geschichte und dann zwei gute Songs, Sophies tägliche Routine. Manchmal waren es auch Prinzessin Lillifee oder Pumuckl, und manchmal, wenn Sophie noch müde von einer zu kurzen Nacht war, dann vergaß sie, die CD zu wechseln, und fuhr mit einem singenden Einhorn oder einem kichernden Kobold auf den Parkplatz des Bürokomplexes, in dem sie arbeitete.

»Und, Mama? Bist du jetzt aufgeheitert?«

Sophie lauschte in sich hinein. Sie hatte ihre Küche mit einem großen Kaffeefleck auf dem Boden und verschüttetem Kakao auf dem Küchentisch zurückgelassen, ihre Lieblingsbluse mit einem Mottenloch aus dem Waschkorb geangelt, festgestellt, dass ihre Jeans zu eng geworden war, und dreimal den Pferdeschwanz binden müssen, weil immer eine Strähne falsch lag. Anschließend war sie, zeitlich ohnehin schon wieder am Rande der Verspätung, in eine Mülltonne gekrochen, um den verlorenen Autoschlüssel zu bergen, und dabei in die Arme von Frau Kreisler geraten. Puh, es war gewiss eine Mammutaufgabe, sie an diesem Tag auch noch aufzuheitern.

»Mammchen, Mammchen, du siehst so streng aus, wie du riechst, aber ich hab dich sehr lieb, mindestens von hier bis zu der Ampel da! Reicht das?«

Ein breites Grinsen erschien im Innenspiegel, das die Zahnlücken stolz präsentierte. Gerade als Sophie lachen wollte, traf sie ein roter Blitz.

»Ups.« Marlene sah nach draußen. »Warst du gestern nicht auch an dieser Stelle zu schnell?«

Es gab einfach Tage, die sollte man im Bett verbringen.

Ab einem gewissen Alter wahrscheinlich ohnehin, sagte

sich Sophie und kniff die Augen zusammen. Wenig später erreichten sie den Parkplatz vor dem Kindergarten. Marlene sprang gut gelaunt aus dem Auto.

»Sei nicht traurig, Mama, ich bin ja bald wieder da. Guck lieber in den Spiegel, zu Tante Albert.«

Sophie winkte, dann sah sie zu Tante Albert, einem giftgrünen kleinen Kiwi, der schielte und an dem Innenspiegel ihres Wagens baumelte. Sophie hatte keine Ahnung, wie ihre Tochter auf den Namen gekommen war, doch jetzt stippte sie dem kleinen Stofftier liebevoll auf die Schnabelspitze und seufzte. Sie war nicht traurig, sie war nur gerade vierzig Jahre alt geworden, vor einer Woche und einem Tag. Das war insofern erwähnenswert, als sie sich seit dieser einen Woche nun daran zu gewöhnen versuchte, sich eine Vier in ihr gefühltes Alter zu denken, und täglich nach den Spuren der Zeit an ihrem Körper suchte.

Jeden Morgen stand sie vor dem Spiegel und prüfte die Falten rund um ihre Augen und die etwas tieferen, die von der Nase schräg am Mund vorbeiführten. Auch die Denkfalten auf ihrer Stirn wurden tiefer, so schien es ihr. Sie betrachtete auch ihre Brüste, ob sie schon anfingen, der Schwerkraft nachzugeben, obwohl Schwerkraft angesichts ihrer Körbchengröße nicht das treffende Wort war. Ein unbestreitbarer Vorteil kleiner Brüste. Der Bauch? Na ja. Der Po? Na ja. Hm, so sieht man eben aus mit vierzig, sagte sich Sophie, wenngleich sie wusste, dass sich nichts verändert hatte an ihr.

»Du bist albern«, hatte ihre Freundin Katrin gesagt, »vierzig ist das neue dreißig, wirst sehen. Das wird ein tolles Jahrzehnt.«

»Himmel, ich will nicht in Jahrzehnten denken!«

»Ach, Sophie! Du bist schlank und siehst sportlich aus, ohne Sport zu treiben, und ich bin ein bisschen pummelig und esse zu gern. Ich denke, wir können beide zufrieden sein.«

»Folgt der Satz irgendeiner mir verborgenen Logik?«

»Zufrieden!«

Katrin war am Freitag aus Konstanz angereist und das ganze Wochenende geblieben, um mit Sophie in deren vierzigsten Geburtstag reinzufeiern. *Hast du ein Glück, dass du an einem Sonntag Geburtstag hast!* Fünf weitere Freunde aus Frankfurt waren dabei gewesen. Zuerst hatten sie zusammen gekocht und dann den überaus milden Oktoberabend auf Matratzen auf dem Balkon verbracht und sehr viel gelacht. Als die Freunde gegangen waren, hatten Sophie und Katrin nebeneinandergelegen und in den Nachthimmel über dem Balkon ihrer Zwei-Zimmer-Wohnung geblickt.

»Am Ende sind immer wir übrig«, hatte Katrin gesagt.

»Übring würde ich nicht sagen«, hatte Sophie mit schon schwerer Zunge erwidert.

»›Übring‹?« Katrin hatte gekichert. »Ach, Süße, wir lassen das jetzt lieber mit dem Wein, sonst verlierst du noch die Muttersprache. Wäre schon schade für Marlene.«

»Ich kann schon noch reden, keine Sorge. Wir liegen hier und zählen die Sterne. Ach, ich bin gern mit dir *übrii-g*.«

Katrin hatte den Kopf an den der Freundin gelegt. »Und ich mit dir.«

Sophie bog auf den Parkplatz vor dem Büro ein und hörte gerade noch einen rothaarigen Kobold wettern: »Ich will Puddeling!«

Das war neu. Sie hatte dieses Mal zwar nicht vergessen, die Filly-CD herauszunehmen, aber offenbar statt Sisters of Mercy Pumuckl eingelegt. Sapperlot. Da war Sophie selbst überrascht, und Sisters-of-Mercy-Sänger Andrew Eldritch wäre sicher ebenso verwundert gewesen, mit Pumuckl in einem Atemzug genannt zu werden.

Sophie saß im Auto, bog sich den Innenspiegel so, dass sie noch einen Blick auf ihre Frisur werfen konnte, und musste dann doch sehr lachen: Nicht über die schaukelnde Tante Albert, jedoch steckte in ihrem Pferdeschwanz eine Klick-Klack-Haarspange von Marlene, groß und rot mit einem Einhorn aus Filz. Sophie wusste, dass es ihrer Tochter gewiss nicht leichtgefallen war, die Lieblingshaarspange an sie abzutreten. Nun war es ihr also doch gelungen, sie zum Lachen zu bringen. Kurzerhand löste Sophie die Spange und steckte sie gut sichtbar seitlich in ihr Haar, dann nickte sie zufrieden ihrem vierzig Jahre und knapp über eine Woche alten Spiegelbild zu. Immerhin sah sie jetzt so aus, wie der Tag bislang verlaufen war – verrückt genug, um darüber zu lachen.

2

Tieffliegende Sektgläser und eine Rettung

Sophie arbeitete in einer Firma, die Websites für Kunden entwarf und dafür auch die Inhalte schrieb. Das klang spannend, aber Sophies Aufgabenbereiche waren sehr beschränkt. Oft korrigierte sie nur die Texte der Kollegen, koordinierte Termine und Gespräche oder stellte Mappen zusammen. Einerseits bot ihr das die Freiheit, um zwei Uhr nachmittags alle Stifte aus der Hand zu legen, andererseits lief sie nicht mit vor Freude klopfendem Herzen ins Büro. Vor ewigen Zeiten hatte sie hier ein Praktikum gemacht. Euphorisch war sie mit dem Plan gestartet, selbst einmal Kunden zu gewinnen und zu betreuen, eigene Beiträge zu schreiben und ihren Namen dann auch einmal auf einem Flyer der Firma zu lesen oder wenigstens eine Visitenkarte zu besitzen. Doch von der Euphorie war nicht allzu viel geblieben, und ohne Euphorie sanken auch der Mut und die Zuversicht.

Du musst auch mal für etwas kämpfen. Katrin.

Dann geh da doch endlich weg. Die Mutter.

Ich könnte gar nicht jeden Tag zu einer Arbeit laufen, die mir keinen Spaß macht. Chrissi.

Toll, dachte Sophie dann immer, wenn ihr Umfeld mit guten Ratschlägen aufwartete. Ihr habt kein kleines Kind, das ihr versorgen müsst. An den Wochenenden träumte sie davon, ihrem Chef zu sagen, dass sie gern einen anderen Aufgabenbereich hätte und dass sie sich das auch zutraue, aber je näher der Montag und die Konferenz um elf rückte, in der die aktuelle Woche besprochen wurde, desto mehr schrumpfte ihr Selbstbewusstsein. Marlene indessen war eine willkommene Ausrede für viele Lebenslagen. Wenn Sophie etwa nicht ausgehen wollte, wenn sie zu müde für Sport oder ein Telefonat mit einer Freundin war. Nur für Katrin, da hatte sie immer Zeit.

Als Sophie an diesem Montag ins Büro kam, sahen beinahe alle Kollegen ihr nach. Sophie hoffte, dass es nicht an ihrem Geruch, sondern an der Einhornklammer lag.

»Du sollst gleich zum Chef«, rief ihr Nadja vom Empfang entgegen und hielt den Daumen hoch. »Schicke Frisur.«

Sophie zwinkerte. »Schick kann ich, weißt du doch.«

Sie ging weiter durch den Flur und bog dann in das zweite Zimmer auf der linken Seite ein. Der bekannte Duft nach einem teuren Herrenparfüm stieg ihr in die Nase.

Markus Hochfeld stand von seinem Stuhl auf und kam strahlend auf sie zu, mit seinem energischen Schritt, der immer so aussah, als liefe er zu einem Boxring, so voller Selbstbehauptung. Er schloss die Tür hinter ihr, dann zog er sie an sich und küsste sie auf den Mund.

Sophie wich zurück. »Wir wollten das doch lassen«, sagte sie und spürte ein Kribbeln auf ihren Lippen. Würde sie sich schminken, so wäre jetzt die Farbe verwischt.

»Wollten wir?« Markus streichelte ihre Wange. Sophie bekam einen kleinen elektrischen Schlag.

»Hoppla«, er lachte. »Eigentlich wolltest das ja nur du, aber du merkst ja, wie viel Spannung ... Mir war einfach grad danach.« Markus schob Sophie vor sich her zu seinem Schreibtisch. »Sieh mal, wer heute zugesagt hat.«

Sophie blickte auf den Bildschirm und erkannte den Namen sofort. »Ernsthaft? Nach meinem Gespräch mit ihm?« Innerlich triumphierte sie.

Er nickte, dann ging er zu seinem Sideboard, in das ein kleiner Kühlschrank integriert war, und holte eine Flasche Sekt heraus. Er schenkte zwei Gläser ein und brachte Sophie eines zum Anstoßen.

Sophie zog die Augenbrauen hoch. »Am Morgen schon Alkohol?«

»Das ist echt ein Bombenkunde, das ist dir doch klar.«

»Gewiss, ich hab das Gespräch geführt. Weil du zu spät gekommen bist.« Im Grunde hatte sie einfach Glück gehabt. Sophie war zur richtigen Zeit am richtigen Ort gewesen, und zufällig hatte der Kunde sie sympathisch gefunden. Ihr Chef und einige andere Kollegen hatten in der Innenstadt im Stau gestanden, das kam schon mal vor, und so hatte Sophie in einem schicken Büro gesessen, sich von Nadja Kaffee und Kuchen servieren lassen und mit dem potenziellen neuen Kunden geredet – ursprünglich, um ihn hinzuhalten, bis ihr Chef und die Kollegen da wären, jedoch hatte sich herausgestellt, dass der Kunde mit seiner Familie an den Bodensee fahren wollte. Ihre alte Heimat, welch glorreiche Fügung. Er war Feuer und Flamme gewesen, in ihr eine waschechte Konstanzerin getroffen zu haben, und Sophie hatte aus dem Nähkästchen geplaudert, wo es in Konstanz und rund um den Bodensee noch etwas zu entdecken gab. Sogenannte Geheimtipps. Er hatte sich Notizen in sein Handy gemacht und immer wieder lachend betont, dass sie der Himmel geschickt habe.

Markus nickte ihr zu. »Guter Job, Sophie, ehrlich, richtig gut gemacht. Da hast du mir den Arsch gerettet. Ich würde dich gern zum Essen einladen. Geschäftlich. Zum Feiern.«

Essen mit Markus in einem noblen Restaurant, in das Sophie allein nie gehen würde. Gute Weine, Kerzenlicht, zufällig ein freies Hotelzimmer – so hatte alles angefangen mit Markus, der, wenn er etwas wollte, keinen Zweifel daran ließ, dass er so lange darum kämpfen würde, bis er es bekam. Aufgeben oder gar Verlieren waren keine Optionen. Sophie hatte sich nicht lange gewehrt, beeindruckt und überrumpelt von dem unbekümmert zielgerichteten Auftreten.

»Gegen ein Essen spricht doch nichts, oder? Weshalb trägst du eigentlich ein Einhorn im Haar?« Er griff danach.

Sophie hob die Schultern und nippte an ihrem Sekt. Ihr war heiß geworden. Das Kribbeln auf ihren Lippen störte sie, überhaupt störte es sie, dass so viele Bilder in ihrem Kopf aufgingen, wenn Markus sie berührte.

»Er sagte übrigens, du hättest seine Ehe gerettet, was auch immer das heißen mag«, erklärte Markus mit leicht schief gelegtem Kopf und einem erfolgsverwöhnten Blick.

Sophie musste schmunzeln. Also doch, dachte sie, sagte aber schlicht: »Schön.«

Sie stießen an, und Sophie trank einen großen Schluck. »Dann darf ich an dem Projekt mitarbeiten?«, fragte sie in dem Bemühen, selbstsicher zu wirken.

Er wiegte den Kopf hin und her. »Ich werd schauen, was sich machen lässt, aber Konrad und Heiner sitzen auch in den Startlöchern, du weißt ja, die können rund um die Uhr. Das wird echt viel Arbeit.«

Sophie kaute auf ihrer Unterlippe, dann leerte sie ihr Glas Sekt auf einen Zug und stellte es auf den Tisch. »Ich weiß.«

»Du hast Marlene. Du willst dir sicher nicht die Abende hier im Büro um die Ohren schlagen und –«

Sophie hob die Hand. »Lass gut sein. Deiner Tochter geht es übrigens gut. Danke der Nachfrage.« Sophie stand auf und lief zur Tür. Dort drehte sie sich noch einmal um. »Bitte küss mich nie mehr, das ist wirklich mehr als unpassend, okay?«

Ihr Chef stand neben seinem Schreibtisch, das Glas Sekt in der einen, die Flasche in der anderen Hand, und sah buchstäblich aus wie ein begossener Pudel. Ein ungewohnter Anblick. »Aber, Sophie. Lass uns bei einem Abendessen … Du kannst auch mehr Geld für Marlene haben. Vielleicht kann ich dich auch ein paar Texte –«

Die Tür fiel hinter ihr ins Schloss. Mehr Geld, dachte sie wütend und lehnte sich gegen die Wand im Flur. Der Sekt wirbelte ihre Gedanken durcheinander. Sie wusste, dass er recht hatte, dass sie mit Marlene nicht in der Lage war, ein solches Projekt wirklich zu stemmen, aber wäre es nicht möglich gewesen, ihr zumindest das Gefühl zu geben, teilnehmen zu können? Sie hatte im Vorbeigehen einen großen Kunden angeworben und bekam dafür ein Glas Sekt und einen lästigen Kuss. Vielleicht hätte sie damals doch gehen sollen. Man sollte nicht für den

Mann arbeiten, mit dem man eine Beziehung geführt hat und der sich bisweilen immer noch so benahm, als könnten sie jederzeit dort anknüpfen, wo sie sich vor Jahren getrennt hatten. Ein Gewinnertyp, einer, der mit jeder Geste deutlich machte, für wie selbstbewusst er sich hielt. Sophie wusste wohl, dass man sich unabsichtlich solche Partner suchte, an deren Seite man die eigenen Schwächen am besten verbergen konnte. Aber clever war das nicht.

Komm doch zurück, Sophie. Frankfurt ist doch nicht schön für so ein kleines Mädchen.

Als die Mutter das gesagt hatte, da war Sophie sich nicht ganz sicher gewesen, ob die Mutter Marlene oder sie meinte. Dennoch hatte Sophie sich nicht aufraffen können, Frankfurt den Rücken zu kehren, auch nicht, sich einen neuen Job zu suchen. Fünf Jahre später stand sie also mit zitternden Knien vor dem Büro ihres Chefs und Ex-Freundes Markus, fühlte dem Kuss nach, den sie nicht gewollt hatte, und war wütend und enttäuscht, Letzteres vor allem über sich. Sie stellte sich vor, dass sie ihr Sektglas nicht einfach auf den Tisch gestellt, sondern elegant über die Schulter auf den Boden geworfen hätte. Aber so etwas würde Sophie Sonnbach niemals tun.

In der Mittagspause saß sie mit einem Kaffee und einem Quarkplunder auf der Dachterrasse und hielt ihre Nase in die Oktobersonne über Frankfurt. Von der Straße hupte es, der Verkehrslärm drang wie ein Klangteppich nach oben, wie ein stetiges Meeresrauschen, nur nicht so charmant. Die Luft roch nach Stadt. Sogar hier oben. Konrad und Heiner setzten sich an den Tisch nebenan. Zwei junge, dynamische Herren in Jeans, die die Knöchel blank ließen, dazu Sneakers. Weil einer von ihnen oft rote Jeans trug, erinnerten sie ein wenig an die Comicfiguren Clever und Smart. Sie unterhielten sich gerade über den neuen Auftrag, schielten dann aber zu Sophie. Es sah aus, als hätten sie ein schlechtes Gewissen. Schließlich stand Konrad auf und kam zu ihr herüber.

»Sorry, wie das gelaufen ist. War dein Coup.«

»Kein Problem. Aber nett, dass du das sagst. Ist vermutlich besser so, ich hätte es ohnehin zeitlich nicht hinbekommen.«

Er hielt den Daumen hoch. »Toll, wie sportlich du das siehst!«

Sie lächelte, doch ihr Lächeln gefror, als er sich wieder abwandte und zu Heiner zurückging. *Diese Bürschchen, herrje.* Irgendwo war Sophie falsch abgebogen in ihrem Leben.

»Darf ich?« Nadja stand an ihrem Tisch und setzte sich zu ihr, bevor Sophie antworten konnte. Sie hatte eine Schale mit Früchten von zu Hause dabei und war wie immer auf Diät. Neidisch betrachtete sie den Quarkplunder in Sophies Hand. »Dass du das essen kannst. Ich werde schon vom Hingucken ein Kilo schwerer.«

Sophie lachte. »Das ist ein Märchen, und das weißt du. Magst du die Hälfte?«

Nadja lehnte sich weg und hob ruckartig die Hände nach oben, als gälte es, einen Angriff abzuwehren. »Bloß nicht! Ich hab mein Obst.«

»Manche werden dick von zu viel Obst«, sagte Sophie und biss genussvoll in ihr Plunderstückchen.

»Wie kannst du so etwas sagen?« Nadja sah von Sophie auf ihr Obst und musste lachen. »Wir sind ein lebendes Klischee.«

»Weil wir über Diäten reden?«

»Ja, während die Jungs über den Job quasseln«, stellte Nadja fest und legte den Kopf schief. »Könnte ich vielleicht doch ein winziges Stück ...?«

Sophie zwinkerte. »Viel besser!« Sie beugte sich zur Seite und holte eine Tüte aus ihrer Handtasche. »Du kannst ein ganzes haben.«

»Oh, welch böse Verführung!«, flötete Nadja und fingerte das zuckerverklebte Teilchen aus der Tüte. Mit geschlossenen Augen biss sie hinein. »Mmmmh, sehr lecker, wirklich sehr, sehr lecker. Dafür muss ich heute Abend auf dem Ergometer wieder extra strampeln, aber es lohnt sich.«

Sophie mochte Nadja, die überhaupt nicht dick, aber angeblich seit Jahren auf Diät war. Sie kokettierte gern mit ihrer Figur, hatte dabei aber ein angenehmes Maß an Selbstironie.

»Ich bring dir demnächst mal die besten süßen Stückchen mit, die ich kenne. Mürbe Brezeln. Zur Hälfte aus Mürbeteig, zur Hälfte aus Blätterteig, die sind so zart knusprig, die zergehen auf der Zunge«, schwärmte Sophie, während sie kaute. »Die gab es in meiner Schulzeit für gute Noten.«

»Ach, in deiner alten Heimat. An den Bodensee fahr ich übrigens in den Weihnachtsferien. Wann fährst du wieder nach Konstanz?«

»Tatsächlich schon am Wochenende. Meine Eltern kommen aus einem Italienurlaub zurück.« Vor ihrem inneren Auge sah Sophie eine Hügellandschaft mit einer Reihe Zypressen vor einem Sonnenuntergang.

»Schön.« Nadja kaute und sah in den Himmel. »Ich glaub, ich würde gern etwas idyllischer leben. So eine Kleinstadt am See, das muss doch toll sein. Hast du nicht Heimweh?«

Sophie trennte sich von den Zypressen und dem Geschmack nach Limoncello, der ihr gerade auf der Zunge lag. Manchmal vermisste sie die schönen Aussichten, die bekannten Wege, das vertraute Umfeld. Sie vermisste auch ihre Eltern und Freunde, vor allem natürlich ihre beste Freundin Katrin. Sie vermisste vor allem das Gefühl, sich geborgen zu fühlen. Aber Heimweh?

Um zwei legte sie ihre Stifte zur Seite, gewiss ein wenig demonstrativ an diesem Tag, und verließ das Büro. Nadja saß noch am Empfang und aß nun ihr Obst, das sie am Mittag gegen den Quarkplunder getauscht hatte. »Ein Drink im ›AfterWork‹ später?«

»Ich kann doch nicht. Marlene!«

Nadja schlug sich mit der flachen Hand gegen die Stirn. »Ich vergesse immer wieder, dass du ein Kind hast. Klappt das denn mit dem Babysitter von neulich?«

»Neulich« hieß Juli. Ein sommerlicher Abend im Biergarten am Mainufer, und Nadja hatte ihr die Babysitterin ihrer Freunde vermittelt, eine nette Achtzehnjährige, die mit Marlene gut klarkam, allein Sophie fühlte sich nicht wirklich wohl damit. Und jetzt war schon wieder Oktober, Ende Oktober sogar.

»Ja, ja, das war prima. Die kann ich jederzeit anrufen und buchen.«

»Dann mach das doch mal wieder!«

Sophie nickte mit einem verkrampften Lächeln und eilte nach draußen. Nicht immer war sie so froh, das Büro schon am Nachmittag verlassen zu können, wie an diesem Tag. An ihrer Windschutzscheibe steckte unter dem Scheibenwischer ein Umschlag, darin eine Karte mit einem Blumenstrauß. Rosen. Natürlich rote. Und viel zu viele davon auf einer Karte, in der stand: »Lass es mich wiedergutmachen. Ein Abendessen. Nur du und ich. Ich weiß, dass du den Kuss genossen hast …«

Idiot, dachte sie und schob die Karte zurück in den Umschlag und diesen dann tief in das Handschuhfach ihres Autos, als würde das irgendetwas ändern. Sie wusste, dass sie schwach werden würde.

Eine Viertelstunde später parkte sie unweit des Kindergartens. Im Grunde hatte sie Glück, dass sie nicht eine Stunde von der Arbeit zum Kindergarten und dann quer durch die Stadt nach Hause fahren musste. Da hatte ihr die Beziehung zu Markus Hochfeld sicherlich geholfen. Sie musste ohnehin dankbar sein, dass der Mann, den sie einmal geliebt hatte, anstandslos für Marlene bezahlte und sie auch weiter beschäftigte. *Dankbar.* Vielleicht war genau das das Problem. Sophie wollte nicht dankbar sein müssen, nicht dafür, zufällig eine süße Tochter bekommen zu haben, nicht dafür, über ausreichend Geld und einen Job zu verfügen. Das alles führte bei Markus zu einem gönnerhaft-jovialen Habitus, als würde sie ihm gehören.

Sophie war überpünktlich, und so schlenderte sie durch die Wohnsiedlung. Als sie an einem Müllcontainer vorbeikam, hörte sie es. Ein Pfeifen, ein aufgeregtes, hohes und verzweifeltes Pfeifen. Sophie sah sich um, dann lief sie um den Container. Nichts. Eine Schachtel am Boden, doch die war leer. Das Pfeifen indessen wurde fordernder. Etwas raschelte. Sophie ließ den Kopf hängen. Sicher war ein Tier im Container gefangen. Vielleicht ein Vogel. Zweimal an einem Tag in eine Mülltonne eintauchen? Das konnte auch nur ihr passieren. Sie sah sich noch einmal um, ob es vielleicht andere hilfsbereite Menschen in Sichtweite gab, doch niemand war da.

Seufzend schob sie den Deckel des grauen Containers nach hinten. Ein Berg von Pappe, Zeitungen und Kartons empfing sie. Es war still. Sie wartete einen Moment, dann hob es umso schriller an: Das Pfeifen kam aus einer Schachtel, die vor ihr lag und sich jetzt bewegte. Konnten Ratten pfeifen? Egal, etwas lebte in der Schachtel und wollte gerettet werden. Sophie hob die Schachtel heraus und spürte hektische Bewegungen, das Gewicht verlagerte sich, begleitet von einem wilden Quieken. Definitiv keine Ratten also. Auch keine Schlangen, sagte eine Stimme in ihr, und Sophie musste grinsen. Bisweilen führten ihre Gedanken schon vorwitzige Dialoge.

Schlangen hätten ja auch nicht gepfiffen.

Stimmt.

Vorsichtig öffnete Sophie den Deckel, und drei kleine Meerschweinchen blickten sie an, verstummt und ängstlich. Eine Welle des Mitleids überkam sie. Irgendjemand aus den Wohnblocks dahinter hatte diese drei kleinen, hilflosen Geschöpfe einfach in einen Pappkarton gesteckt und in den Müll geworfen. Sie machte Fotos von ihrem Fund und der Mülltonne, notierte die Adresse dazu und beschloss, bei der Polizei Anzeige zu erstatten. Aber zuerst musste sie Marlene abholen. Den Karton unter dem Arm lief sie zum Kindergarten.

Marlene kam ihr jubelnd entgegengerannt.

»Mama, wir haben uns so lange nicht gesehen. Hast du mich vermisst?«

»Und wie, mein Schatz.« Sie küsste ihre Tochter auf die Stirn.

»Was hast du da?« Marlene deutete auf den Pappkarton, in dem es verdächtig ruhig war. Sophie wartete einen Moment.

Als wieder Geräusche zu hören waren, machte Marlene große Augen. »Da ist was Lebendiges drin.«

»In der Tat. Schau mal.« Sophie öffnete den Karton, und Marlene stieß einen spitzen Schrei aus. Andere Kinder, Mütter und die Kindergärtnerin, die die Kinder übergab, sahen sich erstaunt um. Sophie lächelte entschuldigend und klappte die Schachtel schnell wieder zu, bevor sie gleich von einer Horde Fünfjähriger umzingelt würde.

»Mama, das sind Seeschweine, oder?«

»*Meer.* Die heißen *Meer*schweine.«

»*Chen.* Ich glaub, sogar Meerschwein-*chen*.«

»Musst du immer das letzte Wort haben, Kind?«

»Klaro«, lachte Marlene. »Wer recht hat, sollte schon das letzte Wort haben, oder nicht?«

Sophie lachte. »Naseweischen.«

»Gehören die jetzt uns?«

»Weiß ich noch nicht. Ich hab sie im Müll gefunden.«

Marlene stand da, den Mund geöffnet, die Augen weit aufgerissen. »Wer macht denn so etwas?«, fragte sie empört. Die kleinen Tiere pfiffen wieder. »Die haben Hunger, komm, Mama, nicht trödeln. Wir müssen einkaufen.«

Also landeten sie an diesem Montag in einem Geschäft für Tierbedarf, kauften einen zweistöckigen Käfig – wo sollte der nur hin? –, Kleintierstreu, Heu und Futter. Zu Hause mussten sie erst einmal Platz schaffen, um das neue Zuhause von Krümel, Nils und Gustav – Nils Holgersson sei Dank – einzurichten. Als die Tiere dann endlich ihre Notbehausung, in der sie zwischenzeitlich mit Karotten und Apfelstückchen versorgt worden waren, verlassen und in den neuen Stall einziehen durften, sprangen sie aufgeregt kreuz und quer. So viel Glück auf zwei Quadratmetern rührte Sophie beinahe zu Tränen.

»Wenn wir am Wochenende zu Oma und Opa ans Meer fahren, dann nehmen wir die mit, okay?«

»Wir fahren nicht ans Meer«, sagte Sophie seufzend. Dass sie nun auch die Verantwortung für drei Meerschweinchen hatte, war ihr bei der Rettungsaktion irgendwie nicht bewusst gewesen. »Wir brauchen also auch einen Reisekäfig«, sagte sie.

»Und ein Haus bei Oma und Opa«, jubilierte Marlene. »Dann machen die Schweinchen Urlaub mit uns!«

»Herrje, der Großvater wird sich freuen.«

Der Großvater war Marlenes Uropa, Sophies Opa, der Vater ihres Vaters, der Älteste der Familie: Harald Sonnbach. Je länger die Generationen überlebten, desto umständlicher die Erklärungen der Verwandtschaftsgrade. Da konnte man schon mal durcheinandergeraten, vor allem wenn Sophie mit Marlene von »Oma« und »Opa« sprach, aber eigentlich ihre eigenen Eltern meinte. So hatten sie sich geeinigt, dass Sophies Opa einfach »Großvater« war. Für alle. Ein paar wenige Freunde nannten ihn Harry, aber das hatte Sophie schon lange nicht mehr gehört, die meisten waren bereits tot, und irgendwie passte es gar nicht mehr so richtig zu einem Mann über neunzig, der Urgroßvater war.

»Für mich ist das eben das Meer!«, beharrte Marlene. »Für mich liegt Konstanz am Meer.«

»Na gut, also ein Ausflug zum Meer. Soll mir recht sein.«

»Jetzt hab ich aber Hunger«, sagte Marlene, die vor dem zweistöckigen Käfig hockte. »Du auch, Mama?« Sie sah nach oben. Sophie nickte. Marlene stand auf und umarmte ihre Mutter. »Du, Mama, ich bin irre stolz auf dich.«

»Weshalb, Schatz?«

»Du hast drei Meerschweine gerettet. Das erzähl ich morgen im Kindergarten.«

»*Chen.* Meerschwein*chen.*«

Marlene schüttelte den Kopf und hob den Zeigefinger der rechten Hand. »Wenn man so etwas Großes macht, dann sollte man lieber von Schweinen sprechen.«

Und schon wieder hätte Sophie vor Rührung beinahe geweint.

3

Wenn ein Tag alles ändert

Mit Marlene an der Hand betrat Sophie die Polizeidienststelle in ihrem Viertel. Ein leicht muffiger Geruch lag über der Einrichtung, die aus den achtziger Jahren stammte. Die Wände in einem Olivton, der heute wieder Trend war, aber schon Zeichen der Zeit trug, Stühle mit grünem Polster, auf denen man lieber nicht so lange verweilte, Holzböden, die die Wege der Beschäftigten und Besucher als dunkle Verfärbung in sich trugen. Sophie hatte Glück, sie musste nicht warten, sondern wurde direkt zu einem Beamten gerufen, der hinter einer hohen Theke mit einer grauen Resopalplatte stand, die Sophie an alte Küchenzeilen erinnerte.

»Ich seh gar nichts«, beschwerte sich Marlene und versuchte hochzuhüpfen. Sie war sehr aufgeregt, dass sie bei der Polizei waren, um »echte Verbrecher« anzuzeigen. Sophie spürte die verschwitzte Hand ihrer Tochter, die immer wieder zudrückte, während sie bemüht war, sich auf das Gespräch mit einem älteren Herrn mit dicker Brille und ungepflegten grauen Haaren zu konzentrieren. Sie zeigte ihm Fotos, nannte die Adresse und wartete. Behäbig hob er den Kopf, schniefte einmal und sah sie fragend an.

»Wollen Sie keine Notizen machen?«, fragte Sophie.

»Gute Frau, das ist eine schlimme Sache. Ich bin wirklich tierlieb, und mich ärgert so was auch. Aber was sollen wir machen?«

Marlene schnaufte laut aus. Aus dem Augenwinkel sah Sophie, wie das Gesicht ihrer Tochter tiefrot anlief. Sie würde bald platzen, ihr Gerechtigkeitssinn war überaus ausgeprägt.

»Ich möchte, dass Sie eine Anzeige gegen unbekannt schreiben und wenigstens jemanden dorthin schicken.«

Der Beamte lachte auf. »Gute Frau, es geht um Meerschweinchen. Vielleicht gehen Sie einfach zu einem Tierschutzverein? Vielleicht können die ermitteln, wer ...« Statt weiterzusprechen, hob er die Hände in die Höhe und schien nicht willens, etwas zu notieren.

Sophie kniff die Augen zusammen. Langsam schmerzte ihr Kopf ebenso wie ihre gepresste Hand.

»Hören Sie, ich verstehe, dass Sie viel um die Ohren haben, aber könnten Sie mir vielleicht einen Kollegen schicken?« Noch während sich Sophie darüber wunderte, wie lange ihre Tochter stillhielt, platzte Marlene heraus: »Sie sollen die fangen und dann auch in die Tonne stecken. So einfach ist das!«, rief sie, und ein kleiner Spuckefaden flog nach oben.

Der Beamte beugte sich nach vorne und sah zu Marlene. Er lächelte, dann sah er wieder zu Sophie: »Gute Frau. Ich –«

Sophie schlug mit der flachen Hand auf die Theke. »Wenn Sie mich noch einmal ›gute Frau‹ nennen, dann ... Ich möchte jetzt auf der Stelle einen Kollegen von Ihnen, der die Anzeige aufnimmt.«

Er kniff die Augen zusammen und antwortete spitz: »Ich schau mal nach einer Kollegin«, dann stand er auf und verschwand im Nebenzimmer.

Zurück kam tatsächlich eine Frau, und Sophie ärgerte sich über dieses Klischee, schwieg aber. Die noch recht junge Polizistin hörte sich die Geschichte noch einmal an und schrieb eine Anzeige. Anschließend wählte sie die Nummer des örtlichen Tierheims und schilderte auch dort den Sachverhalt. Sie gab den Hörer an Sophie weiter, und Sophie bestätigte, dass sie sich mit Meerschweinchen auskenne und sie deshalb angemessen versorgt habe und sie natürlich behalten werde. Marlene jubelte. Sophie versprach zudem, Fotos zu senden – von den ausgesetzten und schließlich auch geretteten Tieren. Und der Tierschutzverein wollte sich am selben Tag dort einmal umhören.

Marlene saß mit einem breiten Grinsen vor ihrem Spaghetti-Eisbecher.

»Dem haben wir es gezeigt, nicht wahr?«

»Na ja.« Sophie nahm ihren Kaffeelöffel und klaute ihrer Tochter etwas Eis.

Marlene schob die Schale über den Tisch. »Heute teile ich sogar mein Eis mit dir, Mama.«

»Sehr großzügig, Kindchen, sehr großzügig.«

»Hmm. Bei Schokolade wär das auch was anderes.« Marlene löffelte selig ihr Vanilleeis mit der Erdbeersoße. »Wissen Oma und Opa eigentlich schon von den Meeris?«, fragte Marlene.

Sophie nickte. Sie hatte am Vorabend mit ihrer Mutter telefoniert und von den Tieren erzählt. »Sie freuen sich, die drei kennenzulernen. Sie haben sogar noch einen alten Käfig.«

»Und wir brauchen ein Reisehaus, oder?« Marlene zappelte aufgeregt auf ihrem Stuhl herum.

»Stimmt. Wir brauchen einen Reisekäfig.«

»Ach, lass uns doch lieber Reisehaus sagen, das klingt netter als Käfig.«

»Okay.« Sophie freute sich auf das Wochenende in Konstanz bei ihren Eltern, vor allem weil sie die beiden inzwischen seit einigen Monaten nicht gesehen hatte. Immer war etwas dazwischengekommen, mal eine Erkältung, dann das Wetter und manchmal schlicht ihre eigene Bequemlichkeit. Oft hatte auch ihre Freundin Katrin vergeblich gewartet. Glücklicherweise war sie nicht nachtragend und dennoch zu Sophies Geburtstag angereist. Vierzig, vierzig, vierzig, sang ein hässlicher kleiner Zwerg und hüpfte vor Sophies innerem Auge hin und her. Doch auch ein anderes Bild drängte sich dazu: Sie und Katrin und ein funkelnder Sternenhimmel über ihnen. Schön. Eben. *Hau ab, du Zwerg. Vierzig ist total hip, eigentlich das neue dreißig.*

»Mama, schau mal, da drüben.« Marlene zeigte mit dem Finger auf etwas, das sich hinter Sophie abspielte, also wandte Sophie sich um und sah einen Clown, der aus Luftballons lustige Tiere formte.

Das milde Herbstwetter lockte viele Menschen nach draußen, und so standen schnell zahlreiche Mütter mit ihren Kindern bei dem Clown.

»Meinst du, der kann auch Meerschweinchen basteln?«

»Eher nicht«, sagte Sophie und suchte schnell nach etwas, um ihre Tochter von dem Clown abzulenken. Sie wollte auf gar keinen Fall ein Luftballontier mit nach Hause tragen. Ihre Wohnung war eng genug, mit dem Käfig erst recht. Sie hatte Glück. »Sieh mal, da!« Zwei Spatzen saßen vergnügt auf einem gerade leer gewordenen Tisch und angelten sich zerbröselte Waffelreste. Es funktionierte so lange, bis sich an ebenjenen Tisch eine Familie setzte und die Spatzen davonflogen. Schließlich bemerkte Sophie, dass ihre Tochter den Tisch noch immer beobachtete. Eine ganz normale Familie, ein Vater, eine Mutter, zwei Kinder. Nichts an ihnen wirkte auf Sophie besonders. War die Situation an sich schon etwas Besonderes für ihre Tochter? Überlegte sie, weshalb sie nur mit ihrer Mutter lebte?

Sophie dachte an ihre Eltern, Roland und Conny. Sie waren ihr Vorbild in so vielem, liebenswert, großzügig, tolerant, geduldig. Sie wusste, dass ihre Mutter sehr traurig darüber war, dass Sophie allein für ihre Tochter sorgen musste, dass sie nicht verheiratet war und nicht ihr Liebesglück gefunden hatte. Und genau diese Traurigkeit machte die Besuche für Sophie bisweilen schwierig. Manchmal ertappte sie ihre Mutter dabei, wie sie mitfühlend Marlene betrachtete – lange, stille Blicke auf das spielende oder träumende Kind.

Es ist nicht gut, allein zu sein.

Es ist auch nicht gut, mit irgendjemandem zusammen zu sein, um nicht allein sein zu müssen, oder?

Nein, mein Kind, natürlich nicht.

Du hast Glück, du hast meinen Vater.

Der Blick ihrer Mutter in solchen Momenten rührte Sophie, er war Ausdruck einer tief empfundenen Zufriedenheit.

Ihre Tochter riss sich los und strahlte ihre Mutter an.

»Mama, wir sollten gehen. Ich habe unheimlich Sehnsucht nach den Schweinen.«

Lachend verließen sie Hand in Hand die Eisdiele. Marlene sang ein erfundenes Quatschlied über bunte Farben, die im Wald herumstehen, und Sophie hörte schnell auf, sich über die Preise in der Eisdiele zu ärgern. Vielleicht war der Ärger auch deshalb im ersten Moment so groß gewesen, weil ihr wieder einmal schmerzlich bewusst geworden war, wie abhängig sie doch vom Unterhalt für ihre Tochter war. Nicht immer ein angenehmes Gefühl. Aber das Leben war zu kurz für Ärger, vor allem über Geld. Sie kam klar, das war die Hauptsache, und so schlenkerte sie mit Marlene lieber die Arme um die Wette. Zu Hause liefen sie die drei Stockwerke in dem Mietshaus nach oben und zählten die Treppen, die erstaunlicherweise immer die Anzahl änderten, was Marlene ärgerte, aber die Zahlen purzelten beim Rennen eben oft durcheinander. Oben angekommen standen sie vor der Tür und lauschten, ob sie die Meerschweinchen hörten. Es pfiff tatsächlich aus der Wohnung. Marlene sprang vor Freude in die Luft.

Sie glaubte, Nils zu erkennen. Oder Krümel. Oder auch Gustav. Wer wusste das schon so genau?

»Die haben Hunger. Ich übrigens auch«, sagte Marlene.

»Du hast noch genug Vanilleeis auf deinem Shirt, das reicht für zwei.«

»Haha, Mama, haha, sehr witzig. Was gibt's denn zu essen?«

Sophie legte den Kopf schief. »Meerschwein in Erdnusssoße?« Sie konnte sich einen Scherz selten verkneifen, doch sie hatte Glück, ihre Tochter war humortechnisch auf einem guten Weg. Sich die geliebten Nager allerdings in irgendeiner Soße vorzustellen, das ging zu weit.

Marlene machte ihr empörtes Gesicht und sagte vorwurfsvoll: »Also bitte, Mama, das ist nicht lustig.«

»Na ja, ein bisschen schon«, sagte Sophie grinsend. Als sie in den schmalen Flur traten, wurde das Pfeifen noch deutlicher.

»Die freuen sich auf uns«, rief Marlene. »Und du hast solch böse Gedanken. Das ist nicht nett von dir, Mama. Aber du kannst es bestimmt wiedergutmachen.« Marlene hielt die Hand an die Stirn und machte eine konzentrierte Denkerpose, dann hob sie den rechten Zeigefinger kess nach oben. »Ich hab's: Zur Feier des Tages könnten wir doch Pfannkuchen backen.«

»Wir kommen gerade vom Eisessen«, gab Sophie zu bedenken.

»Macht doch nichts.« Marlene stürmte in die Wohnung und rannte ins Wohnzimmer, wo die Nager tatsächlich am Gitter standen in der Hoffnung auf Essen.

Sophie wollte in der Küche Karotten holen, als das Telefon klingelte. Sie lief ins Wohnzimmer und nahm den Anruf entgegen, und im nächsten Moment war nichts mehr so, wie es einmal gewesen war im Leben von Sophie Sonnbach und der kleinen Marlene. Es war, als wäre die Welt stehen geblieben oder auf einmal so beschleunigt worden, dass Sophie den Boden unter den Füßen verlor. Wie damals, als sie auf einem abfallenden Waldweg gestürzt war und sich nicht mehr fangen konnte. Mehrmals hatte sie sich überschlagen, war gegen Wurzeln geknallt, hatte sich Schnittwunden durch Brombeerranken und etliche Prellungen zugezogen. Erst verspätet kam die Erinnerung zurück, wie sie dort oben mit dem Fuß in einer herausstehenden Wurzel hängen geblieben und dann gefallen war, weiter und immer weiter bergab, wie die anderen nach ihr gerufen hatten, an die Angst.

Und jetzt stand sie in ihrem Wohnzimmer, den Telefonhörer in der Hand, und sackte in sich zusammen, landete auf dem Boden, spürte, dass ihr die Farbe aus dem Gesicht wich und ihr schlecht wurde. Alles drehte sich. Im Augenwinkel sah sie die strahlende Marlene, die ein Meerschweinchen, das braune, vorsichtig aus dem Käfig hob und streichelte. Die großen schwarzen Knopfaugen des kleinen Tieres sahen neugierig zu ihr herüber, wachsam, als spürten sie, dass etwas nicht stimmte. Und Marlene voller Glück, voller kindlicher Unbeschwertheit, quirlig und doch so behutsam mit dem Nagetier.

»Guck mal, Mama, ist der nicht zuckersüß? Ich nehm den heute mit ins Bett.«

Sophie konnte nichts sagen.

»Oma und Opa werden staunen«, sagte Marlene in dem ihr eigenen Singsang.

Sophie schluckte. Ihre Tochter konnte nicht wissen, dass sie dort auf dem Teppich in ihrem Wohnzimmer kauerte und nicht wusste, wie sie wieder aufstehen sollte. Sie konnte nicht sehen, dass Sophie am liebsten laut geschrien hätte, aber keine Stimme fand; dass sie das Gefühl hatte, einen heftigen Schlag in den Magen bekommen zu haben. Marlene konnte nicht wissen, was ihrer Mutter gerade am Telefon mitgeteilt worden war.

Sie werden nicht staunen, dachte Sophie, Oma und Opa werden nicht staunen. *Wir werden sie nie wiedersehen.*

4
Ein ozeanisches Gefühl

Als Sophie klein war, dachte sie, die Erde drehe sich, weil sie sie mit ihren kleinen Schritten antrieb. So lief sie fröhlich und immer schneller über die Wiese, schleuderte ihre kleinen Füße nach vorne – und bewegte die Welt. Wenn sie sich dann auf die Wiese legte und in den Himmel sah, eilten dort die Wolken vorbei, und Sophie spürte die Ruhe der Welt unter sich, die nun stillstand und ihr Zeit schenkte, die Wolken zu beobachten, wie sie zu Tieren wurden und miteinander spielten. Die Welt war wunderbar und voller großartiger Verlockungen. Es gab nichts, was sie aufhalten konnte, nicht einmal der Bruder Sebastian, der sie oft ärgerte, aber genauso oft der geliebte große Bruder war, der schützend seine Hand über sie hielt.

Es war schön und kostbar gewesen, diese feste Überzeugung, dass sie die Welt bewegte und nicht die Welt sie.

Sophie konnte sich gut an einen Ausflug mit ihren Eltern erinnern. Sie waren rüber nach Überlingen gefahren und von dort weiter zum Affenberg. Die possierlichen Tiere hatten sich an die Menschenmassen gewöhnt, die in Entzückungsschreie ausbrachen, wenn die Affen sich auf einem Holzgeländer näherten, um Futter zu erhaschen. Bewegten sie auch die Welt? Aber wie entschied die Welt, in welche Richtung sie sich drehen sollte? Und liefen die anderen dann rückwärts oder fielen gar um? Sophie kamen erste Zweifel. Auch an der Tatsache, dass die Affen sich über den menschlichen Besuch freuten. Zwar wollte sie wie die meisten anderen Kinder einen Affen mit nach Hause nehmen, doch nicht, um ein Kuscheltier zu gewinnen, sondern eher, um einen Affen zu retten. Und was war nun mit der Welt?

Vieles zerbrach, wenn man erwachsen wurde, wenn man

Zusammenhänge begriff, wenn man lernte, dass alles irgendwann aufhörte. Nur nicht die Welt, die würde sich immer weiterdrehen. Als Sophie das begriff, wusste sie nicht, worüber sie trauriger war – dass sie nichts bewegte oder dass alles weiterging, auch wenn sie gar nicht mehr da wäre.

Als eine ihrer Katzen, die kleine schwarze Lucy, irgendwann nicht mehr nach Hause kam, hatte Sophie plötzlich Angst zu verschwinden. Einen ganzen Sommer lang ging das so. Verrückt. Die Großmutter hatte versucht, sie zu trösten:

»Schlimme Dinge passieren nicht in schönen Jahreszeiten. Sie passieren im Winter.«

Na dann. Ein schwacher Trost, fand die kleine Sophie, die voller Sorge die Blätter auf den Bäumen beobachtete, ob sie schon erste Farben des Herbstes zeigten. Dann löste sich die Angst zu verschwinden plötzlich in Luft auf und wurde von einer anderen, wesentlich größeren Angst abgelöst: Es war die Angst vor der Dauer des Fortseins.

Müssen wir alle sterben?

Ja, Sophie, das müssen wir.

Wie lange sind wir dann tot?

Für immer.

Für immer? Wie soll das gehen? Irgendwer muss doch zurückkommen, sonst ist ja irgendwann niemand mehr da.

Es kommen doch immer neue Menschen.

Wir sind dann für immer fort? Aber wo ist denn so viel Platz? Wo ist denn »fort«?

Tagelang hatte Sophie sich schlecht gefühlt nach dieser Erkenntnis, in welcher der Begriff »Endlichkeit« erstmals ihre kindliche Wahrnehmung gekreuzt hatte. Tagelang war sie im Garten herumgeirrt, hatte lustlos die Brombeeren geerntet und Kastanien gesammelt und voller Sorge den Winter erwartet. *Für immer fort.*

Sophie meldete sich am nächsten Tag im Büro ab, sodass sie bereits am Mittwoch nach Konstanz fahren konnten. Nadja, die Kollegen, vor allem auch Markus reagierten verständnisvoll. Er wiederholte sein Angebot zu einem privaten Treffen, gerade jetzt, falls sie jemanden zum Reden … Eine Umarmung wäre schön, Halt, Zuversicht, dachte sie und erklärte, dass sie einfach nur nach Konstanz, nach Hause wolle, und war doch innerlich zerrissen.

Wozu die Eile?

Verdrängen.

Die Wahrheit verschwindet nicht, nur weil du sie später zulässt.

Wahrheit ist relativ.

Marlene hatte noch nicht begriffen, was passiert war. Sie war viel zu aufgeregt, dass sie mit den Meerschweinchen auf Reisen gingen. Sophie selbst fühlte sich wie unter einer Watteschicht. Dumpf all die Geräusche um sie herum, der Espressokocher, der blubberte, der Wasserkocher, der zischte, die Kühlschranktür, die seit Wochen quietschte. All das war irgendwo, nur nicht in Sophies Leben. Sie packte eine kleine Reisetasche für sich und einen Kinderkoffer für Marlene, einen Pinguinkoffer mit einem quiekenden Schnabel.

»Pingi muss auch mit!«, rief Marlene.

»Ich packe ihn gerade.«

Ihre Tochter stand vor ihr und rollte mit den Augen. »Was du packst, ist Pingu. Der Rucksack heißt Pingi. Der muss auch mit. Ich packe da Stofftiere rein.«

»Gut, pack Pingi und stell ihn an die Tür, okay?«

»Okay.«

Schweigen. Sophie stand da und brach in Tränen aus. Sie wusste nicht, wohin mit sich. Marlene kam und schlang ihre Arme um sie.

»Nicht weinen, Mama«, flüsterte sie.

Sophie hob ihre Tochter hoch und drückte sie fest an sich.

Ein paar Stunden später fuhren sie auf Konstanz zu und zurück in ein Leben, das Sophie nicht ohne ihre Eltern kannte.

Es war nicht die schönste Art und Weise, nach Konstanz zu reisen, von der Autobahn Stuttgart kommend durch die vielen Baustellen und das Industriegebiet. Die schönste Anreise hatte man definitiv über die Fähre von Meersburg, wenn man sich den Duft des Bodensees mit dem Fahrtwind um die Nase wehen lassen konnte, ein paar Möwen im Blick. Statt der Möwen sah Sophie einen Wald aus Hinweisschildern und Ampeln, gleichwohl spürte sie ein ungewohntes Ziehen in ihrer Brust, als sie an der Reichenau vorbeifuhr.

Sie erreichten den Stadtteil Königsbau. Ihre Eltern hatten bis zuletzt gehofft, dass sie irgendwann mit Marlene zurückkehren würde, wo doch der Sohn schon so unendlich weit entfernt in den USA lebte. Sie fuhr langsamer, hinter ihr hupte ein Fahrer. Zeit bringen zwischen sich und die Gegenwart. Konnte man die Zeit verlangsamen?

Einfach nicht mehr weiterlaufen, dann bleibt doch auch die Welt stehen, oder?

Marlene fütterte auf der Rückbank die Meerschweinchen Nils, Krümel und Gustav, hatte schon wieder vergessen, wer Krümel und wer Gustav war, und sich auch zweimal versprochen wegen der Großeltern.

Oma und Opa werden staunen, wenn wir ... Oh, entschuldige, Mama.

Es fällt mir auch schwer zu begreifen, dass sie nicht mehr da sein werden.

Sophie schluckte gegen den Kloß in ihrem Hals und die Tränen an, die wie letzte Nacht mächtiger waren als sie. Marlene war in ihren Armen eingeschlafen, und immer wenn Sophie gedacht hatte, auch endlich einschlafen zu können, hatten Erinnerungsfetzen sie wachgerüttelt. Einmal hatte sie geglaubt, ihre Mutter säße bei ihr am Bett.

Zwei Straßen noch, dann wäre sie bei ihrem Elternhaus im Königsbau, wo sie mit ihrem großen Bruder im Garten geschaukelt und mit Katrin einige unheimliche Nächte im Zelt verbracht hatte. Nach einem Seenachtsfest hatten sie eine Zigarette geraucht, und beiden war ihnen schlecht geworden. Grillabende mit den Eltern und Großeltern. Mit Tante Barbara und Onkel Hans. Die Großeltern. Die Oma war schon seit fünfzehn Jahren tot. Jetzt auch die Eltern. Als Nächstes würde der Großvater …

Nicht denken, Sophie, nicht denken.

Nein, sie konnte noch nicht nach Hause.

Die Oktobersonne zeigte sich großzügig. Sophie bog in Richtung Raiteberg ab und parkte kurzerhand. Sie stieg aus, befreite Marlene aus ihrem Kindersitz und lief in Richtung der Weinberge.

»Was machen wir, Mama?«

»Wir besteigen jetzt einen Berg und besuchen den Bismarckturm. Das habe ich mit meinen Eltern oft gemacht. Am Abend zum Picknick.«

»Aha.« Marlene sah den Anstieg nach oben. »Das sieht weit aus.«

»Ach, Quatsch. Komm, Süße, das schaffen wir locker. Es sind nur ein paar Höhenmeter, und von oben hat man einen ganz tollen Blick über Konstanz, wirst sehen. Der Turm ist auch toll.«

»Na gut«, seufzte Marlene und ließ sich überreden.

Nach einem kurzen Anstieg erreichten sie den Platz vor dem zu Ehren des Reichsgründers errichteten Turm.

»Ui«, sagte Marlene beeindruckt, als sie vor den vier Säulen an der Eingangsseite standen und sie die zweiundzwanzig Meter nach oben blickte. »Wohnt der Bismarck da noch drin? Heißen so nicht die Fische vom Großvater?«

Sophie musste lachen. »Stimmt. Aber die sind nicht der Namensgeber, das war ein Staatsmann.«

»Was ist ein Staatsmann?«

»Ein Politiker.«

»Ach so«, antwortete Marlene wichtig und kräuselte ihre Nase. »Können wir rein?«

»Leider nicht«, sagte Sophie und wollte sich mit Marlene auf die Mauer setzen, doch ihre Tochter hatte das rote Wippetier entdeckt und zerrte jetzt an ihrer Hand.

»Darf ich, Mama?«

»Na klar«, sagte Sophie und ließ die kleine Hand los, die eine feuchtwarme Erinnerungsspur in ihrer Hand hinterließ. Sophie setzte sich auf die Mauer, sodass sie sich anlehnen konnte, und stellte ein Bein nach oben. Tief atmete sie ein und aus, ließ den Blick über die Stadt gleiten, suchte nach den Ecken ihrer Kindheit und Jugend.

Das vierzehnstöckige Telekom-Hochhaus am Zähringerplatz trat gewohnt mächtig ins Bild, und auch wenn das Gebäude inzwischen zu Wohnraum umgebaut worden war, schön war das nicht. Dafür war die Fernsicht gut, die Berge waren klar zu erkennen, an vielen Stellen schon von Schnee bedeckt. Davor lagen die Hügellandschaft der anderen Landseite und der See. Allmählich wurde Sophie ruhiger. Von Marlene drang ein zufriedenes Summen an ihr Ohr. Ein Lied kam ihr in den Sinn, eines, das sie oft schon gehört hatte, weil sie die Stimme des Sängers so liebte, das nun aber eine völlig neue Bedeutung für sie bekam. Henning May von AnnenMayKantereit, der über das »ozeanische Gefühl« sang. Ihr war, als klängen diese Zeilen über den Betonsockel des Turmes hinweg, weit in die Ferne, fort von dieser Anhöhe über der kleinen Stadt am Bodensee. Ein ozeanisches Gefühl, eines, das alles andere zu überdecken vermochte, das Weite und ein breites Rauschen schenkte.

Es war da.

In ihr.

»Mama, Mama, Mama.« Marlene hatte sich angeschlichen und schlang ihr jetzt die Arme um die Schultern. »Willst du auch mal schaukeln?«

»Nein, Süße, ich glaub, das würde dem Tier nicht gefallen.«

»Och«, meinte Marlene enttäuscht und drückte ihrer Mutter einen feuchten Kinderkuss auf die Wange. Sie sah über die Stadt hinweg. »Wie hoch sind wir hier?«

»Nicht so hoch. Vielleicht vierhundertfünfzig Meter.«

Marlene machte große Augen. »Nur? Ich fand den Berg ganz schön lang.« Sie ließ ihre Augen über die Stadt wandern. »Von hier ist der See gar kein Meer.«

Sophie lachte. »Nein, kein Meer.«

»Von hier oben ist er nur ein Seelein.« Marlene kicherte. »Und wenn man fliegt, dann ist der See nur noch eine Pfütze, nicht wahr?«

»Alles ist dann ganz klein. Du bist dann nur noch eine Ameise.« Sophie tippte ihrer Tochter auf die Nasenspitze. »Komm, lass uns …« Sie schluckte den Rest des Satzes herunter. »Nach Hause gehen, zu den Eltern«, hatte sie sagen wollen und war über die Realität gestolpert.

An den Rebstöcken, durch die der Weg vom Raiteberg hinab ins Wohngebiet führte, hingen noch vereinzelt ein paar Trauben. Je weiter sie sich vom Bismarckturm entfernten, desto schwerer fielen Sophie die Schritte, die sie unweigerlich in die Gegenwart führen sollten, gleichwohl fand sie keinen Grund mehr, die Heimkehr aufzuschieben. Tante Barbara und der Großvater erwarteten sie.

Auf halber Höhe kam ihnen ein Mann entgegen, der einen Hund an der Leine führte und einen Hut trug. Auch Sophies Vater hatte gern Hüte getragen. Ein Mann mit Hut und Hund inmitten der verlassenen Weinberge an einem zur Neige gehenden Tag. Als ihre Wege sich kreuzten, lächelte er Sophie an und fragte dann Marlene mit einem Blick zum Turm: »Lohnt es sich denn?«

Marlene machte große Augen und drückte Sophies Hand ein wenig fester. »Total«, sagte sie dann und fügte hinzu: »Vor allem das Wippetier, aber Mama meinte, sie wär zu schwer dafür.«

Sophie verdrehte die Augen. Ihre Tochter konnte nie eine einfache Antwort geben. Aber der Mann lachte. Ein Lachen, das sich so nahtlos zu seinem braun gebrannten Gesicht und dem Sonnenhut fügte, dass Sophie warm ums Herz wurde.

Ein paar Sekunden sahen sie einander an, und eine Stimme in Sophie flüsterte: *Los, sag was. Sag was, schlau oder lustig, egal, sag was.* Doch Sophie sagte nichts. Sie hatte nur Augen für den Hut und die vielen anderen Bilder, die sich vor ihr auftürmten wie der Bismarckturm in ihrem Rücken.

»Na, dann mache ich mich mal auf den Weg«, sagte der Mann und zog an der Leine. Ein zotteliger grauer Hund trabte müde weiter.

Sophie sah dem Mann nach, spürte noch seinen Blick auf sich ruhen, verfolgte seinen aufrechten und doch weichen Gang. Er wirkte federleicht, sein Gang, als wäre er im Urlaub und hätte alle Zeit der Welt. Und keine Trauer, die ihn niederdrückte. Sie blies die Luft aus, die sie angehalten hatte.

»Viel Spaß!«, rief ihre Tochter.

Er sah kurz zurück und winkte.

Unschlüssig hob Sophie die Hand, dann zog sie Marlene schnell weiter. Sie war aufgewühlt, spürte, dass ihr Gang ganz und gar nicht federleicht aussehen würde für einen Beobachter, eher kam es ihr so vor, als wäre jeder Schritt eine Anstrengung, als liefe sie auf Treibsand und sänke mit jedem Schritt ein wenig tiefer ein.

»Hab dich lieb, Mama«, sagte Marlene leise. Ganz still lief sie neben ihrer Mutter her und fügte hinzu: »Ich geh nie und nimmer von dir weg.« Und dann drückte die kleine Kinderhand ganz fest die Hand der Mutter.

Und ließ sie auch nicht los, als sie den Weg zum Haus liefen, schweigend den Großvater, Tante Barbara und deren Mann Hans umarmten und die Jacken im Flur an die Garderobe neben die Jacken der Eltern hängten. Auch Schuhe standen im Flur, die nie wieder gebraucht wurden. Sophie hatte das Gefühl, das Haarshampoo ihrer Mutter zu riechen, ein frühlingshafter Duft mit einem Hauch von Flieder. So standen sie alle im Flur, hilflos schweigend, und Marlene hielt die Hand ihrer Mutter, um nicht verloren zu gehen in so viel leerem Raum.

»Ich mach uns Tee«, sagte Barbara und klatschte in die Hände. Das Zeichen zur Auflösung der starren Gruppe. »Setzt euch, setzt euch. Ich hab auch Kuchen gebacken. Komm, Marlene, du kannst mitkommen«, ihr Blick fiel auf das Kind, das noch ein wenig näher an Sophie heranrückte. »Oder du bleibst erst einmal bei deiner Mama.«

Marlene nickte mit großen Augen. Selten hatte Sophie ihre Tochter so kleinlaut erlebt. Nachdenklich sah sie aus, die Stirn in Falten gelegt, den Reisekäfig mit den Meerschweinchen an sich gedrückt.

Hans lächelte ihr freundlich zu und nahm ihr den Käfig ab. »Der ist doch sicher schwer. Ich bring die drei mal in ihr Ferienhaus.« Er nahm den Käfig und ließ ihn ein wenig in die Tiefe sinken. »Ui, sehr schwer sogar. Du fütterst die sicher gut.«

Marlene nickte stolz und drückte wieder Sophies Hand.

Der Großvater lief ins Esszimmer, das unmittelbar ins Wohnzimmer überging, wo Feuer in einem großen Kamin einladend loderte und zur anderen Seite eine Fensterfront den Blick in den Garten freigab. Gemütlichkeit und Weitsicht, Bilder an der Wand, ein Ölgemälde und mehrere Aquarelle von Künstlern aus der Region, Blumen auf dem Tisch und dem Couchtisch, bunte Bücher in den Regalen, schöne Deko auf Beistelltischen und der Fensterbank – und dennoch wirkte der Raum wie ausgestorben, als wäre er seit Jahren unbewohnt, was nicht stimmte. Sophie roch den Duft der Lilien und das alte Holz der Dielen und sah, dass die Pflanzen am Fenster durstig waren. Der große Benjamin ließ die kleinen Zweige hängen, und am Boden lagen schon zahlreiche gelb verwelkte Blätter. Sophie sah sich suchend nach der kleinen roten Gießkanne ihrer Mutter um und entdeckte einige Staubflusen. Die Zeit hatte tief eingeatmet und das Leben aus diesem Zimmer gesogen. Sophie ging mit Marlene an der Hand zu einem der Fenster und riss es auf.

»Entschuldigt, ich brauche …«

Barbara kam mit einem großen Tablett zurück. In der Mitte des Tisches landete ein üppig belegter Pflaumenkuchen. Hans half ihr beim Verteilen der Tassen und Teller, und das Scheppern durchschnitt wohltuend die Stille. Im Hintergrund waren die Meerschweinchen zu hören, und auch dieses Geräusch war angenehm.

»Das sind Pflaumen von unseren Bäumen«, sagte Barbara und reichte Marlene die Schüssel mit der Sahne.

»Gute Ernte«, sagte Hans und nahm schnell ein großes Stück in den Mund. Er sprach nicht gern, aber er wollte Barbara zu Hilfe eilen, das war offenkundig. Wie zuvor schon mit den Meerschweinchen. Gerade war ein hohes Pfeifen zu hören. Er grinste. »Karotten gefunden«, sagte er zu Marlene.

»Ja, das war eine gute Ernte.« Barbara hielt Sophie die Schüssel mit Sahne hin. »Komm, Sophie, nimm auch ein wenig, du bist so blass.«

»Sie braucht einen Schnaps«, bestimmte der Großvater und stand auf. Wenig später brachte er einen Birnenschnaps und schenkte vier Gläser voll.

Sophie trank, ohne darüber nachzudenken. Sofort breitete sich eine ungewohnte Hitze in ihrem Magen aus.

»Puh.« Barbara schüttelte sich nach der Hälfte des Glases. Hans atmete hörbar aus.

»Auch eigene Ernte«, sagte der Großvater.

Alle sahen ihn an. Und da mussten Sophie und Barbara plötzlich lachen. Der Großvater schenkte nach und hielt das Glas hoch. »Auf die Ernte.«

»Und auf die Schweine«, flötete Marlene, ermutigt von dem Stimmungswandel. »Also die kleinen, die aus dem Wasser, die …« Sie zog ihre Stirn in Falten.

»Meerschweinchen«, half Sophie und trank das zweite Glas Schnaps, nachdem sie kurz in die Runde geprostet hatte.

»Meerschweinchen, genau. Die hat Mama geerntet. Aus der Mülltonne.« Marlene strahlte in die Runde. »Meine Mama ist nämlich eine Heldin. Wenn sie nicht gewesen wäre, dann wären die drei schon tot. Gute Ernte, Mama, eine wahrlich gute Ernte!«

Und mitten in dem der elterlichen Gegenwart beraubten Haus war plötzlich so viel Glück, dass es Sophie beinahe den Atem raubte.

5

Smarties im Schnee

Die Schaukel im Garten schwang verlassen hin und her. Sophie kannte das Quietschen, ohne dass sie es hören musste. Die Zweige des Mirabellenbaumes tanzten im Wind, Blätter regneten herab. Jedes Jahr im August hatte sie den Baum verflucht – reife Früchte waren ihr beim Schaukeln auf den Kopf gefallen, und sie hatte helfen müssen, die kleinen gelben Kugeln einzusammeln und sie später von ihrem Kern zu befreien. In einem Jahr hatten sie eine regelrechte Mirabellenschwemme, da musste die Mutter sehr einfallsreich sein. Es gab nicht nur Marmelade, sondern auch Schnaps und eingelegte Früchte, die dann niemand aß, und einen Mischmasch, den die Erwachsenen Chutney nannten, der aber in der Geschmackswelt eines Kindes außerordentlich schrecklich anmutete.

Sophie blinzelte. Für einen Moment meinte sie, den Geschmack von Mirabellen und Chili auf der Zunge zu spüren.

»Sophie, kommst du? Wir müssen los.«

Tante Barbara, die Schwester ihres Vaters, stand in einem schwarzen Mantel mit einem Regenschirm im Ausgang zur Diele. »Dein Großvater ist schon draußen«, fügte sie hinzu und versuchte ein Lächeln. »Es war klar, dass es heute in Strömen regnen würde. Oder?«

Sophie sah überrascht nach draußen. Regnete es? Wo war sie nur mit ihren Gedanken gewesen? Mirabellen. Sommer. Die Schaukel. »Ich muss Marlene –«

»Sitzt schon im Auto. Komm jetzt, wir müssen wirklich los.«

War es eilig, zu einer Beerdigung zu kommen? Sophie lief über den nassen Weg, und schon auf halber Strecke wurde ihr klar, dass ihre Schuhe nicht wasserdicht waren. Auf ihrem

Kopf trommelte es bedrohlich. Erleichtert sank sie in den Autositz. Kaltes Wasser lief ihr vom Hut in den Kragen. Sie legte ihre Hand offen auf ihr Bein und wartete, bis ihre Tochter ihre kleine Hand darauflegte. Schön, die ganze Kinderhand in der eigenen verborgen. Sophie seufzte.

»Dass dein Bruder nicht kommt, werde ich ihm nicht verzeihen.« Der Großvater bremste scharf an einer roten Ampel, beschleunigte dann ruckartig, um gleich wieder bremsen zu müssen.

Tante Barbara legte ihm eine Hand auf den Arm. »Er sitzt in Amerika fest, das weißt du doch. Quarantäne. Was hätte er denn machen sollen? Er kommt, sobald er kann.«

»Onkel kommt geflogen, Onkel kommt geflogen!«, rief Marlene begeistert und klatschte in die Hände. Sophie sah auf ihre nun leere Hand, die auf ihrem linken Bein ruhte. Sofort war ihr kalt. Kinderhände, oft noch warm, auch wenn Mütter längst dachten, sie müssten eiskalt sein. Manchmal, so schien es Sophie, hielt eher sie sich an ihrer Tochter fest als umgekehrt. Es war die Sicherheit, für einen anderen Menschen das Wichtigste und Größte zu sein, auch wenn man sich selbst ganz unbedeutend und klein vorkam.

Der Großvater blickte in den Innenspiegel und sah grimmig aus. »Ich weiß nicht, ob das gut ist, sie mitzunehmen«, sagte er und behielt Sophie im Blick. »So ein kleines Kind gehört nicht auf eine Beerdigung.«

»Bitte, Vater, beruhige dich.« Barbara legte wieder die Hand auf seinen Arm. »Das ist Sophies Entscheidung. Marlene ist fünf. Sie wird das verkraften. Und es gehört zum Leben.«

»Ich bin halb sechs schon«, krähte Marlene von der Rückbank. Sie hatte vergessen, weshalb es ein trauriger Tag war.

»Pah«, schimpfte er und bog in die Wollmatinger Straße ein, um den Konstanzer Hauptfriedhof vom Haupteingang aus zu erreichen. »Zum Leben gehört, dass Menschen alt werden. Nicht so etwas.« Er wischte durch die Luft, als müsste er einen Schwarm Mücken vertreiben.

Alt. Auch Sophies Eltern waren nicht mehr jung gewesen. Sogar Sophie hatte das Gefühl, nicht mehr so richtig jung zu sein. Aber aus der Sicht eines Neunzigjährigen waren sie natürlich alle jung.

Nach nur wenigen Minuten Fahrzeit bogen sie auf den Parkplatz des Friedhofes ein.

»Wir hätten laufen sollen«, brummte der Großvater und rangierte den Wagen bedrohlich nahe an einem parkenden Auto vorbei.

»Doch nicht bei dem Regen«, sagte Barbara seufzend.

Sophie hatte den Verdacht, dass Barbara nicht zum ersten Mal die Launen ihres Vaters beschwichtigen musste. »Du musst mit über neunzig auch nicht mehr durch die Gegend stiefeln.«

Der Konstanzer Hauptfriedhof war ein besonderer Ort. Allein der 1919 errichtete Bau für die Trauerhalle verlieh mit seinen rund angeordneten Säulen am Aufgang und der darüber thronenden Kuppel dem Ort als Ganzem eine stille Erhabenheit. Links und rechts führten die Wege hin zu den Gräbern, zum israelitischen Teil des Friedhofs, zum neuen und alten Bereich, zu jenem Teil, der den jüdischen Opfern des Nationalsozialismus gewidmet war, und zu den Gräbern der Soldaten sowie zu einem Grabfeld für Muslime. Dazwischen säumten alte Bäume die Wege, verwunschen und heldenhaft ragten sie als trotziges Dennoch zu all der Trauer zwischen den Grabsteinen in den Himmel und ließen die Wege zu Alleen werden.

Sophie war mit ihren Eltern ein paarmal auf dem Friedhof gewesen, eine Freundin ihrer Mutter lag dort, außerdem hatte ihre Mutter die Bäume fotografiert und zu Hause gemalt. Ein Baum sah aus wie eine Statue, ein sich nach oben reckender Körper. An der Hand der Mutter war Sophie als kleines Mädchen durch die Alleen gelaufen und hatte ehrfürchtig auf die vielen Grabsteine geschaut, die groß und pompös über den Tod hinaus bewiesen, dass man Stil nicht kaufen konnte. Andere indessen waren so liebevoll, bescheiden und schön, dass

Sophie eine andächtige Traurigkeit befiel. Besonders wehmütig stimmten sie die Kindergräber, wenn die Verstorbenen jünger als sie selbst waren und der Tod bildhaft in greifbare Nähe rückte und sowohl die Hoffnung als auch die Selbstsicherheit mit Lügen strafte. Nichts war sicher, und der Glaube versetzte auch keine Berge.

Die Andacht in der Friedhofskapelle war zu Ende. Gemeinsam liefen die Trauergäste zu dem offenen Grab. Die Bäume bewegten sich lebhaft hin und her. Trotz des Regens konnte Sophie für einen Moment den Brunnen hören, das hätte ihren Eltern gefallen – plätscherndes Wasser. Schon bald jedoch wurde dieses Geräusch verschluckt von dem stärker werdenden Regen. Die Schirme bogen sich im Wind, und die Worte des Pfarrers am Grab schwammen buchstäblich davon.

»… Roland und Conny der Erde zu übergeben … Was bleibt, ist die Liebe, die uns über den Tod hinaus …«, hörte Sophie aus weiter Ferne.

Barbara weinte und hatte sich bei ihrem Vater eingehakt. Seine Miene war wie versteinert, wütend sah er aus, wütend und müde. Barbaras Mann Hans, Sophies Onkel, stand unbeholfen daneben.

Sophie vermutete, dass rund achtzig Freunde und Bekannte gekommen waren, um sich zu verabschieden. Das waren mehr, als man bei diesem Wetter hätte erwarten können. Drei Freunde, die auch oft in der Weinstube zu Gast gewesen waren, spielten, geschützt von einem kleinen Zelt, auf ihren Blasinstrumenten gegen den Regen und die Trauer an.

Sophie schwebte in die Höhe, von wo aus sie alles beobachten konnte. Auch sich, wie sie dort auf dem Friedhof stand, ein kleines Mädchen an der Hand, das neugierig, aber auch eingeschüchtert um sich blickte.

Unfreiwillig farbenfroh war die Gruppe durch die Schirme geraten und würde von oben betrachtet wie eine Ansammlung bunter Punkte aussehen. Wie Smarties, würde Marlene sagen.

Ein hübsches Bild, eines, das Sophie sich vor ihrem inneren Auge ausmalen konnte, eine willkommene Ablenkung. Dass die Menschen doch so viele Schirme in Farbe hatten, erstaunte sie. Sie selbst besaß einen einzigen, und der war sogar geklaut, unabsichtlich natürlich, aus einem Hotel, das den Gästen Schirme verlieh. Dunkelblau, klassisch, der Hotelname stand darauf. Kein besonders cleverer Diebstahl, wenn man es bei Licht betrachtete.

Aber November und Licht war ja ein Widerspruch in sich. Gerade in Konstanz gehörte dieser Monat zu den jährlichen Tiefpunkten. Der Nebel holte Anlauf und saugte das Leben aus der Stadt, erinnerte die Menschen an Einsamkeit und Tod. Der Nebel erinnerte aber auch an den kleinsten Kreis, der Geborgenheit bedeutete, jenes Haus mit dem Mirabellenbaum im Garten und der Schaukel daran, die immer quietschte, weil sie an einer Kette um einen starken Ast befestigt war. Irgendwann hatte der Vater ein Band um die Kette gewickelt, in der Hoffnung, so das Quietschen zu verhindern. Es gelang für kurze Zeit, dann war es durchgescheuert und wurde ersetzt und war wieder durchgescheuert und wurde wieder ersetzt. Das Quietschen hatte gewonnen.

Eine ganze Flut von Erinnerungen überlief sie. Mirabellen mit Chili, Schmerzen auf der Zunge. Harte Früchte auf dem Kopf, Snoopy. Sebastian, der Burgen baute. Smarties im Schnee.

In das Quietschen dieser Erinnerungswellen mischte sich ein Quaken. Wildgänse. Sie flogen über den Friedhof, drehten eine Runde und flogen dann weiter in Richtung See. Das Klima wurde immer milder in dieser Ecke Deutschlands, die Tiere mussten nicht mehr in den Süden fliegen, viele blieben einfach in den Vogelschutzgebieten und überwinterten am Bodensee. Sophie stellte sich vor, dass sie bald klimatisch zu den südlichen Ländern zählten, dass sich Wüsten bildeten und Kakteen den Wald ersetzten. Schon saß sie zwischen den beiden Höckern eines Kamels, hatte kurzes braunes Fell in der Hand, und die Welt begann zu schaukeln.

Ein Ziehen an ihrer Hand holte sie aus ihrer Träumerei. »Fliegen da Oma und Opa?« Marlene zeigte mit dem Finger nach oben zu den Wildgänsen, die eine Runde über den Friedhof flogen. Sie meinte es ernst und doch frei jeder Ernsthaftigkeit.

Schluchzen im Hintergrund, der mürrische Blick des Großvaters, der kundtat: Hab ich es dir nicht gesagt? Barbara, die sich eine Hand auf den Mund presste. Sie hatte ihren Bruder Roland sehr geliebt, das wusste Sophie.

Sie hob Marlene hoch und drückte sie an sich. »Ja«, flüsterte sie ihr ins Ohr. »Dort oben fliegen jetzt Oma und Opa.« Sie streckte kurz die Hand aus und winkte, und ihre kleine Tochter machte es ihr nach und rief: »Gute Reise, Oma und Opa, kommt bald wieder.«

Als die Trauergemeinde sich eine Viertelstunde später auflöste, teils um nach Hause zu gehen und trockene Kleidung anzuziehen, teils um zu ihnen in die Weinstube zu fahren und dort ein gemeinsames Essen einzunehmen, das Barbara bei einem Caterer in der Stadt bestellt hatte, stand Sophie noch allein am Grab. Marlene war bereits mit Barbara und Hans gegangen. Der Regen hatte aufgehört, doch noch immer tropfte es von der Hutkrempe vor ihrem Gesicht. Hinter den Tropfen erkannte sie schemenhaft eine Gestalt bei den Bäumen. Als sie über die nassen Wege lief, trat die Gestalt aus dem Schutz der Bäume hervor.

»Katrin. Wie lang bist du schon …?«

»Von Anfang an.« Ihre Freundin zitterte und schlang die Arme fester um ihren Körper. »Wie geht's dir?«

Sophie hob die Schultern. »Ich weiß nicht. Ich weiß im Moment gar nichts.«

»Versteh ich gut.« Katrin verzog den Mund und deutete mit einem Nicken auf Sophies Kopf. »Du mit Hut?«

Sophie schielte nach oben. »Von meinem Vater. Ich dachte wohl, das sei passend.« Ein dicker Regentropfen platschte von der Hutkrempe auf ihre Nasenspitze. »Warum bist du nicht rübergekommen zu uns? Du gehörst doch quasi zur Familie.«

»Ist lange her, nicht wahr?«, sagte Katrin. »Außerdem sind Beerdigungen nicht so meins.«

»Beerdigungen sind für niemanden etwas.«

Sophie breitete die Arme aus, und Katrin trat einen Schritt auf sie zu. Es roch nach Regen auf der Haut, nach salziger Luft von all den Tränen. Sophie kannte den Duft der Freundin, die blumige Note im Winter, die die Sonne aus dem Sommer ersetzen sollte und doch nie deren goldwarmes Aroma erreichte. Katrin kam den letzten noch fehlenden Schritt auf sie zu, und dann fielen sie sich in die Arme und weinten, während gerade wieder die Sonne zum Vorschein kam. Und gewiss lachten irgendwo Menschen und freuten sich auf das Wochenende. Gewiss quietschten irgendwo Kinderschaukeln, und Menschen planten die Weihnachtsfeiern. Sie beide aber standen dort zu zweit allein in einer Welt, die für Sophie nie wieder so sein würde wie zuvor.

6

Durcheinandertal

»Das wird nicht passieren, solange ich lebe!« Der Großvater schlug mit der flachen Hand auf den Tisch, und Sophie staunte einen Moment, dass dieser alte Mann eine solche Wucht aufbrachte, von der die Gläser erzitterten.

Katrin sah betreten zur Seite. »Ich glaube, ich geh jetzt besser.«

Schnell schüttelte Sophie den Kopf. »Nein, auf keinen Fall«, sagte sie leise.

»Vater, ich bitte dich. Nicht heute«, sagte Barbara. Hans stand auf und nickte zum Abschied. Wortlos verließ er den Raum. Sophie kannte ihn als schweigsamen Mann, der keine großen Worte machte und jedem Streit gern aus dem Weg ging, insofern war sie nicht verwundert über seinen Abgang. Im Grunde musste der Großvater dankbar über diesen Schwiegersohn sein, der den Weinbaubetrieb der Familie Sonnbach übernommen hatte. Gemeinsam mit Barbara, die kinderlos geblieben war, weswegen alles an Sophie und ihrem Bruder hing. Würde ihr Bruder jemals darüber nachdenken, die Weinberge zu übernehmen? Wohl kaum.

»Gerade heute«, polterte der Großvater. »Wir müssen das besprechen. Das Lokal ist jetzt seit Wochen geschlossen. Erst dieser verdammte Urlaub und dann …« Er presste sich die Hand auf den Mund.

Es war schlagartig ruhig. Dieser verdammte Urlaub, dachte Sophie, dieser verdammte Urlaub in Italien, den sich ihre Mutter so sehr gewünscht hatte.

»Ich hätt sie einfach nicht fahren lassen sollen.«

»Jetzt mach aber mal einen Punkt«, wetterte Barbara ungewohnt laut für ihre Verhältnisse. »Die beiden hatten sich einen Urlaub mehr als verdient. Das weißt du so gut wie ich. Keiner kann etwas für diesen Unfall.«

»Er wär nicht passiert, wenn sie hier …« Der Großvater blieb stoisch. »So oder so, wir müssen wieder aufmachen und über die Perspektiven sprechen.« Er richtete sich auf und beugte sich nach vorne auf den Tisch. Dann zeigte er mit dem Finger auf Sophie. »Und du hast eine Verantwortung, wenn schon dein missratener Bruder –«

Sophie blies die Luft hörbar aus. »Großvater, ich verstehe, dass du wütend bist, aber es hilft wirklich nichts und niemandem, wenn du hier deine Wut an uns auslässt.«

Barbara stand auf. »Ich mach uns jetzt noch einmal einen neuen Tee, und wir reden in Ruhe. Wir sind heute alle erschöpft. Vielleicht sollten wir sogar erst morgen reden.« Sie legte ihrem Vater ihre Hände auf die Schultern und drückte ihn sanft, aber bestimmt auf den Stuhl zurück. Dann gab sie ihm einen Kuss auf die Wange. »Du hast deinen Sohn und deine Schwiegertochter verloren, ich meinen Bruder und unsere liebe Sophie ihre Eltern. Wir sind alle traurig und wütend auf das Leben. Aber wir müssen jetzt zusammenhalten.«

Der alte Mann drehte sich nach oben und sah Barbara an. Sein Gesicht wirkte eingefallen, die Falten sammelten sich als tiefe Furchen auf seiner Stirn, die vom Wetter und von den Jahren auf den Feldern gezeichnete Haut war fahl. Es würde Sophie nicht wundern, wenn ihr Großvater am nächsten Tag einfach nicht mehr aufwachen würde. Andererseits lag eine kühne Entschlossenheit in seinem Blick.

»Bitte, Vater, manchmal ist es Zeit, Dinge loszulassen.«

Es dauerte eine gefühlte Ewigkeit, bis die Worte Barbaras bei dem alten Mann ankamen, doch plötzlich verbarg er sein Gesicht in den Händen und begann zu weinen.

Sophie schluckte. Die Wut, sie fehlte, war sie doch leichter zu ertragen als die Trauer. Etwas berührte sie an ihrem linken Oberschenkel. Sie sah nach unten: Dort lag die Hand der Freundin, offen, einladend, und Sophie nahm das Angebot an und legte ihre Hand darauf. Mühelos fanden ihre Finger in eine passende und verschworene Haltung dort unter dem Tisch, heimlich. Sie sahen sich an, bekräftigten mit ihren Blicken den alten Schwur: beste Freundinnen, für immer, egal was passiert.

Und so rückten Vergangenheit und Gegenwart erstaunlich nah zusammen, waren Haut an Haut, Finger in Finger.

Das gleiche Gefühl empfand Sophie ein wenig später, als ihr Bruder Sebastian anrief, der schon seit einigen Jahren in Amerika lebte und nur noch gelegentlich zu Besuch kam, nun aber am Telefon zu weinen begann. Er war geflüchtet vor der Familientradition, hatte immer lieber ein Bier als Wein getrunken und kein Interesse daran, in der Altstadt von Konstanz eine Weinstube zu führen. In den wenigen Minuten, in denen sie sich unterhielten, überkam ihn heftige Wehmut ob der gemeinsamen Kindheit. Und durch seine Schilderungen kam es auch Sophie so vor, als wäre es erst wenige Wochen her, dass sie dort im Garten der Weinstube im Sandkasten gesessen hatten, den die Eltern eigens für sie aufgebaut hatten, um ungestört arbeiten zu können. Und eine Schaukel. Auch im Garten der Weinstube hing eine Schaukel.

Der Abend nahm seinen Lauf. Barbara hatte keinen neuen Tee gemacht, sondern eine Flasche Wein mitgebracht. Stumm tranken sie ihr erstes Glas – ein zwischen Wut und Trauer gefangenes Schweigen.

Es wurde nicht leichter, vielmehr wurde die lange verdrängte Last auf Sophies Schultern immer schwerer. Barbara hatte immer geholfen, so gut es ging, auch ihrem Bruder Roland in der Weinstube mit der Buchhaltung, allerdings war die Arbeit rund um die Weinberge ausreichend. Sie war immerhin auch schon fast siebzig Jahre alt und hatte im letzten Jahr außerdem einen Bandscheibenvorfall erlitten. Es war undenkbar, dass sie noch mehr Verantwortung und Aufgaben übernahm. Unausgesprochen und gleichwohl ebenso deutlich stand somit auch die Frage im Raum, was grundsätzlich aus dem Familienerbe der Sonnbachs werden sollte. Zu lange hatte Sophie darauf gebaut, dass zuerst der Großvater sie verlassen würde und sie dieses Gespräch mit ihren toleranten Eltern führen könnte. Nun hatte die Zeit gegen sie gespielt und die vermeintliche Unverwundbarkeit der Eltern aufgehoben. Ein Lkw hatte bei einer Autobahnausfahrt nicht bremsen können und mehrere Menschen aus dem Leben gerissen. Einfach so. In einer Sekunde. Alles anders.

Sophie kämpfte mit zunehmender Verzweiflung gegen die sich ausbreitende Hilflosigkeit.

»Weshalb kannst du nicht die Weinstube übernehmen?«, fragte der Großvater unvermittelt nach dem zweiten Glas Wein mit schon schwerer Zunge.

»Ich habe ein Leben in Frankfurt«, erklärte Sophie, die Hand unter dem Tisch mit der Freundin verbunden.

»Du hast ein abgebrochenes Studium und ein uneheliches Kind ohne Vater in Frankfurt. Was soll das sein? Das große Los?«

»Vater!«, versuchte Barbara einzugreifen, doch es war zu spät.

»Ich habe einen Job und eine Wohnung und …«

Sophie fiel nichts mehr ein. Ihr Großvater hatte den Trumpf des hohen Alters auf seiner Seite und ihre Vergesslichkeit, was sie in Frankfurt wollte. Also schwiegen sie und tranken eine zweite Flasche Rotwein, gewiss ein wenig zu viel, doch es machte die Gegenwart leichter. So redeten sie schließlich in entspannterem Ton über die Eltern, Roland und Conny Sonnbach, und Sophie hing zwischen den Anekdoten ihren eigenen Träumen nach – sie und ihr Bruder mit den Eltern bei einem der seltenen Urlaube am Meer. Ihr Hund, der immer die Wellen fangen wollte und dann bellte, wenn sie verschwanden. Snoopy. Der erste und letzte Hund in ihrem Leben.

Dann sah sie wieder bunte Schirme, einer war rot mit weißen Punkten, ein anderer grün-weiß gestreift. Sophie sah ihren Vater mit einer Traubenrebe in der Hand, stolz hielt er sie hoch in die Kamera. Es war ein Fotoshooting für einen neuen Werbeflyer für das Lokal. Ihre Mutter trug im Sommer immer Kleider, oft mit Blumen. Sie hatte auch mit über sechzig einen Pferdeschwanz gehabt und stets jugendlich ausgesehen. Sophie war so oft stolz auf ihre Mutter gewesen, die sie nie jammern gehört hatte. Sie konnte sich nicht erinnern, ob sie ihr das jemals gesagt hatte.

Barbara erzählte gerade von einer Weinprobe mit Roland, als dieser alle Weine getrunken und kaum noch nach Hause gefunden hatte. Der Großvater bedauerte zum wiederholten Male, dass Barbara und Hans keine Kinder hatten. Die Wehmut hing im Raum wie eine Rauchwolke, sie war zum Schneiden dick und brannte in den Augen.

»Alles vergeht«, sagte der Großvater und schenkte Wein nach. Er sah Katrin an. »Gut, dass du da bist. Du gehörst für uns zur Familie, das weißt du.«

Katrin nickte. Sophie war in diesem Moment stolz auf ihren Großvater, der nun nicht nur seine Frau Gisela, sondern auch seinen Sohn Roland überlebt hatte. Sie wollte sich gar nicht vorstellen, wie es sein musste, das eigene Kind zu verabschieden, egal wie alt das Kind inzwischen war. Gegen drei Uhr kehrte eine matte Stille ein. Sie waren alle erschöpft von der Traurigkeit, dem Abschiednehmen. Der Großvater streckte seine Hände über den Tisch und nahm Sophies in seine. Sophie starrte darauf, kleine Hände in großen. Warm und geborgen, verbindend.

»Bitte, Sophie, überlege es dir, um deiner Eltern willen«, sagte er leise.

Sophie überkam eine Welle der Rührung. Sie wollte diese Gefühle der Unsicherheit nicht mitnehmen in diese Nacht, sie wollte nicht zaudern, nicht hadern, sie wollte nicht tagelang im flehenden Blick ihres Großvaters leben, die Trauer nicht vergrößern. Sie wollte nur raus aus dieser Situation, für die es keine Lösung gab. Außer einer.

»Ich muss nicht überlegen«, sagte sie und merkte, dass ihre

Stimme zitterte. Barbara hielt die Luft an, das linke Auge des Großvaters zuckte. Katrin rutschte auf ihrem Stuhl hin und her.

»Ich übernehme die Weinstube Sonnbach.«

Großvater blies die Luft hörbar aus, es war ein Seufzer der Erleichterung, und sofort folgten Tränen, die er sich schnell wegwischte. Katrin ballte unter dem Tisch eine Gewinnerfaust, doch Barbara machte ein erschrockenes Gesicht.

»Du kannst das Kind doch nicht einfach überreden!«

Großvater wischte mit der Hand durch die Luft. »Papperlapapp. Ich hab gesagt, sie soll nachdenken. Jetzt hat sie anscheinend genug nachgedacht.« Er hob das Glas. »Auf die Sonnbachs!«

»Ich freu mich, wenn du zurückkommst«, flüsterte Katrin. Wir stehen das gemeinsam durch, sagte der Blick, den die Freundin ihr zuwarf.

Sophie wusste gar nicht, wie ihr geschah. Sie war noch immer wie in einem Taumel. Seit der Nachricht von dem Unfalltod ihrer Eltern war ihr Leben wie eine Achterbahnfahrt von einem Moment zum nächsten gerast. Trauer und Wut, Verzweiflung und Unverständnis hatten sich abgewechselt, und immer dazwischen das flötengleiche Lachen der kleinen Marlene, die nichts begriff und doch zu allem eine Meinung hatte. Dieser resignierte Blick ihres Großvaters, den sie immer gemocht und gefürchtet hatte, dessen Güte und Strenge, er war einfach zu viel gewesen. Die Weinstube war sein Leben, sie zu verlieren wollte er nicht erleben, wollte er nicht *über*leben. Was sollte Sophie dem entgegenhalten? Sie war gerade vierzig Jahre alt geworden, und darüber hinaus wusste sie nicht viel über ihr Leben, das sich seit fünfeinhalb Jahren hauptsächlich um ihre Tochter gedreht hatte. Ein Kreisel bin ich, dachte sie. *Wo ich mich weiterdrehe, ist gewiss gleichgültig.*

Die Schaukel im Garten quietschte und begleitete die Sternenkinder in die Nacht. Ihre Mutter hatte ihr das erzählt, wenn

Sophie Angst hatte ob des Geräusches im Dunkeln, das sie immer glauben ließ, jemand säße auf ihrer Schaukel. Unweit der Schaukel hatte der Sandkasten gestanden, in dem ihr Bruder den größten Teil seiner Zeit verbracht hatte – entweder in ihrem Haus im Königsbau, jenem Stadtteil in Konstanz unweit der Universität, oder aber in der Weinstube in der Altstadt.

Komm her, wir bauen eine Burg.

Ich schaukel lieber.

Das ist langweilig.

Gar nicht. Ich träum von einer Burg.

Und dann hatten sie gelacht. Sebastian hatte seine Burg gebaut, Sophie hatte von einer geträumt, einer Burg, die immer weiß war und rote Fensterläden und Zinnen besaß. In ihren Träumen konnte sie reiten wie der Wind auf einem Pferd, dem nachts im Mondschein Flügel wuchsen. Ihr Bruder war ein Edelmann, und ihre Eltern saßen auf Sesseln, die von Weinreben umrankt waren. Sie ernteten die Trauben im Sitzen. Zu ihren Füßen lagen zwei riesige schwarze Hunde. Sophie hatte gern und viel und mitten am Tag geträumt als Kind, von fernen Ländern und einer Heldenwelt, in der sie glücklich vor sich hin schaukelte.

Als Kinder hatten sie gedacht, sie hätten alles eben zweimal: den Baum mit einer Schaukel, einen Sandkasten, ein Zuhause. Wie außergewöhnlich es war, in der Innenstadt von Konstanz ein Haus zu besitzen mit einem Innenhof und Garten, war Sophie erst allmählich klar geworden. Und noch etwas später war ihr bewusst geworden, dass ihr Leben ihnen ein Paradies bot, das nicht selbstverständlich und vor allem der Tatsache geschuldet war, dass ihre Eltern keine eigenen Ziele verfolgt hatten.

Als Sophie nach dem Abitur überlegte, was sie denn gern machen wollte, da war ihr Bruder schon ein Jahr an der FH und studierte Informatik. Die Großeltern machten sich unverhohlen Sorgen um die Nachfolge für die Weinstube Sonnbach.

»Die Kinder müssen die Tradition weiterführen, wo kommen wir denn sonst hin?«, hatte der Großvater gewettert.

»Wenigstens einer von beiden wäre schön«, hatte die Großmutter abgeschwächt.

Sophie hatte mit großen Augen am Abendbrottisch gesessen und das Gespräch der Eltern mit den Großeltern verfolgt. Hatte es das Gespräch ein Jahr zuvor bei Sebastian auch gegeben? Ihre Mutter und auch ihr Vater hatten sich für sie eingesetzt, erklärt, dass Sophie erst einmal herausfinden sollte, was ihr Freude bereite, und dass sie sie nicht in etwas hineindrängen wollten.

»Hineindrängen?« Der Großvater hatte nicht verstanden, was sein Sohn ihm da sagte.

Sophie war gegangen, und doch hatte dieser Flucht von Beginn an innegewohnt, dass es kein endgültiges Entkommen gab – irgendwann würde sie der Frage, was aus dem Familienerbe werden sollte, nicht mehr ausweichen können.

Woran sie sich noch erinnerte, später, als sie in ihrem alten Kinderzimmer leise zu ihrer Tochter ins Bett geklettert war und Katrin es sich auf einer Matratze am Boden bequem gemacht hatte: der Großvater am Kaminsims vor dem Bild ihrer Familie, seine knochigen Finger, die darüberstrichen. Ein Foto von ihrem Vater Roland, der mit Barbara vor der Weinstube saß und in die Kamera prostete. Sophie hatte so lange darauf gestarrt, dass es plötzlich in Bewegung geraten war. Und dieser Geruch von Zwetschgenkompott und Zimt, der weit nach Mitternacht sich im Wohnzimmer ausgebreitet hatte. Aus eigener Ernte. Mit Vanilleeis.

Marlene seufzte wohlig im Schlaf und schmiegte sich an Sophie.

Es regnete wieder, und die Tropfen klangen auf dem Dachfenster wie eine Musik. Sophie wollte nicht weinen, sie wollte sich vorstellen, dass es eine fröhliche Musik war, eine, die sie mit ihren Freundinnen am Strand hören würde, Reggae, sanftes Wiegen, barfuß mit langen Gewändern wie damals in ihrem gemeinsamen Urlaub. *Regentropfen müssen nicht traurig klingen, nicht schwermütig, sie können auch Gleichmäßigkeit bedeuten, Sanftheit.* Aber es half alles nichts. Die Tränen bahnten sich ihren Weg, und kalt umfasste eine fremde Macht ihr Herz.

»Schön, dass du wieder da bist«, flüsterte Katrin in die Nacht, und ihre Stimme hatte etwas Tröstendes.

»Wieder da«, wiederholte Sophie. »Ich kann es noch nicht begreifen.«

»Alles wird gut.«

»Ich übernehme die Weinstube. Wie soll das gut werden?«

7
Ein bitterkalter Januar

Der November und die ersten Adventswochen gingen vorbei. Viel blieb von dieser trüben Zeit nicht übrig außer dem Quietschen der Schaukel im Regen und eine graue Aussicht vor den Fenstern. Sophie konnte sich nicht erinnern, jemals so oft aus dem Fenster gesehen zu haben, ob sie nun in ihrem Elternhaus in Konstanz war oder in ihrer kleinen Wohnung in Frankfurt, die sie bereits gekündigt hatte. Angesichts der besonderen Umstände und der Tatsache, dass die Bewerberschlange für die Wohnung groß wäre, entließ ihr Vermieter sie mit einer zweimonatigen Kündigungsfrist, Ende Januar sollte sie die Wohnung geräumt haben.

Katrin versprach zu helfen, wobei auch immer. Kisten packen, Möbel schleppen, Wände anmalen – sie sei noch immer die Frau für alles. Katrin konnte man mitten in der Nacht anrufen und um Hilfe bitten, sie wäre fünf Minuten später auf dem Weg. Ihr Zimmer war für Sophie immer das reinste Wunderkabinett gewesen. Bunte Möbelknäufe auf rosafarbenen antiken Kommoden, mit Stoff bezogene Regale, getöpferte Schalen und selbst gemalte Bilder an der Wand. Katrin hatte in ihrer Schulzeit Fahrradreifen geflickt, Autoreifen gewechselt, Radios repariert und Möbel aufbereitet. Sie war die Do-it-yourself-Frau, der man den Satz »Geht nicht, gibt's nicht« sofort abkaufte.

Alle Mädchen hatten die selbstbewusste Katrin bewundert, einschließlich Sophie, und oft hatte sie die Freundin gebeten, ihr alles Mögliche beizubringen, etwa, wie man eine Hose mit einem Stoffeinsatz zu einer Schlaghose umnähte. Mit diesen Hosen hatten sie dann bei Rock am See Chrissi kennengelernt, die begeistert war von den Hosen und sofort vorschlug, gemeinsam in Produktion zu gehen. An diesem Abend hatten sie sich nicht nur ewige Freundschaft geschworen, sondern zudem, wenn auch nur für kurze Zeit, ein eigenes Modelabel gegründet. Ganze zehn Hosen hatten sie in dieser Zeit genäht und verkauft, nur an beste Freundinnen. Doch dann war die Idee verpufft, Sophie konnte sich nicht erinnern, weshalb. Es war eine von vielen Ideen, die Sophie in ihrem Leben und für ihr Leben hatte und die dann plötzlich verschwunden waren.

Zieh doch einmal etwas durch. Ihr Bruder Sebastian.

Ich hoffe, du findest das, was dich erfüllt. Die Mutter.

An Weihnachten kam ihr Bruder für zehn Tage aus Amerika zu Besuch, ließ sich von dem Großvater beschimpfen und von Sophie das Grab der Eltern zeigen. Hand in Hand gehend, wussten sie beide, dass sie zuletzt am Grab von Snoopy so gestanden hatten.

»Tut mir leid, dass ich nicht da war.«

»Ich weiß.« Sophie konnte die Verzweiflung in seiner Stimme hören.

»Es war leichter, als ich in Amerika war, weißt du? Das war so unwirklich. Ich konnte mir die letzten Wochen immer einreden, dass sie noch da sind.«

»Ich weiß«, sagte Sophie wieder.

Er drehte sich zur Seite und umarmte sie so unerwartet heftig, dass sie zurücktaumelte, doch ihr großer Bruder hielt sie ebenso stark fest, wie er sie aus dem Gleichgewicht gebracht hatte.

Jetzt sind nur noch wir, dachte sie, wir und unsere Kinder und Barbara und Hans und Großvater und Katrin und Chrissi und Sebastians Freunde in Amerika und … »Wir sind nicht allein«, flüsterte sie ihrem Bruder ins Ohr, während ihre Haare neben ihrem Hals nass von seinen Tränen wurden. Es war ein Tag vor Weihnachten.

»Das Leben ist so beschissen unfair. Sie wollten mich besuchen kommen, endlich. Im Januar. Wusstest du das?«

Sophie schüttelte den Kopf.

»Ich hatte die Flüge schon gebucht. Alles war besprochen. Vater hat sich so gefreut. Endlich einmal raus aus dieser verschissenen ...« Sebastian presste sich die Hand auf den Mund.

Sophie sah auf das Holzkreuz, für das sie noch keinen angemessenen Ersatz gefunden hatten. Ein laminiertes Foto ihrer Eltern war dort befestigt. Roland und Conny, wie sie ihre Eltern so oft gesehen hatte: Sie an seine Schulter geschmiegt, er hatte den Arm um sie gelegt, sie lachten beide, der Wind spielte in ihren Haaren.

»Einfach nicht fair«, sagte ihr Bruder und rannte davon. Sophie blieb allein zurück, dachte an Ungerechtigkeit und daran, dass seit sechs Wochen ihr ganzes Leben auf den Kopf gestellt wurde.

Während sie auf dem Friedhof gewesen waren, hatte Barbara mit den Kindern und Sebastians Frau Judith vorweihnachtlich gewütet. Sophie betrat das Haus und roch die frisch gebackenen Kekse. Im Wohnzimmer sah sie die Kisten mit dem Weihnachtsschmuck aus dem Keller und mitten in dem Chaos ihren Großvater in dem großen, senfgelben Ohrensessel sitzen, vom Sideboard erklangen Weihnachtslieder von einer Kinderschallplatte, die sie schon mit ihrem Bruder gehört hatte. So viel Tradition im Raum, dass es wehtat. Barbara schmückte mit den strahlenden Kindern den Baum. Sebastian war noch nicht zurück, seine Frau Judith bereitete in der Küche das Essen vor. Unschlüssig stand Sophie in der Diele. Von hier konnte sie über den Flur in die Küche oder direkt ins Wohnzimmer oder aber über die Treppen nach oben in ihr Zimmer flüchten. Sie zögerte einen Moment zu lange.

»Mama, endlich. Komm!« Marlene hatte sie entdeckt und kam auf sie zugerannt. Aufgeregt zog sie an ihrem Arm. »Der Baum, Mama, den musst du dir anschauen, der ist größer als alle Fusselwüffs zusammen.«

»Dieses Wort, Marlene, Schätzchen, könnten wir –«

»Fusselwüff, Fusselwüff.« Marlene hopste herum. »Ich liebe

dieses Wort. Es klingt einfach ulkig, bitte, Mama, komm doch mit. Der ist einfach galaktisch!«

Galaktisch, dachte Sophie. Das war auch neu. Sie folgte ihrer aufgedrehten Fünfjährigen und hängte ein paar Kugeln an den Baum. Schließlich ließ sie sich aufs Sofa fallen. Das Kinderlachen entfernte sich ebenso wie die Musik. Ihr Blick wanderte hinüber zum Kamin, in dem so herrlich warm das Feuer loderte, und dann hinauf zum Kaminsims, wo die Fotos der Familie standen, sie und ihr Bruder mit den Eltern beim Picknick auf der Mainau. Familienausflug am Muttertag. Ein anderes Bild zeigte sie in der Marienschlucht, die mittlerweile gesperrt war. Die Mutter hatte Angst gehabt, dass sie auf den moosigen Stufen ausrutschten und hinabstürzten. Vielleicht gar nicht so unbegründet. Der Vater und Sebastian hatten gelacht.

Sophie ließ den Blick weiterwandern. Zum Fenster. Dahinter noch immer Regen. Der Blick aus dem Fenster war wie eine Flucht aus der Gegenwart. Plötzlich schob sich ein Kopf in ihre Aussicht. Sebastian tauchte dort im Regen auf, sah sie an. Das Wasser lief ihm in Bächen über das Gesicht. Wenn es doch endlich Schnee wäre. Er hob die Hand zum Gruß, und Sophie hob ebenfalls die Hand. Übereinkunft, diesen Weihnachtsabend für die Kinder zu bewältigen.

Noch vor dem Jahreswechsel kehrte Sebastian mit seiner Familie nach Amerika und Sophie mit Marlene wieder nach Frankfurt zurück.

Als sie am Bahnhof von Konstanz stand und ihrer Tochter erklärte, dass der Turm des Bahnhofs so aussah wie der Turm eines Palastes in Italien, wurde ihr bewusst, dass ihre nächste Fahrt nach Konstanz eine Heimkehr sein würde. Und sie jetzt ein letztes Mal nach Frankfurt reiste.

Als der Zug Konstanz verließ, sah sie gemeinsam mit ihrer Tochter zu den Pappeln auf der Reichenau und zum See, den Marlene so unglaublich groß fand, dass sie immer wieder fragte, ob das auch sicher nicht das Meer war.

»Ist das Meer wirklich noch größer?«

»Ach«, Sophie strich ihrer Tochter über die Haare. »Weißt du, es gibt tatsächlich eine Stelle, von der aus der Bodensee wie ein Meer aussieht«, erzählte sie. »Aber dafür müssten wir nach Bregenz ans Ostufer des Sees reisen und von dort nach Westen in Richtung Konstanz blicken. Dann sieht der See aus wie ein Meer.«

»Wie geht denn das?«

»Durch die Erdkrümmung wölbt sich der See in dieser Blickrichtung um rund achtzig Meter, und dadurch sieht der See endlos aus. Das ist unser ›Schwäbisches Meer‹.«

Marlene klatschte begeistert. »Wir wohnen also doch bald am Meer.«

»Ja, meine Süße.«

Marlene setzte sich Kopfhörer auf und hörte ihre Lieblings-Lillifee-CD, Sophie hätte jedes Lied mitsingen können. Gerade als das Einhorn gegen die Kälte und Einsamkeit ansang, setzte sich ein Paar zu ihnen an den Tisch.

»Süß, die Kleine«, sagte die Frau und lächelte. Die beiden waren vielleicht Mitte sechzig, also ungefähr in dem Alter von Sophies Eltern. Sie wirkten freundlich, er zurückhaltend, sie mit der sichtbaren Lust, sich auszutauschen, und so hoffte Sophie, dass die beiden bald aussteigen würden.

»Waren Sie auch im Urlaub am See? Ist ja nicht gerade eine typische Jahreszeit dafür.« Die Frau lachte und legte ihren Schal neben sich auf den Sitz. »Schatz, soll ich dir aus dem Mantel helfen?«

Er zeigte nach draußen. »Schau lieber raus, Gertrud, sonst verpasst du die Hälfte.«

Sie winkte ab. »Ich hab so viel gesehen. Konstanz ist wirklich eine wunderbare Stadt. Wir kommen immer im Winter, da ist weniger los. Und so richtig Winter wird es hier ja nicht. Außerdem haben wir Freunde am See. Also in Dettingen-Wallhausen, aber da machen wir natürlich …« Sie legte sich eine Hand auf den Mund. »Entschuldigen Sie, ich wollte nicht so lossprudeln. Sie sind bestimmt froh, wenn Ihre Kleine gerade zufrieden ist.«

Ihr Mann ließ den linken Zeigefinger neben seinem Kopf kreisen und verdrehte die Augen. »Sie sprudelt immer. Gut, dass ich bald taub bin«, sagte er mit brummiger, aber liebevoller Stimme, dann legte er seine Hand geöffnet auf ihr Bein, und sie legte ihre darauf.

Blinzelnd schob Sophie die hochschwappenden Erinnerungsbilder beiseite.

»Und?«, fragte Gertrud. »Urlaub?«

»Nein«, sagte Sophie und hörte selbst, dass sie unsicher klang. »Ich komme aus Konstanz.«

»Ach, wie schön!«, jubelte Gertrud. »Heinz, stell dir vor, wir lernen eine Ureinwohnerin kennen.« Sie freute sich überschwänglich.

»Schatz, beruhige dich, die Leute gucken schon«, sagte er beschwichtigend. »Meine Frau ist ein wenig aufgekratzt.«

Gertrud beugte sich vor und hielt eine Hand neben ihren Mund, als wolle sie Sophie etwas zuflüstern. »Hören Sie nicht auf ihn, aber bitte, erzählen Sie, wenn Sie mögen. Konstanz ist für mich wie ein Sehnsuchtsort. Ich wollte hier ... Ach, lassen wir das. Bitte, erzählen Sie ein wenig.«

Die Frau sah Sophie so sehnsüchtig an, dass Sophie lachen musste. »Es gibt da gar nicht so viel. Ich bin hier geboren und in Konstanz aufgewachsen, ich war hier an der Schule.« Sie hob verlegen die Schultern. »Ich glaub, man vergisst einfach, dass man an einem Ort lebt, an dem andere Urlaub machen.«

Gertrud nickte wissend. »Das kann gut sein. Wissen Sie, für mich hatte Konstanz immer eine ganz eigene Energie. Die Stadt hat dem Krieg getrotzt, sie blieb so gut erhalten wie keine andere.«

»Ja, den Schweizern sei Dank«, sagte Sophie.

»Stimmt, den Schweizern sei Dank. Konstanz pulsiert vor Lebendigkeit. Ich hab hier immer das Gefühl, man wird ein wenig vitaler als in seinem anderen, gewöhnlichen Leben.«

Sie sah zur Seite, lächelte. »Ich weiß, mein Mann hält mich für verrückt, aber mir geht es nun einmal so.«

»Meine Eltern haben eine Weinstube in der Innenstadt, in der Niederburg. Vielleicht kennen Sie sie ja.« Sophie hatte einfach drauflosertählt, ohne nachzudenken.

»Eine Weinstube in der Niederburg? Die kennen wir bestimmt, oder, Heinz? Was meinst du? Weinstuben haben wir sicher alle schon besucht. Ist es die Weinstube Sonnbach? Die mögen wir besonders gern. Nur leider war sie dieses Mal geschlossen.«

»Ja, genau«, antwortete Sophie und spürte, wie sich ihr Nacken versteifte.

Sie sprachen eine Weile über die Altstadt, die Geschäfte und Restaurants, die beste Reisezeit, als Gertrud plötzlich sagte: »Es muss sehr schwer gewesen sein, Konstanz zu verlassen.«

Sophie legte den Kopf leicht schief und versuchte, sich zu erinnern.

»Weshalb sind Sie eigentlich weg?«

Sophie sah auf ihre Schuhspitze. Sie hatte wie immer das linke Bein über das rechte gelegt. Jetzt wippte sie mit dem linken Fuß, schwarze Boots, darauf ein wenig Sand. Marlene hatte gespielt, Sophie danebengestanden, dann war einer der Kuchen vom Rand des Sandkastens gefallen. Jungs bauten Sandburgen, Mädchen backten Kuchen. Sophie hatte am liebsten geschaukelt. Im Gegensatz zu ihrem Bruder hatte sie nicht gewusst, was sie machen wollte nach dem Abitur. Sie hatte Deutsch und Englisch auf Lehramt studiert, doch nicht aus Leidenschaft, weder für das Studium an sich noch für die beiden Fächer. Und dann war eine dumme Sache passiert, und Sophie wollte einfach nur weg und war in Frankfurt gelandet.

»Ich wollte Ihnen nicht zu nahe treten«, sagte Gertrud in die Pause hinein.

»Nicht schlimm«, sagte Sophie und wischte beiläufig den Sand von ihrem Schuh, doch es blieb ein Fleck. »Ich bin beruflich nach Frankfurt.« Sie lächelte, fuhr noch einmal über den Fleck, dann räusperte sie sich. »Aber ich fahr heute nach Frankfurt, um dort meine Koffer zu packen. Ich komme zurück.«

Gertrud legte verträumt den Kopf zur Seite.

Sophies Atem beschleunigte sich. »Nach Hause«, fügte sie etwas leiser hinzu.

8
Umzugskistenchaos

Sophie saß auf einer Umzugskiste und blätterte in dem Weinmagazin vom Bodensee, das ihre Tante ihr gegeben hatte. Sie musste noch sehr viel lernen, wenn sie nicht gleich unangenehm auffallen wollte. Ein paarmal hatte sie Barbara beim Abendgeschäft in der Weinstube begleitet, um die Abläufe kennenzulernen, aber für Weinkunde hatte sie noch keinen Kopf gehabt.

In den vergangenen Jahren war sie nur gelegentlich mit gutem Wein konfrontiert worden, nämlich an jenen Wochenenden, die sie mit Markus in schicken Hotels verbracht hatte, doch die waren nun auch schon wieder eine Weile her. Sophie erinnerte sich zwar an die Weinkarten, für die man nicht nur mehrere Sprachen beherrschen musste, sondern auch ein wenig Ahnung benötigte, doch hatte stets Markus bestellt, als Mann von Welt. Auch wenn Sophie das ungern zugab, er hatte ihr imponiert mit seiner souveränen Ausstrahlung, sie hatte sich sicher an seiner Seite gefühlt und meistens auch wie etwas Besonderes.

Alles hätte gut werden können, wäre da nicht eine Ehefrau gewesen, die Markus zwar angeblich verlassen wollte, die aber offenbar nicht so leicht loszuwerden war. Und je aussichtsloser es wurde, desto stärker begehrte Sophie ihn, desto bemühter ihre Versuche, an jenen Wochenenden in einsam gelegenen Hotels mit teurer Bettwäsche und hochpreisigen Weinen alles richtig zu machen und ihn von sich zu überzeugen. Sophie hatte diesen gemeinsamen Tagen regelrecht entgegengefiebert und alles andere um sich herum vernachlässigt. Und wenn er dann einen Rotwein auswählte und dessen französischen Namen so lässig aussprach, war sie eben beeindruckt und überlegte, ob Markus wohl auch ihrem Vater imponieren würde. Sophie hatte nie herausgefunden, ob Markus wirklich Ahnung hatte oder nur gut bluffen konnte und es schlicht vermieden hatte, den günstigsten Wein von der Karte zu bestellen. Ihr wäre das egal gewesen, Wein schmeckte ihr, wenn er nicht zu holzig und erdig war und natürlich auch nicht zu lieblich. Aber Wein war so viel mehr. Der Weinanbau rund um den Bodensee sei eine spannende Sache, behauptete das Magazin, auch würden die Weine immer besser und über die Region hinaus auch beliebter.

Die Weinstube hatte vorübergehend eingeschränkt geöffnet, Barbara half an einigen Abenden, und Freunde hatten sich ebenfalls angeboten. Sogar der Großvater übernahm Dienste und blühte sichtlich auf. Die Aussicht auf Sophies Rückkehr verlieh ihm neue Kräfte. Sophie hatte ihn einen Abend lang zu den Tischen begleitet, hatte ihn erzählen und lachen gesehen und sich immer wieder sagen müssen: Das ist der Vater meines Vaters.

Plötzlich war sie müde.

Neben ihr auf dem Fußboden lag die Checkliste, was es noch alles zu tun gab, bis das Umzugsunternehmen kam. Sie schielte darauf, aber soweit sie sehen konnte, war alles abgehakt. Ein paar Freunden musste sie noch ihre neuen Kontaktdaten schreiben, doch das hatte Zeit, bis sie in Konstanz war, und einige würde sie so oder so verlieren. Nicht schlimm, wenn sich der Freundeskreis wieder lichtete. Sodann blieb ihr eine Woche, bevor sie als neue Chefin in der Weinstube Sonnbach vorgestellt wurde.

Marlene saß schmollend in einer Ecke. Sie fand ihr Lieblingspferd nicht, das Sophie in eine der letzten Kisten gestopft hatte. Es war nicht leicht, Marlene zu erklären, dass die Kisten vermutlich erst im Laufe der nächsten Tage in Konstanz wieder geöffnet werden konnten.

Am liebsten wäre Sophie mit Marlene direkt in eine neue Wohnung gezogen, aber Konstanz war hoffnungslos überlaufen. Gemeinsam mit Katrin hatte sie Inserate in der Zeitung und bei eBay-Kleinanzeigen gewälzt. An den Wochenenden hatte Katrin ihr bei der Auflösung der Wohnung in Frankfurt geholfen, unter der Woche hatte sie in Konstanz Wohnungen angesehen und versucht, ihre »Kontakte spielen zu lassen«, um dann Ende Januar doch einzusehen, dass sie ihre Freundin samt Kind vorübergehend im Elternhaus einquartieren musste, wobei sie schon am zweiten Tag nach dieser Entscheidung drängte, jetzt nicht in Bequemlichkeit zu verfallen – sie kannte Sophie nur zu gut –, sondern sich mit Nachdruck etwas Eigenes zu suchen. *Hierzubleiben wäre Selbstmord, glaub mir, glaub einer alten weisen Frau …*

Endlich klingelte es, und Sophie legte das Magazin zur Seite. In der letzten halben Stunde hatte sie ohnehin keine der Informationen mehr behalten, sie war viel zu aufgeregt. Zurück nach Konstanz, alte Heimat, alte Wunden und völlig neue Aufgaben.

Die Umzugsleute trugen die Kisten nach unten, ein Glas fiel zu Boden und zerbrach. Im Treppenhaus schepperte etwas. Sophie wusste nicht, wohin mit sich, und stand unschlüssig in ihrer Küche. Marlene beobachtete indessen sehr genau und ebenso misstrauisch die Handgriffe der Männer. Sie wollte sichergehen, dass auch alle Kisten in den Wagen kamen. Sie machte sich große Sorgen um ihr Pferd.

Natürlich würde Sophie weiter nach einer Wohnung für sich und Marlene suchen, nach einem neuen, eigenen Zuhause. Sie sammelte die Scherben ein und schnitt sich dabei. Ein Blutstropfen landete auf ihrer Bluse. Sie kramte in ihrer Handtasche und fand ein Pflaster. Wenig später hatte sie eine lachende Biene Maja auf ihrem Zeigefinger. Sie musste nicht überredet werden, nach einer eigenen Wohnung zu suchen, das hatte sie auch Katrin schon gesagt. Ihre Angst, mit all den Erinnerungen unter einem Dach zu leben, war viel zu groß.

Gemeinsam mit Marlene und den Meerschweinchen fuhr

sie dem Wagen des Umzugsunternehmens hinterher. Marlenes Laune besserte sich, sie sang frühe Osterlieder, und die Meerschweinchen knabberten an Karottenstückchen. Als sie die Ausfahrt nach Konstanz nahmen, war es bereits dunkel. Die Januartage begannen spät und endeten dafür umso früher. Gerecht war das nicht.

Mit einem Kloß im Hals landete Sophie also an einem kalten Tag im Januar abends in der Auffahrt vor dem Haus im Königsbau. Barbara nahm Marlene in Empfang und brachte sie ins Bett, und Sophie wies die Leute vom Umzugsunternehmen an, die Kisten und wenigen Möbel, die sie mitgenommen hatte, in der freigeräumten Garage zu lagern.

Ihr Großvater und auch Barbara waren zwar traurig, dass Sophie nicht »richtig« bei ihnen einziehen wollte, freuten sich gleichwohl überschwänglich, dass sie wenigstens vorübergehend bei ihnen war. Vermutlich dachte der Großvater, dass Sophie ohnehin nicht so schnell eine passende Alternative finden würde. Manche Probleme lösten sich bekanntlich von selbst, und Sophie galt ja ohnehin nicht als sehr entscheidungsfreudig.

Marlene war sehr erschöpft von dem Tag und schlief schnell ein. Auch Barbara, Hans und der Großvater verabschiedeten sich bald, sodass Sophie irgendwann allein im Wohnzimmer stand und überlegte, was sie tun sollte. Sie war zu aufgedreht zum Schlafen, also setzte sie sich mit einem Glas Rotwein vor den Kamin. Das schwere Eichenholz knisterte und krachte bisweilen und verbreitete einen angenehmen Duft. Im Hintergrund lief leise Klaviermusik. Das Feuer und der Rotwein hatten sie gewärmt, aber auch ein Gefühl der Schwere erzeugt.

Sophie betrachtete ihren Vater auf dem Foto auf dem Kaminsims. Er hatte immer gern mit Holz gearbeitet. Ihren Schreibtisch hatte er gebaut, auch einen Tisch für die Küche der Eltern im ersten Stock. Und einen Stuhl. Das Schreinern war sein Hobby gewesen. Und ihre Mutter hatte gern gemalt. Waren das die geheimen Träume der Eltern gewesen? Sophie prostete dem Bild ihrer Eltern zu und sah ihren Vater in einer

Schreinerei und ihre Mutter in einem Atelier, dann bei einer Ausstellung der eigenen Bilder. Ja, das hätte ihrer Mutter gut gefallen.

Und was würde ihr selbst gefallen?

Sophie stellte sich vor, einen Mann zu treffen, der sie vom ersten Moment richtig ansah und ernst nahm, der sie zum Lachen brachte, ohne albern zu sein, der seine Blicke nicht von ihr lassen konnte, ohne anzüglich zu sein, einen Mann, der ihre Neugier weckte, ohne verschwiegen zu sein, dessen Mund zum Küssen einlud, dessen Hände aussahen, als könnten sie Klavier spielen und ebenso sanft über ihre Haut streichen. Sophie spürte ein Kribbeln über ihren Körper jagen. Hatte sie nicht vor Kurzem noch bei Markus gelegen? War es so sehr Abschied gewesen, dass es ihre Sehnsucht nicht zu stillen vermocht hatte? Sie vermisste es, Haut an Haut mit einem Mann auf einem Bett zu liegen, im Sommer, wenn die Fenster offen standen und der Wind über eng umschlungene Körper strich …

Träumen ist wie Wünschen, Mama, nur besser.

Wieso ist Träumen besser?

Beim Träumen hat man alles, was man sich wünscht.

Aber dann wacht man auf.

Das macht nichts. Man muss Dinge ja nicht ewig haben, damit sie gut sind …

Nein, man musste Dinge nicht ewig haben, Glück hing nicht an der Dauer, sondern an der Absolutheit des Augenblicks. Auch das hatte sie sich immer wieder gesagt, damals bei Markus, als ihre Liebe groß und seine Zeit begrenzt war.

Sophie schenkte sich noch einmal nach. Sebastian meldete sich aus Amerika, und weil Sophie ohnehin noch nicht schlafen wollte, telefonierte sie mit ihrem Bruder über eine Stunde. Beide flüchteten sie sich in eine tröstende Vergangenheit, in ihre Kindheit und Jugendzeiten. Sie lachten sogar.

Irgendwann sagte ihr Bruder mit ernster Stimme: »Ich bewundere dich dafür.«

Sophie war so überrascht, dass sie nichts sagen konnte.

»Ehrlich, Sophie, ich hätte das nicht geschafft, ich wäre einfach abgehauen, aber du bist zurückgekommen.«

Noch lange hallten die Worte in Sophie nach, auch als sie längst im Bett lag und in die Dunkelheit starrte. Ihr Bruder war stolz auf sie.

9
Trendfarben für Anfänger

Die ersten Wochen waren sie hauptsächlich damit beschäftigt, Routine in die neuen Abläufe zu bekommen und einige Dinge so aufzuräumen, dass nicht jeden Tag ein neues Chaos ausbrach. Marlene schlich um die Kisten in der Garage herum, als hoffte sie, irgendwann zu riechen, wo ihr geliebtes Pferd verpackt war. Wenigstens schimpfte sie nicht mehr jeden Tag.

Gerade als Sophie ernsthaft die Sorge beschlich, in Konstanz keine Wohnung zu finden, war ihnen das Glück dann doch hold: Eine hübsche Drei-Zimmer-Wohnung nahe der Schweizer Grenze wurde frei, weil das Paar ein drittes Kind bekam. Bei der Besichtigung musterte die Frau Sophie und die kleine Marlene und sagte lachend: »Für euch passt das, wir sind rausgewachsen.«

Und so half ihr Katrin bei dem zweiten Umzug innerhalb weniger Wochen – aus ihrem Elternhaus im Königsbau in eine Drei-Zimmer-Wohnung am Emmishofer Zoll. Das Stadtgebiet zählte zur Altstadt, war aber schon erschwinglicher. Hier standen keine prächtigen Fachwerkhäuser, dafür bezahlbare Mehrfamilienhäuser wie im benachbarten Paradies. Sophie hätte sehr gern dort eine Wohnung gefunden, wollte sich nun aber keinesfalls beschweren. Sie konnte überall mit dem Fahrrad hinradeln und war dabei dennoch nicht mittendrin im Trubel der Stadt. Das Stadtviertel rund um den Emmishofer Zoll war etwas in die Jahre gekommen, aber lebendig, und mit einem Lebensmittelmarkt, einem türkischen Gemüseladen, einem Bäcker und etlichen Restaurants sowie Kneipen in einem Radius von dreihundert Metern würde sie gut versorgt sein. Marlenes Kindergarten war fußläufig zu erreichen, dennoch murrte die Fünfjährige. Sie verstand nicht, weshalb sie schon wieder umziehen mussten, hatte aber die große Hoffnung noch nicht aufgegeben, nun endlich das Pferd wiederzufinden, das beim Umzug von Frankfurt nach Konstanz verloren gegangen war. Die Hoffnung teilte Sophie inständig, denn in finsteren Momenten befürchtete sie, das Pferd aus Versehen in Frankfurt in jene Kisten gepackt zu haben, die inzwischen entsorgt worden waren.

»Schön hier«, sagte Katrin zufrieden. Sie waren den ganzen Tag mit einem geliehenen Sprinter hin- und hergefahren, Marlene immer dabei, weil das Fahren in einem Sprinter ein solches Abenteuer war. Katrin zauberte eine Flasche Sekt aus ihrer Tasche und holte zwei Gläser aus der Küche. Der Korken sprang so schnell heraus, dass es schäumte und ein wenig auf den Fußboden tropfte, doch Sophie war zu erschöpft, um den Sekt sofort aufzuwischen.

»Ich gratuliere dir zu deiner neuen Wohnung, liebe Sophie«, sagte Katrin. »Wirst sehen, das wird alles gemütlich, auch wenn der Kamin uns natürlich fehlen wird. Das waren echt schöne Abende bei dir.«

Dreimal hatten sie im Februar gemeinsam am Feuer gesessen, und Katrin hatte von all ihren neuen Projekten erzählt und welchen Mann sie getroffen hatte. Sophie beneidete Katrin um ihre Energie. Jetzt saßen sie auf zwei Umzugskisten, tranken Sekt und blickten sich um.

Katrin zeigte auf eine Wand. »Dort kommt das Sofa hin.«

»Ich besitze kein Sofa«, sagte Sophie grinsend.

»Du wirst ein Sofa besitzen. Wir schauen gleich morgen, was die Kleinanzeigen so hergeben. Noch haben wir den Sprinter.«

»Okay«, sagte Sophie und schenkte sich nach. »So wie ich dich kenne, hast du schon was im Auge.«

Katrin zwinkerte. »Richtig.« Umgehend wirkte sie geschäftig und kramte ihr Handy raus, scrollte durch eine Liste, von der Sophie inzwischen gelernt hatte, dass es Katrins »heilige«

Merkliste mit gespeicherten eBay-Kleinanzeigen war, aus der sie für die Freundin bereits so einige Schätzchen organisiert hatte und noch organisieren würde. »Hier, schau mal.« Katrin hielt Sophie das Handy hin.

»Das Sofa ist grün.«

»Das ist mint. Liegt voll im Trend.«

»Soso, im *Trend.*« Sophie schob das Wort in ihrem Mund hin und her und besah sich geziert ihre Fingernägel. »Dann passt es definitiv nicht zu mir. Trend und ich gehen getrennte Wege.«

»Das sieht doch super aus.«

»Jetzt mal ehrlich, eine helle Farbe und ein Kind? Ist nicht ideal.«

»Ach, komm, deine Tochter ist doch sehr manierlich.«

»Ist oder isst?«, fragte Sophie und lachte.

»Was ist mit mir?« Marlene stand mit ihrer Kuscheldecke im zukünftigen Wohnzimmer.

»Ach herrje, meine Süße, kannst du nicht schlafen?« Sophie breitete die Arme aus.

Marlene stand da, rieb sich die Augen und schien nachzudenken. Schließlich kam sie zu ihnen herüber, umarmte Sophie kurz und rollte sich anschließend auf dem weißen Flokati ein, der am Boden lag. »Ich schlaf hier, okay, Mama?«

Sophie ließ die Hand nach unten hängen und streichelte ihrer Tochter über die Wange. »Klar ist das okay, oder, Katrin?«

Katrin musste nicht mehr antworten, Marlene war bereits wieder eingeschlafen. Sie lächelte im Schlaf.

»Du hast schon Glück.« Katrin betrachtete die schlafende Marlene.

Sophie trank schnell von ihrem Sekt und hielt Katrin ihr Glas hin, damit diese nachschenken konnte. Glück, so hatte Sophie gelernt, war viel öfter eine Frage der Perspektive, als man wahrhaben wollte.

Sie holte tief Luft und ließ ihren Blick durch ihr neues

Zuhause wandern: Ein paar Möbel standen bereits an ihrem Platz. Der Küchentisch, den ihr Vater gebaut hatte, vier bunte Stühle, die sie aus Frankfurt mitgebracht hatte und die ein Flohmarktfund waren. Sie war sehr glücklich, dass sie eine Wohnung mit Wohnküche gefunden hatte – ihrem Lieblingsort. Lieblingsort, ein kleiner Tagtraum blätterte vor ihr seine Flügel auf: sie in ihrer neuen Küche und dazu ein Mann, der ihre Küche als *seinen* Lieblingsort bezeichnete. Weil er selbst eine hochgestylte Designerküche sein Eigen nannte und sich in Sophies Küche mit den bunten Sammelsachen, die sich in all den Jahren mit Flohmarktbesuchen angehäuft hatten, eigentümlich wohlfühlte.

»Was ist?«, fragte Katrin. »Weshalb grinst du so?«

»Nichts. Ich hab nur in meine neue Küche geschaut und gedacht, dass das ein schöner Ort wird.« Sie zwinkerte ihrer Freundin zu. »Mit all den Trendfarben. Schau dir nur die Stühle an!«

Katrin legte eine Hand auf den Arm der Freundin. »So ist es recht. Deine neue Küche! Und ja, du hast verdammtes Glück gehabt mit der Wohnung. Das kann alles sehr gemütlich werden. Als Erstes holen wir morgen das mintfarbene Sofa. Das wird toll!«

Sophie lachte schallend. »Wenn nur die Kisten endlich versorgt wären. Ich kann sie nicht mehr sehen, ehrlich. Ich hab das Gefühl, dass ich seit zwei Monaten nur aus Kisten lebe.«

»Jetzt hast du es erst einmal geschafft. Durchatmen ist angesagt, durchatmen und ankommen.«

Sophie umarmte ihre Freundin. »Ich danke dir. Ohne dich –«

»Papperlapapp, natürlich hättest du das alles auch ohne mich geschafft. Du bist viel stärker, als du denkst.« Katrin deutete auf die schlafende Marlene. »Die hast du ziemlich gut hinbekommen.«

Marlene seufzte im Schlaf.

Katrin stand auf, stellte das Sektglas zur Seite und klatschte in die Hände. »Und jetzt machen wir uns an die Kisten. Der Tag ist noch nicht zu Ende! Hopp, hopp!«

Als bereits in der zweiten Kiste das verloren geglaubte Pferd auftauchte, jubelte Sophie regelrecht vor Erleichterung. Sie trug ihre Tochter in ihr Bett und legte das Stofftier dazu, das würde eine schöne Überraschung am nächsten Morgen werden.

Die Sektflasche war leer, als zehn weitere Kisten ausgeräumt und zusammengefaltet waren. Inzwischen waren sie beim »Unplugged«-Album von Nirvana angekommen. Sie holten sich zwei Flaschen Bier, setzten sich auf die bunten Stühle in der Küche und machten mit den Flaschen in der Hand ein Selfie für Sophies Bruder.

»Cheers«, kam postwendend zurück und ein küssendes Smiley. »Einen guten Start wünsche ich dir, Schwesterherz!«

Gegen Mitternacht fiel Sophie auf ihre Matratze. Nun hatte sie auch diesen Schritt geschafft. Morgen würde vielleicht ein neues Sofa einziehen, und Katrin wäre glücklich. Sie würde das als weiteren Triumph verbuchen. Dann also Mint, eine Trendfarbe. Irgendwie war das auch mutig, dachte sich Sophie und freute sich, wenngleich sie in jegliche mutige Aktion eher stolperte. Immerhin schienen ihr alle in ihrer Umgebung zuzutrauen, dass sie das alles hinbekam und die Weinstube irgendwann eigenverantwortlich führen könnte. Auch mutig. Von den anderen.

Bin ich mutig? Bei aller Angst vor der Rückkehr in die alte Heimat, vor diesem Zuviel an Erinnerung, vor dem Scheitern, gab es eine Sorge, die sie am meisten belastete: nie das Glück zu finden, einen anderen Menschen an ihrer Seite zu haben, für den sie selbst auch die Eine war …

10

Eine Rebe macht noch keinen Sommer

»Alles über Wein und Sophies Versuche, sich damit auszukennen.« Katrin hielt die Handykamera auf ihre Freundin gerichtet und lachte laut.

Sophie hob abwehrend die Hand und stapfte weiter durch die Weinberge bei Hagnau. »Weshalb nur hab ich mir das angetan? Und jetzt hör endlich mit der Filmerei auf.« Sie war genervt, vor allem davon, dass sie sich nicht merken konnte, was der Weinbauer ihnen erklärte, nichts über die Rebstöcke, wann sie geschnitten und gebunden wurden, nichts über die Rebsorten und die Weine, die daraus gekeltert wurden.

Dass ihre Freundin sie begleitete, war überaus freundlich, wobei Katrin hier gewiss eigene Interessen verfolgte.

Ein Weinseminar? Drei Tage in einem Weingut bei Meersburg? Das ist ja wie Urlaub.

Echt? Du kommst mit? Ich will da ungern allein hin.

Klar komme ich mit. Ich geh mal davon aus, dass da noch mehr Menschen teilnehmen? Auch männliche?

Gewiss, gewiss.

»Jetzt komm schon, das ist lustig. Du bist lustig.« Katrin hielt gnadenlos die Kamera auf Sophie gerichtet, die gerade wieder eine Haarsträhne hinter die Ohren steckte und ihr Hemd erneut hochkrempelte. Es war unerwartet heiß an diesem letzten Aprilwochenende.

»Ich will nicht lustig sein, ich will mir das alles merken können, aber in meinem Kopf herrscht Chaos.«

»Wie gefällt dir denn der Weinbauer?«

»Welcher? Senior oder Junior?«

Katrin verdrehte die Augen. »Du solltest mich ernster nehmen.«

»Weshalb?«

»Vielleicht verliebe ich mich irgendwann mal.«

Sophie musste lächeln. Ihr war durchaus bewusst, wie viel ihre Freundin für sie tat seit dem Tod der Eltern. Bisweilen hatte Sophie ein schlechtes Gewissen, wenn sie Katrin beobachtete, während die etwas voller Elan und Euphorie für sie erledigte. Neben ihr kam Sophie sich immer langsam, behäbig und geradezu antriebslos vor. Manchmal hatten sie und Chrissi gescherzt, dass Katrin der Hamster unter ihnen sei, immer in Bewegung.

»Und Action!«, rief da Katrin gerade und machte Sophie ein Zeichen weiterzugehen.

»Mann, kannst du nerven!«, schimpfte Sophie, machte aber eine Pose für die Kamera, als müsste sie geziert ihre Frisur richten. Sie konnte der Freundin auch nie lange böse sein. Wenn Sophie nur an den Umzug dachte, an den von Frankfurt ins Haus ihrer Eltern, da hatte Katrin diverse Umzugskisten einfach mal so gestemmt und die Stockwerke nach unten und in Konstanz wieder nach oben getragen. Dabei war sie keine eins siebzig.

Sophie hatte während ihrer Affäre mit Markus und anschließend als alleinerziehende Mutter ihre sämtlichen Freundinnen vernachlässigt, sich nur hin und wieder und oft halbherzig gemeldet, wenn sie mal zu Besuch war oder Sorgen hatte, um dann wieder abzutauchen. Katrin wusste das, wusste, dass Sophie gern in ihrem Schneckenhaus verweilte, es aber nicht böse meinte. Vielleicht war das der beste Charakterzug neben vielen anderen an Katrin: Sie bewertete kein Verhalten und zog niemals voreilige Schlüsse. Für sie war Sophie ihre beste alte Freundin, und dabei blieb es. Unerschütterlich. Und so war es möglich, nach all den Jahren wieder dorthin zurückzukehren, wo sie sich über fünfzehn Jahre zuvor getrennt hatten.

Wir bleiben beste Freundinnen.
Für immer.
Für immer.
Komme, was da wolle …
Komme, was da wolle …

»Also, wie gefällt dir der Weinbauer?« Katrin ließ nicht locker.

»Wenn ich dir antworte, hörst du dann auf zu nerven?«

Katrin rollte mit den Augen. »Wer weiß, wer weiß?«

»Der Senior gefällt mir besser. Ich nehme an, das kommt dir gelegen?«

Katrin lachte. »Ach, süße Sophie, was machen wir nur mit dir?«

»Ich weiß, ich bin hoffnungslos. Konzentrieren kann ich mich auch nicht. Was hat er gerade erzählt?«

»818 gab es den ersten Rebstock am Bodensee. Drüben auf der Reichenau. So ein saurer Plunder, den die Pfaffen als Messwein –«

»Pst!« Sophie hob den Zeigefinger an die Lippen und bedeutete der Freundin zu schweigen. Der Weinbauer senior, Heinrich Großberger, war überraschend aus einem Seitengang zu ihnen getreten und stand nun direkt hinter Katrin.

»Abt Heito I., um genau zu sein, meine Damen. Wir sind aber weiter, also in der Führung und auch mit den Weinen. Hier, kostet mal.« Er reichte Sophie einen kleinen Becher. Sie nippte daran und ließ eine unerwartet fruchtige Note durch ihren Mund gleiten. Anschließend reichte sie Katrin den Becher, und die probierte ebenfalls.

»Und?« Großberger lächelte breit. Offenbar nahm er ihnen die Unaufmerksamkeit nicht übel. »Nicht sauer, oder?«

Katrin schüttelte den Kopf. »Ich weiß nicht, wie man es richtig sagt, aber es schmeckt ganz leicht und nach Früchten, aber«, sie hakte sich bei Sophie ein, »sie hier muss so schnell wie möglich Weinkennerin werden, weil sie ja die Weinstube Sonnbach …« Katrin brach ab.

Der alte Weinbauer nickte. »Ja, ich hab's mitbekommen. Schlimme Sache, Sophie, schlimme Sache. Ich kenne deine Familie, seit ich denken kann. Dein Großvater hatte dich schon dabei, als du kaum laufen konntest.«

»Ach was, das wusste ich gar nicht.« Katrin sah verwundert zu Sophie.

»Ich auch nicht«, sagte Sophie leise.

»Du warst lange weg, Sophie, viel zu lange.« Er schenkte noch einmal nach. »Ein Weißburgunder. Hier am Bodenseeufer wachsen die Reben auf Böden, die die Eiszeit geprägt hat. Moränenschotter liegt auf Süßwassermolasse. Das bedeutet, dass immer eine gewisse Feuchtigkeit herrscht, für die Reben ist das gerade in den trockenen Monaten ideal. Daher besitzen diese Weine eine Leichtigkeit, wie ihr es richtig bemerkt habt, eine fruchtige Note obendrein. Wir würden auch ›Eleganz‹ dazu sagen.«

Katrin trank noch einen Schluck mit geschlossenen Augen. Sophie konnte sehen, dass sie in ihrem Mund nach den Aromen suchte, nach der Geschichte des Weines. Katrin war schon immer sehr sinnlich, sie liebte es, Dinge in ihrem Innersten zu erfahren, leidenschaftlich, bewusst, ganzheitlich. »Schmeckt wunderbar und ist irgendwie erfrischend«, sagte sie. »Und er kribbelt in den Fingerspitzen.«

Großberger lachte. »Schön gesagt. Kommt mit, mein Sohn und die anderen sind schon eine Etage weiter.«

Die nächste »Etage« entstand durch die Hanglage. Der Junior, der Peter hieß, erzählte gerade über die klimatischen Bedingungen am Bodensee, die durch den großen See begünstigt wurden.

Sophie hinkte seinen Erklärungen allerdings hinterher. Sie war mit ihrem Großvater hier gewesen? Weshalb hatte er das nicht gesagt, als sie ihm von dem Weinseminar erzählte? War sie auch mit ihren Eltern hier gewesen?

»Wir haben hier rund tausendvierhundert Sonnenstunden in der Vegetationszeit bis Oktober und dennoch eine gute

Niederschlagsmenge. Außerdem haben wir in der Bodenseeregion einen Temperaturdurchschnitt von knapp neun Grad, das ist ein großer Vorteil. Selten nur wird Frost für unsere Rebstöcke ein Problem.«

Katrin hörte aufmerksam zu und nickte immer wieder. Sie will nicht nur einen guten Eindruck bei Peter machen, sondern sich auch deshalb möglichst viel merken, um mich beim Lernen zu unterstützen, dachte Sophie. Sie hatte wirklich großes Glück mit ihrer Freundin.

»Baden ist übrigens das drittgrößte Anbaugebiet für Wein in Deutschland, und mittlerweile genießen die badischen Weine international einen guten Ruf. Darüber hinaus haben wir die höchsten Weinberge Deutschlands drüben auf dem Hegau und auch noch die südlichsten hier bei uns. Bei einem Probiererle unten in unserem Hof könnt ihr euch gern von unseren Weinen überzeugen.«

Applaus der Teilnehmenden. Peter sah direkt herüber zu ihr, erwartungsvoll. Hatte er eine Frage gestellt? Sophie klatschte verlegen. Ihr war heiß, sie hatte das Gefühl, dass alle Informationen nur so durch sie hindurchgeflossen waren. Sie merkte auch die zwei Schlucke Weißwein, und überall kitzelte es an ihren Beinen, als wären dort Ameisen unterwegs, doch wann immer sie hinsah, waren es nur die Grashalme. Unbeholfen kratzte sie sich mit dem Fuß das Bein und wechselte dann die Position. Jetzt winkte Katrin Peter zu. Und der? Winkte zurück und zwinkerte. Weshalb? Sophie hatte offenbar einen Teil der Geschichte schon verpasst.

Für die angekündigte Verkostung landeten sie mit acht weiteren Gästen in dem Innenhof des Weingutes von Peter und seinem Vater, Heinrich Großberger. Sie saßen an Biertischen, auf denen Kerzen sowie Teller mit Brot und Käse verteilt waren. Verschiedene Weine wurden präsentiert, einige Burgundersorten, dann ein Schwarzriesling und ein Chardonnay. Sophie fiel es schwer, die verschiedenen Geschmacksnuancen auseinanderzuhalten, während Katrin schnell zu lernen schien und bei der Beschreibung des Geschmacks immer wieder Anerkennung erntete.

»Du hast wirklich ein gutes Gespür«, sagte Peter.

»Und wie ist es mit dir, Sophie?«, fragte Großberger senior.

Sophie zuckte mit den Schultern. »Ich weiß nicht so recht. Ich weiß, dass mir etwas schmeckt und dass mir etwas nicht schmeckt, aber ich kann nicht richtig beschreiben, weshalb.«

»Keine Sorge, das lernt man mit der Zeit.«

Das wäre schön, dachte Sophie. Die Runde wurde geselliger, es gab noch mehr Käse und Brot, Dips, Oliven, getrocknete Tomaten und Feigen sowie weitere Weine. Am besten schmeckte Sophie der blaue Spätburgunder.

»Das ist unsere anspruchsvollste Rotweinrebsorte«, sagte Peter. Inzwischen saßen er und Katrin nah beieinander und sahen sich immer wieder an. Sophie verabschiedete sich nach dem zweiten Glas Spätburgunder, der ihre Zunge hatte schwer werden lassen, und fiel wenig später erschöpft in ihr Bett in dem schönen kleinen Hotel neben dem Weingut in Hagnau. Sie hörte vom Hafen die Stimmen jener, die in der lauen Frühlingsnacht noch draußen unterwegs waren. Sollte sie sich nicht auch noch aufraffen? Wenn sie schon einmal ohne ihre Tochter war. Marlene schlief gewiss schon längst, ihre Kuscheldecke in den Armen.

Sophie schloss die Augen und tauchte ein in die Geräusche der Nacht. Die Bewegung des Wassers, der ans Ufer schlagenden Boote, Schritte und Lachen. Die Nacht fühlte sich lebendig und warm an, ein Hauch strich über ihren Körper. Verlockend. Ihre Haut kribbelte. Sie stellte sich vor, sie wäre auf einem Boot, läge dort auf dem Deck und schaukelte sanft hin und her – gehörte da nicht ein Mann in den Traum? Ein Mann, große weiche Hände mit schlanken Fingern, lachenden Augen und geschwungenen Augenbrauen. Den Geschmack von Sonne auf den Lippen des anderen suchen. Gehalten werden, nicht flüchten können, sich ganz auf den anderen …

Sophie lauschte auf die Wellen, die Stimmen, ihr Herz und

die tiefe Männerstimme in ihrem Traumbild, die ihr dort auf dem Boot erzählte, wie elegant der Flug der Möwen wieder war. Seine Fingerspitzen strichen ihr über den Nacken und wanderten langsam auf ihrem Rücken die Wirbelsäule nach unten, sie berührten ihre Haut so sacht, dass sie auch Wind sein könnten, nur wärmer und weicher; er erzählte von den Küssen, die sie tauschen sollten, und von den glitzernden Wellenspitzen und dass es gerade so ausgesehen hätte, als wären Delphine neben dem Boot – zack, Wassertropfen auf ihrem Bauch, und dann landeten Küsse dort, und sie würden beide lachen.

Sophie rollte sich auf die Seite und zog die Bettdecke über den Kopf, plötzlich störten sie die fröhlichen Stimmen von draußen, währenddessen verbrachte Katrin die Nacht bei dem jungen Weinbauern, der so charmant lächelte, wenn er von den Rebsorten erzählte und bestimmt zehn Jahre jünger war, aber das hatte Katrin noch nie gestört. Sophie konnte sich das nicht vorstellen, einfach eine Nacht mit einem fremden Mann zu verbringen, sie brauchte Nähe, Vertrauen und eigentlich auch immer Liebe. Nur deshalb hatte sie sich auf Markus eingelassen. Bei Licht betrachtet, ergab sich eine eher nüchterne Analyse: Sie war immer nur die Affäre von Markus gewesen. Er hatte in Sophie weder eine Partnerin auf Augenhöhe noch die Mutter seiner Kinder gesehen. Sie jedoch hatte das erst wahrhaben wollen, als seine Frau schwanger im Büro vor ihr stand.

»Sophie, bist du noch wach?«

Sophie fuhr erschrocken hoch. »Katrin?« Sie stand auf und lief zur Tür. »Was machst du denn hier? Ich dachte, du wärst bei –«

Katrin legte den Finger auf die Lippen. »Nicht so laut. Muss ja nicht jeder mitbekommen. Kann ich rein?«

Sophie trat zur Seite. »Ist ja auch dein Zimmer. Was ist passiert?«

»Nichts.« Katrin legte ihre Kleidung auf den Sessel und stieg in ihre Betthälfte. Sie zog sich die Bettdecke bis zum Hals. »Brr, war das jetzt kalt. Komm, leg dich wieder hin und kuschel dich an mich. Ich bin total durchgefroren.«

Grundsätzlich hatte Sophie nichts dagegen, ihre Freundin in den Arm zu nehmen, aber gerade kam es ihr seltsam vor. »Versteh mich nicht falsch, aber du –«

»Mein Gott, Sophie, das war ein Spaß. Komm einfach ins Bett. Ich bin müde.«

Sophie legte sich wieder auf ihre Bettseite und machte das Licht aus. Minutenlang war es still. Sie hörte wieder die Geräusche der Nacht, spürte, dass die Nachtluft deutlich kühler geworden war, hörte den unruhigen Atem von Katrin.

»Er war total nett, aber sein Geruch …«, flüsterte Katrin in die Dunkelheit.

»War nicht gut?«

»Doch, sehr gut. Zu gut. Er hat mich erinnert.«

Sophie wartete noch einen Moment, dann hörte sie das erste Schluchzen. Sekunden später drehte Katrin sich zu ihr, und Sophie nahm die weinende Freundin in den Arm. Sie hielt sie fest, streichelte ihr über die Haare, flüsterte ihr beruhigende Worte ins Ohr, bis Katrin in Sophies Armen einschlief wie ein kleines Kind.

Sophie lag noch lange wach, lauschte in die Stille der Dunkelheit und auf ihre Freundin und hörte wieder ihr eigenes Herz schlagen. Die Haut des jungen Weinbauers roch also so ähnlich wie jene von Katrins großer Liebe … Während sie den ganzen Tag über Rebsorten und das Terroir am Bodensee und über die verschiedenen Nuancen von Wein gesprochen hatten, hatte diese Erinnerung im Verborgenen vor ihnen gelegen, ohne dass sie das geahnt hätten. Wie oft im Leben war das wohl so?

11

Rituale und eine Weinschorle süßsauer

Die Wochen vergingen, und bald schon war aus der einschneidenden Veränderung wieder Gewohnheit geworden. Marlene zum Kindergarten bringen, Barbara treffen wegen der Einkäufe, Hans die Weinbestellungen durchgeben, Großvater anrufen, mit Katrin Kleinanzeigen studieren. Sie hatten sich einen Sport daraus gemacht, Sophies Wohnung hübscher zu gestalten. Und es war ausgesprochen hübsch geworden, aber manchmal saß Sophie abends auf ihrem Sofa – ein zartrosafarbenes war es geworden, das Marlene wahre Verzückungsrufe entlockt hatte – und fühlte sich merkwürdig fremd, mehr noch, sie hatte das Gefühl, Gast in ihrem eigenen Leben zu sein.

Der Großvater besuchte sie regelmäßig in der Weinstube, und immer wenn er sich an den kleinen runden Tisch in der Nähe der Theke setzte, wurde sie nervös. Meist saß er einfach dort vor seinem Glas und beobachtete sie, durchaus wohlwollend, bisweilen womöglich belustigt. Ihr war klar, dass sie nicht immer souverän und professionell war, und so gab sie sich besondere Mühe, wenn er da war – und behielt ihn ihrerseits im Auge. Zur Sicherheit. Seine Augenbrauen waren mit den Jahren über der Nase zusammengerückt, sodass er mürrischer wirkte, als er es vielleicht war. Auch sein Kopf schien ihr jedes Mal ein wenig weiter nach vorne gebeugt, die Schultern etwas höher gewandert, als wolle er sich verstecken in seiner eigenen Gestalt.

Irgendwann fällt sein Kopf einfach auf das Glas vor ihm, dachte Sophie. Wie wäre sie mit über neunzig? Ein halbes Jahrhundert später, die eigene Tochter bereits über fünfzig –

worüber würde sie grübeln? Es war schwer, sich das Alter vorzustellen, die eigene Angst vor der abnehmenden Zeit, die Endlichkeit vor Augen. Stets hob der Großvater irgendwann die Hand und deutete auf sein Glas, dann brachte Sophie ihm entweder einen Müller-Thurgau oder einen Riesling, je nachdem, was er für diesen Tag gewählt hatte, und immer trank er nur diese zwei Gläser. Sophie war noch nicht hinter sein Geheimnis der Auswahl gekommen – gerade und ungerade Tage? Der Großvater besah sich den Wein im Licht, wiegte ihn im Glas hin und her und probierte dann, als könnte der Geschmack sich von Woche zu Woche ändern. Nach ein paar Wiederholungen beschlich Sophie der Verdacht, dass es kein Probieren war, vielmehr ein Festhalten an einem Ritual. Rituale gaben Sicherheit. Sie wusste das.

»Du machst das ganz gut«, sagte er an einem sonnigen Dienstag im Mai, als sie ihm einen Flammkuchen brachte. Es kam so beiläufig wie unerwartet, dass Sophie zunächst dachte, sie hätte sich verhört. Sein Gesichtsausdruck hatte sich kaum verändert.

Eine Woche später, sie hatte gerade ein Pärchen beraten, sagte ihr Großvater: »Wie viel du gelernt hast. Das hätte ich nicht gedacht.«

Als sich ihre Blicke trafen und eine prüfende Weile aneinander hängen blieben, begriff sie: Dort lag neben der Anerkennung noch etwas anderes. Er war nicht hier, um sie zu kontrollieren. Er war auch nicht hier, um sein Weinritual zu pflegen. Er war hier, um in ihrer Arbeit die letzte Spur seines Sohnes zu sehen. Und auch das war inzwischen zu einem Ritual geworden, das ihm Sicherheit gab.

Auch Sophie hatte ein neues Ritual: der Wochenmarkt auf dem St.-Stephans-Platz am Dienstag und am Freitag. Gleich frühmorgens, wenn sie Marlene in den Kindergarten gebracht hatte, schlenderte sie dort über den Platz und kaufte für sich ein. Und jedes Mal hatte sie neue Ideen, was sie kochen könnte. Sie kochte gern, vor allem, wenn Katrin zu Besuch kam, denn die war experimentierfreudiger als Marlene. Ihre Tochter hatte nämlich die hinreichend bekannte Grün-Allergie.

»Mama, wenn ich grünes Essen seh, dann muss ich niesen. Ehrlich. Haaaatschi. Siehste?«

Und Rosinen waren auch gefährlich, die sahen nämlich aus wie Kaulquappen, und die sollte man nicht essen, sonst quakte es im Bauch irgendwann.

Kindergarten – Weinstube – Wochenmarkt – Großvater – Katrin. Nur zu Besuch. Übergangsstationen. Wohin? Ihr kam das Leben vor wie eine Insel, auf der sie gestrandet war. Auf einer Insel konnte man nur schwer flüchten. Lediglich im Kreis rennen. Einfach immer weiter, bis manche Probleme sich von selbst auflösten. So dachten vermutlich auch die ganzen Hamster in ihren Rädern, während kreischende Kinder vor ihren Käfigen saßen und sich freuten. Ob man die ganze Energie nicht einfach in Strom umwandeln könnte? Und wie viele Hamster man wohl benötigte, um eine Kaffeemaschine zum Laufen zu bekommen?

Sophie seufzte. Seit einigen Tagen war es ungewohnt ruhig in der Weinstube. Das war nicht gut, zu viel Zeit zum Nachdenken. Markus hatte geschrieben. Er wollte sie besuchen in ihrem neuen Zuhause, sie treffen, schöne Hotels für sie beide hatte er schon recherchiert. Sophie wusste, worauf das hinausliefe.

Sie rutschte auf dem Barhocker hin und her und schielte auf die Haarsträhne, die ihr ins Gesicht hing. Im Gegenlicht konnte sie einen Schimmer entdecken. Ein graues Haar. Sie widerstand dem Impuls, es auszureißen.

»Du weißt schon, dass das Quatsch ist«, hatte Katrin unlängst zu ihr gesagt. »Wenn du eines ausreißt, kommen drei zur Beerdigung.«

Pah, dachte Sophie, ihre Freundinnen hatten gut reden. Katrin und Chrissi waren beide hellblond. Bis man da graue Haare sehen würde, spielten sie in einer anderen Altersklasse.

»Mama, kommst du in den Garten?«

Marlene war wie jeden Nachmittag in der Weinstube. An schönen Tagen saß sie in ihrem Sandkasten. Sie war nun nicht mehr nur »halb sechs«, sie war jetzt schon »drei viertel sechs« Jahre alt, wie sie kürzlich erklärt hatte. Sie war ebenfalls blond, und Sophie grämte sich bisweilen, dass sie nur von blonden Menschen umgeben zu sein schien. Einer blonden Tochter, die man immer den Freundinnen zuordnete, blonden Freundinnen, die keine grauen Haare bekamen, obwohl auch sie über vierzig Jahre alt waren. Chrissi war sogar schon fünfzig, aber das sollte keiner wissen, also waren sie alle vierzig geworden im letzten Jahr.

»Maaamaa!«

Der Ton wurde energischer, und Sophie richtete sich auf.

»Was denn, Schatz?«

»Spielen. Sandkasten. Kuchen. Backen.« Militant konnte Marlene schon ganz gut.

»Ich kann nicht, ich muss arbeiten«, flötete Sophie zurück und sah in die leere Weinstube.

»Hier ist doch niemand!«

Sophie zuckte zusammen. Marlene stand unmittelbar vor dem Tresen, die Hände empört in die Seite gestemmt.

»Es kommt bestimmt gleich jemand«, sagte Sophie so freundlich wie möglich. »Und schleich dich nicht immer an!« Sie war erschöpft vom Tag, obwohl sie wenig getan hatte. Es war anstrengend, auf Besuch zu sein, anstrengend, sich angemessen zu verhalten, in Rollen zu schlüpfen, vor allem wenn man innerlich daran festhielt, dass alles nur vorübergehend sein würde.

Marlene drehte sich demonstrativ um und starrte zur Tür. Sophie war kurz davor, die Daumen zu drücken, damit bitte Gäste erscheinen mochten. Auch wenn sie die Zeit mit ihrer Tochter genoss, die ihr morgens um fünf Uhr gern erklärte, dass es viel besser sei, früh aufzustehen, weil man sich dann länger lieb haben konnte. Dennoch, sie hatte einfach keine Lust, Sand in kleine Förmchen zu pressen und »Kuchen« zu backen.

Die Tür ging auf, und Marlene drehte sich erstaunt um. »Da kommt jemand, Mama«, sagte sie, und ihr Mund blieb offen.

Sophie freute sich über die Abwechslung. »Guten Tag. Möchten Sie vielleicht draußen auf der Terrasse –«

»Wir wollten nur fragen, wie wir zum Münster kommen. Das ist doch hier in der Ecke, oder?«

Das Münster. Touristen. Altstadt. Sophie schluckte die Enttäuschung hinunter und lächelte immerzu.

»Mama, warum grinst du so? War was lustig?«

»Ach, die ist ja süß. Ihr Kind?« Die Dame war vielleicht Anfang sechzig und sehr elegant gekleidet. Sie erinnerte Sophie an die Frau im Zug, als sie Konstanz im Januar verlassen hatte, um ein letztes Mal nach Frankfurt zu reisen. Ihr Dialekt verriet, dass sie nicht aus der Gegend war. Sophie tippte auf den hessischen Sprachraum. War Gertrud damals nicht auch aus Hessen gewesen? Sophie wusste es nicht mehr.

»Ja, das ist meine Tochter. Marlene, geh doch schon mal in den Garten.«

»Sie haben hier einen Garten? Hier in der Innenstadt von Konstanz? Das ist aber schön.«

»Ja, falls Sie Ihren Münster-Besuch verschieben möchten, könnten Sie auch einen unserer Weine versuchen. Mein Onkel ist Weinbauer. Wir präsentieren hier neben unseren eigenen Weinen ausschließlich Weine aus der Region.«

Marlene stellte sich artig auf. »Der Onkel macht sehr guten Wein. Ich darf den immer probieren.«

»So«, sagte die Dame und sah sich in dem Weinlokal um. »Darfst du?« Sie lachte.

»Den Saft, Marlene, den Saft darfst du probieren.«

Marlene machte große Augen. »Gar nicht den Wein?«

»Nein, der ist mit Alkohol.«

»Aber dann sind alle immer lustig. Wieso darf ich den nicht …?«

Die Dame drehte sich zu ihrem Mann, der ein wenig unbeteiligt neben ihr gestanden hatte. »Und? Was meinst du, sollen wir unseren Stadtrundgang für heute beenden und hierbleiben?«

Er schob die Mundwinkel von links nach rechts. Auf der Stirn hatte er einen leichten Sonnenbrand. »Hm«, brummte er.

»Na komm, Schatz, lass uns flexibel sein. Das Münster rennt nicht weg. Da gehen wir einfach morgen hin.«

Sophie führte das Ehepaar an einen der Tische in dem kleinen Garten, der neben dem Weinlokal lag. In der Mitte stand eine große alte Kastanie, die im Sommer ausreichend Schattenplätze bot, gleichwohl schimmerten überall Sonnenstrahlen durch das Blätterdach. Wie auch jetzt am frühen Abend. Es war außerdem noch sehr mild. Der Mai verwöhnte sie mit frühsommerlichen Temperaturen.

Sophie brachte den beiden einen Ruländer Rosé, frische und spritzige Leichtigkeit hatte sie versprochen und die Aromen Birne und Honig. Das Vokabular hatte sie inzwischen gelernt, aber noch lange nicht verinnerlicht. Weine schmeckten filigran, samtig, seidig, fruchtig, vollmundig, feinwürzig, mineralisch, temperamentvoll, feurig, und immer wenn Sophie eines dieser Adjektive verwendete, musste sie schlucken – als wollte sie die Tatsache vertuschen, dass sie nichts von alldem wirklich empfand.

Katrin hingegen hatte sich schnell in diese Welt eingefunden und war begeistert davon, endlich mehr über Weine zu wissen. Sie hatte freiwillig ein weiteres Seminar besucht. Der dortige Weinbauer sei zwar nicht so gut aussehend gewesen wie Peter, aber er habe auch nicht einen solch vertrauten Geruch verströmt.

Jetzt wartete Sophie gespannt am Tisch des älteren Ehepaares und hoffte inständig, die beiden würden sowohl die Birne als auch den Honig herausschmecken. Der Mann lächelte. »Wunderbar«, sagte er. »Da haben Sie uns einen sehr guten Wein empfohlen, vielen Dank.«

Die Frau zwinkerte Sophie zu. »Das schafft man nicht so leicht.«

Innerhalb der nächsten Stunde füllte sich das Weinlokal, der Koch nahm seinen Dienst auf, und die beiden Frauen, die in der Küche und beim Bedienen halfen, waren im Einsatz. Um halb acht kam Tante Barbara vorbei und holte Marlene ab, die wie immer nicht gehen, sondern lieber an dem letzten freien Tisch sitzen und malen und Menschen beobachten wollte. Das tat sie mit Begeisterung. Hin und wieder, wenn Sophie das nicht rechtzeitig verhindern konnte, lief Marlene auch an einen Tisch und stellte unvermittelt Fragen zum Gespräch, das sie in Bruchstücken verfolgt, aber meistens natürlich nicht verstanden hatte. Sophie fühlte sich oft an ihre eigene Kindheit erinnert, als wäre sie in ein Zeitloch gefallen. Manchmal freute sie sich, über Marlene und diese Erinnerungsschnipsel, doch gab es Momente, da waren es Stiche ins Herz.

Drei, vier Sätze brauchte Tante Barbara in der Regel, um Marlene zum Gehen zu überreden. Die Tante würde sie ins Bett bringen und warten, bis Sophie nachts die Weinstube schloss.

Ein neuer Gast betrat die Weinstube, sah sich um und setzte sich an den letzten freien Tisch gleich neben dem Eingang. Er hob die Hand zum Gruß.

Sophie nickte ihm nur kurz zu, war aber mitten in einem Gespräch mit Gästen, die sie über die Jahrgänge verschiedener Weißweine ausfragten. Sophie war schon längst am Ende mit ihrem Wissen und suchte händeringend nach einer Möglichkeit, sich aus dem Gespräch auszuklinken. Schließlich sah sie demonstrativ zu dem neuen Gast.

»Oh, ich glaube, ich muss Sie jetzt verlassen«, sagte sie so freundlich bedauernd wie möglich. »Da ist gerade noch ein Gast gekommen.«

»Gehen Sie nur, Frau Sonnbach, und bringen Sie uns einfach beide Jahrgänge. Wir testen das mal.«

Der neue Gast kam ihr eigentümlich bekannt vor. Zunächst

dachte sie an Frankfurt, vielleicht ein Kunde in der Firma. Er war ungefähr Mitte vierzig und hatte dunkle, leicht gewellte Haare. Ihre linke Augenbraue hüpfte leicht nach oben, ein Impuls, den sie nicht unterdrücken konnte, den ihre beiden besten Freundinnen aber zu deuten wussten. Ein interessanter Mann ohne weibliche Begleitung hatte Seltenheitswert in der Weinstube. Er winkte ihr zu und lächelte. Wieder ein Déjà-vu. Sie kannte ihn, wusste aber nicht, woher. Leicht federnd und elegant – wie ein Wein, schoss es ihr durch den Kopf – suchte sie ihren Weg durch die besetzten Tischreihen, was leider misslang. Sie fädelte bereits am zweiten Stuhlbein ein und kam ins Straucheln.

Stühlerücken, betretenes Räuspern, rote Wangen bei Sophie. Und die ganze Zeit beobachtete er sie und grinste. Unverhohlen. Sophie war sich sicher, dass er ihr Bemühen erkannt hatte. Betont langsam ging sie weiter. Weshalb auch musste ausgerechnet an diesem Tag das Lokal so voll sein? Zum Kuckuck, und weshalb nur war sie derart unsouverän? Katrin wäre gestolpert und hätte sich anschließend mit einem Lachen verbeugt. Sie konnte aus jedem Missgeschick einen Auftritt machen. Endlich stand Sophie an seinem Tisch.

»Ist aber auch ein gefährlicher Weg so querdurch.«

»Bitte?«

Er deutete auf die Tische. »Na, alles voll besetzt und Sie mittendurch. Da kann schon ganz schön was schiefgehen.«

Sie blinzelte. »Gewiss.« Sie war nervös, was sie ärgerte, denn es gab keinen Grund dafür. Oder lag es an dem angenehmen Geruch? Seine Augen funkelten hinter einer schwarz umrandeten Brille. Seine Haare sahen weich aus.

»Jetzt bin ich ja da.« Entschlossen atmete Sophie gegen das kribbelnde Gefühl in ihrem Bauch an. »Was kann ich Ihnen bringen? Möchten Sie die Speisekarte oder die Weinkarte?«

»Gern beides«, sagte er. »Aber ich weiß nicht, ob ich Sie noch einmal auf den Weg schicken sollte.«

Sophie musste lachen und irgendwie an Delphine denken, Delphine auf einem Boot und eine Stimme, die in ihrem Traum …

»Ich schicke einfach eine Angestellte«, sagte sie und dachte im nächsten Atemzug: Wie praktisch, jetzt weiß er, dass es meine Weinstube ist.

»Das wäre aber schade.«

Auch seine Stimme wirkte vertraut, angenehm tief und weich klang sie. Sophie holte tief Luft, ihr war warm geworden. Eine Haarsträhne kitzelte sie an der linken Wange. Beiläufig fuhr sie darüber – und war immer in seinem Blick. Für einen Moment stellte sie sich vor, er würde aufstehen und ihr die Strähne aus dem Gesicht streichen. Und nicht aufhören zu reden mit dieser warmen Stimme, die wie ein Mantel ihre Gedanken einhüllte. Ach! *Nicht seufzen! Nur nicht seufzen!*

Jetzt durfte er bloß nichts Falsches sagen, nichts Dummes, nichts, was diesen Moment …

»Dann bestell ich lieber gleich«, sagte er da. »Ich nehme eine Weinschorle. Süßsauer bitte.«

12

Das Zeug zum Glücklichsein

»Du bist aber auch immer empfindlich«, meckerte Katrin und krempelte ihre Jeans etwas weiter nach oben, um noch einen Schritt ins Wasser waten zu können.

»Weshalb hast du dir keinen Badeanzug eingepackt?« Sophie machte sich gerade die Arme nass. »Ich hab noch einen Bikini dabei. Nimm den doch.«

Katrin verdrehte die Augen. »Haha, sehr witzig. In deinem Bikini sehe ich aus wie explodiert. Das tue ich mir nicht an.«

»Du übertreibst … huch –« Sophie schnappte nach Luft. Sie hatte den Halt verloren und war ins kalte Wasser gestürzt. Ein paar umstehende Jugendliche lachten. Katrin hielt beide Daumen hoch.

»Meine kleine Schusselfreundin. Stell dir vor, ich jetzt auch noch in deinem Bikini. Wir wären das Gespött der jungen Leute hier.«

Sie waren vor einer Stunde von Konstanz aus in die Schweiz geradelt, um am Kuhhorn baden zu gehen. Wie früher. Manche WG-Party hatte damit geendet, dass sie zum nächtlichen Baden noch über die kleine Grenze spaziert waren. Jetzt waren sie längst keine Studentinnen mehr, und wenn man Katrins Worten Glauben schenken wollte, dann waren sie steinalt. »Zusammengezählt auf jeden Fall«, scherzte die Freundin des Öfteren, der es nicht so viel auszumachen schien wie Sophie.

»Komm, lass uns an Land. Du wirst eh nicht schwimmen, und der Sekt wird sonst warm.« Katrin drehte sich um und ging mit ihren hochgekrempelten Jeans selbstbewusst an den ganzen Handtüchern vorbei. Sophie indessen drehte sich um und tauchte unter für ein paar trotzige Züge durch das eiskalte

Wasser. Als sie wenig später zu ihrer Decke ging, saß ihre Freundin im Schneidersitz und breitete gerade das Picknick aus. Sie sah zu ihr nach oben, legte die Becher zur Seite und applaudierte. »Mutig, mutig.«

Sophie griff nach ihrem Handtuch und trocknete sich ab. »Was bist du heute wieder nett.« Sie ließ ihren Blick über die von Katrin mitgebrachten Sachen wandern. »Haben wir etwas zu feiern?«

»Nee, wir brauchen ja aber keinen Grund, oder?« Katrin reichte ihr ein Glas Sekt und wartete mit dem Anstoßen, bis Sophie sich ordentlich hingesetzt hatte. »Wie kommt's, dass du heute freihast?«

»Mein Onkel veranstaltet eine Weinprobe für geladene Gäste, kleiner Kreis.«

»Ohne dich?«

»Ja, aber das ist okay. Der Weinbau ist sein Ding, die Stube meines.« Sophie stutzte. »Hab ich das jetzt ehrlich gesagt? Na, egal, heute ist Großvater mit dabei, was Geschäftliches mit ein paar alten Herren. Er will irgendwo mit rein, und Barbara meinte, ich könnte mir freinehmen. Ich soll ja auch am Leben hier teilnehmen können. Ist schwer genug mit meinen Arbeitszeiten.«

»Nicht nur die Arbeitszeiten machen es schwer«, sagte Katrin mit hochgezogenen Augenbrauen. »Hast du dir das mit der Anzeige oder einem Portal überlegt?«

Sophie schüttelte vehement den Kopf. »So Datingplattformen sind nichts für mich. Und auf eine Anzeige hab ich erst recht keine Lust. So verzweifelt bin ich nicht.«

»Sophie«, sagte Katrin in ihrem Strenge-Freundinnen-Ton. »Es geht nicht darum, ob du verzweifelt bist. Aber manchmal tut es einfach gut, auch mal was Mutiges zu machen.«

»Haha, ich leite eine Weinstube und hab keine Ahnung von Wein. Das nenne ich durchaus mutig.«

»Das meine ich nicht. Persönlich mutig. Emotional mutig. Wann warst du das letzte Mal mit einem Mann aus?«

Sophie verdrehte die Augen. »Das weißt du doch.«

»Eben. Du hast seit Marlenes Vater kein Date mehr gehabt.« Sie beugte sich vor und knuffte ihre Freundin in den Oberarm. »Das ist nicht gut, Sophie. Und dass du den noch immer triffst, ist ebenfalls nicht gut.«

»Das weiß ich doch. Tue ich ja auch nicht. Im Januar war nur Abschied. Meinst du, ich komme aus der Übung?«

»Klingt platt, aber: Ja, ich denke, man igelt sich ein. Und es wird nicht leichter, sich zu öffnen.«

Sophie schluckte. Hatte sie nicht erst vor ein paar Tagen darüber nachgedacht, dass sie sich wie eingesperrt vorkam? Und gestern in der Weinstube, als ihr tatsächlich mal jemand gefiel, da hatte sie sich benommen wie ein tollpatschiger Teenager.

Katrin fuhr ihr sacht über den Arm. »Das ist nicht gut gelaufen mit Marlenes Vater …«

»Nenn ihn nicht immer so.« Sophies Reaktion geriet patziger als beabsichtigt.

Katrin nickte. »Du hast recht. Aber es kann auch richtig schön laufen, verstehst du? Du kannst jetzt nicht immer Angst davor haben. Das Leben ist keine Insel, *dein* Leben sollte keine Insel sein.«

»Ich hab keine Angst, ich bin nur …« Sophie überlegte, gestern Abend hatte sie ja gespürt, dass sie durchaus zu spontanen Gefühlen fähig war, »ich bin nur uninteressiert. Und überhaupt, wie kommst du auf eine *Insel*?«

»›Uninteressiert‹. Aha. Daher schreibst du auch mit diesem Markus.« Katrin zog eine Schnute. »Ich hab nicht spioniert, aber dein Handy lag hier rum, und er hat dir eine Nachricht geschickt, von wegen Hotel.«

Sophie trank ihr Glas leer. Das schlimmste aller Gefühle war dasjenige der Unzulänglichkeit, nicht das zu empfinden, was sie von sich selbst erwartete oder was andere als normal ansahen. Emotional unzulänglich, mangelhaft. Es war wie eine Niederlage. Solche Manöverkritik von Katrin war da wenig hilfreich. Sie versuchte es mit einem breiten Lächeln. »Erstens hab ich ihm nicht geantwortet und auch nicht vor, das nachzuholen, und zweitens hab ich ja heute Ausgang. Mit dir.« Sophie zwinkerte ihrer Freundin zu. »Danke.«

»Wofür?«

»Na, komm. Für das hier alles, dass du mich immer wieder motiviert kriegst. Ich hätte heute einfach auf dem Sofa gelegen und ferngesehen.«

»Das wär nicht schlimm, aber ich fürchte, du hängst dann eher in einem deiner Liebesromane.«

Sophie wusste, worauf Katrin anspielte, und ja, das hätte durchaus passieren können.

»Aber weißt du, es passiert nicht so wie in einem deiner Romane. Das Leben stellt ganz andere Erwartungen an dich und kommt nicht mit einem Prinzen auf dem Einhorn um die Ecke.«

»Puh, so schlimm bin ich nun auch nicht«, wehrte Sophie ab. »Ein Prinz auf einem Einhorn?« Sie hielt sich den Zeigefinger wie eine Pistole an die Schläfe. »Was soll ich mit einem Prinzen? Ich bin ja auch keine Prinzessin.«

»Aber hoffnungslos romantisch«, seufzte Katrin. »Wie läuft es denn mit Marlene? Hat sie das alles gut verkraftet?«

Sophie holte tief Luft und sah eine Weile auf den See hinaus. Es roch nach Wasser und Sonne, nach frischem, platt getretenem Gras, nach Fliederblüten und Chips. Es roch nach Sommer und Menschen, die ihn genießen wollten.

»Bitte entschuldige«, sagte die Freundin leise. »Ich wollte keine Wunden aufreißen.«

Die zweite Wunde, dachte Sophie, es ist bereits die zweite Wunde an nur einem Nachmittag. Sie tranken beide einen Schluck und überbrückten so die Stille, aßen von dem Baguette und von den Oliven und beobachteten die anderen Badegäste. Hier war es immer eine Spur alternativer, unkomplizierter. Familien, Studenten, Deutsche, Schweizer, vom Kleinkind bis zum Rentner war alles dabei, alles kunterbunt. Sophie hatte sich hier immer wohlgefühlt, wohler als in vielen anderen Strandbädern. Es ließ sich mit einer schönen kleinen Radtour verbinden. Wenn man ihr Leben auf einer Landkarte einzeichnen würde, dann wäre alles in überschaubarer Reichweite: das Elternhaus im Königsbau, die Schule in der Altstadt, die Universität oberhalb von der Mainau, die Weinstube in der Niederburg, alles Stadtteile von Konstanz – lediglich das Frankfurter Intermezzo verließ den Kreis. Ihre Insel.

Katrin rempelte sie an. »Hey, schau mal, der sieht sehr niedlich aus.«

Sophie folgte ihrem Blick. Ein ziemlich junger Mann saß dort und las Zeitung, braun gebrannt, durchtrainiert, blonde, kurze Haare. Ein wenig zu adrett. Sie kniff die Augen zusammen. »Niedlich?«

»Find ich schon.«

»Ich weiß nicht.«

»Du wirst es nie wissen«, lästerte Katrin. »Du bist zu anspruchsvoll, vorurteilsbelastet, mit dem Hang, neurotisch zu sein.«

Sophie sah erschrocken zur Seite. »Ich bin *was*? Ich bin mit Sicherheit nicht neurotisch.«

»Wohl. Wie ging es eigentlich weiter mit dem Weinschorlen-Mann?«

Sophie musste lachen. »Lustig. Als er gesehen hat, wie entsetzt ich ihn angestarrt hab wegen der Weinschorle süßsauer, hat er laut gelacht und gemeint, das wär nur ein Spaß gewesen, und dann hat er einen Wein bestellt.«

»Den richtigen?«

»Zumindest einen Wein von uns. Er hat sich einen empfehlen lassen, um es genau zu sagen.«

»Artig.« Katrin prostete der Freundin zu. »Na dann, auf den Richtigen.«

»Das wär jetzt zu viel gesagt, aber ich muss zugeben, dass er mir sehr gut gefallen hat.«

»Wie lang ist er denn geblieben?«

Sophie grinste breit und schob sich schnell eine Olive in den Mund, um sich nicht direkt zu verraten.

»Aha, also lange.« Katrin schenkte Sophie noch einmal ein. »Trink, Freundin, das löst die Zunge. Ich hab keine Lust, dir alles aus der Nase zu ziehen. War er noch bei dir?«

»Bitte? Quatsch, du kennst mich doch. Außerdem ist da Marlene. Ich kann doch nicht einfach einen Mann mit nach Hause bringen.«

»Weshalb nicht?«

»Katrin, ich bitte dich, das geht nicht. Er hat ein oder zwei Gläser Wein getrunken und eine Kleinigkeit gegessen. Sonst nichts.«

»Sonst nichts?«, wunderte sich Katrin. Ihre Augenbrauen zogen sich zusammen. »Hast du wenigstens seine Telefonnummer?«

»Nein.« Sophie konnte ihre Enttäuschung nicht verbergen. »In der Küche gab es einen Unfall. Ich musste einspringen. Es war turbulent, und dann war er auf einmal weg.«

»Oh, so ein Mist«, stellte Katrin fest und prostete dem Mann mit der Zeitung zu.

»Du kannst es nicht lassen, wie?«, scherzte Sophie und fuhr fort. »Aber das ist okay. Es war dennoch eine schöne Begegnung. Wir haben einander angesehen und ein wenig geflirtet und gelacht. Gut, es war jetzt kein Date unterm Sternenhimmel, aber immerhin mal ein Blickwechsel.« Sie sah kurz nach unten und lächelte. »Es war einfach schön. Ich hab so etwas ja eher selten, nicht so wie …« Sie folgte dem Blick ihrer Freundin, die gerade zwinkerte, doch dann änderte sich Katrins Ausdruck, und sie legte Sophie eine Hand auf die Schulter.

»Ach, meine liebe Sophie, noch immer so bescheiden. Das ist nicht gut, weißt du? Zu bescheiden darfst du nicht werden, sonst passen sich die Träume an. Das reicht nicht für immer, verstehst du?«

Sophie sah ihre Freundin an, dann nickte sie, während Katrins Augen wieder zu dem jungen Mann mit der Zeitung wanderten.

Plötzlich zuckte Sophie zusammen. »Das gibt es doch nicht.«

»Was denn?«

Sophie starrte den Weg entlang. »Da. Das ist er.«

»Wer?«

»Der Mann aus der Weinstube!«

»Der? Der hat einen Dutt und einen Vollbart.«

»Dreitagebart!« Sophie lachte. »Man nennt die Frisur, glaub ich, anders.«

»Welche Frisur?« Katrin schüttelte übertrieben den Kopf. »Übrigens hat der nicht nur keine Frisur, sondern auch einen Köter dabei, und er guckt in unsere Richtung.«

Sophie wurde warm im Gesicht, schon befürchtete sie, rot anzulaufen. Den Vierbeiner verdrängte sie. Automatisch richtete sie sich etwas auf und zog den Bauch ein. Dumme Angewohnheit, bestimmt auch reichlich unsinnig.

»Pfff«, machte Katrin neben ihr und kicherte.

Sophie hob die Hand und winkte. Der Mann musterte sie, dann schien er sie zu erkennen, denn er sagte etwas zu seinem Hund und kam auf sie zu.

»Aber die Tasche ist cool. Geschmack hat er offenbar«, raunte Katrin und musterte den Mann mit Hund.

»Hi«, sagte der schlicht und gab seinem Hund ein Zeichen, worauf dieser sich hinlegte.

Sophie grüßte ebenso schlicht, doch Katrin holte direkt aus. »Sie sind also der Weinschorle-süßsauer-Mann? Da hatten Sie ja Glück, dass meine Freundin Ihnen nicht gleich eine gescheuert hat.« Mit einem Seitenblick fügte sie hinzu: »Weine sind ihr heilig.«

Sophie blieb der Mund offen stehen, doch der Mann ohne Frisur lachte. »Oh weh, so schnell hat man einen schlechten Ruf.« Er sah zu Sophie. »Also du.«

Katrin lachte laut auf und schien ihr Urteil über den Mann flugs zu revidieren. »Setzt euch doch, du und dein Köter.«

Er räusperte sich und legte schnell seine Hände auf die Ohren des Hundes. »›Köter‹, ich muss schon bitten. Der Köter ist eine waschechte Promenadenmischung mit vielseitigem Stammbaum und heißt Hans Peter der Große.«

»Nicht dein Ernst.« Katrin tippte sich mit übertrieben großer Geste gegen die Stirn.

Er wiegte den Kopf hin und her. »Ich hoffe, ich bekomme nicht gleich wieder eine gescheuert. Er heißt Zottel.« Er sah auf die Uhr. »Ich hab nur leider nicht viel Zeit.«

Katrin zuckte mit den Schultern. »Wenig Zeit ist besser als gar keine. Coole Tasche übrigens.«

Er setzte sich in den Schneidersitz, zog dabei die graue Umhängetasche von der Schulter und legte sie sich auf die Beine. Für einen Moment fuhr er über den breiten Cordstoff und lächelte dabei. »Die war tatsächlich ein Flohmarktfund. Da war ich mit meinem Vater unterwegs. Er wollte erst nicht, und dann war es ein wunderbarer Ausflug.«

»Wie schön, du gehst auf Flohmärkte«, Katrin warf Sophie einen vielsagenden Blick zu. »Meine Freundin ist auch ein Flohmarktfan. Sie kann übrigens auch sprechen.«

Sophie sah demonstrativ zum Himmel und wich ein wenig zur Seite, da sich Zottel zu ihr gelegt hatte. »Wer solche Freunde hat … Ich mag Flohmärkte auch sehr gern. Das ist immer das Reich der unbegrenzten Möglichkeiten. In Konstanz gibt es auf der Laube und am Rhein entlang einen tollen Nachtflohmarkt. Vierundzwanzig Stunden lang mit tausend Buden. Da kann man immer schöne kleine Schätze finden.« Sophie setzte ein unschuldiges Lächeln auf und hoffte, dass er ihre Gedanken nicht lesen konnte. Inzwischen war der Hund noch ein kleines Stückchen in ihre Richtung gerobbt, unauffällig.

»Das klingt verlockend.« Er sah wieder auf die Uhr. »Ich würde wirklich gern noch bleiben, und Zottel offenbar auch, aber ich muss zurück nach Konstanz. Der Wein war übrigens sehr gut, das Lokal hab ich mir schon gemerkt.« Kurz und bündig. »Und ich habe selten jemanden charmanter stolpern sehen.« Er hob grinsend beide Augenbrauen kurz an, dann lief er mit Zottel weg, und Sophie war sich sicher, dass er sich ihrer Blicke bewusst war. Irgendetwas an seinem Gang verriet es ihr. Und wieder huschte eine Erinnerung vorbei.

»Doch, nicht schlecht«, sagte Katrin schmunzelnd. »Friseur kann man ja einrichten.«

»Ach komm, so oberflächlich, wie du tust, bist du doch gar nicht.« Sophie riss sich los. »Aber er ist nicht interessiert. Einfach nett.« Sie seufzte. »Alles andere hätte mich gewundert.« Schnell wischte Sophie über die Picknickdecke, wo der Hund gelegen hatte.

»Himmel.« Katrin verdrehte die Augen. »Eine Runde Mitleid für Sophie. Du fühlst dich so langsam sichtlich wohl in der Opferrolle, wie? Weshalb hast du ihn nicht nach seiner Telefonnummer gefragt?«

»Hätte er ja auch machen können«, sagte Sophie, und es klang sogar ein wenig trotzig. »Wenn er will, weiß er ja, wo er mich findet.«

Katrin cremte sich die Hände und Arme ein. Sie kannten sich fast schon ihr ganzes Leben. Sophie und Katrin waren zusammen in die Grundschule gegangen, hatten gemeinsam das Gymnasium besucht, sich ungefähr zeitgleich das erste Mal verliebt, einander von den ersten Küssen erzählt und geschworen, immer beste Freundinnen zu bleiben. Leider hatten gewisse Defizite in Mathematik den gemeinsamen Schulweg in der zehnten Klasse abgebrochen – Katrin musste eine Klasse wiederholen. Im Studium waren sie wieder gemeinsam unterwegs gewesen, doch da hatte Sophie abgebrochen und war nach Frankfurt geflüchtet, und keiner in ihrem Umfeld hatte so recht gewusst, weshalb.

»Du hast doch alles drauf! Weshalb meldest du dich nicht zur Prüfung?«, hatte Katrin gefragt, als Sophie ihr erzählt hatte, dass sie hinschmeißen wollte.

»Dann waren zwei Jahre umsonst«, hatte die Mutter besorgt festgestellt.

»Sie hat einfach keinen Biss.« Der Großvater.

»Du verschenkst dein Potenzial.« Der Vater.

Und Sophie hatte sich jeden Abend die Bettdecke über den Kopf gezogen, hatte sich geweigert, ihre Freundinnen ans Hörnle, an den Rhein, aufs Tanzschiff zu begleiten. Sie hatte irgendwann einfach nur noch verschwinden wollen. Und vor allem niemandem erzählen, weshalb. Nicht einmal Chrissi, die das Dilemma gewiss anders betrachtet hätte.

»Träumst du?«

»Nicht direkt.«

»Hab ich dir erzählt, dass ich noch eine neue Führung anbieten werde?«, fragte Katrin und prostete in Richtung Zeitungsmann.

»Nee, haste nicht. Der ist übrigens viel zu jung für dich.«

»Ich bitte dich.« Katrin rückte sich in Position. »Zu jung, dass ich nicht lache. Ich werde demnächst auch romantische Stadtführungen machen.«

So wie Katrin das sagte, gab es einen Clou daran. »Schön, aber was hat das mit mir zu tun?«, fragte sie skeptisch.

»Na, jetzt komm aber, so wenig Phantasie hast nicht einmal du.« Katrin hob mehrmals die Augenbrauen. »Denk einfach an einen deiner Schmöker.«

»Schmöker?« Sophie schüttelte ratlos den Kopf. »Ich steh auf dem Schlauch.«

»Ganz einfach: Die romantische Stadtführung ist am Abend und wird bei dir in der Weinstube enden. Was hältst du davon? Wär das nicht was?«

»Oh, in der Tat, das klingt toll. Also lukrativ zumindest. Aber was hat das mit meinen Schmökern –«

Plötzlich lag ein Schatten auf ihrem Picknickplatz. Sophie blickte auf. Vor ihnen stand der junge Mann. »Trinkt ihr auch Radler? Ich hätte zwei übrig«, fragte er, drei Flaschen Bier in der Hand.

»Oh, das ist aber nett«, sagte Katrin und rückte etwas zur Seite, damit er sich auf die Decke setzen konnte.

Er hieß Thomas. Es war ein unkompliziertes Kennenlernen. Sie plauderten über die Wassertemperatur, die lustige Familie, die seit geraumer Zeit versuchte, eine Strandmuschel so zu platzieren, damit die vier Kinder auch alle vor der Sonne geschützt waren, und das Entenpärchen, das so liebevoll schnäbelte und sich überhaupt nicht um die vielen Menschen scherte.

Katrin flirtete mit ihm, und Sophie hatte bald das Gefühl, übrig zu sein.

»Wollen wir noch in die Stadt?«, fragte Thomas. »Ich treff mich mit Freunden. Ihr könnt gern mit.«

Katrin nickte ihr aufmunternd zu, doch Sophie hob abwehrend die Hand. »Freunde« bedeutete immer, dass Katrin einen Verkupplungsversuch starten würde, das war nicht immer angenehm. »Ich geh noch mal schwimmen, dann muss ich heim.«

»Spinnst du? An deinem freien Abend wirst du nicht um achtzehn Uhr nach Hause müssen. Du kommst mit. Basta.«

Wenn Sophie etwas gelernt hatte in all der Zeit mit Katrin, dann, dass es manchmal sinnlos war, mit ihr zu diskutieren. Außerdem wusste sie ja, dass sie recht hatte. Egal wie die Freunde von diesem Thomas auch waren und egal wie der Abend verlaufen würde, alles war besser, als an einem freien Abend zu Hause vor dem Fernseher zu sitzen. Also ging Sophie noch einmal schwimmen, was sie eigentlich nicht wollte, aber nun einmal angekündigt hatte, und fuhr dann mit einer kichernden Katrin und einem heiteren Thomas über die Grenze nach Konstanz zurück, um wenig später in der »Heimat« zu landen, einer Kneipe in der Altstadt.

Sie bestellte Pizza und Bier, wusste nicht, ob sie sich zu alt oder zu spießig fühlen sollte, und lächelte unentwegt in die junge Runde. Sie dachte an den Mann mit dem Hund, der sie mit seinem Blick nervös machte, der unverschämt und gleichzeitig charmant war. Der Mann ohne Frisur, würde Katrin sagen, ohne Frisur, dafür mit Hund. Verrückt war das, denn Hunde mochte Sophie nicht. Abrupt stand sie auf. »Ich muss heim, Leute, ich bin hundemüde«, erklärte sie und ärgerte sich, dass sich schon wieder ein Hund dazugemogelt hatte.

»Ach komm, bleib doch noch«, bettelte Katrin, stand dann aber auf. Sie wusste, dass sie Sophie nicht ein weiteres Mal überreden konnte. Nach einer Umarmung und einem Kuss auf die Wange entließ sie die Freundin in die Nacht.

Gemütlich radelte Sophie durch die Straßen. Über ihr funkelten Sterne am Himmel. Würde sie am Schänzle sitzen, am Uferweg, und die Beine von dem Mauerrand baumeln lassen, mit dem Blick rüber zur Bleiche, dann würde sie die sich im dunklen Fluss spiegelnden Lichter des Biergartens sehen, dazwischen die Sterne, die über die Wellen tanzten, als lägen sie darin. Wenn der Wind günstig stand, dann hörte man die Stimmen von der anderen Flussseite, angenehm gedämpft, sodass sie wie in Watte gepackte Freude klangen. Wohlportionierte Fröhlichkeit.

Sophie hatte in der Bleiche eine Hochzeit gefeiert, die natürlich für den Biergarten geplant gewesen war. Dann aber hatte es Hochwasser gegeben in Konstanz, so hoch, dass sie in die Gaststube ausweichen mussten, die Fenster mit Sandsäcken abgedichtet. Auf Sitzhöhe war im Laufe des Nachmittags ein Schwan vorbeigeschwommen und hatte hereingeschaut zu den Feiernden. Es war nicht irgendeine Hochzeit gewesen, sondern die ihrer besten Freundin Katrin. Heiraten in der Birnau, Kaffee und Kuchen bei der Überfahrt auf dem Schiff mit Livemusik, schließlich in die Bleiche. Und dann war das Hochwasser gekommen, und aus der romantischen Hochzeitsplanung war ein dramatisches Abenteuer geworden im Kampf gegen die Fluten.

Wo sie auch hinsah, lauerte eine Erinnerung. Es war, als würde man ein Buch von hinten nach vorne lesen oder einen Film rückwärts laufen lassen.

»Alle kommen irgendwann zurück in die Heimat am See.«

Das hatte man ihr prophezeit, als sie erklärt hatte, nicht ohne einen mutigen Trotz in der Stimme, dass sie nach Beendigung ihres Praktikums in Frankfurt bleiben wolle. Frankfurt war laut und schrill und ständig in Bewegung. Frankfurt war das Gegenteil von Sophie und von Sehnsucht, Frankfurt war lediglich weit genug entfernt gewesen zum Abtauchen. Ihr Großvater hatte damals zu ihr gesagt: »Während ihr überlegt, wonach ihr euch noch sehnen könntet, verpasst ihr das halbe Leben. Ihr schielt ständig in die Zukunft. Wir waren eben zufrieden, wie es gerade war, daher fiel uns das mit dem Glücklichsein auch viel leichter.«

Sophie stand vor ihrem neuen Zuhause und musste an ihre Tochter denken, die, wenn sie mal nicht sang, gern philosophisch wurde. »Mama, Heimkommen ist wie Abschied, nur umgekehrt.«

13

Auf die Zwischentöne kommt es an

»Mama, bist du schon wach?«

»Nein.« Sophie schielte auf den Wecker, der gerade mal sechs Uhr dreizehn anzeigte.

»Wenn du sprechen kannst, dann bist du doch auch wach, oder?« Marlene stand vor ihrem Bett und zog an der Decke.

Sophie hielt dagegen. »Nicht, Süße, es ist zu früh. Ich muss noch schlafen.«

»Aber wenn du doch wach bist, wär es schon besser, wenn du auch aufstehst.«

»Wieso?«

»Ich wollte Kaffee machen.«

»Oh.« Sophie war hellwach und setzte sich auf. »Was ist passiert?« Etwas schwerfällig stand sie auf, das war doch ungewohnt viel Bier am Vorabend gewesen, und folgte der munteren Marlene in die Küche. Dort sah sie die Bescherung: Marlene hatte in bester Absicht ein Filterpapier in die Kaffeemaschine gestopft, Wasser in den Tank gefüllt, wobei offenbar die Hälfte danebengegangen war, und sich das Kaffeepulver aus dem oberen Regal geangelt. Beim Runtersteigen von dem Küchenstuhl musste ihr die Packung aus der Hand gefallen sein, denn das Kaffeepulver lag pulvrig fein über Ablage und Boden verteilt. »Oje!«, seufzte Sophie. »Du sollst doch nicht allein auf Stühle klettern.«

»Ich wollte dir einen Kaffee bringen«, sagte Marlene schmollend.

Sophie umarmte ihre Tochter. »Das ist sehr lieb von dir. Jetzt machen wir das weg, und dann suchen wir einen praktischeren Platz für den Kaffee, damit du besser rankommst, okay?«

Marlenes Gesicht hellte sich auf. »Super, Mama. Und ich hol jetzt gleich mal ein Buch, dann kannst du vorlesen, während du deinen Kaffee trinkst, okay?«

Und so kam es, dass Sophie an einem Samstagmorgen um sieben Uhr an ihrem Küchentisch saß, Kaffee trank, aus »Ronja Räubertochter« vorlas und sich vorstellte, ein Mann würde aus ihrem Schlafzimmer kommen, sich an den Türrahmen der Küche lehnen und sie lächelnd und bewundernd beobachten. *Bewunderung?* Dafür, dass sie eine aufopferungsvolle Mutter war, dass sie ihre Tochter über alles liebte? Weshalb wünschte sich Sophie das so sehr, dass ihr jetzt ein kleiner Schauer über den Körper jagte? Obwohl, es war eher Anerkennung als Bewunderung, die sie sich wünschte. Und ganz plötzlich stand dort nicht irgendein Mann, sondern einer, der jenem Mann glich, den sie gestern erst am Kuhhorn gesehen hatte, jener Mann, der einen Hund namens Zottel besaß. Sophie stolperte durch die nächsten Zeilen.

»Also Mama, so kann das nicht heißen, guck noch mal. Da ging es um Pferde, nicht um einen Hund.«

»Oh ja, entschuldige.« Sophie räusperte sich, trank schnell einen Schluck Kaffee, der bereits nur noch lauwarm war. *Konzentrier dich auf Ronja! Dieser Mann mit Hund hat nur einmal nett gelächelt, mehr nicht. Vielleicht sehen wir uns nie mehr wieder.*

Um elf Uhr zog sie sich an und half auch Marlene bei der schwierigen Kleiderfrage. Bunt war immer beliebt, aber nicht immer den Jahreszeiten angemessen. Weshalb musste es an diesem Tag die pinke Winterjacke sein? Es musste. Also schlug Sophie des lieben Friedens willen vor, wenigstens eine etwas dünnere Strickjacke in Gelb mitzunehmen, um gegebenenfalls zu wechseln. Marlene dachte kurz nach und entschied glücklicherweise, dass dies kein schlechter Vorschlag war.

»Was machen wir heute in der Weinstube?«

»Dasselbe wie immer.«

»Auf Gäste warten?«

»Genau. Wir warten auf Gäste, dekorieren die Tische neu, und wenn dann Gäste da sind, bringen wir ihnen zu essen und zu trinken.«

»Soll ich singen?«

»Bis die Gäste kommen, gern.«

»Aber Mama, das hat doch keinen Sinn, dann hört es ja niemand.«

»Bin ich niemand?« Sophie machte ein trauriges Gesicht.

»Ach Mama, du bist mein liebster Niemand, also kein Niemand, aber auch kein richtiger Zuhörer.«

»Wieso das denn?«

»Du musst mir ja zuhören, das ist also nicht so, als wenn ich Publikum hätte.«

Sophie seufzte. Sie führte diese Diskussion nicht zum ersten Mal und würde sie vermutlich auch noch viele weitere Male führen, aber die Vorstellung, dass ihre kleine Tochter den Gesang eröffnete, während Gäste im Lokal waren, war eher suboptimal. Marlene sang laut und euphorisch und leider oft falsch, wenngleich es besser wurde, da sie gern und viel übte. Wie jetzt. Sie trällerte ein Filly-Liedchen, oder nein, es war der Regenbogenfisch, auch schön. Ging schlimmer, und je länger Sophie zuhörte und sich dabei frisierte, desto größer wurde ihr Staunen: Marlene war tatsächlich besser geworden.

»Und?«

»Toll, mein Schatz«, sagte Sophie und gab ihrer Tochter einen Kuss auf die Stirn.

Marlene strahlte. »Wieso gibt es eigentlich keine Musik bei uns in der Weinstube? Das wär doch super.«

In der Tat hatte Sophie auch schon darüber nachgedacht. Musik und Wein passten gut zusammen. Die Idee reihte sich ein zu einigen anderen, die sie in letzter Zeit gehabt hatte, wenn sie allein an ihrem Platz am Tresen in der Weinstube gestanden hatte. Was man alles neu machen könnte, wie sich Gäste mit

Musik und Lesungen und regelmäßigen Weinproben gewinnen ließen.

Vor allem aber würde sie gern etwas an der Küche ändern. Die ewig gleichen, langweiligen Gerichte. Ja, manchmal überraschte sich Sophie selbst mit ihren Ideen, die sie auf dem Wochenmarkt oder abends auf dem Sofa beflügelten. Dann stellte sie sich vor, selbst in der Küche zu stehen und für Gäste zu kochen. Sie, allein. Eine große Verantwortung. Und dann würde sie zu den Gästen gehen und fragen, ob sie die feine Zitronennote in den Nudeln bemerkt hatten, und sie würde natürlich gelobt werden, und es gäbe jemanden, der sich in ihrer Küche zeigen lassen wollte, wie sie etwas zubereitet hatte …

Aber es war wie mit der einen Wand in ihrer Wohnung in Frankfurt. Zehn Jahre hatte sie überlegt, sie grün zu streichen. Doch es war nie so weit gekommen. Pläne schmieden war die eine Sache, etwas umzusetzen eine ganz andere.

Am Nachmittag saßen Barbara und Onkel Hans im Garten und tranken einen kühlen Müller-Thurgau. Barbara machte ein ungewohnt ernstes Gesicht, doch Sophie war gedanklich noch bei dem Gefühl vom Vormittag: ihre Sehnsucht nach Anerkennung für die Aufgabe, ein Kind großzuziehen. Etwas in ihr krampfte sich zusammen, faustgroß verdrängte es den Stolz, alles allein zu schaffen.

Sophie setzte sich zu ihrer Tante und hörte mit einem Ohr zu, wie die Bilanzen sich entwickelten, welche Weine in diesem Jahr aus der Ernte hervorgehen würden, beobachtete ihre Tochter im Sandkasten, wo der Kuchenberg immer größer wurde, und zwischendurch bediente sie einige wenige Gäste. Es würde sicher erst gegen Abend voller werden, wenn die Menschen vom See zurückkamen. Plötzlich erklang ein spitzer Kinderschrei. Sophie sah überrascht auf und folgte Marlenes Blick. Dort am Eingang zum Garten stand ein ihr wohlbekannter Mann, neben sich ein grauer Vierbeiner, der sich neugierig umsah.

»Ein Hund, Mama, schau doch, ein Hund!« Marlene ließ ihre Sandkastensachen liegen und lief zu dem neuen Gast. »Der ist aber süß, darf ich ihn streicheln?«

»Marlene, langsam.« Sophie eilte herbei und bremste ihre Tochter sanft, aber bestimmt. »Lass unseren Gast doch erst einmal –«

»Hallo. Ich bin übrigens Anton.«

»Wie schön, dass du wieder hergefunden hast.« Sie musste ganz leicht nach oben sehen, er war vielleicht einen Kopf größer als sie, lässig gekleidet mit Jeans und einem schwarzen Hemd.

»Hab ich doch gesagt. Die Weinstube hab ich mir gemerkt. Und ich muss ja auch noch wissen, wann der Flohmarkt ist.« Er legte den Kopf leicht schief, und sein Lächeln hinterließ ein Grübchen an der linken Wange knapp neben dem Bartansatz. Es wäre schade, wenn es komplett darunter verschwände.

Marlene sah verwirrt von ihrer Mutter zu Anton und zupfte Sophie am Rock. »Kennst du den Mann?«

»Er war schon einmal hier«, erklärte Sophie.

»Und wie heißt du?«, fragte Anton.

»Ich bin Marlene. Drei viertel sechs Jahre alt, und meine Lieblingstiere sind ein Pferd und Meerschweinchen und Hunde.«

Anton lachte und fragte: »Und hat deine Mama auch einen Namen?«

Marlene kicherte. »Außer ›Mama‹?« Sie fand das ungeheuer lustig. »Sophie heißt sie. Und sie ist älter, als sie aussieht.«

»Marlene, jetzt ist aber gut.« Sophie hielt Marlene eine Hand auf den Mund. »Möchtest du hier draußen sitzen, Anton?«

»Wenn es geht, Sophie. Du kannst den Hund gern streicheln, Marlene. Das ist Zottel, er ist sehr lieb. Nicht wahr, Sophie?«

»Den Hund kennst du auch schon? Wieso hast du das nicht erzählt?«

»Also, kennen ist jetzt zu viel gesagt … Wir gehen jetzt erst einmal zu dem Tisch dort drüben, und du«, Sophie schob Marlene vor sich her, »lässt den Hund mit seinem Besitzer erst einmal ankommen, verstanden?«

Marlene verdrehte die Augen. »Mama, du bist wieder anstrengend, weißt du?«

Sophie sah Anton an, sah, dass er sich ein Lachen verkniff, und hatte das Gefühl, in ihrem Magen sei ein ganzes Brausestäbchen gelandet. Wie gern hätte sie sich jetzt zu ihm gesetzt. Es war lange her, dass sie solch ein euphorisches Rauschen empfunden hatte.

Doch zunächst musste Sophie mit Barbara die nächste Woche besprechen. Dabei schielte sie immer wieder zu Marlene, die bei Anton am Tisch saß und den Hund kraulte. Sie war putzmunter und erzählte gestenreich.

Sophie war ein wenig in Sorge ob der Erzähllaune ihrer Tochter und versuchte, so oft wie möglich in die Nähe zu kommen, um wenigstens Gesprächsfetzen aufzuschnappen, doch ausgerechnet an diesem Nachmittag kamen tatsächlich mehr Gäste als normal, und das auch noch früher als gewöhnlich. Sophie war ständig gefordert, und noch immer kam sie sich fremd vor, wenn sie ihr Weinwissen bemühte, doch immer öfter gelang es ihr. Zu ihrem eigenen Erstaunen. Gerade erzählte sie über das samtig-weiche Aroma des blauen Spätburgunders, als Marlene zu ihr sah, etwas zu Anton sagte und sich dann die Hand vor den Mund hielt und laut prustete. Na toll, dachte Sophie, sie machen sich lustig, und gewiss fielen der Tochter jede Menge Anekdoten ein.

Einmal fragte Tante Barbara nach dem Mann bei Marlene, und Sophie antwortete schlicht, dass Anton schon einmal in der Weinstube gewesen sei. Die Tante kommentierte das mit einem süffisanten »Soso, ein Gast«, und Sophie errötete.

Ich bin wie ein Teenager, schalt sie sich, während sich um die Augen der Tante die Lachfältchen kräuselten. Sophie wusste, dass sich Barbara für sie freuen würde. Im selben Moment erklärte sich Sophie für verrückt, welches Hoffen sich da in ihr Gehirn – oder Herz? – mogelte.

Barbara und sie waren einander nähergekommen in den letzten Monaten, vielleicht weil Tante Barbara und Onkel Hans versuchten, das zu ersetzen, was Sophie verloren hatte – ihre Eltern, Geborgenheit, Sicherheit. Hans war nach wie vor der stille Begleiter, legte ihr ohne große Worte seine Hand auf die Schulter. Barbara war die Gesprächige von den beiden, sie fragte, wie es Sophie ging, und wenn die Antwort zu lange auf sich warten ließ, begann sie selbst zu sprechen. Dabei erzählte sie über die schmerzende Stille hinweg, hangelte sich von einem Satz zum nächsten, um nicht in die Trauer abzustürzen, so kam es Sophie vor, und manchmal hätte sie gern der Tante einen Finger sanft auf den Mund gelegt und ihr gesagt: »Hör mal, das ist der Klang der Stille. Wir müssen lernen, ihn zu ertragen.« Aber das tat Sophie nicht. Sie schwieg, hörte zu und wusste, dass der Trost der Tante für sie beide reichen sollte.

Gut, dass es Marlene gab. Himmel, Marlene saß immer noch bei Anton, der gern mit seinem Vater auf Flohmärkte ging, und streichelte den Hund, und jetzt lachte sie wieder ihr glockenhelles Lachen und schüttelte ihre strubbeligen blonden Haare.

Anton war inzwischen von Wasser auf einen leichten Weißwein umgestiegen. Sophie hatte den Moment genutzt und ihm auch eine Zucchiniquiche gebracht, die heutige Spezialität des Hauses.

Hoffentlich plauderte ihre Tochter nicht allzu viele private Details aus, das konnte durchaus passieren und peinlich werden. Dass die Mama ganz fürchterlich falsch in der Dusche sang, gehörte noch zu den harmlosen Dingen.

Es gab wesentlich Schlimmeres als falschen Gesang, Jogginghosen etwa, die schon Löcher hatten, aber innen so herrlich kuschlig waren. Der Alltag mit Kind hatte Sophie ein wenig schludrig werden lassen, es störte sie nicht, wenn Lego im Wohnzimmer verstreut lag oder ein Ponyhof aufgebaut blieb und man tagelang drübersteigen musste. Es störte sie auch nicht, dass sich die Kleiderauswahl einschränkte, bis sie wieder Lust hatte, eine Waschmaschine zu füllen. Und wenn es viermal die Woche Spaghetti gab, dann war das für Sophie auch völlig in Ordnung. Sie war nicht eitel, nicht überordentlich und vor allem nicht sehr akkurat. Sie verkaufte das meist als entspannte Flexibilität, wusste aber insgeheim, dass es Bequemlichkeit war. Katrin war da anders.

Sophie hetzte von einem Tisch zum nächsten, stöhnte ob der Hitze, wenn sie in die Nähe der Küche kam, freute sich über die Kühle im Weinkeller. Im Vorbeigehen hörte sie an einem Frauentisch einige Gesprächsfetzen. »Das wäre schade, wenn die Sonnbachs …«, und »Noch ein Lokal, das wegfallen würde«, doch Sophie hatte kaum Zeit, darüber nachzudenken, und war sich auch nicht sicher, ob sie das richtig verstanden hatte. Weshalb sollten die Sonnbachs schließen müssen? So schnell sie die Sätze aufgeschnappt hatte, so schnell waren sie auch wieder vergessen, stattdessen bemühte sich Sophie, im Garten eine gute Figur zu machen, und ärgerte sich über ihre wenig ambitionierte Kleiderwahl. Sie wünschte sich, ein wenig mehr wie Katrin zu sein, die immer auf ihr Äußeres achtete, weil jeden Tag ein interessanter Mann auftauchen könnte. Sophie hatte sich einfach schnell einen Rock mit Blumenmuster angezogen und eine Bluse darüber, von der sie gerade nicht einmal wusste, ob sie überhaupt zu dem Rock passte. Ein Pferdeschwanz und flache Sandalen. Kein Make-up, kein Schmuck.

»Hallo, Mama«, flötete Marlene. Ihre Tochter war ihr in das Innere der Weinstube gefolgt.

»Oh, wieder da?«, fragte Sophie und sah suchend in den Garten.

»Er ist weg«, sagte Marlene und machte einen Schmollmund.

»Ach.« Sophie konnte ihre Enttäuschung nicht verbergen.

»Der Mann mit dem Hund musste gehen. Er hat aber bezahlt bei Kim.«

»Okay. Kommt er denn mal wieder?«, fragte Sophie und kam sich augenblicklich albern vor, doch Marlenes Gesicht begann zu strahlen.

»Ja, Mama, das hat er versprochen. Er hat auch gefragt, wann du Feierabend hast.« Sie grinste breit wie ein Honigkuchenpferd.

Sophies Herz machte einen kleinen Sprung, landete aber unsanft, als Marlene hinzufügte: »Aber ich hab's ihm nicht verraten. Ich soll ja nicht so viel Privates erzählen, nicht wahr?«

14

Freundinnen für immer

»Hierher!« Katrins Stimme schallte über den gut gefüllten Bahnsteig am Konstanzer Bahnhof. Sophie beschleunigte ihre Schritte, Marlene an der Hand.

»Nicht so schnell«, jammerte die Fünfjährige.

»Komm schon, das schaffst du.«

Doch Aufmunterung war gar nicht nötig, Marlene riss sich los und erreichte Katrin sogar als Erste. »Lahme Ente, Mama!«, flötete sie und umarmte Katrin, die ein aus Pappkarton geschnittenes Herz hochhielt. »Das hab ich mitgemalt!« Marlene war sehr stolz.

»Ist das nicht ein wenig übertrieben?«

Katrin strich Marlene über die Haare. »Hallo, meine Süße. Deine Mama denkt, ein Herz wäre übertrieben. Die hat keine Ahnung, wie?«

»Ich bin anwesend!«

Katrin wirkte sehr aufgekratzt. »Hör mal, unsere Freundin Chrissi kommt nach Konstanz. Wie lange habt ihr euch nicht gesehen?«

Sophie zuckte die Schultern. »Lange.«

»Eben. Wie kann ein Herz da unangemessen sein?« Sie verdrehte lachend die Augen und sah dann aufgeregt auf die Anzeigetafel. »Er kommt. Der Zug fährt gleich ein, komm, Marlene, geh ein wenig von den Gleisen zurück.«

Sophie musste grinsen. Katrin wäre sicher eine tolle Mutter, wenn nicht ... Ihre Gedanken stürzten zusammen wie ein Kartenhaus im Wind.

»Los, winkt gefälligst«, forderte Katrin sie auf. Marlene folgte brav, und auch Sophie hob die Hand. Die Durchsage kündigte den Zug aus Mailand an. Es quietschte, Marlene hielt sich die Ohren zu, dann stand der ICE still, und die Türen öffneten sich.

Das Erste, was Sophie von der Freundin sah, war ein riesiger roter Koffer mit aufgeklebten schwarzen Punkten.

»Ein Marienkäfer!« Marlene war begeistert. Ein spitzer Schrei, nicht von Marlene, dafür von Katrin, gefolgt von einem fröhlichen Rufen von Chrissi, und schon rannten sie aufeinander zu und fielen sich in die Arme. Sophie und Marlene warteten.

»Wer ist denn das?«, fragte Chrissi erstaunt und sah auf Marlene hinab.

»Potz Blitz«, Katrin war noch bei Chrissi untergehakt, »so lange habt ihr euch nicht gesehen?«

Chrissi zwinkerte. »Zuletzt war sie höchstens halb so groß. Wo ist die Zeit hin?«

Marlene streckte sich auf die Zehenspitzen. »Ich kann sogar noch viel größer!«

»Also, dieses Kind hier heißt Marlene.« Sophie zog ihre Hand aus der Umklammerung ihrer Tochter und umarmte ihre Freundin ebenfalls. Es war stiller als die Umarmung von Chrissi und Katrin, doch mitten hinein in diese beruhigende Nähe flüsterte Chrissi ihr zu: »Tut mir leid, dass ich nicht da war.« Und Sophie hatte keinen Zweifel, dass es aus tiefstem Herzen kam.

»Jetzt trennt euch mal, wir blockieren den ganzen Bahnsteig!« Katrin überreichte das gebastelte Mitbringsel. »Hier, das Herz ist für dich!«

Tatsächlich war es um sie herum belebt und hektisch und auch eng. Sie wurden angerempelt, ein Mann mit auf Hochglanz polierten Schuhen rannte vorbei auf den Ausgang zu und beschwerte sich lautstark, konnte aber nebenbei eine Nachricht in sein Smartphone tippen.

»Guck lieber, wo du hinläufst mit deinen Salonschleichern«, schimpfte Katrin ihm hinterher.

Er hielt abrupt an und sah sich um.

Katrin stemmte die Hände in die Hüften und ließ keinen Zweifel, dass sie ihm nachgerufen hatte. Er hob fragend die Hände hoch, und sie deutete auf seine Schuhe. »Man rutscht leicht mit solchen Slippern. Kann gefährlich werden. Und peinlich dann auch.« Sie grinste.

Er tippte sich gegen die Stirn, steckte aber das Handy ein und lief dann tatsächlich etwas langsamer zum Ausgang.

»Na bitte, man muss nur –«

»Klartext reden?« Chrissi streichelte Katrins Wange. »Das hab ich vermisst.« Sie lachte.

»Ich will ein Eis«, piepste Marlene.

»Das ist doch eine gute Idee. Das machen wir.« Chrissi schob ihren Koffer vor sich her durch die Menge.

Chrissi war ein wenig verrückt und reiste um die Welt. Sie wollte sich weder auf eine Wohnung noch auf einen Job festlegen und war auch bei der Wahl ihrer Männer recht großzügig. Katrin sagte immer, dass Chrissi eher Reisebegleitungen suchte und je nach Zielort ihre Männer auswählte, bei manchen hatte Sophie sich nicht einmal die Mühe gemacht, sich den Namen zu merken.

Nun war sie also zurück. Von einer Reise. Auch wenn es dasselbe Wort war, so beschrieb es doch etwas völlig anderes als das Zurückkommen in die alte Heimat, nachdem man sich jahrelang an einem anderen Ort bemüht hatte, sich eine neue Heimat einzurichten. Vor sechs Monaten war Sophie zurückgekehrt, und inzwischen kam es ihr so vor, als wäre ihr Leben, das sie fern von Konstanz geführt hatte, tatsächlich nur eine Reise gewesen. Sie wusste nicht immer, ob das gut war. Aber während Chrissi gewiss schon wieder die Idee zu einer neuen Reise im Kopf hatte, war Sophie in Konstanz gestrandet ohne Rettungsboot. Immerhin teilte sie neuerdings diese Insel mit einem Mann mit Hund, der eine graue Cordtasche … Ach, Sehnsucht war etwas Schönes.

Die einen hatten sie nach der Ferne, so wie Chrissi, die anderen hatten sie nach der Heimat, so wie Katrin. Und Sophie stellte sich im Moment einfach vor, mit Anton über einen Nachtflohmarkt zu schlendern und die eine oder andere Zuckerdose zu entdecken.

Zwei Stunden nach der Willkommenszeremonie am Bahnsteig saßen sie auf einer Picknickdecke im Stadtgarten und versorgten sich mit Getränken und Süßwaren aus dem Kiosk. Chrissi war von einer längeren Reise quer durch Thailand und Vietnam zurückgekehrt, um anschließend mit einer Urlaubsbekanntschaft in dessen Heimat Italien zu landen. Schön und aufregend sei es gewesen, auch jener Marco, doch letztlich war er wohl nicht mehr so abenteuerbereit wie davor in der Fremde.

Es war immer dasselbe mit Chrissi. Ihr fiel der Alltag ungeheuer schwer. Beinahe hatte Sophie das Gefühl, der Alltag sei die rinnende Sanduhr in Chrissis Leben, begleitet von der Angst, unter dem Sand begraben zu werden. Kurzum, Chrissi hatte Italien Hals über Kopf verlassen und beschlossen, dass es Zeit war für einen Besuch in der alten Heimat. Ihre kleine Wohnung war zwischenvermietet und wurde in den nächsten Tagen frei, bis dahin würde sie bei Katrin wohnen.

»Und? Wie lange bleibst du?« Katrin öffnete die Packung mit den Erdnüssen so schwungvoll, dass ein Drittel auf der Decke landete.

Marlene jubilierte. »Mama sagt, das mach nur ich so.«

Gemeinsam rollten Marlene und Katrin die Augen über Sophie.

»Verbündet euch ruhig, stört mich nicht. Und, Chrissi? Wie lange beschützt du mich vor der Bande hier?«

Chrissi hob die Schultern. »Mal sehen. Erst einmal finde ich es großartig, dass wir alle wieder zusammen sind. Weißt du, Marlene, deine Mama und ich sind alte, was sag ich, uralte Freundinnen!«

»So alt ist Mama doch noch gar nicht. Zumindest soll ich nie sagen, wie alt sie wirklich ist.«

Chrissi sah erstaunt von Marlene zu Sophie und lachte plötzlich los. »Gutes Kind. Gute Sophie. Man spricht auch nicht über das Alter.«

»Ich erzähl es trotzdem«, sagte Marlene und reckte die Nase in die Höhe.

Sophie zuckte zusammen. »Marlene! Aber doch nicht Anton, oder?«

Marlenes Grinsen reichte jetzt von einem Ohr zum anderen.

»Wer ist Anton?«, fragte Chrissi.

Katrin winkte ab. »So ein Schwarm, der eine unmögliche … halt, der *keine* Frisur hat, aber ganz nett ist.«

»Aha. Und was ist das für eine Geschichte mit dem Alter? Das hat dich doch noch nie gestört! Ist doch ohnehin egal, oder?«, wunderte sich Chrissi.

»Das sagt die Richtige!« Sophie stieß gegen die Schulter der Freundin. »Ich bin einfach vierzig geworden und fühl mich nicht so, das ist alles. Wie bei dir also.«

»Stimmt. Ich fühl mich auch nicht wie vierzig.«

»Du bist auch schon fünfzig«, Katrin ließ sich lachend auf die Picknickdecke fallen. »Seht doch, da fliegt Fuchur vorbei!«

»Wo?« Marlene legte sich neben Katrin, schmiegte sich an ihre Schulter und folgte ihrer Hand.

Sophie und Chrissi tauschten einen Blick, dann bedeutete Chrissi ihr, dass sie ein paar Schritte gehen wollte.

»Ihr seid ja zufrieden«, sagte Sophie zu Katrin und erhob sich.

»Geht nur, wir träumen hier, nicht wahr, Marlenchen?«

Marlene antwortete nicht mehr, sie war schon mitten in einer Wolkenlandschaft, die sich in langsamer Gemütlichkeit über den See schlängelte.

Sie gingen am Ufer entlang. Irgendwann blieb Chrissi stehen, sah einmal über den See hinweg und dann wieder zurück zu Katrin und Marlene.

»Unfassbar, dass ich deine Tochter so lange nicht gesehen habe. Wie konnte das passieren?«

Sophie zuckte die Schultern.

»Habt ihr euch eingelebt?«

»Irgendwie schon.«

»Verdammt, dass das Leben einem immer wieder seine Entscheidungen aufnötigt, nicht wahr?«

Jetzt sahen sie beide zu Katrin hin. »Wie geht's ihr?«, fragte Chrissi.

»Insgesamt ist sie die Alte. Einmal hat sie geweint.«

»Ich weiß, drüben in Hagnau. Wegen des Weinbauers.« Chrissi steuerte eine Bank an mit Blick auf die Seepromenade.

Sophie liebte diese Uferseite jenseits der Dominikanerinsel. Herrschaftlich sahen die Häuser dort aus, wie aus einer anderen Zeit mitten hineingeworfen in das moderne Leben am Ufer mit Radfahrern, E-Scootern, zu lauten Passanten und Partygästen am Abend.

»Sie weint öfter, aber du sollst es nicht mitbekommen«, fuhr Chrissi fort. »Sie meint, du hättest genug eigene Sorgen.«

Sophie schluckte. All die Hilfe, die sie in den letzten Monaten von Katrin angenommen hatte, all die Kraft und Energie, die die Freundin ihr gegeben hatte – was hatte sie für Katrin getan?

»Du machst nichts falsch, Sophie. Katrin hat sich nicht beschwert. Sie ist überglücklich, dass du wieder da bist.«

Sophie nickte, doch die Beklommenheit blieb. »Ich hab sie nie gefragt, wie es ihr geht.«

»Ist ja auch überflüssig, findest du nicht?«

»Und du?«

»Ach«, sagte Chrissi, »Heimkommen ist schön, aber nur«, sie deutete auf den See, »solange ich weiß, dass ich jederzeit wieder wegkann.«

Nachts auf dem Balkon war das Leben ein völlig anderes. Sophie war allein, die Luft war abgekühlt, der Lärm der Stadt verklungen. Auf dem Balkon schräg gegenüber brannten noch Kerzen, und leise Musik drang durch den Innenhof. Sophie hörte Stimmen und einen Kauz. Es war halb vier. In einer halben Stunde würden die Vögel anfangen zu zwitschern. Sie zog die Strickjacke etwas dichter an ihren Körper und legte die Beine hoch auf den zweiten Stuhl.

Die Sitzgarnitur war erst kürzlich eingezogen, ein echter Klassiker: bunte Metallstühle und ein quadratischer Tisch dazu. Katrins neueste Errungenschaft von der Kleinanzeigen-Front. Dass ihnen das mintfarbene Sofa durch die Lappen gegangen war, hatte tatsächlich an ihrem Ego gekratzt. Sophie dagegen konnte gut mit dem rosafarbenen leben. Erst recht Marlene.

Zaghafte Schritte in der Küche verrieten, dass auch ihre Tochter nicht schlafen konnte.

»Mama, was machst du?«

»Die Stille genießen.«

»Kann ich mitmachen?«

»Wenn es dann noch still ist.«

Marlene verdrehte theatralisch die Augen und kroch zu Sophie auf den Schoß, die Decke über den Kopf gelegt, sodass Sophie nun einen großen Berg Stoff auf sich liegen hatte. Sie streichelte ihrer Tochter über die Haare und summte ein Kinderlied.

»Ist schon schön am Meer.«

»Wir wohnen ja gar nicht am Meer«, flüsterte Sophie lächelnd.

»Egal. Der See ist so groß, für mich ist er das Meer.«

Sophie streichelte leise weiter. *Ja, für mich auch.*

Und dann rauschte es in Sophies Kopf, und sie ahmte das Rauschen für ihre Tochter nach.

15

Zottel auf halb zehn

Es war die dritte Bluse, die Sophie dann doch nicht gefiel. Marlene war im Kindergarten, Katrin saß am Küchentisch und arbeitete an ihrer neuen Stadtführung, und Sophie wühlte erneut in ihrem Kleiderschrank.

»Grrrr, wie kann ein Schrank so voll sein und doch nichts bieten?«, schimpfte sie. »Das gibt es doch nicht!«

»Ich weiß nicht, weshalb du dir so einen Kopf machst. Wie lang war Anton jetzt nicht in der Weinstube?«

»Eine Woche und einen Tag.«

Katrin sah auf den Block mit den Notizen vor sich, seufzte, dann stand sie auf und ging rüber ins Schlafzimmer ihrer Freundin. »Oh«, sagte sie nur, als sie den Kleiderberg auf dem Bett erblickte. »Alles nichts?«

Sophie ließ den Kopf hängen. »Ich weiß auch nicht, ich dachte … Ich weiß nicht, was ich dachte.« Sie ließ den Kopf hängen und stemmte die Hände in die Hüften. »Und der Flohmarkt ist auch vorbei.«

»Na komm, so schlimm kann es nicht sein.« Katrin lief zum Bett und zog eine rot gemusterte Bluse hervor. »Zieh die an, die sieht toll aus. Falls Anton heute kommt.« Sie zwinkerte. »Mit diesem Fellmonster.«

»Und ohne Frisur, hast du vergessen.« Sophie zog die Bluse über ihren Jeansrock und stellte sich vor den Spiegel. Katrin trat hinter sie und legte ihre Arme der Freundin über die Schulter. »Nicht so schlecht, oder?«

Sophie schüttelte den Kopf und gab der Freundin schnell einen Kuss auf die Wange. »Gar nicht schlecht, eher hervorragend.«

»Gut, dann lass uns los. Ich brauch Inspiration!«

»Wo startest du denn mit deiner romantischen Stadtführung?«, fragte Sophie und packte ihre Handtasche.

»Weiß ich noch nicht, aber ich weiß ja immerhin, wo sie endet.«

»Stimmt, bei mir. Da freu ich mich jetzt schon: du und ich inmitten einer Horde verliebter Paare. Das ist so schräg, das kann man sich nicht ausdenken, nicht wahr?«

»Ach, komm.« Katrin hängte sich bei Sophie unter, während sie die Treppe nach unten gingen. »So schlimm wird's schon nicht werden. Außerdem buchen nicht nur Verliebte eine romantische Stadtführung. Ich dachte ja eher an romantisch veranlagte Menschen.«

Sophie schlug sich mit der flachen Hand gegen die Stirn. »Ach so, ja, ist klar.« Sie lachte. »Dann wird das alles halb so schlimm.«

Doch es sollte wesentlich schlimmer werden, nur konnten weder Katrin noch Sophie das ahnen.

Startklar standen sie im Hof vor ihren Fahrrädern, und Katrin musterte Sophie einmal von oben nach unten. »Weißt du, Anton wird vielleicht irgendwann wieder auftauchen, aber garantiert so überraschend, dass du dann einen dicken Schokoladenfleck auf deiner Bluse hast, also mach dich nicht verrückt!«

Sophie wusste, dass ihre Freundin recht hatte. Anton war die ganze Woche nicht gekommen. Weshalb sollte er ausgerechnet an diesem Tag auftauchen? Sie ärgerte sich, dass sie überhaupt noch an Anton dachte. Wegen der paar Sätze und Blickwechsel? Lustig gemacht hatte er sich über sie, weil sie durch die Reihen gestolpert war. Aber sogar Marlene hatte schon nach dem netten Mann mit Hund gefragt, wobei Sophie sich recht sicher war, dass ihre Tochter tatsächlich eher den Hund vermisste, diesen – wie hieß er doch gleich? Ach ja, Zottel. Sophie wollte nicht an einen Hund denken, der sie automatisch an diesen schwarz-weißen erinnerte, der ihr in grauer Vorzeit das Herz gebrochen hatte. Sie mochte keine Hunde, Punkt.

Barbara erwartete sie schon ungeduldig vor der Weinstube.

Sie wirkte noch ernster als beim letzten Treffen. Gemeinsam gingen sie die Bestände an Weinvorräten im Keller durch, kontrollierten auch die Essensvorräte und notierten auf den Einkaufslisten, was fehlte. Es war eine lange Liste, die Weinstube war in den vergangenen Tagen ausgesprochen gut besucht gewesen. Mit den vollen Listen verabschiedete sich Barbara alsbald. Sophie machte sich an das Dekorieren der Tische im Garten – kleine Vasen mit frischen Rosen und Frauenmantel.

Als Sophie alle Vasen verteilt hatte, machte sie sich einen Kaffee. Noch hatte sie ein wenig Zeit, also schrieb sie an ihrer Liste weiter, einer Liste mit Wünschen. Chrissi hatte ihr das empfohlen, um ein wenig mehr über sich zu erfahren. Sie sollte Wünsche sammeln, die sich zeitnah umsetzen ließen, einfach weil man sich Mühe und einen Ruck gab. Dann sollte sie Wünsche aufschreiben, die ein wenig ferner lagen, aber theoretisch auch machbar waren, eben nicht ganz so einfach. Und dann sollte da noch eine Reihe mit Wünschen sein, die vielleicht immer Träume blieben, die einen aber begleiteten und schon beim Träumen glücklich machten.

Ich weiß nicht, was ich da schreiben sollte.

Mensch, Sophie, du musst doch auch träumen! Das ist wichtig, für dich, für dein Leben und auch für Marlene. Du musst doch Träume haben.

Chrissi hatte leicht reden, dachte sich Sophie. Die hatte Träume und machte einfach. Die lebte ihren Traum, oder nicht?

Während Sophie auf Gäste wartete, stand sie also am Tresen und brütete über ihrer Liste und stellte fest, dass die Spalte mit den Träumen leer war. Vermutlich sollte ich das Wiedersehen mit Anton da hineinschreiben, dachte sie sarkastisch. In den anderen Spalten standen bislang recht banale Dinge: ein Konzert der Toten Hosen, worüber Chrissi sehr gelacht hatte, ein Ausflug nach Venedig, ein neuer Tresen und eine neue Einrichtung für die Weinstube – *in welche Spalte damit?* –, eine neue Speisekarte, von Hand geschrieben auf Tafeln. Am liebsten nur eine Handvoll Speisen, nichts Gutbürgerliches, kein Fleisch, dafür Außergewöhnliches, auf die Weine abgestimmt. Musikabende, vielleicht ein Abend mit Stadtgeschichten …

»Du hast ja ganz schön viele Ideen für die Weinstube!«

Sophie sah verblüfft auf. »Katrin! Du hier? So schnell?«

»Ich hab meinen Schlüssel in deiner Wohnung vergessen.«

»Und den Schlüssel zu meiner Wohnung?«

»Haha, was glaubst du wohl! Der liegt natürlich sicher in meiner.« Katrin lachte. »Ich bring dir später den Schlüssel zurück.« Sie wühlte in ihrer Tasche und zog ein Papier hervor, das sie auf Sophies Liste legte. »Hier, Überraschung.«

Sophie starrte darauf. Es war ein Ausdruck einer Bewertungsseite für Gaststätten. Dort hatte ein Gast sich lobend über die Weinstube Sonnbach geäußert, wie schön es sei, dort von einer echten »Konstanzerin« beraten worden zu sein. Da habe man sich »wirklich gut aufgehoben« gefühlt.

»Herzlichen Glückwunsch, meine Liebe.« Katrin grinste breit. »Da haben sich meine Führungen also doch gelohnt, wer hätte das gedacht? Das kannst du dir an die Wand hängen. Da kommen gewiss noch mehr gute Kritiken dazu. Aber jetzt brauche ich wirklich den Schlüssel.«

»Klar. Kein Problem.«

Katrin tippte auf Sophies Liste. »Gefällt dir also, eine Weinstube zu führen?«

Sophie lächelte verlegen. »Scheint fast so.« Dann winkte sie ab. »Ich muss Großvater mit meinen komischen Ideen gar nicht kommen. Die Weinstube läuft gut, wie sie ist, wird er sagen. Und vegetarische Küche ist auch nicht seins. Sollte ich also schnell wieder streichen von meiner Liste.« Sophie überlegte. »Ich hab's! Ich schreib das in die Spalte mit den Träumen.« Sie schob die Liste zur Seite und klatschte in die Hände. »Passt schon.«

Als Katrin gegangen war, holte sich Sophie noch einmal den Ausdruck der Bewertungsseite und las die Kritik. Es gab noch einige andere Fünf-Sterne-Rezensionen für die Weinstube Sonnbach, aber dass sie einmal ausdrücklich erwähnt wurde, fühlte sich schon gut an. Sie schielte zu den Fotos an der Wand rechts vom Tresen, die Geschichte der Weinstube und ihrer Familie in Bildern.

Ein Foto zeigte ihren inzwischen einundneunzigjährigen Großvater, wie er als Kind vor der Eingangstür stand: Kniebundhosen, ein ordentliches Hemd, die kräftigen, dunklen Haare zu einem Seitenscheitel frisiert, der Blick für ein Kind zu streng. An der Hand ein Nachziehelefant aus Holz. Den Elefanten gab es noch. Er ruhte in einem Regal im Büro ihres Vaters. Sie sollte ihn Marlene …

»Sophie?«

Zum zweiten Mal an diesem Nachmittag war Sophie so tief in ihre Tagträumerei eingetaucht, dass sie zusammenzuckte.

»Ich wollte dich nicht erschrecken. Habt ihr noch gar nicht auf?«

Ihre Haut kribbelte. *Nicht rot werden, bitte nicht.* Ihre Wangen pochten. Grundlos sah Sophie auf die Uhr, ärgerte sich darüber und bemühte sich um ein freundliches Gesicht.

»Tut mir leid, komm ich ungelegen?«, fragte Anton verwirrt.

»Nein, Quatsch, nicht ungelegen, nur, äh«, sie fuhr sich durch die Haare, »unerwartet, aber das ist gut, also nicht, dass du unerwartet … Herrje, entschuldige, setz dich, wo du magst. Hallo, Zottel.« Sophie ging, ohne darüber nachzudenken, um den Tresen herum, um den grauen Hund zu streicheln. Sofort schmiegte er sich an sie, und sie erschrak. Eine Übersprungshandlung. Eigentlich hatte sie nur ihre Nervosität überbrücken und das rote Gesicht verbergen wollen.

»Himmel, was ein Glück. Endlich bekommt der mal Streicheleinheiten«, scherzte Anton. »Der Junge in der Mitte ist dein Großvater?« Anton deutete auf die Fotowand.

Sophie nickte. »Irgendwann in den Vierzigern aufgenommen. Unglaublich. Ringsum Krieg …«

»Und hier ist alles heil geblieben.«

»Dank der Schweiz.«

»Ich weiß, die Lichter. Aber es gibt ein Denkmal für die jüdischen Opfer«, sagte Anton.

»Ja«, sagte Sophie leise. »Ein dunkles Kapitel der Stadtgeschichte. Leider. Wollen wir uns raussetzen?«

»Wir?«

Sophie suchte nach einem Mäuseloch, in dem sie verschwinden könnte. Tagelang hatte sie sich ausgemalt, Anton käme endlich einmal wieder in die Weinstube, und sie hätte Zeit. Jetzt war er da, und sie war selbstredend davon ausgegangen, er sei ihretwegen da, aber vielleicht wollte er schlicht einen guten Wein.

»Spaß«, sagte Anton. »Klar würde ich mich freuen, wenn du Zeit hast. Ich nehm wieder diesen leichten Weißwein, der so fruchtig perlt.«

»Moment«, sagte Sophie, »ich blättere mal in meinem Terminkalender«, dann nickte sie lachend. »Auch Spaß. Such dir einen Platz, ich bring uns was raus.«

Als Anton nach draußen in den Garten lief, sah der Hund sehnsüchtig zu Sophie und bellte einmal. »Sie kommt doch gleich«, raunte Anton ihm zu.

Nein, ich mag keine Hunde, ich mag absolut keine Hunde. Die stinken, wenn sie nass sind, und bellen und haaren … und fressen Meerschweinchen.

So kam es also, dass Sophie neben Anton auf der Bank unter der Kastanie saß, über ihnen spätnachmittägliches Vogelgezwitscher, von der Straße angeregtes Stimmengewirr, die flirrende Hitze vom Blätterdach ausgeschlossen und zwei Gläser mit eisgekühltem Weißburgunder, der nach gelben Früchten schmeckte, und je eine Schale mit Brot, Oliven, getrockneten Tomaten und Beeren auf dem kleinen Tisch vor ihnen.

»Schön hier«, sagte Anton und sah Sophie in die Augen.

Ein Windzug hauchte ihr sanft ins Gesicht und jagte ihr eine Gänsehaut über den Nacken. Der innere Impuls, sich vorzubeugen und Anton einfach zu küssen, war riesig. Sie mochte das Grübchen an seiner linken Wange, wenn er lächelte. Am

Hals hatte er eine lange Narbe, irgendwann würde sie ihn nach der Geschichte dazu fragen.

»Ja, ich hab das auch lieb gewonnen, aber –«

»Was ›aber‹?«

»Na ja.« Sophie zuckte mit den Schultern. »›Weinstube‹ klingt irgendwie …«

»Antiquiert?«

»Hm, vielleicht ist das das richtige Wort, ich weiß es nicht. Ich bin hier ehrlich gesagt so reingestolpert.«

»Gestolpert also. Kommt mir bekannt vor. Du stolperst öfter, wie?«

Sophie legte die Stirn in Falten. »Das ist aber nicht sehr charmant.«

Anton hielt ihr sein Weinglas zum Anstoßen hin. »Nicht böse gemeint. Was ist passiert?«

»Ich bin erst seit einem halben Jahr wieder hier in Konstanz und hab die Weinstube übernommen.«

»Weshalb bist du nicht hiergeblieben?«

Sophie sah überrascht zu Anton. Er fragte nicht, weshalb sie die Weinstube übernommen hatte. Das wäre aber doch die naheliegendste Frage gewesen, oder nicht? »Wie kommst du darauf? Hat Marlene …?«

Er lachte. »Sie hat auch viel erzählt, ja, aber ich hab das hier in einem Gespräch aufgeschnappt. Dass du zurückgekommen bist nach dem Tod deiner Eltern.«

Sophie blies die Luft aus. »Kein schönes Thema. Ich weiß nicht, weshalb ich erst jetzt zurückgekommen bin, eigentlich gefällt es mir ganz gut.«

»Uneigentlich hoffe ich auch«, sagte Anton mit einem Zwinkern, und ihre Blicke blieben ein wenig länger einander zugewandt.

Eine warme Welle nach der anderen jagte durch Sophies Körper, ihre Haut im Nacken kribbelte, und ihre Knie fühlten sich an, als hätte der ganze Wein seinen Weg zielgerichtet dorthin gefunden.

Anton war achtundvierzig und gerade im Umzugschaos, weshalb er auch fast eine Woche verschwunden gewesen war. Er kam aus Düsseldorf und zog nun nach Konstanz an den Bodensee, um an der Fachhochschule zu unterrichten. Eine Wohnung hatte er noch nicht gefunden, aktuell wohnte er in einer kleinen Unterkunft über Airbnb am Schänzle, um die Stadt und ihre Menschen kennenzulernen. Er hoffte aber, bis Oktober ein neues Zuhause gefunden zu haben. Ihm gefalle Konstanz, eigentlich die ganze Gegend rund um den Bodensee, die er seit ein paar Wochen erkundete. Ihm gefielen auch die Leute, die er nicht immer verstand, die aber sehr freundlich seien, und ihm gefiel – und das war gewiss die wichtigste Erkenntnis des Nachmittags – die Weinstube Sonnbach mit seiner Inhaberin.

Marlene hatte ihm erzählt, dass sie keinen Papa habe und dass sie ans Meer gezogen seien, weil ihre Mama nun auch keinen Papa mehr hatte. »Das ist so ein Familiending«, hatte die Fünfjährige offenbar verkündet und dabei sehr erwachsen zu klingen versucht, erzählte Anton. Er wusste auch, wann das ungefähr passiert war und dass sie davor in einer hässlichen großen Stadt namens Frankfurt gewohnt hätten. Er wusste sogar, dass Sophie schon steinalt war und sich aber viel jünger fühlte, weswegen sie, Marlene, auch nicht die Wahrheit über Mamas Alter erzählen sollte.

»Hat sie nicht gesagt!«, echauffierte sich Sophie und hielt sich beide Hände vors Gesicht.

»Hat sie gesagt, ich schwöre«, beharrte Anton und hielt lachend zwei Finger in die Luft.

»Oh Gott, diese Göre, also ehrlich. Ich hol mal die Flasche, so viel Peinlichkeit lässt sich nüchtern nicht ertragen.«

»Wird das mit dem Bedienen denn dann heute noch klappen?«, rief Anton ihr nach.

Sie drehte sich um und verbeugte sich elegant. »Ich stolpere nur noch einmal die Woche.«

Inzwischen kamen tatsächlich weitere Gäste, und so musste

Sophie schweren Herzens zwischen den Tischen wechseln, ein wenig Small Talk halten, um dann schnell wieder zu Anton zu eilen.

Jedes Mal wenn sie seinen Tisch verlassen musste, befiel sie eine Angst, dass er nach diesem Tag wieder verschwinden könnte. Irgendwann vielleicht für länger oder gar für immer. Gleichzeitig war ihr bewusst, wie albern sie war, diese Sorge, in der doch eine große Portion an Hoffnung mitschwang, nach so kurzer Zeit. Sie wurde hektisch in ihren Bewegungen, die weichen Knie waren nicht hilfreich. Zweimal verschüttete sie beim Einschenken Wein, schielte umgehend zu Anton, ob er sie beobachtet hatte, einmal knickte sie auf dem Kies um, ein anderes Mal stieß sie gegen einen der Stühle, und jedes Mal winselte Zottel, wenn er sie sah. Unbemerkt schusslig sein war anscheinend ausgeschlossen. Anton hielt sich demonstrativ die Hand vor die Augen.

Irgendwann hatte er Mitleid. »Du, Sophie, soll ich später noch mal vorbeikommen, wenn du hier abschließt?«

Sie nickte erleichtert. »Das wäre wunderbar.«

»Nicht dass es mir hier nicht mehr gefiele, und letztendlich stolpert niemand so elegant wie du, aber es wäre vielleicht sicherer.«

Sie knuffte ihn in die Schulter. »Mach dich nicht immer lustig. Ich bin steinalt, hast du doch gehört.«

»Abgemacht, dann gehe ich mit Zottel spazieren und komme um … Wann machst du Schluss?«

»Um halb elf ist sicher Ende«, sagte sie und hoffte, dass sie eine Aufpasserin für Marlene fand, doch ihre Sorge war unbegründet. Katrin freute sich so sehr, dass Anton wieder aufgetaucht war, dass sie versprach, ihre Begleitung stehen zu lassen und umgehend zu Sophie nach Hause zu fahren und Tante Barbara abzulösen. Den Schlüssel hatte sie ja ohnehin noch.

Es war gerade halb zehn, da standen Anton und Zottel wieder in der Weinstube.

»Er hat es nicht ausgehalten, immer wenn ich in die Richtung kam, zog er an der Leine«, erklärte Anton.

»Klar«, sagte Sophie, »der Hund ist schuld.« Ihr Herz schlug schneller, und irgendetwas flirrte durch ihren Magen. Das mussten Schmetterlinge sein, diese Dinger, von denen andere immer erzählt hatten. Sie machte die Abrechnung an den Tischen und verhaspelte sich beim Verabschieden, so sehr freute sie sich, dass die Weinstube sich leerte. Die Küche war bereits geschlossen und sauber, der Abend noch jung und die Nacht wunderbar mild. Sophie brachte ein Tablett mit zwei Stückchen Kuchen und zwei Gläsern Rotwein an den Tisch, an dem sie am Nachmittag schon gesessen hatten. Sie waren allein im Garten, um sie herum war es dunkel bis auf die Kerzen auf den Tischen und die bunten Lampions an der Leine von der Kastanie in der Mitte sternförmig nach außen zur Mauer und zu dem Dach der Weinstube. Eine Katze miaute irgendwo, Zottel knurrte einmal ganz leise, legte sich dann aber zufrieden unter die Bank.

»Lavendeldessert«, flüsterte Sophie und bewegte sich nicht.

»Klingt gut.« Anton griff nach dem Teller und probierte. »Das schmeckt köstlich. Stand das auf der Karte?«

»Ein Versuch. Ist von mir.«

»Von dir? Eine Eigenkreation?«

»Ja.« Sophie wurde verlegen und wusste nicht, weshalb.

»Das ist großartig. Nimm das auf die Karte. Zusammen mit dem Wein … herrlich!«

»Ich weiß nicht. Ich hab das nicht gelernt.«

»Ich glaube, du kannst sehr viel mehr, als du dir zutraust, oder?«

Sophie sah Anton überrascht an, sagte aber nichts. Kam jetzt wieder diese Leier von nicht genutztem Potenzial?

»Du wirkst so beherrscht, als würdest du dir dein eigenes Spielfeld begrenzen.« Anton aß die letzten Löffel von dem Tortenstück. »Weißt du, wenn ich etwas gelernt habe im Leben, dann, dass man keine Zeit für Angst vor dem Scheitern hat. Das Leben ist zu kurz und die Lebenszeit zu kostbar.«

»Oh.« Sophie spürte ein Ziehen im Nacken. Sprach Anton mit ihr wie ein guter Freund? Wie ihre Freundin Katrin? Meinten es alle nur gut mit ihr?

»Was ist?«, fragte Anton. »Kein gutes Thema?«

»Ich weiß nicht, ob ich immer hören will, dass ich verborgene Talente habe. Vielleicht habe ich gar keine.« Sie lachte ein wenig zu schrill.

»Vielleicht, aber das ist durchaus unwahrscheinlich. Außerdem müsstest du das ja erst herausfinden, nicht wahr? Der Kuchen zum Beispiel war hervorragend. Und wenn du von den Weinen erzählst – hast du schon einmal gesehen, wie die Leute dir zuhören?«

Sophie musste schlucken.

»Vielleicht«, er beugte sich näher an Sophies Gesicht, »vielleicht ist Sophie Sonnbach also so großartig, wie ich denke.«

Sie hielt den Atem an. Wieder hörte sie eine Katze, hörte Grillen zirpen und das Schnaufen des Hundes unter der Bank. Sie hörte ihr Herz bis zum Hals schlagen. Anton war ihr so nah, dass sie meinte, auch seines zu hören. Markus hatte sie sich nie so nahe gefühlt, obwohl sie ein Kind mit ihm hatte. Markus hatte sie großartig in diesem hautengen samtblauen Kleid gefunden und in der roten Spitzenunterwäsche und in einer durchsichtigen Bluse, heimlich in der Mittagspause in seinem Büro. Anton aber sah sie, Sophie, und es schien ihm egal zu sein, ob ihre Bluse zu dem Rock passte.

Hier, im Garten der Weinstube unter der Kastanie, unter der sie mit ihren Eltern, mit ihren Freundinnen, mit ihrer Tochter gesessen hatte, hier war es, als fielen alle Leben, die sie bereits gelebt hatte, in einem einzigen Augenblick zusammen. Ihr Herz schlug ihr bis zum Hals, und ihr Atem beschleunigte sich. Seine Haut roch gut, sie meinte, eine Spur Thymian wahrzunehmen.

»Ich wollte dir nicht zu nahe treten«, sagte Anton leise, dann hob er die rechte Hand und legte sie Sophie in den Nacken. Er zog ihr Gesicht sanft zu seinem und küsste sie auf die Stirn.

Eine Welle jagte durch Sophies Körper. Sie legte ihre Hände an Antons Wangen und rutschte auf der Bank näher an ihn heran. *Denk einmal nicht nach, denk nicht daran, dass er verschwinden könnte.*

Die Sehnsucht überwältigte sie, als wäre nah nicht nah genug. Sophie hatte das Gefühl, als passiere das alles nicht ihr, als könnte sie sich beim Glücklichsein beobachten. Und gerade als sich ihre Lippen beinahe berührten für den ersten Kuss, quietschte eine Tür, dann fiel ein Stuhl um.

Sophie fuhr herum.

»Oh shit, sorry«, klang eine wohlbekannte Stimme aus der Stube.

»Chrissi?«

»Hey, ich wollte nicht stören.« Ihre Freundin kam mit einem verlegenen Lächeln in den Garten. »Ist mir sehr unangenehm, ehrlich. Ist nur so, dass ich unterwegs war und Licht gesehen habe, und da –«

»Nicht schlimm«, sagte Anton.

Chrissi kam an den Tisch gelaufen. »Du bist Anton, nehme ich …« Sie schlug sich mit der Hand gegen die Stirn. »Oh Mensch, hoffentlich nicht das nächste Fettnäpfchen. Bist du Anton?«, fragte sie vorsichtig.

Er reichte ihr lachend die Hand. »Ja, bin ich.«

»Der Mann ohne Frisur, ich verstehe. Und mit dem Köter.«

Antons Lachen drang durch die Nacht, tief und vollmundig wie ein schwerer Rotwein.

Sophie schloss kurz die Augen. Sie wollte dieses Lachen in ihrem Gedächtnis speichern, um es in grauen Stunden abzurufen.

»Ich wollte echt nicht stören. Als ich gesehen habe, dass … Ich wollt mich gerade rausschleichen. Aber weshalb zum Himmel sperrst du denn nicht ab, Süße?« Chrissi tippte Sophie gegen die Stirn.

Sophie zuckte die Schultern. »Wir wollten nur ein Glas Wein –«

»Wollten wir?« Anton zwinkerte ihr zu.

»Und Häppchen.«

»Ich dachte: Dessert.«

»Stimmt.«

Sie lächelte ihn an und traf auf seinen Blick, der Verbundenheit ausdrückte. Es war nicht schlimm, den Kuss verpasst zu haben, die Spannung flirrte noch durch den Nachthimmel und hüllte Sophie in eine wunderbare Sanftheit. Sie ließ sogar die Hand nach unten baumeln und streichelte den Hund. Chrissi setzte sich zu ihnen, beobachtete Sophie und nickte anerkennend.

»Also, Anton, der Mann, der Sophie noch einmal dazu bringen würde, einen Hund zu streicheln, der musste erst erfunden werden. Hut ab.«

Chrissi war geblieben, und auch das hatte sich gefügt. Sie hatten geredet und noch eine Flasche Wein zusammen getrunken. Sophie erfuhr, dass in Chrissis Leben ein früherer Mann, den sowohl Sophie als auch Katrin gemocht hatten, der schlagfertige Olaf, wiederaufgetaucht war, eine schöne Überraschung, und wie glücklich Katrin mit der kleinen Marlene war. Und dann war es Zeit gewesen, Gute Nacht zu sagen, und auch das fügte sich sehr zwanglos in diese sternenklare Nacht. Sophie hatte nicht gewagt, Anton zu fragen, ob er sie nach Hause begleiten würde, und Anton hatte ebenfalls nichts gesagt, sondern sich sowohl bei Chrissi als auch bei Sophie mit einem Kuss auf die Wange verabschiedet. Chrissi hatte Sophie nach Hause begleitet und sich noch einmal für die Störung entschuldigt, doch Sophie hatte abgewehrt.

Erst im Hausflur bemerkte sie, dass sie einen großen Fleck auf ihrer Bluse hatte, am linken Ärmel, vermutlich vom Aufwischen des vergossenen Weines. Katrin hatte also recht behalten, und es hatte überhaupt nicht gestört.

16

Familienprobleme

Jeden zweiten Sonntag im Monat traf sich die Familie Sonnbach im Haus der Familie im Königsbau zum Brunch. Es war die Zeit, die alle aufbringen konnten, sogar Hans, der am liebsten alle Tage in seine Weinberge schlich und dort die Ruhe genoss. Der Großvater versuchte es zu verbergen, gleichwohl merkte man, wie sehr es ihn jedes Mal freute, wenn sich das Haus füllte.

Sophie wurde schmerzlich bewusst, dass es auch für ihn schwer sein musste. Aus praktischen Gründen waren Barbara und Hans aus dem zweiten in den ersten Stock gezogen, wo zuvor Sophies Eltern gelebt hatten, unterm Dach waren nun die Gästezimmer. Die Räume blieben, die Menschen verschwanden. Umso schöner, wenn das Leben regelmäßig Einzug hielt. Und immer häufiger passierte es, dass ein Lächeln über das Gesicht des Großvaters huschte, weil Marlene etwas Lustiges sagte. Oft war auch Katrin dabei, hin und wieder sogar ihre Eltern.

Das Haus der Sonnbachs wurde zum Treffpunkt, und an dem Sonntag im Juli kam auch Chrissi mit zum Familienbrunch und erzählte von ihren Reisen. Der Großvater war unerwartet munter und stellte zahlreiche Zwischenfragen. Sophie, Katrin und Barbara tauschten verwunderte Blicke, freuten sich aber. Sie sollten jedoch noch mehr staunen.

Als Chrissi nämlich bei ihrer Erzählung über Südafrika angekommen war, sagte er: »Als ich dort war, gab es noch Linien, die wir nicht übertreten sollten. Das war nicht richtig.«

»Bitte was? Du warst in Afrika?«, fragte Sophie.

Er nickte, stand auf und holte noch eine Flasche Wasser.

Sophie drehte sich zu Barbara und hob fragend die Schultern.

Der Großvater kam zurück, verteilte das Wasser und hatte auch einen Weißwein dabei. »Ich war damals viel unterwegs.«

Ihr Großvater und Chrissi sahen einander lange an, wohlwollend und verständnisvoll, dabei voller Wehmut. Sophie wusste nicht, was sie sagen sollte.

»Hast du auch Elefanten gesehen?«, piepste Marlene aufgeregt.

Das Gespräch rauschte an Sophie vorbei, es kamen weitere Länder vor, von denen sie nicht gewusst hatte, dass ihr Großvater sie bereist hatte, viele wilde Tiere, Chrissis Begegnung mit einem riesigen Nashorn, Geschichten wie aus einem Abenteuerfilm, die damit endeten, dass ihr Großvater sagte: »Ich wollte die ganze Welt kennenlernen und wäre beinahe in ihr versunken. Doch irgendwann hatte ich Angst, verloren zu gehen in der Weite.«

Angst, verloren zu gehen … Sophie beobachtete ihre Freundin. Konnte man diese Angst auch in der Heimat haben?

Am Nachmittag spazierte sie mit Katrin am Rhein entlang auf dem Weg in die Weinstube. Marlene wollte »Engelchen, flieg« spielen, also nahmen sie sie in die Mitte und hoben sie bei drei immer mit Schwung in die Luft.

»Lang geht das aber nicht mehr, Süße«, stöhnte Katrin. »Du wiegst schon mindestens drei Brote zu viel.«

Marlene kicherte. »Ich mach mich leicht, pass auf.«

»Puh«, jammerte jetzt auch Sophie. »Klappt nicht.«

Sie schlenderten weiter, und Marlene gab sich zufrieden, weil sie Angst hatte, dass die Arme von Katrin und Sophie länger werden könnten.

»Dass dein Großvater nie davon erzählt hat.«

»Wundert mich auch.«

»Chrissi hat ihn irgendwie aufgeweckt, findest du nicht auch?«

»Scheint so«, sagte Sophie.

Nach einer Weile, die nur vom fröhlichen Singen von Marlene erfüllt war, fragte Katrin: »Betrifft euch die Trockenperiode eigentlich auch?«

»Was meinst du?«

»Ich hab gelesen, dass es so wenig Niederschlag wie seit zwanzig Jahren nicht gab und dass die Pflanzen massiv leiden. Die Leute machen sich Sorgen um die Weinernte in diesem Jahr.«

Sophie erinnerte sich an die ernsten Mienen von Barbara und Hans bei den letzten Besprechungen, auch an die Wortfetzen, die sie in der Stube an den Tischen der Gäste schon manchmal mitbekam, aber sie hatte sich bislang nicht die Mühe gemacht, ernsthaft nachzufragen. Beschämt schüttelte sie den Kopf. »Ich weiß von nichts.«

Katrin blieb stehen. »Mensch, Sophie, vielleicht solltest du doch mal mit deinem Großvater reden. Ich weiß nicht, er war heute anders als sonst.«

Sophie nickte. Im Grunde war es auch Zeit, einmal darüber zu reden, ob sie sich etwas mehr einbringen durfte. Im Augenblick aber hatte sie ganz andere Sorgen. Anton hatte sich noch nicht gemeldet. Eine Nachricht, eine winzige Nachricht, und Sophie hätte Luftsprünge gemacht. Aber nichts. Anton und sein Hund waren nach jener Nacht wie vom Erdboden verschluckt. Sophie war sogar an der Ferienwohnung am Schänzle vorbeispaziert, doch die Rollläden in der Wohnung im ersten Stock waren heruntergelassen. Er war also ausgeflogen, ohne ihr etwas davon zu erzählen. Sophie fand das merkwürdig und auch enttäuschend.

»Der Typ hat irgendein Geheimnis, wenn ihr mich fragt«, sagte Chrissi am Abend, während sie die Weinkarte studierte. »Die schmecken nach Birne?«, fragte sie erstaunt.

»Nach Birne, nach Apfel, nach Pfirsich … alles dabei«, sagte Sophie. »Was soll er für ein Geheimnis haben? Himmel, das macht mich echt verrückt. Das hatte ich als Affäre, das brauche ich nicht mehr. Diese blöde Warterei!«

Katrin schrieb an ihrer Stadtführung. Es war allmählich zu einer schönen Gewohnheit geworden, dass sowohl Katrin als auch Chrissi einen Großteil ihrer Abende bei Sophie in der Weinstube verbrachten. Chrissi, so schien es bisweilen, war auf der Flucht vor Olaf, wobei weder Katrin noch Sophie herausgefunden hatten, weshalb. Sie wussten nur, dass Chrissi gemeinsam mit Olaf in Schweden gewesen war, vor Thailand. Zögerlich hatte Chrissi zugegeben, dass Olaf sie sogar noch eine Weile in Asien begleitet hatte, dann aber hatten sich ihre Wege getrennt, um nun wieder aufeinanderzutreffen.

Allein das war schon bemerkenswert. Olaf, der humorvolle, große Mann mit den roten Haaren und dem Vollbart. Er trug karierte Hemden und hackte sein Holz gern selbst. Für seine Reisen brauchte er nur einen Rucksack, von seinem Sohn hatte er ein Foto in einem Medaillon um den Hals. Chrissi jedoch rückte nicht raus mit der Sprache, weshalb Olaf jetzt wieder Thema war, stattdessen saß sie jeden Abend mit Katrin bei Sophie und beschäftigte sich mit Gott und der Welt, am liebsten mit dem Liebesleben anderer. Das hatte den Vorteil, dass auch Marlene beschäftigt und Tante Barbara ein wenig entlastet war.

»Die Regenschirme sind einfach ein Problem«, sagte Katrin mehr zu sich selbst als zu ihren Freundinnen. Ihre Stirn lag in Falten.

»Wovon bitte sprichst du?«, fragte Chrissi.

»Die Regenschirme überall in den Straßen. Sie hängen zwischen den Häusern und sollen die Stadt bunter machen. Bunter ist die Stadt auch, keine Frage, aber die hängen auch oft in der Sicht und lenken die Leute ab, wenn ich versuche, ihnen die Fassaden zu erklären.«

»Verstehe. Also, Sophie, wieso schreibst du nicht einfach eine Nachricht und lädst ihn ein?«

»Ich hab keine Nummer. Wie lange bleiben die Schirme denn noch?«

»Und jetzt auch noch die Flowerballs«, jammerte Katrin

und stützte ihren Kopf auf. »Und das soll so bleiben bis Oktober!«

»Haha, lustig, ihr führt zwei Gespräche gleichzeitig, das geht also doch«, sagte Marlene triumphierend.

Alle sahen fragend zu ihr.

»Na, Regenschirme, der Mann mit Hund, einfach kreuz und quer. Mama sagt immer, das geht nicht. Geht aber doch.«

»Was? Wovon redest du?« Sophie notierte sich gerade die Weine, die sie wieder nachbestellen musste, Katrin malte sich neue Routen auf, und Chrissi sah zu Marlene, schüttelte den Kopf und tippte sich gegen die Stirn.

»Erwachsene sind echt komisch, nicht wahr?«, fragte Chrissi.

Marlene kicherte begeistert. »Endlich jemand, der mich versteht.«

»Wann kommst du in die Schule?«

»Im September.«

Chrissi stupste Marlene auf die Nase. »Du wirst viel Spaß haben. Und jetzt, Mädels, klären wir das nacheinander, erst Katrins Regenschirm-Dilemma, dann Sophies Anton-Drama.«

Sophie verdrehte die Augen. »Wenn wir dich nicht hätten. Schön gedacht, aber ich muss arbeiten.« Sie eilte davon und begrüßte eine Gruppe, die gerade die Weinstube betreten hatte und sich nach einem schattigen Platz im Garten umsah. Es war Mitte Juli, ein praller, sonnenverwöhnter Sommermonat und außergewöhnlich heiß.

»Ich find's heut langweilig«, quengelte Marlene.

»Sollen wir Pizza essen gehen?«, hörte Sophie noch Chrissi fragen. Als sie das nächste Mal vorbeikam, fand sie nur einen Zettel vor: *Sind bei Luigi. Bussi, die Blondis.*

Haha, dachte Sophie, witzig sind sie auch noch.

Am nächsten Tag rief ihr Großvater an und bat sie um ein Gespräch.

Mit gemischten Gefühlen fuhr Sophie hinüber in den Königsbau und betrat ihr altes Elternhaus. Die Zimmer waren abgedunkelt, um die Hitze draußen zu halten, die Konstanz in diesem Sommer beherrschte. Immerhin war so auch das Weinfest gesichert, das Ende des Monats vier Tage lang auf dem Stephansplatz stattfinden würde. Bis zu achttausend Gäste fanden dort gleichzeitig Platz, und die Sonnbachs würden wie jedes Jahr einen Stand haben. Es gab Livemusik mit verschiedenen Bands und am Nachmittag ein Kinderprogramm. Bei über dreißig Grad erwarteten Sophie und ihre Familie Großkampftage, die sich hoffentlich lohnen würden, aber die Konkurrenz würde groß sein, rund fünfunddreißig Stände waren eingeplant, und jeder versuchte zu überzeugen. Gewiss wollte ihr Großvater darüber sprechen.

»Komm rein, Sophie.« Der Großvater saß in seinem senffarbenen Ohrensessel, den sein Sohn Roland ihm geschenkt hatte. Er hatte die Beine hochgelegt und sah sehr müde aus. »Setz dich.«

Sophie drehte einen der anderen Sessel so, dass sie ihrem Großvater gegenübersaß. »Was ist los? Geht es um das Weinfest?«

»Der Sommer ist zu heiß.«

»Ich weiß. Soll ich dir etwas Kaltes zu trinken bringen?«

»Was?«

Seine geistige Abwesenheit beunruhigte Sophie beinahe noch mehr als seine gewohnt schroffe Art.

»Etwas Kaltes zu trinken. Trinkst du überhaupt genug? Das ist sehr wichtig bei der Hitze.« Sie kam sich altklug vor.

»Barbara kümmert sich mehr, als mir lieb ist.«

»Okay.«

»Wir haben Probleme. Ich weiß nicht, wie ich anfangen soll.«

»Was für Probleme?«, fragte Sophie. Ihre Sorge wuchs.

»Die Weinstube und die Weinberge. Sie sind zu teuer. Wir verdienen zu wenig.«

»Okay.« Sophie spürte eine Gänsehaut im Rücken.

»Es ist noch nicht dramatisch. Wir haben immer noch das Haus hier.« Er starrte finster vor sich hin.

»Oh.« Sophie blies die Luft aus und hatte das Gefühl, in dem Sessel in sich zusammenzusacken. Es war ihr Elternhaus, ein Ort der erinnerten Geborgenheit, eine zweite Haut. »Musst du es –«

»Verkaufen?«

»Ja«, presste Sophie hervor.

»Wäre das denn schlimm?« Der Großvater sah sie musternd an.

Sophie wusste nicht, was sie antworten sollte. Gedanken rasten durch ihren Kopf, Trauer, Wut, Enttäuschung wechselten sich ab mit dem Wunsch nach Gleichgültigkeit. Aber es war ihr alles andere als gleichgültig. Andererseits, sie hatte sich eine Wohnung gesucht, um nicht in ihrem Elternhaus zu wohnen. Hatte sie das Recht, sich zu beschweren?

»Was ist mit der Weinstube?«, fragte sie vorsichtig.

»Nein«, sagte der Großvater bestimmt.

Und da war Sophie doch wütend, vor allem ob der Resolutheit des alten Mannes, der ihr nicht wirklich eine Wahlmöglichkeit ließ. »Du würdest lieber unser Familienhaus verkaufen als die Weinstube? Wie kannst du alles dieser blöden Weinstube unterordnen? Nur weil du das willst! Mein Vater hat es nur dir zuliebe gemacht, Barbara hat auch alles deinem Wunsch untergeordnet, wir Kinder haben ständig ein schlechtes Gewissen deinetwegen, und ich bin nun auch hier gelandet!«

Voller Zorn waren die Worte aus ihr gesprudelt, das Blut war ihr in den Kopf gestiegen. Sophie verschränkte die Arme, um sich Halt zu geben und zu schützen vor der Reaktion des Großvaters. Doch die blieb aus, und in Sophie brodelte es weiter. Jede Besonnenheit, jede Vernunft war verloren, nur noch die Wut war übrig, obgleich Sophie gar nicht so genau wusste, weshalb. »Alle tanzen nach deiner Pfeife, und keiner ist glücklich, aber Hauptsache, dein Ego mit dieser bescheuerten Weinstube ist erfüllt.« Sie stand auf. Der Sessel machte ein hässliches Geräusch auf dem Fußboden.

»Du hast hier immerhin einen Arbeitsplatz in der Weinstube.«

»Ich finde jederzeit etwas anderes«, konterte Sophie, wusste jedoch, dass das nicht stimmte.

»Ach ja?« Der Großvater lachte kehlig. »Mach dir doch nichts vor. Du hast dein ganzes Potenzial verschenkt, weil irgendwas an der Uni nicht gut gelaufen ist, und bist nach Frankfurt abgehauen. Meinst du, ich bin blöd? Du hast einfach keinen Biss, immer wenn es ein wenig anstrengend wurde, hast du gekniffen, und das, mein liebes Fräulein, dachte dein Vater auch von dir, er war nur immer zu feig, es dir auch zu sagen.« Er sah zur Seite und fügte hinzu: »Wenn wir schon bei schmerzhaften Wahrheiten sind.«

17

Vergessenes

»Hier hab ich was Interessantes.« Katrin hielt Sophie das Bodenseemagazin hin. Sophie starrte darauf, während sie den Teig knetete für die Quiche am Abend. Sie hatte eigenmächtig entschieden, eine kleine Tafel aufzustellen mit einer Handvoll Gerichten. Aus Trotz. Der Großvater hatte kein Recht, so über sie zu urteilen.

»Was ist das?«, fragte sie und wischte sich mit dem Handrücken eine Strähne aus dem Gesicht.

»Die Jungs sind Weintherapeuten. Die machen einen unterhaltsamen Abend.«

»Aha, und weiter?« Sophie warf den Teig immer wieder in die Schüssel.

»Ich dachte, du möchtest den alten Kasten hier ein wenig aufmöbeln.« Katrin sah auf den Teig in Sophies Hand. »Ich glaube, er ist jetzt weich geklopft genug. Das macht mir sonst echt Angst.«

Sophie folgte ihrem Blick. »Oh, ja doch. Ich bin echt sauer.«

»Auf deinen Großvater oder auf Anton?«

Sophie starrte ihre Freundin an. Das Gespräch mit dem Großvater steckte ihr noch in den Knochen, aber Katrin hatte nicht ganz unrecht. »Im Moment weiß ich gar nicht, wie lange ich hier noch planen muss.«

Katrin wedelte durch die Luft. »Quatsch. Dein Großvater kann erst einmal das Haus beleihen. Ich finde ohnehin, dass du da überreagiert hast. Das Haus würde in ein paar Jahren dir und deinem Bruder gehören – aber will einer von euch darin wohnen?«

Sophie zuckte die Schultern. »Es war schon sehr schön, dort aufzuwachsen.«

»Es ist zu groß, Sophie. Oder hast du mit Anton noch drei, vier Kinder geplant?«

Sophie verdrehte die Augen. »Sehr witzig. Immer rein in die Wunde. Der hat sich immer noch nicht gemeldet.«

»Komisch.«

»Ich verstehe es auch nicht. Ich hab wirklich gedacht, er mag mich. Aber dann verschwindet er einfach.« Sie deckte den Teig ab und stellte ihn in den Kühlschrank, seufzend ließ sie sich zu ihrer Freundin auf den Stuhl fallen. »Also, lass sehen, was ist das mit den Weintherapeuten?«

Katrin sah sie an und lächelte. »Weißt du, Sophie, vielleicht ist es einfach mal Zeit, eigene Pläne zu machen und umzusetzen, ohne die ganze Zeit darauf zu warten, dass andere die Pläne für dich machen.« Sie legte ihre Hand auf die von Sophie. »Auch Marlene wird älter. Wenn sie dieses Jahr in die Schule kommt, wird das auch ein Abschnitt. Du kannst sie nicht immer als Ausrede benutzen.«

Sophie blieb der Mund offen stehen. So deutlich hatte ihre Freundin noch nie mit ihr gesprochen.

»Marlene ist keine Ausrede«, sagte sie mürrisch. »Wie kommst du dazu, so etwas –«

»Sophie, das ist nicht böse gemeint, aber ich höre mir seit Jahren deine Sorgen an, deinen Kummer, dass irgendjemand deine Pläne durchkreuzt, aber weißt du, wer am allermeisten deine Pläne durchkreuzt?« Katrin machte nur eine kurze Pause, in welcher sie Sophie durchdringend ansah. »Du selbst.«

Sophie verschränkte die Arme. Was hatten plötzlich alle gegen sie? Erst der Großvater, jetzt auch noch ihre Freundin. »Ich weiß nicht, ob ich das jetzt auch noch brauche.« Sophie starrte an Katrin vorbei auf den Balkon. Ihre Kräuter sahen durstig aus.

Katrin stand auf, faltete die Zeitung zusammen und legte sie auf den Tisch. »Ich muss los. Meine Schwiegereltern erwarten mich.« Sie blieb stehen. Die Stille, die folgte, wurde lediglich von dem Tropfen des Wasserhahns unterbrochen.

Sophie hielt sich die Hand vor den Mund. »Ist heute …? Oh nein, es tut mir leid, ich hab es vergessen.«

»Nicht schlimm, ehrlich«, sagte Katrin. »Aber weißt du, es gibt genau eine Sache, die Pläne wirklich verhindert. Das ist dieser beschissene Tod.«

Sophie erhob sich und nahm Katrin in die Arme. Dann weinten sie beide.

Die folgenden Tage verbrachte Sophie wie in Trance. Sie erledigte die Hausarbeit, prüfte die Listen für das Weinfest, malte mit Marlene, aber immer wieder hatte sie das Gefühl, ihr Kopf folge der Realität etwas langsamer, als hätte sie winzige Aussetzer. Synkopen nannte man das wohl. Aber war das nicht ein neurologisches Problem? Oder konnte das auch eine angeknackste Psyche auslösen? Sie wusste es nicht.

Um sich aus der Lethargie zu befreien, griff sie nach der Zeitschrift, die Katrin ihr dagelassen hatte. »Die Weintherapeuten«, las sie laut vor und schüttelte den Kopf. Was es nicht alles gab. Die beiden boten einen Abend in der »Seeliebe« an, einem Strandclub in Sipplingen. Sie las sich das genauer durch und fand die Idee plötzlich nicht mehr so abwegig. Vielleicht sollte sie sich das einmal ansehen, es war schließlich nie schlecht, den Horizont zu erweitern, und sie hatte ohnehin, was Wein anging, noch viel Spielraum nach oben, vor allem wenn sie ihren Vater als Vorbild nahm.

Sophie hatte ihm gern zugehört als Kind, wenn er erzählte, dass ein Wein feurig oder mineralisch schmeckte, samtig-weich oder nach Pfirsichen. Wenn er dann einen Wein servierte und von der richtigen Temperatur sprach, damit die einzelnen Fruchtaromen in den leichten Weißweinen auch zur Geltung kamen. Birne, Beeren, Pfirsich – Wein konnte nach so vielem schmecken.

Ihr Vater hatte nicht einfach über Wein gesprochen. Es waren Geschichten gewesen, die von dem Land, den Düften, den Früchten und dem Wetter erzählten, von geografischen Bedingungen und den passenden Weinbauern dazu. Geschichten von Menschen, die das taten, was sie liebten. Es gehörte viel Leidenschaft dazu, Leidenschaft und Sorgfalt, Neugier auf die Natur und die Wechselwirkungen zwischen Erde und Sonne. Ihr Vater konnte begeistern, und alle Gäste behielten etwas in Erinnerung – einen Geschmack, eine Anekdote, den Klang seiner Stimme beim Erzählen. Menschen glücklich zu machen musste etwas Wundervolles sein, hatte sie gedacht. Und wenn sie dann zu ihrer Mutter hinüberblickte, so verstohlen, dann sah sie, dass auch ihre Mutter ihren Mann in solchen Momenten bewunderte.

Sophie saß auf ihrem Balkon und sah in den Hinterhof. Sie fröstelte.

Ihre Mutter hatte schon so lange von der Toskana geträumt. Es hätte *ihr* Urlaub werden sollen. Und dann noch diese USA-Reise, von der Sophie gar nichts gewusst hatte. Sebastian war noch immer am Boden zerstört.

Menschen glücklich machen. Im Gedächtnis bleiben. Das gelang nur, wenn man mit sich im Reinen war und genauso viel Leidenschaft in sich trug, wie man schenken wollte. Und dann tauchte aus dem Nichts dieser Anton auf und sagte ihr, wie großartig sie von Wein erzählen könne, nicht ahnend, welche Verbindungslinie in Sophies Vergangenheit das barg – um dann einfach zu verschwinden. Ja, Sophie war wütend, auf ihren Großvater, auf Katrin und auf Anton. Und am allermeisten auf sich, dass sie immer das Gefühl hatte, von irgendjemandem abhängig zu sein. Weshalb machte sie nicht einfach mal genau das, was sie selbst wollte?

Ihr Handy meldete eine Nachricht.

Ich hab den Flohmarkt verpasst. Ich wäre gern mit dir auf Schatzsuche gegangen, bitte entschuldige. Ich melde mich, sobald es geht, liebe Sophie. PS: Nicht stolpern, bis ich wieder da bin! Ich möchte dich am Stück wiedersehen. Anton.

18

Eine Erinnerungsspur

Am Abend vor dem Weinfest auf dem Stephansplatz war wie erwartet wenig los in der Weinstube. Die hochsommerlichen Temperaturen hatten die Stadt fest im Griff, im Radio sprachen sie bereits von einem der heißesten Sommer seit zwei Jahrzehnten. Immer öfter hörte Sophie, dass die Ernte bedroht war. Auch war der Wasserspiegel des Bodensees nahe am historischen Tiefststand. Gleichwohl würden die Menschen das Weinfest begehen, und die Feierlaune wäre ungebrochen.

Sophie hatte Marlene bei sich in der Weinstube behalten und saß mit ihr an einem Tisch. Marlene löste kleine Zahlenrätsel und war sehr stolz, dass sie schon das Wissen der ersten Grundschulklasse besaß. Um halb zehn schickte Sophie das Personal nach Hause und schloss wenig später die Tür. Ihr standen mit Sicherheit anstrengende Tage bevor.

Als sie gerade gehen wollte, stand plötzlich Anton vor ihr mit seinem Hund.

Marlene war so schlaftrunken, dass sie sich nur mit halber Kraft freuen konnte. »Oh, Zottel, da bist du ja endlich.« Sie umarmte den Hund, der ihr zum Dank einen Hundekuss aufs Ohr gab.

»Anton«, sagte Sophie erstaunt.

»Ja. Da bin ich. Hast du meine Nachricht nicht gelesen?«

»Deine Nachricht?«

»Ich hab dir geschrieben. Heute Abend. Ob ich vorbeikommen … Komme ich ungelegen? Hast du schon geschlossen?«

Ausnahmsweise hatte Sophie nicht mehr auf ihr Handy geschaut. »Ja, ich meine, nein, du kommst nicht ungelegen, aber ja, ich habe schon geschlossen.«

Anton legte den Kopf schief. »Was ist los?«

»Ich …«, Sophie lachte verlegen. »Ich hatte einfach nur keinen guten Tag.« Eigentlich keine gute Woche, dachte sie.

»Das tut mir leid. Aber vielleicht wird es ja jetzt ein besserer Abend?«

Verdammt, dachte Sophie. Anton tauchte plötzlich auf, nachdem er einfach verschwunden war. Was bildete der sich ein? Wieso glaubte er, dass ihr Abend mit ihm besser würde? Was wollte er überhaupt von ihr, und weshalb zum Kuckuck sah er so unverschämt gut aus?

»Soll ich euch nach Hause begleiten? Mit Zottel?«

»Au ja!«, rief Marlene begeistert. »Mama, das geht doch, oder? Dann gehen wir mit einem Hund nach Hause, als ob es unserer wäre. Das wär so schön, Mama. Bitte, sag Ja, oder ist das zu privat?«

Sophie ließ ihren Blick von ihrer Tochter zu Anton wandern und sah seine Augenbrauen nach oben hüpfen.

»Und?«, fragte er nach. »Zu privat?«

Sophie streichelte über den Kopf ihrer Tochter, die nun wieder munterer war. »Quatsch.«

»Oh, juchhu, Mama, du bist toll.« Marlene sprang aufgeregt zwischen ihrer Mutter und Anton hin und her.

Sophie sah Anton an und hatte das Gefühl, dass er sie verstand, ohne dass sie etwas sagen musste.

»Es kommen wieder bessere Tage«, sagte er, und es klang wie ein Versprechen.

Sie nickte schwach. Am liebsten hätte sie sich in seine Arme geworfen. Sie hätte seinen Atem gern an ihrem Hals gespürt und sich gern fallen lassen und ausgeheult und …

»Darf ich Zottel führen? Zu Hause zeig ich dir dann ein Geheimnis. Eigentlich drei.« Marlene kicherte.

»Soso«, sagte Anton. »Lohnt es sich denn?«

»Und wie«, jubelte Marlene. »Sie heißen Gustav, Nils und Krümel und …«

Sophie hörte nicht mehr, was ihre Tochter sagte. Sie starrte Anton an, und der Satz »Lohnt es sich denn?« mäanderte durch ihr Gedächtnis. Sie kannte ihn, kannte den Tonfall dazu, die Stimme, die Augen. Sie kannte auch das Gefühl, das sie bei dieser Stimme hatte – und gehabt hatte. Aber das ist nicht möglich, sagte sie sich und sinnierte über Schicksal und Bestimmung, über ihre Liebesromane, an die sie doch nicht glauben durfte, laut Katrin. Und plötzlich war sie da, die Erinnerung an einen Mann mit Hund, der den Raiteberg nach oben lief, hinauf zum Bismarckturm, von dem Sophie und ihre Tochter gerade hinunterliefen. Es war der Tag gewesen, an dem Sophie nach Konstanz zurückgekehrt war, weil sie von dem Tod ihrer Eltern erfahren hatte. Nur eine kurze, flüchtige Begegnung, die dennoch in ihrem Kopf ein Zuhause gefunden hatte. Der Mann mit Hut. Und sie hatte sich nicht getraut, etwas zu sagen. Jetzt war er wieder da.

»Sophie? Alles in Ordnung?«

Sophie schüttelte die alten Bilder ab und kehrte zurück in die Gegenwart, in der Anton lächelnd vor ihr stand. »Ja, klar. Wir gehen zu mir.«

»*Uns*, Mama, wir gehen zu *uns*. Und zu Nils, Krümel und Gustav. Zottel frisst die doch nicht, oder?«

Es gab Momente im Leben, die brannten sich auf ewig ins Gedächtnis ein. Momente voller Glück oder auch Trauer, Momente voller Wut oder auch Scham. Momente, die wie ein Tattoo auf die Erinnerungshaut gestochen wurden. Von manchen Momenten erfuhr man erst später, weil sie sich als Puzzlestück erwiesen für eine andere Geschichte. Manche Momente hingegen waren unzweifelhaft eigenständig. Jetzt war so ein Moment.

Anton betrat ihre Wohnküche, nachdem er die schon schläfrige Marlene drei Stockwerke nach oben getragen und mit ihr den Meerschweinchen Gute Nacht gesagt hatte. Sophie stand am Herd und stellte ihren Espressokocher auf die Platte. Als Anton kam, verschränkte sie die Arme und beobachtete ihn neugierig. Er lehnte sich in den Türrahmen und lachte. »Du hast also die Meerschweine gerettet.«

»Meerschweinchen«, sagte Sophie lächelnd.

»Wenn man etwas so Großes tut …«, zitierte Anton und hielt wie Marlene den Zeigefinger in die Höhe.

Und Sophie vollendete den Satz: »… dann kann man schon von Meerschweinen sprechen.«

Die Arme zu verschränken kam ihr plötzlich unpassend vor. Sie wollte nicht reserviert erscheinen, vielmehr jenem Gefühl Raum geben, das sich durch ihren Körper schlängelte wie vor Kurzem im Garten der Weinstube. Jetzt jedoch um einiges intensiver. Sie nahm die Arme vom Körper und stützte sie stattdessen auf die Arbeitsplatte ihrer Küchenzeile neben sich. Der Espressokocher gurgelte lauter. Noch lauter. Sophie reagierte nicht.

Anton nickte in Richtung Herd. »Soll ich mal?«

Sophie zuckte zusammen. »Herrje, ich bin …«, sie wischte sich mit der Hand die Haare aus der Stirn, lachte schrill und wollte nach dem Griff am Espressokocher greifen, kam aber mit den Fingern an die heiße Kanne und schrie auf.

»Oh Mist.« Anton eilte zu ihr. Er schob den Kocher vom Herd, schaltete die Platte aus und drehte Sophie zum Waschbecken, wo er ihre Finger unter fließendes kaltes Wasser hielt.

»Wieder besser?«, fragte er nach einer Weile.

Sophie starrte auf ihre Hand unter dem Wasserhahn, Antons Hände daneben. Schön sahen sie aus.

»Danke, geht wieder.«

Als sie am Tisch saßen und jeder einen halben Löffel Zucker in seine Espressotasse kippte, begann Anton, sich umzusehen, und Sophie, sich zu entspannen.

»Und du wohnst erst ein halbes Jahr hier?«

»Vier Monate«, antwortete Sophie und folgte Antons Blicken durch ihr Reich.

Er schüttelte den Kopf. »Erstaunlich. Ich kenn Wohnungen, die sehen nach Jahren nicht annähernd so aus.«

»Nicht annähernd so chaotisch?« Sophie lachte. »Ich leih dir Marlene gern einmal aus.«

»Was?« Anton sah sie verwundert an, dann wehrte er mit der Hand ab. »Aber nein, das wollte ich damit nicht sagen. So stimmig, so lebendig, so liebevoll, so nach Leben und den Menschen, die darin wohnen. Es sind Räume mit Charakter, und den hast du ihnen gegeben.«

»Oh.« Sophie nahm schnell einen Schluck Espresso. Sie schielte zu ihrer Küchenzeile. Dort stand noch eine Flasche Wein. »Möchtest du auch ein Glas?«

»Gern. Weißt du eigentlich, dass wir uns schon einmal gesehen haben?«

Sophie bebte innerlich. Sie war ihm im Gedächtnis geblieben? Und er mochte ihre Küche, ihr kleines Reich aus buntem Chaos.

»Sophie?«

»Ja, ich hatte auch das Gefühl. Dass wir uns kennen, meine ich.« Sie stand auf, holte zwei Gläser und brachte die Flasche und einen Korkenzieher mit zum Tisch. Anton entkorkte den Wein und schenkte ihnen beiden ein. Er hielt ihr sein Glas entgegen.

»Es ist sehr schön bei dir«, sagte er.

Glocken läuteten zur Mitternacht, Zottel fiepte im Schlaf, und die Meerschweinchen gaben leise Geräusche von sich. Sophie hörte ihre Uhr im Wohnzimmer ticken, so leise saßen sie einander gegenüber. Am liebsten hätte sie die Zeit angehalten, hätte Anton gebeten, bei ihr zu bleiben, diese Nacht und den nächsten Tag und …

»Was war los heute?«

Sie riss sich los von ihren Wünschen, die ihr plötzlich übereilt vorkamen. »Was meinst du?«

»Du sagtest, der Tag war schlecht.«

»Oh, ach so, das.« Sophie fuhr mit der Hand durch die Luft. »Du hattest recht.«

»Ja?«

»Der Abend wurde viel besser.« Sie grinste Anton an.

Er legte den Kopf schief. »Das freut mich zwar, aber so ganz kauf ich dir das nicht ab. Irgendetwas bedrückt dich.«

Sophie seufzte. Langsam nickte sie. »Stimmt. Ich glaube, ich war in letzter Zeit ungerecht zu einigen Menschen. Ich hab mich mit meinem Großvater gestritten, und ich habe Katrin enttäuscht. Meine Freundin. Du hast sie am See –«

»Ich erinnere mich. Weshalb?«

»Das ist …« Sophie ließ den Kopf hängen. »Das führt zu weit. Eine lange Geschichte. Ich hab ein wichtiges Datum vergessen.« Sie seufzte wieder. »Und ich war egoistisch. Ich hab mich nur um meine Sorgen gekümmert.« Und um dich, fügte sie in Gedanken hinzu.

»Okay. Also den Streit mit deinem Großvater kann ich nicht beurteilen, aber Katrin habe ich ja kurz kennengelernt. Sie wirkte sehr offen und geradeheraus. Ich denke nicht, dass sie nachtragend ist.«

Sophie schüttelte den Kopf. »Nein, ist sie in der Tat nicht.« Nachdenklich drehte sie das Weinglas zwischen ihren Fingern. »Ich schulde ihr verdammt viel. Ohne sie hätte ich das alles hier nicht so gut hinbekommen.«

Anton deutete in Richtung Sophies Handy. »Dann schreib ihr doch jetzt einfach eine Nachricht, dass du an sie denkst.« Er zwinkerte ihr aufmunternd zu.

Sophie nickte und legte gleich los. Als sie die Nachricht fertig getippt hatte und ihr Handy wieder zur Seite legte, hob Anton sein Glas. »Auf die Freundschaft, die auch Kummer aushält, und«, er hob die Hand in die Luft, um Sophie am Trinken zu hindern, »und auf schöne Begegnungen.«

Der Klang vom Anstoßen vibrierte noch in Sophies Ohren. Der Rotwein glitt über ihre Zunge und schmeckte besser als jemals zuvor. Der Moment, als Anton sich in ihrer Küche umsah, berührte sie noch immer, doch da war auch diese Angst, er könne einfach wieder verschwinden.

»Was ist?«

Unsicher sah Sophie Anton an, dann fasste sie sich ein Herz. »Wo warst du? Wieso verschwindest du immer einfach so?«

Anton streckte seine Hand über den Tisch und legte sie auf

die von Sophie. »Ich weiß, dass du enttäuscht bist. Es tut mir leid. Es ist nur so …«, er schluckte, und Sophie bekam erst recht Angst. Sie fühlte seine Hand schwer auf ihrer ruhen. Er sagt mir, dass er eine Freundin hat, dachte sie und versteifte sich. »Ich war im Krankenhaus und wollte dich nicht beunruhigen.«

Ein Stein fiel in Sophie zu Boden. »Im Krankenhaus?«, fragte sie erschrocken und gleichzeitig erleichtert, obwohl das unangemessen war.

»Ja, im Krankenhaus.« Er lehnte sich zurück und fuhr sich mit den Händen über die Haare, ungewohnt unsicher. »Na ja, ich wusste nicht, ob wir schon so etwas miteinander teilen, es war irgendwie verzwickt.«

Sophie wiegte den Kopf hin und her. »Du warst also im Krankenhaus. Ist denn alles in Ordnung?«

»Jetzt wieder.« Anton holte tief Luft. »Jetzt wieder«, wiederholte er, als wollte er jeden Zweifel ausräumen.

Sophie blies die Luft aus, die sie angehalten hatte. »Da bin ich froh.«

»Ich auch.« Wieder erhob er sein Glas, und sie stießen an. Seine Hand wanderte über den Tisch, und Sophie griff nach ihr, zärtlich umschlossen sich ihre Finger. »Und jetzt möchte ich wissen, wovon Sophie Sonnbach träumt, wenn sie in ihrer Weinstube steht.«

19
Das Weinfest

»Los, erzähl schon.« Katrin stellte gerade eine leere Flasche Wein in den Kasten unter dem Tresen und holte eine neue hervor. Sie hatte ihr Versprechen gehalten und half Sophie beim Ausschank. Der Großvater saß gemeinsam mit Barbara und Hans an einem Tisch in der Nähe ihres Standes. Sie erzählten interessierten Gästen von ihren Weinen, vom Weinanbau in der Region und natürlich von der Weinstube Sonnbach, die seit Generationen in Familienbesitz war. Spätestens ab zwanzig Uhr war der Lärmpegel auf dem Stephansplatz allerdings so groß, dass Sophie nichts mehr von den Gesprächen dort hörte. Sie hatten sich noch nicht ausgesprochen seit ihrem Streit, und Sophie hatte ein schlechtes Gewissen deswegen. Irgendwann kam Chrissi und setzte sich zum Großvater. Wie bei dem Frühstück schienen sie sich auch jetzt bestens zu verstehen. Sophie konnte sehen, dass der Großvater immer wieder lauthals lachte. Als Kind hatte sie manchmal sogar Angst vor ihm gehabt, zum Glück war da noch die Großmutter gewesen, die ihn besänftigt hatte.

»Er hatte kein leichtes Leben«, hatte sie oft erklärt, wenn er wütend und laut geworden war, doch Sophie hatte nie so richtig verstanden, weshalb der Großvater kein leichtes Leben gehabt hatte und vor allem, weshalb es immer noch als Ausrede gelten sollte, wo diese harte Zeit doch augenscheinlich schon lange zurücklag.

Als die Großmutter dann auch noch vor ihrer Zeit gestorben war, da hatte Sophie nicht erwartet, den Großvater noch einmal unbeschwert zu sehen, nach dem Tod ihrer Eltern war dies ohnehin undenkbar geworden. Und doch saß er dort und unterhielt sich mit einer ihrer ältesten Freundinnen und lachte.

Und sobald er lachte, sah er überhaupt nicht wie ein über Neunzigjähriger aus. Ihr war sogar, als könnte sie dann den jungen Mann in ihm erkennen.

Eine Band spielte und erinnerte Sophie daran, dass sie Anton ein Foto schicken sollte – von sich und Katrin in ihrem Stand. Er musste das Wochenende wieder in seine alte Heimat nach Düsseldorf, worüber Sophie nicht unglücklich war. Sie hätte sich nicht auf ihre Arbeit konzentrieren können, wäre er in ihrer Nähe gewesen.

»Also?«, hakte Katrin nach, die alles über das Treffen mit Anton wissen wollte. »Wo war er so lange?«

»Er war in der Klinik und wollte mich nicht beunruhigen.«

»Aha. Aber das kann man doch sagen.«

Sophie hob die Schultern. »Es ist alles in Ordnung, wirklich.«

»Na, dann ist ja gut. Und? Habt ihr euch nun geküsst oder nicht?«

Sophie schüttelte den Kopf.

Katrin sah überrascht aus. »Weshalb nicht?«

»Es war ein wunderschöner Abend. Wir haben viel geredet, er wollte wissen, wovon ich träume. Er hat mir auch geraten, dir eine Nachricht zu schreiben. Er ist«, Sophie hob die Arme, »er ist einfach toll. Und ich bin immer so nervös, wenn er da ist.« Sie hielt sich die Hände vors Gesicht. »Sogar Marlene merkt das und macht sich lustig.«

Katrin lachte. »Deine Kleine ist echt der Hit. Wenn du nicht aufpasst, dann organisiert sie demnächst für dich die Dates.«

Sophie zwinkerte. »Ich war schneller.«

»Oh, wie schön. Ihr habt euch verabredet?«

Sophie nickte. Trotz des Lärms um sie herum hörte sie das Blut in ihrem Kopf rauschen, als läge eine riesengroße Muschel an ihrem Ohr. »Es ist wirklich sehr schön mit ihm. Wir wünschen uns dieselben Dinge, und, na ja, wir lachen viel, das ist einfach wunderbar.« Sie seufzte verträumt. »Er findet mich großartig. Also mich, wie ich bin, auch wenn ich stolpere. Und er sagt, dass ich mutig sein soll mit meinen Ideen und Träumen und Plänen und so.« Verspielt verdrehte sie die Augen.

»Oho, hört, hört«, Katrin zog die Augenbrauen hoch. »Also die Sätze könnten ja von mir sein.«

»Ja, er mag mich wirklich.«

Es kamen immer mehr Leute an ihren Stand, bestellten Wein, Oliven und Baguette. Der Stephansplatz füllte sich, die Musik wurde lauter, die bunten Lampions rund um die Kastanien gingen an. Im Grunde war es wie im Garten der Weinstube, nur viel größer. Marlene tanzte immer wieder vorbei und erzählte die neuesten Witze, die sie aufgeschnappt hatte. Chrissi kam zu ihnen und bot ihre Hilfe an, aber für drei war es definitiv zu eng in ihrem Stand, außerdem war Sophie ganz zufrieden damit, dass Chrissi ihren Großvater aufheiterte.

Gerade kletterte Marlene zu dem Großvater auf die Bank und stellte sich neben ihn, um einmal über den ganzen Platz schauen zu können. Der alte Mann hielt schützend die Arme um ihre Beine, damit sie nicht von der Bank fallen konnte, und zeigte in verschiedene Richtungen. Ihre Tochter lachte, Chrissi machte Bewegungen, als würde sie fliegen. Vielleicht erzählten sie wieder von den wilden Tieren in Afrika. Barbara und Hans saßen dabei, Hans wie gewohnt still, aber mit einem Lächeln im Gesicht, Barbara mit dem umsichtigen Blick, den sie immer hatte – auf sie, Sophie, auf die kleine Marlene, auf den Vater, auf ihren Mann Hans. Immer wirkte Barbara mütterlich, ohne je Mutter geworden zu sein.

Nachdenklich betrachtete Sophie die kleine Gruppe, die Generationen Sonnbachs, die leeren Plätze, die die Verstorbenen hinterlassen hatten, den neuen Platz, den nun Marlene einnahm. Marlene, die so ausgelassen tanzte und ihr gerade winkte. Sophie winkte zurück und spürte ein vages Ziehen in ihrem Arm. Zweiunddreißig Jahre war dieser andere Abend nun her. Sophie, acht Jahre alt, das Weinfest in vollem Gange. Ein Blasmusikorchester hatte gespielt, die Mitwirkenden waren alle in Tracht gewesen, das hatte lustig ausgesehen. Sophie war damals begeistert von der ungewohnten Musik, zu Hause hörten ihre Eltern zu dieser Zeit sehr gern Santana, auch Elvis Presley und The Doors ertönten aus den Boxen: graue Kugeln auf Tulip-Standfüßen.

Den Warnungen zum Trotz kletterte die kleine Sophie auf die Bank zu ihrem Großvater und tanzte dort weiter. Bis sie auf einer nassen Stelle ausrutschte und herunterfiel. Ein Schrei, dann fuhr ihr ein Schmerz in den Arm, als wäre der in tausend Stücke zerbrochen. Ein weiterer Schrei, dieses Mal von der Mutter. Tumult, dann erschienen Gesichter über ihr. Die Mutter, der Großvater. Wut und Schreck wechselten sich in seinem Gesicht ab. Er hatte aufpassen sollen. Die Mutter, die auf ihn schimpfte. Alles drehte sich. Ein Krankenwagen, die besorgten Eltern, der mürrische Gesichtsausdruck des Großvaters, den Sophie als Kind nicht verstanden hatte. Später wusste sie, dass es Schuldgefühle ob des eigenen Versagens waren. Eine Gehirnerschütterung und ein gebrochener Arm. Ein Sommer ohne Schwimmen im See und ohne Freibad.

Sophie rieb über die Stelle am Arm, die manchmal bei Kälte schmerzte. Plötzlich merkte sie, dass ihr Großvater sie ansah. Seine Gesichtszüge wirkten ungewohnt entspannt, die Stirn weniger zerfurcht, die Augenbrauen nicht derart zusammengezogen, dass sie einander über dem Nasenrücken zu berühren drohten, ein verschmitzter Zug um die Lippen. Sophie wusste von alten Fotos, dass ihr Großvater eine tiefe Kerbe am Kinn hatte, wie ihr Vater. Sie hielt den Blick ihres Großvaters, und aus dem entspannten Ausdruck wurde etwas Neues: Er lächelte sie an. Kurz zeigte er seine beiden Hände, die er dafür von Marlenes Beinen lösen musste. Nur für eine Sekunde, dann legte er sie wieder fest um die Beine der Fünfjährigen, die begeistert in die Hände klatschte. Der alte Mann nickte Sophie zu, und seine Lippen formten einen Satz. Vielleicht sagte er ihn sogar: »Ich hab sie sicher.«

Sei ohne Sorge, Sophie, ich habe deine Tochter. Sie wird nicht fallen. Nicht so wie du damals. Ihr wird nichts passieren.

Ich war einmal nicht da. Jetzt bin ich da. Für dich und deinen Bruder. Auch für ihn wäre ich da, wenn er …

Sophie las so viel in den Augen ihres Großvaters wie niemals zuvor. Sie wusste nicht, was ihn so mürrisch und ernst hatte werden lassen, aber sie spürte, dass er in diesem Augenblick voller Güte war.

Gern wäre sie zu ihm gelaufen, hätte ihn umarmt, ihn um Verzeihung gebeten, hätte ihm gesagt, dass sie ihm nicht böse war, nicht dafür, dass er damals nicht auf sie aufgepasst hatte, wie ihre Mutter ihm vorgeworfen hatte, nicht dafür, dass er ihre Eltern in die Verantwortung für die Weinstube gedrängt und sie selbst hier in die alte Heimat gezwungen hatte. Sophie hatte das Gefühl, dass in diesem Blickwechsel und in diesem Lächeln gerade alles gesagt worden war.

20

Inselglück

»Ich weiß nicht, ich glaub, es gefällt ihm nicht so richtig gut«, rief Sophie und beobachtete Zottel, der vor ihr im Fahrradanhänger kleine Kreise drehte und hin und wieder bellte.

»Da muss er jetzt aber durch«, rief Anton zurück.

»Na, wenn du meinst.« Sophie strampelte weiter auf der Dammstraße hinüber zur Reichenau. Anton hatte sich ein Fahrrad mit Anhänger geliehen, und Zottel hatte dort anfangs neugierig Platz genommen, nun aber augenscheinlich immer weniger Lust darauf, kutschiert zu werden. Anton verringerte seine Geschwindigkeit etwas, sodass Sophie wieder neben ihn fahren konnte. Rechts von ihnen lagen der See und der Blick rüber nach Allensbach.

»Vor ein paar Jahren war hier alles überschwemmt, und die Bewohner der Reichenau mussten übers Wasser versorgt werden«, erzählte Sophie.

»Das ist wirklich eine Insel, nicht wahr?«

»Ja. Die Gemüseinsel. Im Spätsommer weißt du auch, weshalb sie so heißt.« Sophie wedelte mit der Hand vor ihrer Nase auf und ab. »An manchen Tagen riecht die ganze Insel nach Kohl.«

»Na ja«, sagte Anton. »Gibt Schlimmeres.«

»Sagst du.«

Am Ende der Dammstraße lag auf der rechten Seite St. Georg. Sophie hatte Anton einen Ausflug über die Insel versprochen, weil es dort nicht so überlaufen war wie an einem Sommertag in Konstanz und es dennoch viel Schönes zu entdecken gab – unter anderem diese romanische Kirche, die zum Weltkulturerbe der UNESCO gehörte. Sie hatte sich extra ein paar Informationen von Katrin geben lassen und hoffte, dass sie später bei der Besichtigung alles wiedergeben konnte. Sie selbst genoss die Ruhe ebenfalls an einem normalen Montag. Zudem lockte die Kirche mit verheißungsvoller Kühle, denn auch dieser Tag versprach, außergewöhnlich heiß zu werden. Das Weinfest hatte sie überstanden, und zwei freie Tage lagen vor ihr, zwei Tage mit Anton.

»Ich halt hier mal, okay?« Anton bremste auf dem Platz vor St. Georg, vor dem nur ein einsames Wanderpärchen die Tafel studierte. Auf den Stufen zum Pfarrhaus saß eine schwarze Katze, die mit zusammengekniffenen Augen auf den bellenden Fahrradanhänger starrte.

»Zottel, ist gut jetzt, du darfst ja gleich raus«, versuchte Anton, seinen Hund zur Geduld zu bewegen, doch Zottel war offenbar anderer Meinung. Winselnd begleitete er das Öffnen des Reißverschlusses, das Lösen der Leine. Endlich frei, tänzelte er fröhlich um Anton und Sophie herum.

»Und du magst tatsächlich keine Hunde?«, fragte Anton. »Er kann dich so gut leiden, sieh nur.«

Sophie setzte eine Unschuldsmiene auf und blinzelte. »Hab ich dir erzählt, dass ich keine Hunde mag?«

»Deine Tochter.«

»Die kann aber auch gar nichts für sich behalten.« Sie streichelte Zottel, der nicht müde wurde, um Aufmerksamkeit zu betteln. »Ich mag Hunde wirklich nicht so gern.« *Ich will sie nicht mögen …*

»Okay.« Anton sah sich um. »Das ist also die berühmte alte Kirche hier auf der Gemüseinsel?«

»Eine von dreien, aber die älteste, ja. Drinnen sind sehr schöne Fresken aus dem 9. Jahrhundert. Gut erhalten auch. Aber wir können erst auf dem Rückweg rein, im Moment ist anscheinend noch geschlossen.« Das Pärchen, das an der Tafel gelesen hatte, hatte erfolglos versucht, die Tür zu öffnen. Jetzt kam es zu ihnen herüber.

»Die Kirche ist leider geschlossen bis September«, sagte die Frau bedauernd.

»Oh.« Sophie war ehrlich enttäuscht. Jetzt hatte sie sich die ganze Mühe vergeblich gemacht.

»Das macht doch nichts, Sophie. Kommen wir hier auch ans Wasser? Zottel würde sicher gern schwimmen.«

Sophie nickte und schob ihr Fahrrad zurück auf die Straße. Die kleine Anhöhe nach oben, und dann konnten sie die schöne Bucht bereits sehen. Ein Steg führte zum See hinunter, der türkis und hellblau vor ihnen in der Sonne glitzerte. Ein einsames Segelboot lag auf dem Wasser. Zottel lief sofort los. Ein weißer Schäferhund lag auf der Liegewiese bei seinem Herrchen auf einer grellbunten Decke und beobachtete sie, schien aber zu müde zu sein, sich auch zu erheben. Während Zottel sich die Füße abkühlte, standen Anton und Sophie nebeneinander im Schatten. Im Schutz der Bäume waren die dreißig Grad gut auszuhalten.

»Schönes Fleckchen hier«, stellte Anton fest. »Sieht ja beinahe aus wie in der Karibik.«

»Stimmt. Hat nur leider einen traurigen Grund. Der Wasserpegel ist fast auf seinem historischen Tiefststand. Deshalb haben wir diese wunderschöne Blaufärbung.«

»Oh, jetzt seh ich das erst. Dort vorne müsste überall Wasser sein. Das ist ein Bootsanlegeplatz, nicht wahr?«

Sophie nickte und betrachtete den Steg, der wie eine Brücke über das ausgetrocknete Seeufer führte.

»Herrje«, seufzte Anton. »Und wie weit könnten wir da jetzt einfach so reinlaufen?«

»Hier?« Sophie lachte. »Gar nicht.«

»Wieso?«, wunderte sich Anton.

»Es ist hier über hundert Meter nur knöcheltief, aber schlammig, und unter dem Schlamm sind spitze Steine. Du bräuchtest zumindest sehr gutes Schuhwerk. Wenn du es in den schwimmbaren Bereich schaffst, dann hast du dir das aber auch verdient.«

»Ah ja, verstehe. Dennoch«, er deutete auf ein Pärchen, das gerade an ihnen vorbei zum Wasser lief, »versuchen es manche.«

»Die sind nicht von hier«, kommentierte Sophie und deutete

auf die Bänke weiter oben. »Komm, wir setzen uns, das wird lustig.«

Anton musterte sie amüsiert. »Du willst sie beobachten?«

»Ja«, gab Sophie unumwunden zu. »Los, komm.«

»Du bist gemein.« Er folgte ihr auf die Holzbänke, und gemeinsam beobachteten sie das Pärchen, das ins Wasser stakste, begleitet von »Oh« und »Au« und »Verflucht«. Sie stolperten, hielten sich aneinander fest, wollten aber nicht umkehren.

Anton lachte. »Okay, du hattest recht. Ist lustig.«

»Und gemein«, bestätigte Sophie kichernd. »Guck mal, Zottel sieht auch aus, als ob er lacht.«

In der Tat stand Zottel da und beobachtete die beiden ebenso neugierig wie scheinbar grinsend. Zweimal bellte er, als wollte er sie anspornen, dann kam er zu ihnen nach draußen und schmiegte sich, nass wie er war, an Sophies Beine. Sie verzog das Gesicht.

»Zottel, nicht doch«, sagte Anton, »lass doch Sophie mal in Ruhe.«

Das Pärchen stand immerhin bis zu den Knien im Wasser und war schon so weit draußen, dass Sophie ihre Angabe mit hundert Metern revidieren musste. Sie machten eine Pause. Und küssten einander. Trotz des Debakels.

»Es braucht eigentlich nicht so viel, um glücklich zu sein, oder?«

Sophie sah überrascht zu Anton, der das küssende Pärchen noch immer ansah. »Nein?«

»Nein. Ich finde, wenn man Aussicht auf Wasser hat, dann ist das schon das halbe Glück.«

»Und die andere Hälfte?«

»Die andere Hälfte kommt mit den Menschen, mit denen man unterwegs ist.«

In Sophie begann es, wild zu hüpfen, es waren gewiss Schmetterlinge, wenngleich die sich bei ihr eher wie Frösche anfühlten. Oder so benahmen. Oder Schmetterlinge auf Trampolinen. Begabte Schmetterlinge.

Sie radelten weiter, den Uferweg entlang, vorbei an schönen alten Fachwerkhäusern, die Ferienwohnungen anboten, vorbei an Obstwiesen und Gärten. Überall standen Tische oder Regale, wo Obst und Gemüse zur Selbstbedienung angeboten wurden. »Wir könnten uns auf dem Rückweg etwas mitnehmen und uns an den See setzen, oder?«, fragte Anton.

»Natürlich.«

Um Zottel ein wenig Ruhe zu gönnen, schoben sie die Räder weiter und standen wenig später vor einem Aufsteller, der Insel-Bier anbot. Bunte Etiketten und einladende Namen. Auch davon wollten sie auf dem Rückweg etwas mitnehmen. Mal kein Wein, dachte Sophie, auch gut.

Zottel merkte nun doch, dass es heiß war, gewiss auch an den Pfoten. Immer wieder suchte er den Schatten und legte sich schließlich unter einen der Apfelbäume, die neben einem Gehege für Ziegen standen. Sophie stellte ihr Fahrrad ab und fütterte die neugierigen Tiere mit Äpfeln. Anton kam zu ihr und streichelte ein besonders zutrauliches Tier. Ihre Hände berührten sich zufällig im Fell des Tieres, das wunderhübsch lange Wimpern hatte und treuherzig zu ihnen aufblickte. Sophie genoss jeden Moment. Hüpf, hüpf, hüpf. Frösche im Bauch. Zottel schielte einmal zum Anhänger, doch als Anton ihm anbot einzusteigen, stand er schnell auf und lief tapfer weiter.

Sie fuhren nur noch ganz langsam, Sophie hielt immer wieder Ausschau nach einem Zugang zum Wasser. Der Uferweg führte zwar die ganze Zeit am See entlang, jedoch waren die meisten Stellen, die man durch die Vegetation hindurch erreichen konnte, privat. Immer wieder liefen sie vergeblich in die Seitenwege und entdeckten dabei schöne Gärten und schließlich ein Haus. Weiß, mit einem roten Satteldach und Dachzinnen. Schon in die Jahre gekommen, dafür sehr gemütlich mit den alten Obstbäumen im Garten und einem bodentiefen Fenster unterm Dach. Weiß und rot. Die Farben huschten suchend durch Sophies Gedanken und streiften eine Erinnerung:

Dieses Haus dort auf der Reichenau, es war die Burg aus ihren Kindheitsträumen – ihr altes Traumhaus.

»Das ist aber schön. Schlicht, charmant, einladend. Ich staune immer wieder, wie gut doch die Proportionen früher durchdacht waren«, sagte Anton.

»Ich mag das Haus auch sehr. Schon immer«, sagte Sophie leise.

»Sieh mal.« Anton deutete auf ein Schild, das zur Hälfte von einem der Bäume verdeckt war.

»Zu verkaufen«, las sie laut vor und schluckte. Zottel bellte, und eilig flüchtete Sophie aus der sich eröffnenden Traumwelt.

In Mittelzell machten sie Pause und tranken in einem Café unter bunten Sonnenschirmen einen Espresso. Eigentlich hatte Sophie mit Anton bis zur Spitze der Insel radeln wollen, um sich an den Badestrand zu legen, von dem aus man die Schweiz sehen konnte. Es gab auch ein neues Hotel mit einer Terrasse direkt am See und herrlicher Aussicht, aber die Hitze wurde immer unerträglicher, und Zottel kämpfte sich nur noch von einem Schatten zum nächsten.

»Sophie, ich fand den Strand am Anfang geradezu perfekt«, sagte Anton. »Lass uns einfach dorthin zurückkehren.«

Nach St. Georg scheiterte nun auch der Rest ihrer Pläne. Sophie seufzte. So war es, wenn sie Pläne machte – wenn sie diese nicht selbst über den Haufen warf, dann übernahmen das die äußeren Umstände.

»Wirklich, Sophie, es könnte nicht schöner sein.«

»Na gut«, sagte sie und bestellte sich ein Eis. »Eine Kugel Schokoladeneis mit Sahne.« Anton lachte und bestellte dasselbe.

Zottel brachte sich fiepend in Position, als das Eis serviert wurde, und bekam von Anton ein Stück der Waffel und von dem Kellner eine Schüssel mit Wasser.

»Jetzt muss man nur warten, bis die Sahne ein wenig fest wird auf dem Eis, dann …«

»… schmeckt es perfekt.« Sophie verteilte schmunzelnd die

Sahne auf der Kugel, dann legte sie den Kopf schief. »Aber heute ist es zu heiß dafür.«

Angesichts der Hitze und des heftig hechelnden Zottel beschlossen sie, den Rückweg zu *ihrem* Strand zu Fuß zu bestreiten. Unterwegs kauften sie Plastikbadeschuhe, nicht schön, aber gewiss praktisch, und Obst und Gemüse sowie eine Packung von dem Insel-Bier. Oliven, eine Flasche Wein und Wasser sowie Baguette hatten sie bereits im Gepäck.

Zottel freute sich und mobilisierte auf den letzten Metern noch einmal all seine Kräfte – den Geruch von erreichbarem Wasser in der Nase. Von der Bank aus verfolgten sie Zottels zufriedenes Waten im See. Immer wieder ließ er sich nieder, und dann sah es aus, als würde sein Fell auf dem Wasser treiben.

Alles wirkte so friedlich. Kaum vorstellbar, dass ein paar Kilometer weiter der sommerliche Wahnsinn tobte mit schreienden Kindern, die von ihren Müttern mit Sonnenmilch gejagt wurden, mit Jugendlichen, die zu laut Musik hörten und den Rest des Strandes terrorisierten, mit Männern, die ihre tätowierten Oberarme zur Schau stellten, und was sonst noch alles dazugehörte.

Hier war es, als wäre die Zeit stehen geblieben. Das Segelboot lag immer noch unbewegt auf dem See, wie gestrandet ruhte am Ufer ein weiteres, bei dem die Farbe schon abgeblättert war. Das Schilf bog sich in einem leichten Wind. Zart drangen die Geräusche sich berührender Halme zu ihnen nach oben. Auf der Wiese lag der weiße Schäferhund immer noch auf der bunten Decke, sein Herrchen saß daneben und blickte auf den See hinaus. Ansonsten war kein Mensch in Sicht.

»Bin ich froh, dass wir hier gelandet sind.«

»Oh ja«, freute sich Sophie. »Sollen wir uns auch hinlegen?«

»Ach, grad ist ganz schön so, oder?« Anton lächelte Sophie an. »Du siehst gut aus heute, wieder entspannter.«

Sie nickte. »War nicht so leicht die letzten Tage.«

»Wegen deiner Eltern, das versteh ich.«

Sophie schwamm innerlich davon, wenn Anton sie so durchdringend ansah. Es war, als umarmte er sie mit diesem Blick, sie fühlte sich darin wunderbar aufgehoben, gleichzeitig auch durchschaut, als könne Anton in ihr lesen wie in einem Buch. Sophie musste sich immer wieder sagen, dass das gerade alles wirklich passierte, *ihr* passierte.

»Sophie? Träumst du?«

»Immer. Zu oft«, sie lachte. »Wenn du Katrin fragst, zumindest.«

»Kann man zu oft träumen?«

Ach, Anton.

»Du weißt schon so viel von mir, aber ich noch kaum etwas von dir.«

»Was willst du denn wissen, Sophie?«

»Hm«, sie überlegte. *Verliebst du dich gerade in mich? Bitte sag Ja …* »Weshalb hast du noch keine Kinder?«

Anton zuckte die Schultern. »Es klingt banal, aber es hat sich einfach nicht ergeben.«

Das war nicht das, was Sophie hören wollte.

»Was noch?«

Willst du mich nicht endlich küssen?

»Sophie? Du träumst wieder, oder?«

»Vielleicht.« Sie grinste. Dann sah sie demonstrativ auf die Uhr. »Achtzehn Uhr und drei Minuten. Das ist okay für ein Bier, oder?«

Er lachte. »Absolut.«

Sie stießen an, sahen auf den See hinaus, genossen den Hauch einer Brise. Das Schilf, es machte Musik, so leise, dass Sophie Angst hatte, Anton würde es vielleicht nicht hören. Zottel kam zu ihnen und schüttelte sich. Feine Tropfen prickelten auf der Haut.

Schließlich wagten sie sich mit den neuen Plastikbadeschuhen in Blau und Pink ins Wasser. Der Weg war mühsam, aber sie hielten sich an den Händen und lachten viel. *Wir sind ja auch nicht von hier. Du, Anton, du bist nicht von hier. Ich kann mich nicht rausreden. Ach, komm, Sophie, wer so lange weg war …*

Sophie konnte nur an das Pärchen vom Nachmittag denken, das sich nach dem langen Weg irgendwann geküsst hatte. Wenn man verliebt war, dann machte es nichts, wenn man scheiterte, gemeinsam scheiterte, wenn man sich lächerlich machte. Auch Stolpern war zusammen besser zu ertragen.

Das Wasser brachte kaum Abkühlung, aber das Schwimmen war herrlich, das Ufer so weit entfernt, dass sie dachten, sie wären dem Land davongeschwommen. Es war schon dämmrig. Sie schwammen aufeinander zu, und wieder hielt Antons Blick Sophie gefangen. Sie konnten noch immer stehen und waren nun ganz dicht beieinander. Es war ein perfekter Augenblick, keiner, der in ihren Liebesromanen vorgekommen war, es war *ihr* Moment, und Sophie spürte das so deutlich, dass es ihr beinahe wehtat. Sie ging noch einen Schritt auf Anton zu. Nur noch wenige Wellen waren zwischen ihren Gesichtern.

»Anton«, flüsterte sie.

»Sophie«, flüsterte Anton, »ich –«

Doch bevor Anton noch etwas sagen konnte, fasste sich Sophie ein Herz und küsste ihn. Vorsichtig zunächst, dann legte sie ihre Hände um seinen Kopf und küsste ihn intensiver. Schließlich spürte sie, dass Anton zurückküsste, dass er seinerseits die Hände um ihr Gesicht legte, dass seine Lippen so warm und weich auf ihren lagen.

Sophie konnte nichts anderes mehr denken, außer dass es sich genau so anfühlen musste, wenn man sich verliebte.

21
Große Pläne

Barbara hatte die Beine übereinandergeschlagen und sich bequem in dem Liegestuhl auf Sophies Balkon zurückgelehnt. Vor ihr stand ein Glas Sekt mit einem Schuss Holunderblütensirup und einem Blatt Minze dabei und daneben eine Schale mit selbst gemachtem Eis. Die Geschmacksrichtung sollte sie erraten. Sie nahm den Becher und schob sich andächtig einen Löffel nach dem anderen in den Mund. Genussvoll ließ sie das Eis über den Gaumen wandern.

Katrin und Chrissi machten es genauso, Marlene hingegen entschied recht schnell: »Schmeckt komisch, Mama.«

Sophie stand aufgeregt vor ihren Probeessern und wedelte mit der Hand vor dem Gesicht ihrer Tochter herum.

»Ach, Marlenchen, alles schmeckt komisch, das nicht nach Schokolade schmeckt, nicht wahr?«

Marlene kicherte. »Genau, Mama, du hast es begriffen!«

Sophie holte aus dem Wohnzimmer eine Schüssel mit Himbeeren und reichte sie Marlene. »Hier, nimm die einstweilen.«

»Mama, das sind Himmelbeeren«, sagte Marlene mit einer Spur Empörung.

»Himbeeren, aber schau genauer!«

»Oh«, entfuhr es Marlene, als sie eine Himbeere in die Höhe hielt und begutachtete. »Die haben eine Schokoladenmütze! Himmelbeeren mit Schokomütze. Toll, Mama. So geht es, glaub ich!«

»Also, ich würde sagen, da ist eine Note Karamell und etwas, das wie Ingwer schmeckt«, sagte Katrin. »Das ist megalecker. So cremig.«

»Find ich auch«, bestätigte Chrissi. »Ich hätte auf Pfirsich getippt.«

Sophie lachte. »Super, ein Mischmasch-Eis also.«

Barbara hob die Hand. »Ich hab's. Ihr habt alle nicht so unrecht. Du hast Weißwein verwendet. Und Pfirsich.«

»Stimmt. Und wie fandet ihr die Quiche?«

Ihre Testesser nickten anerkennend.

»Wirklich großartig. Mit den Körnern dabei, die geraspelte Rote Bete, dieser kleine Salat. Das sah super aus und schmeckte phantastisch«, lobte Barbara. »Ich wusste nicht, dass du so kreativ kochen kannst.«

»Ich mach das total gern.«

»Großartig, ehrlich, Sophie.« Chrissi löffelte ihr Eis zu Ende, dann griff sie nach der Schüssel von Marlene. »Ich hol dir nachher noch ein Schokoladeneis.«

»Besprich das doch mal mit deinem Großvater«, sagte Barbara. »Vielleicht wird es tatsächlich Zeit, in der Weinstube etwas zu verändern.« Sie sah in eine unbestimmte Ferne. »Ist wirklich alles in die Jahre gekommen.«

Sophie ließ den Kopf hängen. »Du kennst ihn doch, er wird das einfach vom Tisch wischen. ›Es braucht kein neumodisches Zeug. Eine Weinstube ist kein Szenelokal‹«, ahmte Sophie ihren Großvater nach.

Marlene applaudierte ihrer Mutter. »Du machst Großpapa aber gut nach.«

Sophie verbeugte sich vor ihrer Tochter.

»Ach komm, Sophie, so schlimm ist er gar nicht«, sagte Chrissi. »Und fragen kostet nichts.«

»Außerdem schmeißt du hier den Laden. Du musst dich einfach mal was trauen. Apropos neumodisches Zeug und Szenelokal«, Katrin beugte sich verschwörerisch vor, »wir planen da etwas!«

»Tun wir das?«, fragte Sophie erstaunt.

»Echt? Wenn du so anfängst, dann krieg ich immer etwas Angst«, scherzte Chrissi. »Irgendwas, bei dem wir uns von einem Fels herunterhangeln müssen?«

Katrin verdrehte die Augen. »Als ob ich ständig irgendwelche haarsträubende Abenteuer für uns buche, also ehrlich. Ihr übertreibt maßlos!«

Chrissi und Sophie sahen einander an und lachten. Sie hätten beide problemlos etliche Ausflüge aufzählen können, bei denen Katrin sie ähnlich euphorisch eingestimmt hatte, bei denen sie dann aber in Sackgassen mitten im Wald, vor verschlossenen Berghütten oder in strömendem Regen gelandet waren.

»Gut, das eine oder andere Mal hatte ich ein wenig Pech, zugegeben, aber so schlimm … Hört auf, so zu gucken!« Katrin stemmte im Sitzen die Hände in die Hüften. »Schluss jetzt. Dieses Mal ist es sehr harmlos. Ich hab auch schon alles organisiert, Widerrede ist daher zwecklos. Und du, Barbara, kommst auch mit!«

»Ich? Kinder, ich bin zu alt für Abenteuer.«

»Papperlapapp, niemand ist zu alt für Abenteuer. Für dieses erst recht nicht«, sagte Katrin und kramte in ihrer Handtasche, die ein unsichtbares Kellergeschoss zu haben schien.

»Okay, jetzt bin ich neugierig. Was machen wir?«, fragte Chrissi.

Katrins Hand kam mit vier Karten zum Vorschein. Sie grinste triumphierend. »Wir gehen zu den Weintherapeuten. In die ›Seeliebe‹. Nur geladene Gäste, ein kleiner, feiner Kreis und wir mittendrin.«

»Da muss was faul sein«, sagte Chrissi mit ihrem trockenen Humor, und Barbara lachte aus vollem Halse.

Am Nachmittag begleiteten Chrissi und Katrin Sophie und Marlene in die Weinstube. Beim Betreten hallten die Worte noch in Sophie nach: »In die Jahre gekommen …« Ja, alles in der Weinstube war in die Jahre gekommen.

»Geht's nur mir so, oder riecht es heute besonders muffig hier?«

Marlene reckte die Nase in die Luft. »Ich finde, es riecht super. So schön alt. Wie Großpapa.«

»Vermutlich spielt dein Gehirn dir einen Streich«, sagte Katrin, lief aber dennoch zielstrebig zur Terrassentür und öffnete sie. Marlene rannte sofort nach draußen und setzte sich in den Sandkasten. Es hatte durchaus Vorteile, dass nur hier in der Weinstube ein Garten mit einem Sandkasten war – es war immer wieder ein Highlight für Marlene, und zu Hause war es sauber.

Chrissi und Katrin nutzten die Gelegenheit und löcherten Sophie. »Jetzt erzähl endlich!«, sagte Katrin, und Chrissi ergänzte: »Ich will alles wissen, alle schmutzigen Details.«

»Es gibt keine schmutzigen Details, also ehrlich, Chrissi!« Sophie ließ den Zeigefinger ihrer rechten Hand neben ihrem Kopf kreisen. »Du hast vielleicht Ideen!«

»Frau Sophie Sonnbach, unsere Geduld ist überstrapaziert«, dozierte Katrin. »Wir wollten nur nicht vor Barbara und Marlene …«

Sophie ließ den Kopf hängen, dann sah sie grinsend zu ihren Freundinnen.

Katrin blies die Luft aus. »Na, Gott sei Dank. Ihr habt euch endlich geküsst. Und?«

Sophie seufzte.

»Sophie, muss ich mir alles zusammenreimen?«

»Es war der schönste, der mit Abstand allerschönste Kuss, den ich je hatte«, sagte Sophie und spürte umgehend ein Kribbeln in den Fingerspitzen und auf den Lippen. Ein Schauer jagte in ihrem Nacken den Rücken hinab. »Es war wie –«

»In einem deiner Liebesromane? Bloß nicht!«

»Nein, Katrin, es war, wie du immer gesagt hast, es gehörte nur mir. Kein Vergleich mit irgendeiner Geschichte, irgendwelchen Gefühlen, von denen ich mal gelesen habe. Das war«, Sophie hob die Arme in die Luft, »das war einfach nur ich. Ganz und gar.«

»Gott sei gelobt. Amen«, witzelte Chrissi, nickte Sophie aber wohlwollend zu.

Katrin hingegen stellte sich ganz aufrecht hin. Ernst sah sie Sophie an, dann ging sie einen Schritt auf die Freundin zu und nahm sie in die Arme. »Das freut mich so sehr für dich,

Sophie, das freut mich so sehr.« Sophie spürte, dass eine Träne an ihrem Hals landete.

Sie erzählte ihren Freundinnen, während sie Servietten faltete und immer ein Auge auf Marlene im Sandkasten hatte, von ihrem Abend auf der Reichenau, dass sie bis weit nach Mitternacht geblieben waren, über ihnen ein prahlerisch schöner Sternenhimmel. Sie hatten von denselben Dingen geträumt und in denselben Himmel geblickt, hatten sich geküsst und an den Händen gehalten. Während Sophie erzählte, kamen die ersten Gäste. Immer wieder musste sie unterbrechen, um wenig später fortzufahren. Aber das störte Sophie nicht, sie schwebte geradezu durch die Weinstube.

Der Ausflug nach Sipplingen rückte näher. Bis zuletzt hatte Sophie gehofft, dass sich Anton ihnen anschließen könnte, doch er wurde noch in Düsseldorf aufgehalten. Sie telefonierten dafür häufiger und schrieben sich Nachrichten, noch mit einer gewissen Vorsicht, so kam es Sophie vor, dennoch stets an den schönen Abend anknüpfend und vertraut.

»Sophie? Bist du so weit? Unser Boot legt bald ab.« Katrin lachte. »Klingt das nicht großartig? Unser Boot.«

»Himmel, bist du verpeilt«, meckerte Chrissi und machte sich an ihren Haaren zu schaffen. »Zwei Zöpfe machen mich bestimmt jünger, oder?«

»Bestimmt, Chrissi«, sagte Katrin und nickte übertrieben.

Sie hatten sich alle ganz in Weiß gekleidet, nur auf Chrissis Kleid waren orange Farbkleckse. Ganz in Weiß könne sie nicht gehen, das sei ihr zu klischeehaft. Sophie trug eine Leinenhose und ein Top, darüber eine weite Bluse. Die dunklen Haare hatte sie zu einem Pferdeschwanz zusammengebunden, und auf ihrem Kopf thronte eine grüne Sonnenbrille, die ihr Katrin mitgebracht hatte. Katrin hatte ein Sommerkleid an und die blonden Haare offen. Sie war geschminkt und trug riesige goldene Creolen. Sie sah großartig aus. Chrissi präsentierte gerade ihre beiden Zöpfe, die sie in der Tat jünger wirken ließen.

»Olaf findet, ich sehe toll aus mit Zöpfen.«

»Olaf findet dich vermutlich immer toll, Süße«, sagte Katrin und legte Chrissi eine Hand auf die Schulter. »Es wird Zeit, dass wir Olaf kennenlernen, meinst du nicht? Also, näher kennenlernen, nicht nur als vorübergehende Urlaubsbekanntschaft.« Bei den letzten beiden Wörtern zeichnete Katrin unsichtbare Gänsefüßchen in die Luft.

Chrissi winkte kopfschüttelnd ab. »Übertreib mal nicht.« Gemeinsam standen die drei vor dem Spiegel und betrachteten sich. »Ganz ohne Übertreibung: Wir sehen alle toll aus«, stellte Katrin fest und drückte ihre beiden Freundinnen an sich. »Fehlt nur noch Barbara.«

»Schön, dass du an sie gedacht hast. Sie freut sich sehr«, sagte Sophie.

»Klar doch. Sie gehört doch dazu. Und ist ohnehin ganz schön cool. Meine Eltern sind nicht mehr so locker unterwegs, aber Barbara hat sicher Spaß heute Abend. Kommt, wir machen ein Gruppenfoto für eure Jungs.« Katrin zückte ihr Handy, streckte den Arm aus und betätigte den Auslöser der Kamera. »Eins für Olaf, eins für Anton, bitte sehr.« Sie sagte es ohne Gram, ohne Trauer. Das war Katrin. Die Lebenslustige. Katrin, die als Erste ihre große Liebe gefunden hatte, als Erste geheiratet …

Er ist mein Lebensmensch, meine verwandte Seele, Sophie, es ist, ach, es ist wie Heimkommen nach einer langen Reise.

Es war ein Tag im Oktober gewesen. Katrins Mann Michael war mit dem Motorrad unterwegs. Er war ein leidenschaftlicher Motoradfahrer, einer, der umsichtig fuhr, kein Raser. Er fuhr einfach gern durch die Landschaft. Manchmal fuhr Katrin mit. An diesem Tag blieb sie zu Hause, weil Sophie zu Besuch war. Der Anruf kam drei Stunden später, als Katrin bereits angefangen hatte, sich Sorgen zu machen. Ein Auto hatte im schräg stehenden Licht der Abendsonne die Kurve geschnitten und den Motorradfahrer einfach übersehen.

Sophie fuhr ihre Freundin damals ins Krankenhaus, doch

sie kamen zu spät, Michael war an den Folgen des Unfalls gestorben.

Sophie hatte die Hand der Freundin gehalten, als die Ärzte ihr die schlimmste aller Nachrichten überbrachten. Katrin war in ihren Armen auf den Boden gesunken, ihre Beine hatten einfach nachgegeben.

Wär ich doch mit ihm gefahren.

Was würde das ändern? Dann wärst du auch tot.

Genau.

Sie hatten Katrins Mann beerdigt und waren danach zu dritt in den Urlaub gefahren. Eine Woche Kreta. Ein sinnloser Ablenkungsversuch, stille Abende am Meer, Ausflüge zu den Sehenswürdigkeiten der Insel, abenteuerliche Busfahrten, bei denen es Sophie schlecht wurde und Katrin nicht mit der Wimper zuckte.

Schön, wenn du gern abstürzt, ich steig hier nicht mehr in einen Bus.

Guck doch in die andere Richtung, Sophie.

Ich will nicht abstürzen.

Flucht aber half selten. So waren die Freundinnen aus Kreta zurückgekommen und hatten sich getrennt. Katrin blieb mit ihrem Kummer in Konstanz, Chrissi ging auf eine lange Reise durch Südamerika, und Sophie kehrte in ihr Leben nach Frankfurt zurück.

Am Hafen erwartete sie Barbara. Sie trug ein weißes Kostüm und einen passenden Hut dazu. Als sie sie lobten, sagte sie: »Findet ihr? Hans hat mich ein wenig belächelt.«

»Zu Unrecht, Tante, du siehst wirklich großartig aus.«

Das Boot startete mit rund fünfzehn Passagieren, die alle dasselbe Ziel hatten: den Beachclub Seeliebe in Sipplingen auf der anderen Seeseite. Es war ein Luxus, über das Wasser anzureisen, ein pauschales Abendangebot, das Katrin als Stadtführerin vorab in einer Mail angeboten worden war, ein Vorsprung, den sie sofort genutzt hatte.

»Hat Anton das Foto schon gesehen?«, erkundigte sich Katrin.

Sophie nickte. »Er findet uns sehr hübsch.«

»Du strahlst ja wie ein Honigkuchenpferd, sobald sein Name fällt. Ob ich das den ganzen Abend aushalte?« Chrissi blickte demonstrativ auf den See hinaus.

»Du musst grad reden. Olaf, Olaf, Olaf«, flötete Sophie und knuffte die Freundin in den Oberarm.

»Au, lass das. Vielleicht sollten wir uns heute Abend darauf einigen, nicht von den Jungs zu sprechen.«

Katrin sah überrascht zu Sophie und hob die Augenbrauen. »Hab ich was verpasst?«

»Keine Ahnung«, murmelte Sophie. »Was ist los, Chrissi? Fand er das Foto von uns nicht gut?«

»Ach, es geht doch nicht um ein blödes Foto. Könnt ihr nicht einfach den See genießen?«

»Seeliebe« war ein Club direkt am Wasser. Man konnte über eine Treppe das steinige Ufer überwinden oder über die großen Steine nach oben laufen. Ein Steg führte ebenfalls auf den feinen weißen Sand, auf dem großzügig Liegestühle, kleine runde Tische und gemütliche Sitzkissen verteilt waren. Die meisten Gäste waren barfuß, Palmen in Pflanzkübeln spendeten Schatten, und man konnte sich bequem in eines der Sitzmöbel legen und der Sonne beim Untergehen zusehen. Es wirkte elitär mit all den weiß gekleideten Menschen – diese Idee hatten freilich nicht nur Sophie und ihre Freundinnen gehabt – und war gleichzeitig sehr familiär. Es war ein wenig zu teuer, ein wenig zu schick, aber gerade so, dass man sich mit den besten Freundinnen und der Tante im Schlepptau wohlfühlen konnte.

Die Weintherapeuten waren zwei sympathische Männer, die Wein zum Erlebnis machen wollten. Blindverkostung, Spaß, Musik, Lachen, Bewegung. Die Gäste sollten erfahren, dass ein Wein aus der Flasche getrunken komplett anders schmeckte oder im Gehen und Stehen anders als im Liegen, dass Weinverkostungen sehr lustig sein konnten – erklärtes Ziel war, Wein als einen umfassenden Genuss zu erleben und dabei spielerisch etwas über Weine zu lernen. Sophie war begeistert. In ihr entstanden immer mehr Pläne. Mehrmals schrieb sie Anton, schickte ihm Fotos, berichtete ihm, wie toll alles war, träumte von einem solchen Abend in ihrer Weinstube und merkte mehr und mehr, dass sie Pläne für *ihre* Weinstube machte und dass Anton bereits ein Teil davon war und dass sich das gut anfühlte. Sie merkte, dass Barbara sie angrinste.

»Du kommst so langsam an in deiner neuen Welt, nicht wahr?«

»Ziemlich sogar«, sagte Sophie. Sie spürte von innen, dass sie ganz rote Wangen hatte, und war aufgewühlt und glücklich dabei. Alles passte zusammen. Anton würde bald in Konstanz leben. Er wäre tagsüber bei den Vorlesungen und abends bei ihr im Lokal. Gemeinsam könnten sie die Speisen planen und die Veranstaltungen, und Sophie würde für ihn kochen, um neue Rezepte auszuprobieren. Und Marlene wäre glücklich, sie hätte dann auch endlich –

Der Hund. Den hatte Sophie irgendwie verdrängt, aber Zottel gehörte ja zu Anton. Das war nicht so gut. Sophie wollte keinen Hund in ihrem Leben. Hm, dachte sie, ein kleiner, trübender Fleck in ihrer Träumerei. Zottel, der sich auf der Reichenau zu ihr auf die Picknickdecke gelegt und ihr zufrieden ins Ohr geschnarcht hatte. Der Hund hatte sich in sie verliebt, keine Frage, und er versuchte alles, um sie auch für sich zu gewinnen. Und Sophie wehrte sich mit Händen und Füßen und ihrem Herzen dagegen.

Chrissi war den ganzen Abend auffallend still, keine trockenen Sprüche, kein schrilles Lachen. Erst als die Weinexperten das Ende des Abends verkündeten und zu gemütlicher Fragerunde einluden, seufzte sie. »Danke, dass ihr nicht nachgefragt habt.«

»Kein Problem«, sagte Katrin. »Magst du uns denn jetzt erzählen, was los ist? Du hast Olaf doch selbst ins Spiel gebracht. Wegen der Zöpfe. Ich dachte …«

Chrissi sah nicht auf. Sophie befiel eine unerklärliche Angst – um die Freundin und um ihr eigenes Glück, das dann ebenfalls getrübt wäre.

»Er will mich heiraten«, murmelte Chrissi.

Katrin und Sophie sahen einander an. Sie spürten beide, dass Chrissi keinen Freudentaumel erwartete.

»Okay«, sagte Katrin und blies die Luft aus, dann musste sie kichern. »Du sagst das, als wäre es was Schlimmes.«

Sophie zog die Augenbrauen hoch. Das ist noch nicht alles, dachte sie.

»Olaf will mich heiraten, und er will mit mir zusammenleben«, presste Chrissi hervor und sah mit eingesogenen Lippen von Katrin zu Sophie.

Katrin hob unschlüssig die Hände.

»Aber das ist doch wunderbar«, sagte Sophie, mit einer Gehirnhälfte schon wieder ganz in ihrer Traumzukunft unterwegs. Anton testete gerade das neue Eis, und sie küsste ihm einen kleinen Rest aus dem Mundwinkel …

»Nein«, sagte Chrissi bestimmt. »Ist es nicht.«

»Wo ist der Haken?«, fragte Katrin.

Chrissi schniefte. »Seit ich wieder hier bin bei euch, denke ich zum ersten Mal, dass ich hier hingehöre. Also für länger, meine ich. Dass es vielleicht Zeit wird, mich hier einzurichten.«

»Aber das ist doch toll«, sagte Sophie begeistert.

Barbara legte Chrissi eine Hand auf den Arm. Sie hatte offenbar als Erste begriffen, worum es ging.

Chrissi hob den Kopf und sah sie der Reihe nach an. »Olaf will, dass ich mit ihm in Schweden lebe. Er hat dort mein Traumhaus gekauft.«

»Du hattest ein Traumhaus?« Katrin schüttelte fassungslos den Kopf. »Ich dachte, du träumst nur vom Unterwegssein.«

Chrissi sah kurz auf, dann verbarg sie ihr Gesicht in den Händen und weinte.

22

Wie eine richtige Familie

»Mama, Mama, Mama, können wir die Meerschweinchen bitte auch mitnehmen?«

Marlene stand im Wohnzimmer und hatte eine passende Kiste ausgesucht. Anton stand mit Zottel in der Küche und sah belustigt zwischen Sophie und Marlene hin und her.

»Die sind sonst allein zu Hause, und der Hund darf auch mit. Das kann ich ihnen unmöglich erklären« beharrte Marlene.

»Wo sie recht hat …« Anton grinste Sophie unverhohlen an.

Sie warf ihm einen strengen Blick zu. »Das war jetzt nicht hilfreich, Anton.« Und an Marlene gewandt fügte sie hinzu: »Schätzchen, draußen ist es sehr warm, und wir können die Meerschweinchen nicht in die Wiese setzen, die wären dann den ganzen Tag in der Kiste, das ist doch nicht schön. Wir machen heute Abend was Feines mit ihnen, okay?«

»Grrr.« Marlene schmollte. »So wie du ›fein‹ sagst, denkst du wieder an Erdnusssoße.« Sie verschränkte ihre kleinen Arme, schien aber nachzudenken. »Wahrscheinlich hast du recht. Aber heute Abend machen wir wirklich was mit ihnen, versprochen?«

»Versprochen«, sagte Sophie und seufzte innerlich. Sie wusste, dass ihre Tochter auch in der Lage war, eine Stunde zu diskutieren, und war dankbar für den vorerst glimpflichen Ausgang. »Auch ohne Soße und so«, fügte sie hinzu.

»Zottel freut sich auf jeden Fall schon«, sagte Anton und griff nach dem Picknickkorb.

Im Auto lief AnnenMayKantereit, und Marlene sang begeistert mit.

»Hab mir schon gedacht, dass euch das gefällt.« Anton klopfte den Takt auf dem Lenkrad mit.

Sophie lehnte den Kopf zurück und beobachtete Anton, der immer wieder in den Rückspiegel sah und Marlene zuzwinkerte. So harmonisch hätte sie sich das nicht ausdenken können.

Sie fuhren in die Schweiz und dann am See entlang nach Salenstein. Es war nur eine kurze Fahrt, das Schloss Arenenberg lag gegenüber der Insel Reichenau. Napoleon III. hatte dort seine Kindheit und Jugend verbracht, bevor er später Kaiser von Frankreich und ein Kriegstreiber wurde. Im Napoleonmuseum, das im Schloss Arenenberg integriert war, konnte man das Mobiliar aus der Zeit besichtigen, im August war es nicht sonderlich frequentiert. Die Menschen waren in den Sommerferien lieber am See. Ein paar Autos parkten dort, die Hälfte gewiss von den Beschäftigten.

»Das hier gilt als einer der schönsten Aussichtspunkte über den Bodensee«, erzählte Sophie.

»Das wussten die alten Franzosen offenbar auch«, scherzte Anton.

Sie liefen in den zum Schloss gehörenden Garten, Marlene mit Zottel an der Leine, und setzten sich auf eine Bank. Anton ließ den Blick schweifen.

»Ich kann die Franzosen gut verstehen. Das ist wirklich beeindruckend. Diese atemberaubende Natur, eine malerische Weite und ein absolut beruhigender Anblick«, schwärmte er.

Die zwölf Hektar große Parkanlage rund um das Schloss war in der ersten Hälfte des 19. Jahrhunderts als englischer Landschaftsgarten angelegt worden. Keine strengen geometrisch angeordneten Beete, keine Wege, die die Natur unterteilten, dafür Harmonie zwischen Bepflanzung und natürlichen Gegebenheiten. Das alles gefiel auch Sophie sehr.

»Viel schöner als diese barocken Gärten, in denen jede Blüte ihre Position hat.«

Er musterte sie. »Du kennst dich mit Architektur aus?«

»Nur ein bisschen«, sagte Sophie. »Bloß durch Katrin und ein paar Reste aus dem Studium.« Sie fuhr mit der Hand einmal über die Aussicht. »Ich weiß, dass es diesen Landschaftsgärtnern darum ging, die Natur sprechen zu lassen, es sollte so sein, dass man wie in ein Gemälde laufen kann.«

Anton nickte. »Dann war mein Eindruck also nicht schlecht – eine malerische Aussicht.«

»Genau.«

»Du bist voller Überraschungen, Sophie.«

»Ist das gut?«

»Das ist sehr gut.«

Sie schlenderten noch eine Weile durch den Garten, Marlene immer mit Zottel vorneweg. Sie hatte so einen Spaß, einen Hund zu führen, dass Sophie allmählich ein schlechtes Gewissen bekam. Nach einer Stunde blieb Marlene stehen, beugte sich zu Zottel und flüsterte ihm etwas ins Ohr. Sie wartete kurz, er bellte, und sie nickte ihm zu. Dann wandte sie sich an Sophie und Anton.

»Zottel und ich haben jetzt Hunger. Wir wollten doch picknicken!«

»Ich nehme an, Zottel hat dir gesagt, dass er Hunger hat?« Sophie zog die Augenbrauen hoch.

»So ist es«, erklärte Marlene mit wichtiger Stimme.

»Du wusstest nicht, dass Zottel sprechen kann?«, fragte Anton und sah Sophie ernst an.

Marlene kicherte. »Da hast du es. Mir glaubt man ja nie.«

»Gut, dann also auf zum Picknickplatz. Ist aber nicht hier. Wir müssen erst zum Auto.«

Sie fuhren in die nächste Gemeinde nach Mammern und dort zu der kleinen Wallfahrtskapelle Klingenzell.

»Von hier noch ein kleines Stück, dann sind wir am wirklich schönsten Aussichtspunkt über den Bodensee. Mein ganz persönlicher Geheimtipp.«

»Und dort picknicken wir endlich?«, quengelte Marlene.

»Bestimmt.« Anton hob den Picknickkorb aus dem Auto.

»Trägst du die Decke?« Er reichte Marlene die eingerollte blaue Decke mit den weißen Punkten.

»Logo!« Lachend rannte sie davon, gefolgt von einem fröhlich bellenden Zottel.

Sie liefen an der barocken Kapelle vorbei und erreichten eine Lichtung, die etwas abgeschieden zum Weg und zu der Kapelle lag.

»Hier bleiben wir«, sagte Sophie zufrieden. Es war noch so, wie sie es in Erinnerung gehabt hatte. Sie hatte hier einen Nachmittag mit ihrem Vater verbracht, nachdem die Großmutter, seine Mutter, gestorben war. Er wollte raus aus der Stadt, ein wenig Abstand zwischen sich und die Trauer bringen und hatte Sophie gebeten, ihn zu begleiten. Sie waren den Kreuzweg gewandert, der unterhalb der Kapelle verlief, hatten die Mariengrotte besichtigt und das Schloss Freudenfels. Es war eine stille Wanderung gewesen, gleichzeitig hatte sich Sophie ihrem Vater sehr verbunden gefühlt.

Später hatten sie an ebenjener Stelle gepicknickt. Selbst gebackenen Pflaumenkuchen, eine Thermoskanne mit Kaffee und Wasser. Sophie hatte das Gefühl, sie würden beide hinweggetragen über das Getose der Welt und in einer Zwischenwelt wandeln, nur sie beide. Durchatmen, in die Ferne blicken, frei sein.

Sophie, du musst mir eine Sache versprechen.

Ja, Papa, was denn?

Lass dich nicht unterkriegen. Mach nichts, was du nicht wirklich möchtest. Das Leben ist zu kurz für Kompromisse.

Okay.

Hörst du, Sophie, das ist wirklich wichtig. Du bist nicht auf der Welt, um deine Mutter und mich glücklich zu machen. Du bist hier, um ein glückliches Leben zu führen. Für dich. Du musst für dich glücklich werden. Wo, wie und mit wem auch immer.

Glücklich zu sein klang in Sophies Ohren immer wie eine Aufgabe.

»Das ist Fusselwüff-artig gut.«

»Was?«, wunderte sich Anton.

Sophie winkte ab. »Eine Wortschöpfung von Marlene, hör gar nicht hin.«

»Fusselwüff, Fusselwüff«, sang Marlene und hüpfte um die Decke herum, die ihre Mutter gerade hingelegt hatte. Wenig später breiteten sie das Essen darauf aus, und Zottel fiepte begeistert. Anton gab ihm einen Knochen und ließ ihn neben der Decke Platz machen, was Zottel mit einem Hundeseufzen kommentierte.

»Der will zu uns«, sagte Marlene. »Ich verstehe ihn, glaub mir.«

Anton lachte. »Ich verstehe ihn auch, aber keinesfalls darf er zum Essen auf die Decke.«

Nach dem Essen spielte Marlene mit Zottel, und Anton legte sich halb aufrecht auf die Seite.

»Hier oben hat man das Gefühl, der Zeit enthoben zu sein, geradezu magisch, oder?«

Sophie nickte. Sie hielt die Hände seitlich und stützte sich nach hinten ab. »Und wir sind hier ganz allein. Ist das nicht schön?«

»Ein Fusselwüff geht auf Reisen«, sang Marlene.

Sophie verdrehte die Augen. »Stille und Kind ist irgendwie schwer vorstellbar.«

»Was hat es mit dem Fusselwüff auf sich?«

»Ein Phantasietier, soll sehr niedlich sein«, erklärte Sophie augenzwinkernd.

»Aha.« Anton grinste. »Ich find deine Tochter sehr süß, ehrlich.«

»Du kennst sie noch nicht, sei dir sicher.«

Sie sahen einander in die Augen, und Sophie wurde verlegen. Es war immer dasselbe, wenn sie in Antons Augen sah: als würde er sie in einem Moment erfassen. Sie, Sophie, keine Geheimnisse mehr, nichts. Komplett durchleuchtet.

»Was ist?«, fragte Anton.

Sophie schüttelte den Kopf. »Alles gut. Es ist nur …«, sie lächelte Anton an. »Ich hab einfach nicht das Gefühl, dass wir uns gerade erst kennenlernen.«

Anton wurde ernst und sah sie lange an. Nicht so durchdringend, dafür mit einer Spur Wehmut. Sophie war verwirrt, sie hatte eigentlich gedacht, etwas sehr Nettes gesagt zu haben, etwas Schönes, Verbindendes.

»Hat sich Chrissi eigentlich wieder beruhigt?«

»Chrissi? Ach so, wegen der Hochzeit.«

»Na ja, die Hochzeit ist wohl weniger das Problem.«

Sophie nickte. »Das stimmt, und: Nein, sie hadert. Das ist sehr ungewohnt. So kenne ich sie, so kennen wir sie nicht.« Sophie sah auf den See hinaus. »Weißt du, Chrissi hat was Interessantes gesagt, da denke ich seitdem drüber nach. Sie sagte, sie könne nicht ankommen, weil dann das Sehnen aufhört.«

»Hm.« Anton holte sich einen Grashalm und steckte ihn sich in den Mund. »Denkst du das auch?«

Sophie überlegte. Sie dachte an die Reichenau, an den Abend mit Anton und den Sternenhimmel, an dieses umfassende Gefühl, das in den Fingerspitzen anfing und dann durch den ganzen Körper wanderte. Sie spürte ein Kribbeln am Arm und sah, dass Anton sie mit dem Grashalm kitzelte. Sie lachte.

»Vielleicht gehören Sehnsucht und Glück auch zusammen.« Er deutete nach vorne. »Sieh mal.«

Marlene saß in der Wiese schräg vor ihnen und neben ihr Zottel. Sie hatten ihr Spiel beendet und schienen zur Ruhe gekommen zu sein, beide blickten sie auf den See, der in der Sonne glitzerte. Marlene hatte den Arm um den zotteligen Hund gelegt. Es war ein Anblick wie von einer Postkarte, etwas Romantisch-Kitschiges über Freundschaft und die wahren Werte im Leben. Und gleichzeitig lag darin so viel wahrhafte Poesie, dass es Sophie einen Stich versetzte.

»Da blicken sie gemeinsam auf die Welt«, sagte Anton leise, um dieses Bild nicht zu stören.

»Sehr süß, die beiden.«

»Und still«, sagte Anton.

»Und still«, bestätigte Sophie flüsternd. »Kaum zu glauben.«

Anton richtete sich auf und streichelte ihre Wange. »Und nein, ich glaube nicht, dass die Sehnsucht aufhört, wenn man ankommt. Dann fängt sie doch erst an. Wenn man sich nach solchen Augenblicken sehnt, nach solchen, die jetzt passieren können.«

»Genau das sagt Katrin auch.«

Anton sah wieder nach vorne zu seinem Hund und Marlene, die gerade ihren Kopf ins graue Fell schmiegte. »Wie eine richtige Familie.«

Ein ungeheuer warmes Gefühl breitete sich in Sophie aus. Sie ließ sich mitreißen, ließ sich treiben, kam sich vor, als würde sie fliegen. Und in ihr hallte der Satz nach: *Wie eine richtige Familie.*

23
Die romantische Stadtführung

Marlene war allmählich genervt von der guten Laune ihrer Mutter, die nur noch grinsend und mit federndem Gang durch die Gegend wanderte.

»Mama, du singst inzwischen schon mehr als ich.«

»Und? Schlimm?«

»Na ja, frag mal meine Ohren.«

Sophie schnappte sich ihre Tochter, nahm sie auf den Arm und tanzte weiter. »Das Leben ist viel zu schön, um sich über so gemeine kleine Mädchen zu ärgern.« Sie küsste Marlene, die das Gesicht verzog.

»Lass mich sofort runter, Mama, mir wird schwindelig.«

»Hör auf zu jammern, Kind. Jetzt wird getanzt.« Sophie drehte sich erbarmungslos und sang dazu lauthals. Sie lachte, und Marlene konnte offenbar nicht anders, als mitzulachen.

Schließlich setzte Sophie ihre Tochter wieder auf den Boden, tanzte aber munter trällernd weiter durch die Wohnung. Marlene nutzte die gute Laune und hüpfte mit ihrem Pferdchen im Arm auf dem rosafarbenen Sofa herum. Sophie schimpfte nicht, wenngleich ein Sofa kein Trampolin war. Bei den Sonnbachs darf es ruhig sonnig und kunterbunt zugehen, sagte sie sich und setzte sich an ihren Küchentisch, um weiter an ihren To-do-Listen zu schreiben.

Anton hatte noch nicht geantwortet, aber sie wusste ja, dass er viel zu tun hatte in Düsseldorf. Allein ein Blick auf sein Profilfoto reichte, dass Sophies Herz hüpfte, und sogleich fielen ihr noch mehr Ideen für die Weinstube ein. Ach, dachte sie, wie schön das Leben doch ist. Die Weinstube, ihre Freundinnen, Anton. Ihr Leben hatte sich wunderbar entwickelt, und sie lebte an dem schönsten Platz auf der Erde! Am Sonntag würde sie beim Familienbrunch dem Großvater von all ihren Plänen erzählen, vielleicht konnte sie Anton sogar mitbringen. Oh ja, das Leben war großartig.

Marlene verließ ihre Hüpfburg, überall lagen die Kissen verstreut. »Mama, könnten wir nicht schon zum Frühstück Pfannkuchen machen, wenn du schon so gute Laune hast?«

»Ich mach doch auch Pfannkuchen, wenn ich *keine* gute Laune habe.« Sophie deutete mit dem Stift auf die Sofakissen. »Die hätten gern wieder ihren alten Platz.«

Marlene rümpfte die Nase. »Die schmecken dann aber nur halb so gut, die Pfannkuchen. Sofakissen schmecken gar nicht. Glaub ich. Und Pfannkuchen sind ein Gute-Laune-Essen.«

Also machten die Sonnbachs Gute-Laune-Pfannkuchen mit roter Marmelade zum Frühstück und dabei drei Fotos für Anton.

Für den nächsten Abend hatte sich Katrin mit ihrer romantischen Stadtführung angekündigt, das hieß für Sophie auf jeden Fall ein volles Haus. Außerdem hatte sie versprochen, für die Gruppe schon einmal ein paar Rezepte auszuprobieren. Sophie war aufgeregt, aber auch zuversichtlich. Überhaupt war sie so motiviert wie vielleicht seit Jahren nicht mehr. So brachte sie Marlene in den Kindergarten und schlenderte hinüber zum Markt auf dem Stephansplatz, auf dem vor Kurzem noch mehrere tausend Menschen das Weinfest gefeiert hatten. Jetzt herrschte wieder Alltag, und Sophie genoss die Marktatmosphäre. Sie kaufte Zucchini und frische Kräuter, Pfirsiche und Tomaten. Frühlingszwiebeln, Radieschen, Honig und Ziegenkäse sowie Oliven, und bei allem dachte sie an Anton, wie er ihre Speisen probieren würde. Gut, es hatte auch alles mit Küssen zu tun, Träumen war ja erlaubt.

Sie spürte, dass man ihr nachsah. Es war eben doch etwas an dem Spruch: Lächle in die Welt, und sie lächelt zurück.

Dann war es endlich so weit, Sophie hatte einen Tisch für einundzwanzig Personen eingedeckt und alle Gläser mehrmals überprüft. Alles sah sehr schön aus, in der Mitte des Tisches stand ein großer Blumenstrauß aus Hortensien, Frauenmantel und Flieder in Lila, Weiß und Blau. Weinkühler standen auf Beistelltischen bereit. Sophie war sehr zufrieden mit sich. Barbara war zur Unterstützung gekommen, und auch der Großvater hatte versprochen, sich den Abend einmal anzusehen, ob das vielleicht eine gute Idee war, mit der Stadt bei Führungen zu kooperieren.

»Das hast du wirklich gut gemacht«, lobte Barbara. »Sieht sehr schön aus.«

»Zu edel, wenn ihr mich fragt«, brummte der Großvater. Er stand etwas abseits und musterte skeptisch den Tisch mit der weißen Tischdecke und den Blumen. »Wie eine Hochzeit.«

»Ach komm, Vater, sei nicht so missmutig. Das hat Sophie doch toll gemacht.« Barbara legte einen Arm um Sophie. »Wird sicher ein Erfolg.«

Das Lokal füllte sich, das normale Geschäft startete schon früher als sonst, und Sophie hatte ordentlich zu tun. Die Angestellten in der Küche jedoch wussten Bescheid, sodass es keine Probleme im Ablauf geben würde. Ab einundzwanzig Uhr konnte sich Sophie um den Tisch im Garten kümmern, an dem sie lauter glückliche Paare erwartete.

Später würde Sophie diesen Abend noch oft Revue passieren lassen und sich fragen, weshalb sie nicht auf ihr Handy gesehen hatte. Doch so passierte alles in einer bitteren und kompromisslosen Genauigkeit, die ihr den Boden unter den Füßen wegziehen sollte und auch Katrin zwei harte Stunden bescherte.

Vorerst aber stand Sophie voller Tatendrang am Eingang ihrer Weinstube und hielt Ausschau nach ihrer Freundin. Um kurz vor einundzwanzig Uhr ging dann endlich die Tür auf, und die zwanzigköpfige Gruppe kam in die Weinstube. Als Erstes sah Sophie Katrin, die ihr winkte, aber nicht glücklich aussah. Sophie deutete ein fragendes Schulterzucken an und begann mit der Begrüßung der Gäste. Sie strahlte, lachte und schickte die Ersten bereits in den Garten, und dann, gerade als sie Katrins Gesicht vergessen hatte, sah sie den Grund: Dieser stand vor ihr, war groß und schlank und trug ein eng anliegendes Etuikleid mit einem großen Blumenmuster. Die Haare in einer schicken dauergewellten Frisur, dunkelblond, eine Sonnenbrille im Haar, geschminkt, aber nicht zu viel. Ein schönes Lachen und ebensolche Zähne, eingehüllt in ein teures Parfüm, rundum perfekt. Und diese so stimmig gestylte Frau stand eingehakt mit Anton, der nicht wusste, wohin er blicken sollte, und streckte Sophie ihre Hand entgegen.

»Hallo. Sie müssen Sophie sein. Ich bin Janette. Ich hab schon so viel von Ihnen gehört.«

Anton sackte buchstäblich in sich zusammen. Er wand sich wie ein Aal, doch Janette hatte ihn fest im Griff.

Im Hintergrund konnte Sophie sehen, dass Katrin sich die Hand auf den Mund presste.

»Das kann ich im Gegenzug nicht behaupten«, sagte Sophie gepresst.

Janette sah zu Anton, anschließend zu Sophie und lachte. Sophie wusste nicht, ob es Verlegenheit war, weil sie Sophies Spruch und ihren entsetzten Gesichtsausdruck richtig deutete.

»Nun ja, also, er ist ja eher ein wenig redefaul.«

»Tatsächlich«, murmelte Sophie und starrte Anton an. Und es kam noch schlimmer.

»Mein Verlobter hat mir so viel von Ihnen und dieser Weinstube erzählt, da dachte ich, das muss ich mir ansehen. Und dann noch diese wunderbare Führung. Herrlich!«

»Verlobter«, flüsterte Sophie. Ihr schwindelte, und sie hatte keine Ahnung, wie sie den Abend überstehen sollte.

»Ja. Und wir werden demnächst hier heiraten. Im Standesamt von Konstanz. Es ist so schön dort. Ich freu mich sehr, bald hier zu leben.«

Sophie sah, dass Chrissi ins Lokal gestürmt kam und sich zu Katrin stellte. Gewiss hatte die sie angerufen und gebeten zu kommen, um Sophie zu unterstützen. Die Freundinnen wussten, was das eben für Sophie bedeutet hatte. Sie konnte es in ihren Gesichtern lesen.

»Wir sehen uns bestimmt noch und haben Gelegenheit zu sprechen, nicht wahr, meine Liebe?« Janette legte Sophie eine Hand auf den Arm und ging dann mit Anton in den Garten. Er drehte sich um und suchte Sophies Augen, doch sie sah schnell weg und rannte ins Bad.

24

Große Aufgaben für Kleine

Katrin hatte ihre Begeisterung für Regionalgeschichte zu ihrem Beruf gemacht, ihr Geschichtsstudium abgeschlossen und einen Job im Stadtmuseum angenommen. Sie wollte nie weg aus der Stadt, wollte nicht weg von ihren Eltern und den lieb gewonnenen Aussichten. Seit über zehn Jahren machte sie nun schon die Stadtführungen und bemühte sich immer wieder, neue Routen auszuarbeiten. Sie war leidenschaftlich bei dem, was sie tat, immer, Sophie beneidete sie sehr darum. Auch war sie eine überaus beliebte Stadtführerin, die explizit gebucht wurde. Nach dem Debakel mit der romantischen Stadtführung bemühte sich Katrin, Sophie abzulenken, also lud sie sie zu einer Führung ein.

»Du willst doch weiterhin so gute Tipps geben können«, erklärte sie. »Da kann Marlene übrigens auch mit, das wird ihr gefallen. Außerdem soll es morgen regnen. Heute können wir noch was unternehmen.«

Sophie fühlte sich wie gelähmt. Wie damals mit Markus, als sie als Geliebte immer darauf wartete, dass er eine Ausrede für seine Frau gefunden hatte. So ging es ihr jetzt mit dem Glück.

»Na, komm, gib dir einen Ruck. Marlene tut das sicher auch gut.«

Mit einer ungewöhnlich schweigsamen Marlene an der Hand begleitete Sophie die Freundin zu der neuen Tour. Es ging um die Häusernamen in der Konstanzer Altstadt, die bis zur Einführung der Nummerierung im Jahr 1876 über die Bedeutung des jeweiligen Hauses Auskunft gegeben hatten. Sie wären in Vergessenheit geraten, hätte nicht der Künstler Hans Sauerbruch in der zweiten Hälfte des 20. Jahrhunderts siebenundsiebzig der rund hundert Namen wiederbelebt – als

Sgraffiti auf den Fassaden, eine kunstvolle Putz-kratz-Technik.

Marlene gefielen die modernen Illustrationen sehr, etwa das Schiff, der Mond, der Kranich, der Wolf und viele mehr. Allmählich entspannte sich auch Sophie. Die größte Herausforderung bei dieser Art der Stadtführung lag darin, auf dem Kopfsteinpflaster nicht zu stolpern, da man den Blick immer an den Häuserfassaden nach oben gerichtet hielt. Katrin sagte das zwischendurch immer wieder dazu: »Heben Sie Ihren Blick UND Ihre Füße, sonst passiert Ihnen ein Unglück.«

Die Gruppe lachte, sogar Sophie musste schmunzeln. Bei ihrem Talent zu stolpern …

Besonders lange standen sie vor der hübschen Elefantenskulptur, die in der Mauernische einer Fassade stand.

»Kann ich den mal anfassen?«

»Da kommen wir nicht ran.«

»Leiter?«

»Räuber?«

»Leiter, Mama! Die zum Draufsteigen.«

»Eben.«

»Ach so, die Mama-Leiter. Super!«

Die Umstehenden lachten und sahen sie erwartungsvoll an. Sophie drängte zum Aufbruch, und da passierte es: Sie blieb an einem Stein hängen und stolperte. Der Länge nach schlug sie auf den Boden. Im nächsten Moment baute sich Marlene mit verschränkten Armen vor ihr auf und sagte: »Da hatten wir jetzt aber Glück, dass wir nicht das mit der Leiter gemacht haben.«

Das Wetter schlug schon früher als erwartet gegen Ende der Führung um. Sie standen alle vor dem Haus »Zum Silbrin Mond«, als erste Regentropfen fielen. Sophie schielte zu den dunklen Wolken. Das sah nicht gut aus. Einige besser vorbereitete Touristen spannten noch ihre Regenschirme auf, doch Sophie beschloss, den Heimweg zu starten. Sie winkte Katrin und rannte mit Marlene los. Gerade noch rechtzeitig vor dem großen Wolkenbruch erreichten sie ihre Wohnung.

Marlene kniete sich auf das Sofa und sah aus dem Fenster. Dicke Regentropfen fielen auf den Balkon, die Aussicht war trübe. Das Wetter am See konnte sehr schnell umschlagen, viele Touristen unterschätzten das. Immerhin regnete es endlich einmal, nach dem heißen Sommer war das für die Natur ein Segen. Sophie ging in die Küche und rührte die Zutaten für Pfannkuchen. Als sie einen Löffel Zucker hinzugeben wollte, rief Marlene: »Du hast schon Zucker drin, Mama! Gerade eben, als ich das letzte Mal zu dir gesehen habe.«

»Ehrlich?«

»Klar, bei Zucker würd ich doch nicht lügen.«

Sophie lächelte ihre Tochter an. »Das stimmt. Dann keinen Zucker mehr.«

»Lieber nicht.« Marlene kam vom Sofa rüber in die Küche geschlendert und umarmte ihre Mutter, anschließend kletterte sie auf die Ablage. »Willst du nicht mal wieder tanzen und singen?«

Sophie tippte ihrer Tochter auf die Nasenspitze. »Du magst nicht, wenn ich singe.«

»Hin und wieder geht das schon. Ich denk dann einfach an was Schönes.«

Sophie musterte ihre Tochter streng, bis diese laut loslachte.

»Dein Gesicht, Mama, voll lustig. Wie wenn ich die sauren Mandarinen esse. So hast du geguckt. War aber nur Spaß. Kannst ruhig singen.« Marlene steckte den Finger in den Pfannkuchenteig und leckte daran. »Hm, nicht so richtig lecker.«

»Gebacken schon. Du sollst den ja auch nicht so essen.«

»Wie geht es denn deinen Knien? Das sah lustig aus vorhin. Du bist sogar ein Stück geflogen, wie so ein tollpatschiger Albatros, die man in YouTube-Videos landen sieht.«

»Puh«, Sophie verdrehte die Augen. »Jetzt ist aber gut. Ich will nicht dran denken. Die Hose ist auf jeden Fall kaputt.«

Wenig später saßen sie am Küchentisch, und Sophie strich lustlos Marmelade auf ihren Pfannkuchen. Ihr Handy klingelte. Anton. Sie ignorierte es. Als der Klingelton verstummte, meldete ihr Gerät wenig später den Eingang einer neuen Nachricht bei WhatsApp. Wieder Anton.

Können wir reden?

Es war die zehnte Nachricht dieser Art, die Sophie ignorierte. Was wollte er ihr erklären? Dass er eine Verlobte hatte? Das hatte sie längst begriffen.

»Wieso sprichst du nicht mit ihm?«, fragte Marlene und deutete auf das Handy.

»Ich will nicht mit ihm reden, und er hat das zu respektieren. Wieso weißt du eigentlich, dass er reden will?«

»Ich kann das lesen«, sagte Marlene stolz.

»Seit wann kannst du lesen?«

»Hat mir Chrissi beigebracht. War ganz leicht.«

Sophie sah ihre Tochter an, doch dieses Mal machte sie augenscheinlich keine Witze. »Chrissi hat dir Lesen beigebracht?«

»Hmm, toll, oder?«

»Ja, toll«, sagte Sophie nachdenklich. Wo war sie denn in der Zeit, als ihre Tochter lesen gelernt hatte? Sie seufzte. Vermutlich mit Anton und ihren albernen Zukunftsplänen beschäftigt.

Eine Woche war es her, dass Anton mit seiner Janette in ihre Weinstube spaziert war. Lange Nächte, in denen Sophie nicht schlafen konnte und sich fragte, was falsch an ihr war, und ebenso lange Tage, an denen sie sich darum bemühte, gute Laune für ihre Tochter zu haben.

Die Marmelade tropfte aus dem Pfannkuchen und landete auf ihrer Jeans. Ärgerlich wischte Sophie über den Fleck.

»Mama, so geht das doch nicht.«

Schwerfällig hob Sophie den Kopf. Marlene brachte ihr ein feuchtes Tuch. »Ist doch gut, mal hilfst du mir, mal ich dir.«

»Gut, dass ich dich hab.« Sophie gab ihrer Tochter einen Kuss auf die Stirn.

»Und die Schweine haben wir auch.«

»Jetzt wieder Schweine?« Sophie wischte über den Fleck auf ihrer Jeans, vergrößerte ihn aber nur.

»Immer wenn es um was Großes geht.«

Sophie sah verwundert auf. »Es geht um was Großes? Was denn?«

Marlene grinste breit. »Na, dich aufzuheitern.«

25

Ein Strohhalm für Ertrinkende

Sophie stand in der Weinstube am Tresen. Durch die offene Balkontür roch es nach Regen. Es war angenehm frisch, beinahe schon einen Tick zu kühl, sodass Sophie die Strickjacke überzog, die sie sich mitgebracht hatte. Ein Schokoladenfleck zierte den Ärmel. Ärgerlich lief sie zum Waschbecken und machte sich mit einem Lappen daran zu schaffen. Gestern Marmelade auf der Jeans, heute Schokolade an der Jacke. Einer Janette würde so etwas nicht passieren. Pah, *Kinder haben sich bislang nicht ergeben*. Da war »bislang« wohl das richtige Stichwort. Sophie war wütend. Am liebsten hätte sie laut geflucht, aber in der Küche arbeiteten schon die drei Angestellten an den Vorbereitungen für den Abend. Katrin saß wieder an ihrem Tisch und las, Marlene malte.

»Ich hab keine Schokolade gegessen und trotzdem einen Schokofleck am Ärmel. Kann mir das einer von euch erklären?«, rief Sophie durch den Raum.

Katrin und Marlene sahen einander an und hoben beide die Schultern.

»Schön, hab ich mir gedacht, dass euch dazu nichts einfällt. Ich bin mal im Keller. Für sehr, sehr lange«, sagte sie, musste aber schon grinsen dabei.

Als sie wieder hochkam, stand ihr Großvater in der Weinstube. Sophie war so verdutzt, dass sie erst einmal gar nichts sagte.

»Hallo, Sophie.«

»Ich hab eben geschaut, was wir noch brauchen«, stammelte sie.

Er zuckte mit den Schultern. »Schon gut. Ist ja noch keiner da. Hallo, Katrin. Hallo, Marlene.«

Marlene kam angelaufen und umarmte den Großvater. »Du, Opa, ich kann schon lesen. Weißt du das?«

»Glaub ich dir sofort.«

»Erzählst du wieder so schön von deinen Reisen?«

»Heute nicht, Engelchen.«

Engelchen? Sophie glaubte, sich verhört zu haben.

»Ich muss mit deiner Mama reden. Passt es gerade, Sophie?« Ihr Großvater wirkte verändert, schon beim Weinfest war er ihr weicher vorgekommen. Eine unbekannte Sanftheit umgab ihn und seine Bewegungen.

»Möchtest du etwas trinken?« Sophie wandte sich zum Tresen, die Weißweingläser für den Müller-Thurgau im Blick.

»Ein helles Bier?« Der Großvater schaute sie beinahe schelmisch an.

Sophies linke Augenbraue hüpfte kurz nach oben, sie sagte aber nichts und kam wenig später mit einem Glas Münchner Hell und einem Kaffee zurück an den Tisch.

»Wie geht's dir?«, fragte der Großvater.

»Ganz okay.«

»Stimmt ja nicht. Chrissi war bei mir und hat mir von deinem Freund erzählt.«

Sophie hob die Augenbrauen. »Chrissi hat *was*?«

»Sie hat mich besucht. Wir haben geredet.«

»Ich hab das akustisch wohl verstanden«, antwortete Sophie patzig. »Wie kommt ihr dazu, über mich zu reden?«

»Die kleine Vulkan-Sophie, immer noch die Alte, bisweilen zumindest.« Der Großvater lächelte. »Du warst diejenige, auf die ich die größten Stücke gesetzt habe. So kämpferisch, energisch, hoch motiviert und voller Träume.«

Sophie starrte ihren Großvater an. So hatte er noch nie mit ihr gesprochen. Irgendetwas war passiert, und irgendetwas sagte ihr, dass es mit Chrissi zusammenhing. »Also, was hat Chrissi erzählt?«

»Dass es dir nicht gut geht, weil du dich in einen Mann verliebt hast, der es nicht ehrlich meinte.«

»Aha.«

»Das tut mir sehr leid, Sophie. Ich hätte dir das gegönnt, ehrlich, auch wegen Marlene. Es ist sicher nicht leicht, immer allein zu sein mit Kind.«

Sophie war sprachlos.

»Ich wollt dir auch sagen, dass du das gut hinbekommen hast. Also alles.« Er wirkte verlegen, wie er dort unter der Fotowand in seiner Weinstube saß.

Sophies Blick hüpfte hin und her zwischen dem Foto, das ihren Großvater als kleinen Jungen zeigte, aufrecht, streng, in Kniebundhosen, und dem Einundneunzigjährigen darunter, der sie wohlmeinend anlächelte.

»Du hast das mit Marlene gut hinbekommen. Und das mit der Weinstube hier auch.« Er legte ihr eine Hand auf den Arm. »Deine Eltern, also, ich bin mir sicher, sie wären stolz auf dich.«

Das kam so unerwartet, dass sie nicht gewappnet war. Schon spürte sie, wie sich Tränen in ihr sammelten und den Hals nach oben kletterten. Ihr blieb keine Zeit – die Tür ging auf, und die ersten Gäste kamen.

Ihr Großvater blies die Luft aus. Er wirkte erleichtert, dass er alles losgeworden war und nun die Gäste allzu große Rührseligkeit verhinderten. Er nahm sein Bier, prostete ihr zu und sagte: »Schnell weg damit, nicht dass mich jemand kennt und mit einem Bier in der Hand erwischt.« Er zwinkerte und leerte das Glas in einem Zug. Dann stand er auf und verabschiedete sich.

Unschlüssig lief Sophie mit dem leeren Bierglas in der einen und ihrem Kaffee in der anderen Hand zurück an ihren Platz hinter dem Tresen. Sie wurde das Gefühl nicht los, dass hinter dem Gespräch noch etwas ganz anderes steckte. Chrissi. Sie und ihr Großvater trafen sich und redeten dabei auch über sie.

Wegen des schlechten Wetters kamen nicht viele Gäste, aber bei den wenigen war das Wetter ein wichtiges Thema. Die Sommerwochen waren extrem heiß gewesen, schon Anfang

Juli hatten die Wein- und Gemüsebauern über zu wenig Regen geklagt. Also erkundigte sich ein Gast, ob dieser Regen jetzt noch helfen würde. Sophie wusste es nicht, nahm sich aber vor, bei Barbara nachzufragen, wie es um die diesjährige Ernte bestellt war. Sie war da in der Tat sehr nachlässig.

Ihr Handy meldete eine Nachricht. Wieder von Anton. Weshalb konnte er sie nicht einfach in Ruhe lassen? Genau das schrieb sie ihm jetzt. Dass sie nicht glaube, dass es noch etwas zu reden … Ohne Vorwarnung ging die Tür auf, und Anton betrat mit Zottel die Weinstube.

»Sophie, wir müssen reden.«

»Nein, Anton, müssen wir nicht.«

»Hör mal, ich bitte dich, hör mir doch wenigstens –« Zottel setzte sich wie auf ein stummes Kommando vor Sophie und hechelte freudig. Er hielt sogar die Pfote in die Luft. Und legte den Kopf schief. Und zwinkerte. Die ganze Klaviatur an Hundecharme. Sophie wollte etwas Gemeines denken wie »Hund in der Suppe«, doch es misslang. Zottel sah aus, als würde er am liebsten einen Purzelbaum schlagen.

»Bist du verlobt?« Sophie wandte sich Anton zu und versuchte, den Hund zu ignorieren. Im Augenwinkel konnte sie sehen, dass Katrin Marlene zurückhielt.

»Ja, aber –«

»Ist Janette deine Verlobte und zieht demnächst nach Konstanz?«

»Ja, was hat das denn –«

»Warst du schon verlobt, als wir uns geküsst haben?«

Anton ließ den Kopf hängen. »Sophie, können wir nicht in Ruhe –«

»Ich hab dir nichts zu sagen. Und ich will auch nichts hören. Verlass bitte mein Lokal und hör auf, mir Nachrichten zu schreiben.« Sie verschränkte die Arme, und Anton verließ mit hängendem Kopf die Weinstube. Katrin kam zu ihr und legte ihr eine Hand auf die Schulter.

»Das hast du gut gemacht, Respekt.«

Sophie schlang die Arme enger um den Körper. »Es fühlt sich aber nicht gut an.«

»Das weiß ich doch«, sagte Katrin mitfühlend. »Das weiß ich doch.« Sie streichelte ihrer Freundin über die Wange. »Los, setz dich noch kurz zu uns mit einem Glas, bevor ich Marlene nach Hause bringe. Heute ist ja nicht so viel los.«

Katrin und Marlene versuchten alles, um Sophie aufzuheitern. Hin und wieder lächelte Sophie, aber es fiel ihr schwer. So vieles hatte sie in letzter Zeit mit Anton verknüpft, und diese Seifenblase war jetzt jäh auf einem spitzen Grashalm gelandet und zerplatzt.

Der Abend war beinahe zu Ende, da nahm er eine unerwartete Wendung. Sophie stellte gerade Espressotassen auf ein Tablett, als jemand sie ansprach.

»Hallo, Sophie.«

Sie zuckte zusammen. Sie kannte diese Stimme, aber sie gehörte definitiv nicht nach Konstanz. Erstaunt blickte sie auf. Vor ihr saß Markus.

»Ich hab gedacht, ich schau mal, wie es dir so geht. Meine Nachrichten ignorierst du ja gelegentlich.«

»Oh, das …«, sie schob sich eine Haarsträhne aus dem Gesicht und schielte in den Raum, ob Marlene und Katrin noch da waren, erinnerte sich aber, dass die beiden sich bereits verabschiedet hatten. Glücklicherweise. »Das kommt überraschend.« Sie trug das Tablett mit den Espressos zu den letzten Gästen.

Er strahlte sie an, als sie ihm wieder gegenüberstand. »So sollte es sein.« Er nickte anerkennend. »Ich muss schon sagen, das –«

Sophie hob schnell die Hand. »Sag es nicht, Markus, sag nicht, dass du mir das nicht zugetraut hättest, bitte.« Sie merkte, dass sie innerlich flatterte. Es war kein guter Zeitpunkt, um Markus wiederzusehen, kein guter Zeitpunkt, um an ihr altes Leben erinnert zu werden. Es war ein geradezu beschissener Zeitpunkt.

Markus schüttelte den Kopf, dann griff er nach ihrer Hand

und streichelte sie. »Aber nein, Sophie, das wollte ich gar nicht sagen.«

»Sondern?«, fragte sie spitz und entriss ihm ihre Hand.

»Das steht dir außerordentlich gut, hier einen eigenen Laden zu haben. Ehrlich, das steht dir richtig gut.«

Sophie musterte ihn. Ein Lob vom Vater ihres Kindes zu erhalten traf mitten in eine viel zu große Leerstelle in ihr. Langsam nickte sie. »Danke.«

»Kann ich bleiben und einen Wein trinken?«

Jetzt musste Sophie lachen. Seine Stimme war nicht so souverän wie sonst, er wirkte zugewandt, ohne überheblich zu sein, kurzum, er wollte sie offenbar wiedersehen, war aber unsicher, ob sie ihn nicht einfach vor die Tür setzen würde. Er hatte Respekt. Das war gut. »Klar kannst du bleiben. Es gibt auch was zu essen, wenn du möchtest.«

Er freute sich und deutete auf den Platz unter den Familienfotos. »Darf ich?«

Sie nickte und brachte ihm wenig später einen Weißwein für den Einstieg. Sie erzählte ihm etwas über das Anbaugebiet, die Rebsorten, die dort wuchsen, und die verschiedenen Weine der Sonnbachs. Umgekehrte Verhältnisse.

Markus sah sie erstaunt an. »Ich wusste nicht, dass du dich so gut auskennst.«

»Erst allmählich.« Sie ließ die Hand durch die Luft gleiten. »Immerhin führe ich eine Weinstube, da sollte ich mich wohl auskennen. Ich bring dir nachher noch meinen Lieblingsrotwein, einen Spätburgunder, und dazu Käse, wenn du magst.«

»Sehr gern. Ehrlich, Sophie, ich bin mächtig beeindruckt.«

Sie machte einen Knicks. Es war nun doch eine willkommene Ablenkung – Anerkennung von jemandem, von dem sie es am wenigsten erwartet hätte. Als würde ihr das Leben einen Strohhalm hinhalten, damit sie aus ihrer Höhle wieder herauskam.

Als die letzten Gäste gingen und nur noch Markus übrig war, setzte sie sich mit einem Glas Rotwein zu ihm. Er hatte bereits sein zweites und aß Käse mit Oliven.

»Hervorragende Empfehlung, vielen Dank, Sophie.«

»Was führt dich nach Konstanz?«

»Du. Ich wollte wissen, wie es dir geht.«

»Aha.« Sie trank einen Schluck und sah Markus abwartend an.

Er wand sich, stocherte auf der Käseplatte herum, lächelte verlegen. »Himmel, Sophie, du fehlst mir. Ich … Es läuft nicht so gut mit Irene.«

»Oh.« Sophie fühlte sich mit einem Schlag unbehaglich. Was da plötzlich im Raum stand, überforderte sie. »Was erwartest du?«

»Gar nichts, Sophie, gar nichts. Ich wollte dich sehen, wollte wissen, ob da noch etwas zwischen uns …« Er fuhr sich durch die Haare. »Also, ob wir uns eventuell noch einmal annähern könnten, immerhin –«

Sophie schüttelte den Kopf. »Sag es nicht, Markus.«

Er ließ den Kopf hängen. »Du bist immer noch wütend, ich versteh das.«

»Nein, Markus, ich bin nicht mehr wütend. Ich will nur nicht noch einmal denselben Fehler machen.«

Markus beugte sich vor und strich ihr eine Haarsträhne aus dem Gesicht.

Sophie verharrte in der Berührung, spürte, dass es ihr guttat, dass Markus da war und sie ablenkte, hörte eine Stimme, die ihr zuflüsterte, dass jetzt die Vorzeichen andere seien, dass sie nicht verliebt in Markus sei, dass er zu ihr gekommen sei und sie es sich jetzt einfach gut gehen lassen könne. Sie sah, dass er zögerte, dass er noch immer schöne grüne Augen hatte. Er beugte sich zu ihr. Sie roch seine Hautcreme, die Spur Moschus, es roch vertraut. Sein Gesicht war ganz nah. Er hauchte ihren Namen, dann küsste er sie, und sie ließ es geschehen. Sie fand keinen Grund, weshalb sie sich wehren sollte. Er half ihr beim Aufräumen, und gemeinsam verließen sie das Lokal und gingen zu ihr in die Wohnung.

26
Ein Herz mit Regenschirm

Die Regentage vergingen so schnell, wie sie gekommen waren, und schon war wieder Hochsommer in Konstanz. August und Anfang September war die Zeit der Sommerferien für etliche Bundesländer, da platzte die Stadt aus allen Nähten. Die Hotels waren voll, die Ferienwohnungen ausgebucht, die Strände übervölkert. Die Marktstätte und die angrenzenden Gassen der Fußgängerzone sowie der Hafen waren natürlich ein wahrer Magnet. Man musste als Konstanzer wissen, wann man wohin gehen konnte, wollte man nicht von den Touristen an die Wand gedrückt werden. Das klang übertrieben, war es aber nicht. Gleichwohl gab es wie in jeder Stadt Straßen, die von den Touristenströmen vernachlässigt wurden – zum Glück der »Ureinwohner«. In der Niederburg etwa war es deutlich ruhiger, auch in den Straßen rund um Sophies Wohngegend, südwestlich vom Bodanplatz.

Selten war Sophie so froh darüber wie jetzt. Sie stolperte mehr oder weniger durch die folgenden Tage und verschanzte sich entweder in der Weinstube oder in ihrer Wohnung und wimmelte sogar Katrin ab. Auf das drängende Nachfragen der Freundin schrieb sie, dass Markus da gewesen sei und sogar bei ihr übernachtet habe und sie einfach Zeit bräuchte, um sich über einiges klar zu werden. Im Grunde tat sie nur das Nötigste, damit es Marlene einigermaßen gut ging. Aber ihr Töchterchen merkte, dass etwas ganz und gar nicht stimmte. Immer häufiger versuchte sie, Sophie aufzuheitern. Sie kuschelte auffallend oft und sagte ihr, wie sehr sie sie lieb habe. Sie malte kleine Bilder und legte sie heimlich so hin, dass Sophie sie finden musste – eine Sonne neben der Kaffeemaschine, eine Strichmännchen-Frau mit Strichmännchen-Kind auf der

Waschmaschine, ein Herz mit einer Blume auf dem Spülbeckenrand. Marlene gab sich wirklich Mühe.

Eines Abends, nachdem Sophie Marlene ins Bett gebracht hatte, blätterte Sophie noch auf dem kleinen Maltisch ihrer Tochter in deren Bildern. Marlene malte viel und oft, und jene Kunstwerke, die bei Sophie landeten, waren jeweils die besten aus einer Reihe von Versuchen. Marlene übte sich auch im Schreiben, da hatte Chrissi offenbar schon ganze Arbeit geleistet. Und so kam es, dass Sophie eine weitere Zeichnung von ihrer Tochter fand: ein Strichmännchen-Mann und eine Strichmännchen-Frau und dazwischen ein Kind und daneben noch etwas Wuscheliges mit vier Beinen. In krakeliger Kinderschrift standen dort die Namen Anton, Sophie und Marlene, und darüber waren drei Herzen gemalt. Sophie stand ganz still, das Bild in der Hand. Bei ihrer ganzen Trauer und ihrem ganzen Selbstmitleid hatte sie komplett aus dem Blick verloren, dass ihre Tochter vielleicht auch traurig über den Verlust war. Schnell schob sie das Bild wieder in den Zettelberg auf Marlenes Schreibtisch und verließ das Zimmer. Die Meerschweinchen pfiffen ihr hinterher, offenbar noch nicht zufrieden mit dem Abendbrot.

Sophie viertelte einen Apfel und schnitt auch zwei Karotten in kleine Stücke, dazu legte sie noch ein paar Scheiben Gurke – die Lieblingsspeise von Krümel. Anschließend setzte sie sich mit einem Glas Wein auf ihren Balkon. Es war tatsächlich wieder hochsommerlich, selbst nachts reichte ihr eine Strickjacke. Irgendwo saßen jetzt Anton und Janette, tranken vielleicht auch ein Glas Wein und sahen in denselben Sternenhimmel.

Sophie biss sich auf die Lippen. Irgendwo saß auch ihre Freundin Chrissi und haderte mit ihrer Entscheidung. Wie das Leben aber auch spielte, merkwürdig. Und ihr Großvater saß irgendwo in dem großen Haus vielleicht mit Barbara zusammen und wälzte Rechnungen.

Weshalb war ihr das nun schon zum zweiten Mal passiert? Ein Mann, der eigentlich eine andere Frau liebte. Anton. Weshalb verliebte sie sich überhaupt so Hals über Kopf in einen Mann, der immer wieder auftauchte und verschwand, wie es ihm passte, und so wenig von sich erzählte? Klar hatte Anton sich nicht verliebt in sie. Wieso auch? Sie war Sophie, einfach Sophie, nichts Besonderes. Sie führte eine Weinstube, weil ihre Eltern bei einem Unfall ums Leben gekommen waren, war notgedrungen nach Konstanz zurückgekehrt, ohne zu wissen, wo ihre Heimat sein könnte. Sie hatte ein Kind, aber keinen Mann dazu und ein abgebrochenes Studium, weil –

Eine Nachricht. Von Katrin.

Ich bin in deiner Straße. Soll ich hochkommen?

Ja!

»Hat es trotzdem auch ein wenig gutgetan?«, fragte Katrin, nachdem Sophie von Markus erzählt hatte.

»Zunächst schon«, sagte Sophie. »Es war eine späte Bestätigung, endlich waren wir mal auf Augenhöhe.«

»Und dann?«, fragte Katrin leise.

»Ein paar Tage später hab ich im Büro in Frankfurt angerufen. Ich wollte ihn fragen, ob er am Wochenende … Kurzum, ich hatte unsere Sekretärin am Apparat. Nadja. Sie ist nett. Sie hat mir erzählt, Markus hätte gerade Besuch von seiner Frau und es würden ordentlich die Fetzen fliegen, weil sie herausgefunden hat, dass er sie betrügt und die Scheidung will.«

»Oh, deinetwegen?«

Sophie schnaubte. »Das hab ich auch erst gedacht, aber nein. Der Scheidungskrieg läuft schon ein paar Wochen, also lange vor seinem Besuch bei mir.«

»Nee, oder? Was ein Arsch. Das hat er nicht erwähnt, wie? Und andere Affären hatte er auch?«

»Er kann nicht anders, ehrlich, ich glaub, er kann nicht anders.« Sophie schenkte ihnen beiden noch einmal nach. In der Ferne schlugen die Glocken einer Kirche. »Weißt du, was das Schlimmste ist?«

Katrin hob fragend die Augenbrauen.

»Er hat kein einziges Mal nach seiner Tochter gefragt.«

Katrin ließ kurz den Kopf hängen, dann begann sie, in ihrer Handtasche zu wühlen. »Wo ist es nur …?«

»Was suchst du denn?«

»Hier.« Sie reichte Sophie ein Papier. »Das hat Marlene neulich gemalt. Ich hab es aus Versehen in meiner Tasche behalten. Aber es war natürlich für dich.«

Das Bild zeigte ein Herz mit Armen und Händen. An einer Hand hielt es einen Regenschirm. »Weißt du, was sie gesagt hat?«

Sophie blinzelte.

»›Manchmal braucht das Herz sogar bei Sonnenschein einen Regenschirm.‹« Katrin lächelte. »Und den hast du. Denn du hast Marlene und uns.«

27
Noch mehr Überraschungen

Anton unternahm noch ein paar Versuche, Sophie zu einem Treffen zu bewegen, doch Sophie weigerte sich beharrlich. Schlimm genug, dass er bald in derselben Stadt wohnen würde, schrieb sie ihm. Chrissi verabschiedete sich für ein paar Tage nach Paris, ganz allein, wie sie betonte, also auch ohne Olaf, der noch immer auf eine Antwort wartete. Anscheinend hoffte Chrissi, diese in Paris zu finden, wenngleich sowohl Katrin als auch Sophie das nicht für sehr wahrscheinlich hielten. In der Stadt der Liebe!

Und Marlene fieberte dem Schulbeginn entgegen. Dass dann auch die Zeit des Kindergartens vorbei war, störte sie nicht, ihr war zunehmend langweilig dort, sie wollte endlich noch besser lesen und schreiben und rechnen lernen, als sie es von Sophies Freundinnen ohnehin schon beigebracht bekommen hatte.

»Wie konntest du mir das alles verschweigen?«, schimpfte sie bisweilen. »Lesen ist sooooo toll!«

»Ich hab dir nichts verschwiegen.«

»Du hättest mir das schon längst beibringen müssen.« Marlene blieb hartnäckig. »Schon längst!«

»Soso, schon längst also. Vor drei oder vier Jahren oder so?«

»Genau.« Marlene verschränkte die Arme und schmollte.

»Kindchen, du bist gerade mal sechs Jahre alt!«

»Eben. Ich bin schon ganze sechs Jahre alt!« Marlene rannte in ihr Zimmer. »Und ich will einen Hund, nur damit du es weißt. Zum Schulbeginn, das würde passen.«

Sophie zog die Augenbrauen hoch. Was waren denn das für neue Töne? Sie wollte keinen Hund und damit basta! Die ganze Arbeit würde an ihr hängen bleiben. Ein Kind zu haben reichte ihr.

Und schließlich war es so weit: Der verschobene Familienbrunch fand wieder statt. Mit gemischten Gefühlen drückte Sophie die Klingel zu ihrem alten Elternhaus und wurde von Barbara stürmisch begrüßt. Auch der Großvater freute sich sichtlich, Sophie und Marlene einmal wieder in dem Haus im Königsbau zu begrüßen. Und sogar Hans strahlte sie an, als sie ihm die Hand reichte. Umgehend hatte Sophie ein schlechtes Gewissen.

Im Haus überfiel sie dann doch wieder dieselbe Wehmut wie immer, seit die Eltern tot waren. Sie waren noch überall, wo sie hinsah, nicht nur auf den Fotos, die auf dem Kaminsims standen. Wenn Sophie Geräusche in der Küche hörte, meinte sie, den Duft nach Kuchen in der Nase zu haben. Im nächsten Moment sah sie ihre Mutter vor sich stehen, Mehlspuren auf den Wangen, ein Schüsselchen mit Teig zum Probieren in der Hand. Jedes Wochenende hatte Conny Sonnbach gebacken.

Sophie saß am Tisch, und alle lachten sie an, es war beinahe unheimlich.

»Was ist los?«, fragte sie. »Hab ich was verpasst?«

»Wir freuen uns einfach, dass du mal wieder da bist«, sagte Barbara.

Sophie nickte. »Tut mir leid, dass ich mich so rargemacht habe. Ich war –«

»Kein Problem, Sophie. Wir wissen, dass es keine leichte Zeit war«, sagte der Großvater freundlich. Sophie sah ihn dankbar an. Die Güte war geblieben – in seiner Stimme und in seinem Blick. Irgendetwas hatte ihn verändert.

»Komme ich rechtzeitig?«

Sophie fuhr herum. Vor ihr stand Sebastian, ihr Bruder. Kurze Hosen, ein Ramones-Shirt, im Gesicht einen Dreitagebart und ein triumphierendes Grinsen.

Sophie sah zu Barbara und Hans, die beide kicherten, und dann zum Großvater. »Ihr habt das gewusst?«

»Was ist los, Schwesterchen, krieg ich keine Umarmung?«

Sophie sprang vom Stuhl auf und rannte zu ihrem Bruder, der sich vom Wohnzimmer angeschlichen haben musste. Sie fiel ihm um den Hals und drückte ihn an sich. Es tat so gut, ihn endlich wiederzusehen. Weihnachten war das letzte Mal gewesen.

Marlene kam dazu und zupfte an Sophies Arm. »Jetzt ich«, piepste sie.

Sebastian nahm Marlene auf den Arm. »Jetzt du, Marlenchen. Hui«, er wirbelte sie durch die Luft, und Marlene quietschte vor Vergnügen.

»Sebastian, seit wann bist du in Deutschland?« Sophie setzte sich wieder. Sebastian kam mit Marlene zum Tisch, und Barbara holte schnell noch einen Teller. »Seit gestern Nacht, Schwesterherz. War nicht leicht, das alles geheim zu halten, aber die Überraschung ist wohl geglückt, oder?«

Sie boxte ihm in die Seite, strahlte ihre Familie der Reihe nach an und umarmte ihn dann noch einmal im Sitzen. »So schön, dass du da bist«, flüsterte sie, und er nickte.

Sie frühstückten, erzählten und lachten. Es war das erste Mal seit einigen Wochen, dass Sophie sich wieder etwas leichter fühlte.

Gegen ein Uhr sah sie auf die Uhr. »Ich muss leider los. Kommst du in die Weinstube?«

»Klar. Ich will dich doch auch mal bei der Arbeit erleben.«

»Halt«, sagte der Großvater bestimmt.

Sophie sah erstaunt zur Seite.

»Ich hab euch was zu sagen.« Er sah von Sebastian zu Sophie. »Das war auch der Grund, weshalb ich euch heute zusammen hierhaben wollte.«

Sophie spürte einen Kloß im Magen. Ihr Großvater klang ernst. Fragend sah sie zu ihrem Bruder, doch der zuckte nur mit den Schultern.

»Ich bin gespannt, Großvater.« Sebastian schenkte sich noch einen O-Saft ein.

Der alte Mann holte tief Luft. »Ich hab nachgedacht. Über mich und eure Großmutter und über eure Eltern.« Er sah zur Seite, wo Barbara und Hans saßen. »Und über dich, Barbara.«

In Sophie lief ein ganzer Film ab. Ihr Großvater, der ihr vor Wochen von den Geldsorgen der Familie erzählt hatte, von dem fehlenden Regen für die Weinberge, von Barbara und Hans, von den immer härteren Bedingungen, eine Weinstube rentabel zu führen. Das Haus, er will bestimmt das Haus verkaufen, dachte sie und schluckte gegen dieses beklemmende Gefühl in ihrer Brust an, das sich dort breitmachte.

»Schieß los, Opa.« Sebastian klang gelassen.

Sophie schielte zu ihrem Bruder. *Er weiß nicht, worum es geht, er hat keinen Schimmer.*

Der Großvater holte tief Luft. »Ich hab einen riesengroßen Fehler gemacht«, begann er und legte seine Hand auf die von Sophie. »Es tut mir leid, Sophie.«

Sophie starrte auf den Tisch. Die ganze Zeit hatte sie an der Serviette herumgespielt, jetzt ging das nicht mehr. »Was?«

»Ich hätte dich nicht zwingen dürfen, die Weinstube zu übernehmen.«

»Oh.« Sophie ließ die angehaltene Luft entweichen. Das kam nun doch überraschend. Vielleicht eine gute Voraussetzung, um ihm zu sagen, dass sie es gar nicht mehr so schlimm fand und etliche Ideen …

»Ich denke, Sophie meistert das ganz gut«, sagte Barbara vorsichtig.

Sophies linkes Augenlid begann zu zittern. »Ich bin nicht unglücklich, Großvater, ehrlich.« Ihre Stimme vibrierte.

Der Großvater tätschelte Sophies Hand. »Ja, Sophie, das weiß ich, und du hast dich wirklich tapfer geschlagen, aber es war vor allem mein Wunsch, dass die Weinstube weiter besteht, und ich habe dich überredet, dein Leben in Frankfurt aufzugeben.«

Sophie lachte schrill auf. »Na ja, ›Leben‹, also, ihr hattet ja auch recht, das war nicht das Richtige für Marlene. Hier ist –«

Der Großvater hob die Hand, und Sophie verstummte. »Lass mich doch einmal ausreden, Sophie. Du bist ja schlimmer als deine Mutter.« Er legte den Kopf schief.

»Okay«, murmelte Sophie. *Sie kommt gleich aus der Küche und reibt ihre Hände an der Schürze, und überall wäre Mehl, und im ganzen Haus riecht es nach frischem Kuchen. Zwetschgenkuchen, und …*

»Euer Vater wollte Schreiner werden. Und er war wirklich gut. Er wollte Schreiner werden, und eure Mutter wollte malen. Ich weiß nicht, ob sie gut war, aber sie hat das Malen geliebt.« Der Großvater klang, als würde er von einem Traum erzählen, als säßen sie alle auf dem Boden im Kreis, und er würde erzählen. »Er hat mir einen Tisch geschreinert. Schon als Elfjähriger hat Roland immer davon erzählt, dass er mal Möbel machen will. Er hat sogar Zeichnungen angefertigt für die Stücke, von denen er träumte. Er hatte große Träume, euer Vater, schon als Kind. Ich hab dich oft irgendwo sitzen sehen, Sophie, draußen auf der Schaukel, und da hab ich deinen Vater gesehen. Du hast auch immer groß geträumt. Weshalb ist da nichts draus geworden? Wolltet ihr nicht mal Mode entwerfen?«, fragte der Großvater und blinzelte Sophie an. »Hosen, ich erinnere mich. Mit Katrin und Chrissi.«

Sebastian lachte. »Ja, das war ein toller Sommer. Meine Schwester als Modedesignerin, die selbst nichts mit Mode am Hut hat.«

»Ich hab einen Fehler gemacht«, wiederholte der Großvater, und seine Stimme klang noch milder. »Und ich möchte den jetzt wiedergutmachen.«

»Du musst nicht …«, begann Sophie, merkte aber, dass sie gar nicht wusste, wovon der Großvater da sprach. Wollte er das Haus verkaufen? Ging es um Geld? Sollten sie und Sebastian Geld bekommen? Sie wollte kein Geld.

»Also, Großvater«, mischte sich Sebastian ein, »ich hatte nicht den Eindruck, dass Sophie sich nicht wohlfühlte, im Gegenteil, sie war –«

»Es ist nicht ihr Traum, nicht ihr Leben«, unterbrach der Großvater Sebastian. »Es war immer *mein* Ding, aber das will ich nicht mehr. Ich hab versucht, etwas zu erzwingen, was weder eure Eltern noch ihr wolltet.« Er lächelte Barbara an und nickte ihr zu. »Es wird Zeit loszulassen.«

Sophie fuhr es eiskalt den Rücken hinab. Verabschiedete sich ihr Großvater gerade? Wollte er nicht mehr leben?

»Sophie, du sollst endlich wieder dein eigenes Leben führen können, eines, das du dir wünschst.« Er holte tief Luft und setzte sich aufrecht hin. »Ich habe mich entschlossen, die Weinstube zu verkaufen.«

28

Snoopy

Sophie und Sebastian waren vierzehn und fünfzehn Jahre alt, als die Sache mit Snoopy passierte. Snoopy war ein Mischling zwischen einem Jack Russell und einem Beagle, dreifarbig, mit einer Piratenmaske. Sehr süß und immer guter Laune. Die Kinder aus der ganzen Nachbarschaft liebten den Hund, und viele Nachmittage verbrachten sie alle im Garten bei den Sonnbachs und spielten mit Snoopy. Sophie konnte sich gar nicht an ein Leben ohne den Hund erinnern, denn er war eingezogen, als sie fünf Jahre alt gewesen und ihr Bruder gerade in die Schule gekommen war. Ein kleiner Welpe, tapsig und mit großen Knopfaugen, erkundete er das Haus der Sonnbachs, weinte nachts so lange, bis einer aus der Familie sich zu ihm auf den Boden legte – anfangs war das immer Sophies Vater –, und rannte tagsüber so übermütig durch den Garten, dass er nicht selten mit dem Kopf in der Hundeschüssel vor lauter Müdigkeit und Erschöpfung einschlief. Es war der schönste Sommer, an den Sophie sich erinnern konnte, dieser erste Sommer mit Snoopy, der ihrer aller Herzen im Sturm erobert hatte. Die Sonnbachs konnten sich schon nach wenigen Wochen kein Leben mehr ohne Hund vorstellen, und Snoopy dankte es ihnen mit all der Liebe, die ein Hund geben konnte.

Bei den Schlafplätzen war er nicht wählerisch und passte sich jeweils dem Bedarf an. Wenn es sehr heiß war, dann schlief er gern unten im Erdgeschoss bei Großvater. Im Winter schlief er lieber oben bei Sophies Eltern, weil er da – so der Verdacht von Sophie und Sebastian – nachts heimlich ins Bett hüpfte, was die Eltern natürlich nie zugeben wollten. Wenn Sophie traurig war, dann schlief er abends bei ihr ein, ließ sich von ihr streicheln, bis sie sich beruhigt hatte, und schlich irgendwann nachts in eines seiner anderen Körbchen im Haus. Mit Sebastian war Snoopy immer dann unterwegs, wenn der irgendwelche Abenteuerausflüge mit seinen Kumpels unternahm. Sie erinnerten dann an die Bande von TKKG, was Sebastian bis zu seinem zwölften Geburtstag durchaus schmeichelhaft fand. Auf jeden Fall schien Snoopy immer zu merken, wenn Sebastian etwas vorhatte, dann wurde er ganz aufgeregt und tänzelte permanent im Flur in der Nähe der Leine herum, um ja den Aufbruch nicht zu verpassen.

Am liebsten aber war er mit Sophie und Katrin zusammen. Wenn die Mädels auf einer Picknickdecke unter den Apfelbäumen saßen und quatschten, legte er sich seufzend dazu und ließ sich von ihnen kraulen. Manchmal schlief er dabei so tief ein, dass er im Traum zuckte und winselte oder wohlig schmatzte. Snoopy war ein vollwertiges Familienmitglied. Und dann kam dieser unsägliche Tag, den Sophie noch so oft und so lange verfluchen sollte.

Sie war mit Snoopy spazieren, missmutig, denn sie hatte keine Lust an jenem Tag. Sie musste noch Mathematik lernen, vor allem darauf hatte sie keine Lust, und Sebastian war mal wieder einfach abgetaucht. Sie schimpfte mit Snoopy, der an der Leine zog und ungeduldig wurde, weil Sophie so lange brauchte, um in ihre Turnschuhe zu schlüpfen. Als es zu regnen begann, fluchte Sophie erst recht. Sie lief hinüber in den Uniwald und ließ den Hund von der Leine. Sofort flitzte Snoopy los. Er rannte und rannte und bellte einem Eichhörnchen hinterher und einem Vogel. Sein Bewegungsdrang war an diesem Tag besonders groß, weil niemand für ihn Zeit gehabt hatte.

Immer wieder musste Sophie ihren Hund rufen, immer wieder tadelte sie Snoopy. Als sie auf dem Rückweg waren, huschte eine Katze vor ihnen über den Weg, und Snoopy rannte wild kläffend hinter ihr her. Sophie rief nach ihm, doch er war schon hinter der Kurve verschwunden. Sophie fluchte, sie ärgerte sich, dass sie Snoopy nicht einfach wieder an die Leine genommen hatte. Plötzlich hielt sie inne. Die Straße, fiel ihr siedend heiß ein, dort hinter der Kurve war es nicht mehr weit bis zu der Straße. Sie schrie und rannte, und dann hörte sie es. Das Quietschen eines Autos. Sophie stockte der Atem, ihr Herz setzte einen Schlag aus. Sie wartete, betete, dass Snoopy gleich um die Ecke kam und zu ihr rannte, aber sie hörte nichts und sah nichts …

Snoopy war neun Jahre alt geworden. Die Autofahrerin, der Snoopy vor den Wagen gerannt war, hatte selbst Hunde und war vollkommen verzweifelt. Sie hatte keine Chance gehabt, Snoopy war in vollem Lauf hinter der Katze hergerannt. Die Katze war knapp vor dem Auto entwischt, doch für Snoopy war es zu spät gewesen.

Sophie wandelte wie betäubt durch den Regen, sah Snoopy dort liegen, wurde von der Autofahrerin umarmt und später nach Hause gebracht. Mit dem toten Snoopy.

Niemand machte ihr Vorwürfe. Nicht an diesem Tag, nicht später, niemals. Es war der Sommer, in welchem sie Snoopy beerdigten und Sophie beschloss, nie wieder einen Hund zu lieben.

In ihrem Kopf verdichtete sich die Idee, dass, wenn man einmal nachlässig war, dies fatale Folgen haben konnte und dass es daher vielleicht besser war, sich nicht mit allzu viel Verantwortung zu belasten. Für Hunde war sie, Sophie, offenbar nicht gut.

Auf dem Grab von Snoopy wuchsen noch immer Hortensien. Der Stock war inzwischen über fünfundzwanzig Jahre alt. Sophie saß neben Sebastian auf ihrer alten Schaukel und sah hinüber zu den großen blauen und weißen Blüten.

»Was wirst du machen?«, fragte ihr Bruder unvermittelt. Seine Schaukel pendelte nur noch langsam neben ihrer. Er drehte sie jetzt so, dass er zu ihr schauen konnte.

»Was meinst du?«

»Wirst du in Konstanz bleiben?«

In Sophie sackte ein Stein nach unten. Wenn die Weinstube nun verkauft wurde – welche Berechtigung hatte dann Sophie Sonnbach, in Konstanz zu leben?

»Was ist los, Schwesterherz?«

»Ich … ich hab mir noch gar keine Gedanken gemacht.«

»Hm, ich denke mal, das solltest du. Großvater schien es ernst zu meinen. Ich glaube, er macht recht schnell Nägel mit Köpfen.« Sebastian begann, die Schaukel einzudrehen. »Los, wer weiter hochkommt und schneller drehen kann.«

»Kindskopf«, lästerte Sophie. In ihrem Innern war ihr überhaupt nicht nach Albernheit zumute, trotzdem drehte sie die Schaukel so weit sie konnte, dann ließ sie los, drehte sich immer schneller, bis sie unten ankam und die Schaukel sich wieder in die andere Richtung aufdrehte. Ihr war schwindlig. »Oh Mann! Das war früher anders.«

Sebastian lachte. »Wir sind alt, Sophie, richtig alt!«

Sie schaukelten wieder eine Weile vor sich hin, und Sophies Gedanken wanderten von den Hortensien zu der Weinstube und von dort zu der alten Kastanie im Garten und zu dem Sandkasten, in dem sie mit ihrem Bruder gespielt hatte.

Sie erinnerte sich an das Weinseminar, das sie mit Katrin in Hagnau besucht hatte, um sich ein wenig Wissen über Wein anzueignen, und an die vielen Artikel und Magazine, die sie gewälzt hatte, um ihre Gäste beraten zu können. Heute wusste sie wirklich viel über die Weine vom Bodensee, über die Anbaugebiete, die unterschiedlichen Geschmacksnuancen. Und sie wusste viel mehr über die Stadt, in der sie lebte. Sie konnte Gästen erzählen, wo es Sehenswürdigkeiten gab und welche historischen Besonderheiten gleich um die Ecke lagen. Und jetzt fragte ihr Bruder, ob sie in Konstanz bleiben würde. In der Stadt, in der sie zwangsläufig auch Anton wieder begegnen würde. Anton, der sie gedemütigt hatte, beschämt. Wie damals. Die kleine, dumme Sophie. Nichts hatte sich geändert.

»Ich geh wieder nach Frankfurt«, sagte sie bestimmt.

»Echt jetzt?« Sebastian sah sie erstaunt an. »Ich hatte eigentlich gedacht, dass du dich ganz wohlfühlst hier in der Stadt und mit deinen Freundinnen. Katrin ist doch wirklich eine gute Freundin, oder?«

»Klar, aber ich war doch nur wegen der Weinstube hier, und jetzt ...«

Sebastian sah seine Schwester lange und durchdringend an, dann nickte er. »Okay, das wird traurig für Großvater und Barbara und Hans. Die haben dich schon sehr gern hier.«

»Was ist mit dir? Du könntest auch mal wieder zurückkommen. Die Staaten sind ja nicht mehr die große Freiheit, oder?« Sophies Ton geriet schnippischer, als sie es beabsichtigt hatte. Sebastian hatte sie an einem wunden Punkt getroffen, und sie war wütend, dass sie selbst noch nicht ernsthaft durchdacht hatte, was sie nach dem Verkauf der Weinstube machen wollte. Und das, obwohl ihr Großvater sie ihretwegen verkaufen wollte. Damit sie endlich ihr eigenes Leben führen konnte.

Ihr Bruder war nicht böse, er lächelte. »Sophie, ich will nur, dass du glücklich bist. Manchmal glaube ich, dass du selbst noch nicht weißt, was dafür notwendig ist, nur daher hab ich gefragt.«

»Hättest du es besser gefunden, wenn Großvater das Haus hier verkauft?«

Sebastian ließ seinen Blick durch den Garten wandern. Bei dem Holzkasten, der einmal ihr Sandkasten gewesen war, blieb er hängen. »Weißt du noch, dass ich immer Burgen gebaut habe und du nie helfen wolltest?«

»Ich hab geschaukelt und von den Burgen geträumt«, sagte Sophie.

»Ich hab gebaut, und du hast geträumt. So war es schon immer, Sophie.«

»Aha, was willst du mir sagen?«

»Du lebst noch immer in deinen Traumwelten, wandelst da einfach so herum. Willst du nicht mal eine Burg bauen?«

In Sophie fiel ein großer Eisklotz zu Boden. Schon wieder hatte eine Frage von ihm sie kalt erwischt, wie ein Magenschwinger.

Bevor sie etwas erwidern konnte, rief Barbara zum Essen.

29

Alte Wunden

»Wir haben Wind«, Sebastian hielt den Finger prüfend nach oben. »Wenn das kein gutes Zeichen ist.« Er lachte in die Runde. »Wie lange ist das her, dass wir zusammen unterwegs waren?« Sebastian stand mit einem Picknickkorb neben seiner Schwester am Hafen und begrüßte Katrin und Chrissi. Marlene rannte in die Hände klatschend um sie herum. »Und alle Fusselwüffs sind auch dabei. Und werden singen, jawoll.«

»Bloß nicht, kein Chor, Kindchen, kein Chor.« Sophie hielt sich lachend die Ohren zu und bekam einen Rüffel von Katrin.

»Dass du immer so gemein sein musst. Komm, Marlenchen, wir dirigieren die Fusselwüffs gemeinsam.«

»Dass du mir immer in den Rücken fällst.« Sophie schüttelte geziert den Kopf und hielt ihrer Tochter eine Hand hin.

»Mädels, die eigentliche Botschaft ging unter. Wir haben Wind, und da vorne steht unser Segelboot! Los geht's!«

Wenig später waren sie unterwegs, die Sonne strahlte, das Wasser glitzerte, das Segel machte leise Geräusche. Für eine Weile war es beinahe andächtig ruhig auf dem Boot, sogar Marlene schien der Stille zu lauschen.

»Schön, dieser Luxus, dass wir alle so zeitlich flexible Jobs haben.« Chrissi legte den Kopf in den Nacken und blinzelte in die Sonne.

»In der Tat, aber …« Katrin holte ihr Tablet und begann eifrig zu tippen. »Ich muss nur ein paar Nachrichten beantworten«, erklärte sie, »dann bin ich ganz für euch da.«

»Die Stille war mir eh schon unheimlich.« Sebastian ließ seinen Zeigefinger neben seinem Kopf kreisen. »Das kennt das Gehirn ja gar nicht mehr. Und du, Chrissi? Was machst du zurzeit?«

Chrissi wiegte den Kopf hin und her und massierte sich die Schultern. »Hier und da mal ein Text über meine Reisen, mein Blog, nichts Großes. Vor allem nichts, was mir solche Momente raubt.« Sie warf Katrin einen strafenden Blick zu.

Sebastian nickte anerkennend. »Beneidenswert.«

»So, das war's«, Katrin klappte ihr Tablet zu und schob es in die Tasche. »Was hat eigentlich den Umschwung bei eurem Großvater bewirkt?«

»Frag mich was Leichteres.« Sophie atmete tief ein und aus. Der See roch angenehm frisch, doch auch dieser Tag würde heiß werden. »Ich hab keine Ahnung, aber seit er sich mit Chrissi trifft, ist er verändert.«

Chrissi sah erschrocken auf. »Meinetwegen? Du denkst, er hat sich meinetwegen umentschieden? Das wusste ich nicht, dass du so denkst, und das wollte ich auch nicht.«

»Was habt ihr immer zu quatschen?«, fragte Sophie, und es klang vehementer als beabsichtigt.

»Nichts, über die Reisen, ich hab eben erzählt, das ist alles. Muss ich mich rechtfertigen?«

Sophie schniefte. Ärger breitete sich in ihr aus, langsam, doch unaufhaltsam. »Wenn du das als Rechtfertigung betrachtest. Ich wollte nur wissen, was ihr zu quatschen habt.«

»Ho, Mädels, beruhigt euch!« Sebastian hob beschwichtigend die Hände.

»Sorry, so sollte das nicht klingen«, entschuldigte sich Sophie, wusste aber, dass sie da Klärungsbedarf hatte. Irgendwann.

Eine Weile schwiegen sie und genossen den leichten Wind, der ihrem Segelboot wenigstens ein bisschen Fahrt zu gönnen schien. Marlene summte ein Lied vor sich hin und lehnte an Sebastian. Obwohl sie ihren Onkel nicht sehr oft sah, mochte sie ihn.

»Wollen wir rüber zur Marienschlucht?« Sebastian viertelte gerade einen Apfel für sich und Marlene, die kicherte.

»Wir essen Meerschweinchenfutter.«

»Geht nicht«, sagte Katrin, »ist geschlossen.«

»Was? Weshalb?«

»Lebensgefahr. Schon seit Jahren, leider.«

»Hm, das ist aber schade.« Sebastian sah sich kauend um. »Dann gehen wir schwimmen. Los, Mädels, ausziehen und rein ins Wasser.« Marlene schob sich das letzte Stückchen Apfel in den Mund. In Windeseile hüpfte sie aus ihrem Kleidchen und hielt Sophie bereitwillig ihre dünnen Arme hin. Sophie zog ihrer Tochter Schwimmflügel an, und schon kletterten sie und Sebastian ins Wasser und planschten.

Sophie stand unschlüssig auf dem Boot und beobachtete die beiden.

»Hast du inzwischen eigentlich mal mit Anton geredet?« Katrin stand neben ihr und sah ebenfalls zu Sebastian und Marlene. »Sind die albern, aber auch sehr süß.«

»Das ist mein Bruder.« Sophie boxte ihrer Freundin in den Arm.

»Stimmt. Ich fand ihn auch schon immer süß.«

Sophie lachte. Ja, ihr Bruder war süß. Alle ihre Freundinnen hatten ihn gemocht. Zu dumm, dass er sich bei einem Urlaub in den Staaten verlieben musste. Heimlich hatte sie gehofft, dass er und ihre beste Freundin Katrin einmal ein Paar würden, dann hätte sie beide immer um sich gehabt.

»Irgendwann kommen er und ich zusammen«, sagte da Katrin. »Irgendwann, ich spür das.« Sie zwinkerte Sophie zu. »Wieso sprichst du nicht mit Anton?«

»Hat er dich kontaktiert?«

»Nein, Sophie, hat er nicht, aber wir sind uns begegnet. Zufällig.«

Sophie sah wütend zur Seite. »Du hast mit Anton geredet? Hinter meinem Rücken?«

Hinter ihnen machte Chrissi Yogaübungen und atmete gerade geräuschvoll aus.

»Jetzt komm mal runter, Sophie, nicht alle sind gegen dich. Wir haben uns zufällig getroffen, und Anton hat gefragt, ob ich Zeit für einen Kaffee hätte. Himmel, Sophie, das ist Konstanz, du kannst ihm nicht auf ewig aus dem Weg gehen. Rein theoretisch hätte er die ganze Zeit auch einfach nochmals in deine Weinstube kommen können.«

Sophie biss sich auf die Lippen. »Das soll er nicht wagen«, sagte sie erbost.

Katrin sah ihre Freundin ernst an. »Sophie, werd mal locker. Es war sicher nicht richtig, was Anton gemacht hat, aber du könntest auch deine ewige Opferrolle ablegen und dich fragen, weshalb das passieren konnte, und vor allem, Sophie, könntest du inzwischen erwachsen damit umgehen und nicht alles aufgeben, was dir wichtig war, nur weil ein Baustein wegbricht.«

»Ein Baustein?«, rief Sophie aus. »Ein Baustein? Bei dir hackt's wohl. Anton hat dafür gesorgt, dass ich mich verliebe, und dabei die ganze Zeit gewusst, dass es da eine andere Frau gibt. Er wird heiraten, Katrin!«

»Siehst du, Sophie, genau darin liegt der Fehler. So war es nämlich nicht.«

Sophie zuckte zurück. »Nicht?«

»Nein, so war es nicht.«

»Anton war nicht verlobt, als er mich kennenlernte?«

»Sie waren getrennt.«

»Pfff.« Sophie lachte schrill und wedelte mit der Hand durch die Luft. »Das glaubst du ihm?«

Katrins Augenbrauen rückten zusammen, und ihre Augen verengten sich. »Sophie, du gehst mir mit deinem Gejammer langsam echt auf die Nerven. Du jammerst, tust aber nichts, dass es besser wird.«

Sophie starrte die Freundin mit offenem Mund an.

»Los, kommt ins Wasser«, riefen Sebastian und Marlene, doch Katrin und Sophie hoben beide die Hand, während sie synchron antworteten: »Jetzt nicht!«

»Ups.« Sebastian tauchte unter, und Marlene trommelte lachend auf seinem Kopf herum.

»Könnt ihr euch leiser streiten?«, bat Chrissi mit monotoner Stimme.

»Ich bin also immer das Opfer? Ich jammere rum? Meine Gesamtsituation ist auch beschissen gerade. Ich finde, ich hab alles Recht zu jammern.«

»Ach ja, findest du?«, fauchte Katrin und stemmte die Hände in die Hüften.

»Ja!« Sophies Überzeugung begann bereits zu schwinden. Gleichzeitig war sie wütend auf Katrin, die mit Anton gesprochen hatte, und auf Chrissi, die irgendeinen Draht zu ihrem Großvater gefunden hatte, und auf Sebastian, der einfach so unbeschwert wirkte, und auf Anton, der sich heimlich an ihre Freundin Katrin herangemacht hatte. *Zufall? Dass ich nicht lache!*

»Hm, lass mal überlegen. Du hast eine eigene Weinstube.«

»Nicht mehr lange offenbar«, Sophie schielte zu Chrissi, »weil meine Freundin meinem Großvater irgendeinen Floh ins Ohr gesetzt hat.«

»Halt mich da gefälligst raus!« Chrissi atmete wieder tief ein und aus und hielt die gefalteten Hände vor ihr Gesicht, als würde sie beten.

»Noch hast du eine Weinstube«, beharrte Katrin. »Und eine Tante mit einem Weinberg und ein Mehrfamilienhaus im Königsbau. Und nicht zu vergessen, du hast eine süße Tochter. Ich finde, es könnte schlimmer sein.«

Sophie schnappte nach Luft. »Das hilft mir doch alles auch nicht weiter!«

»Weiter? Wobei? *Mach* doch einfach weiter!«

»So einfach ist das nicht.«

»Ich verstehe nicht. Was soll nicht einfach sein? Wenn du keine Lust mehr auf die Weinstube hast, dann lass deinen Großvater sie verkaufen und mach dein eigenes Ding. Mach ein Café auf oder …«, sie hob die Hand und schnipste mit den Fingern, »ich hab's: Trau dich endlich, deinem Großvater Vorschläge für die Weinstube zu machen! Mach die Weinstube einfach zu deinem eigenen Ding. Übernimm Verantwortung.« Katrin sah die Freundin herausfordernd an. Ihre Augen funkelten, ihre Lippen bebten.

Sophie sagte nichts.

Katrin nickte bedächtig. »Weißt du, was dein Problem ist?«

Sophie schwieg.

»Deswegen gehst du auch so gern auf Flohmärkte.«

»Bitte was?«

»Weil du da auch keine richtige Entscheidung treffen musst. Für nichts. Du schlenderst so rum, und wenn dir was gefällt, nimmst du es mit. Du musst nicht überlegen und entscheiden.« Katrin nickte wieder – sich und der eigenen Rede zu. »Sophies Reich der unbegrenzten Möglichkeiten. Jenseits davon bist du einfach nicht fähig, dich zu behaupten.«

»Ich hab mich doch für die Weinstube …«, Sophies Stimme flatterte im leichten Wind.

»Gar nichts hast du. Du wolltest nicht länger von deinem Großvater bekniet werden.« Katrin wartete einen Moment, und als Sophie den Kopf hängen ließ, setzte sie nach. »Ich hab also recht. Du bist hier, weil du nicht gewagt hast abzulehnen. Mit uns«, sie fuhr mit der Hand einmal vage durch die Luft, »und dem hier allem hat das nichts zu tun. Nicht einmal mit dir.«

Sophie wusste nicht, wohin mit sich, und wäre am liebsten ins Wasser gesprungen, doch Katrin war noch immer nicht fertig. Sie machte einen Schritt auf sie zu. »Du gehst jedem Problem aus dem Weg, jeder Auseinandersetzung, jeder unbequemen Entscheidung, seit du …«, Katrin wischte durch die Luft, als müsse sie eine lästige Fliege verscheuchen, anschließend verschränkte sie die Arme. Weiter war sie noch nie von Sophie entfernt gewesen, obwohl sie direkt vor ihr stand. »Sophie, du übernimmst lieber eine Weinstube, als dich mit dir und deinem Leben auseinanderzusetzen und längst überfällige Entscheidungen zu treffen. Denk doch einfach mal nach.« Sie schluckte. »Und wenn dir das alles nicht reicht, dann erkundige dich in Gottes Namen, was du an der Uni vorlegen musst, und dann mach endlich dein verdammtes Studium fertig.«

Sophie stand mit hängenden Armen da. Sie hätte nicht einmal die Kraft gehabt, ins Wasser zu springen.

»Ach, das ist es tatsächlich? Du haderst immer noch mit deinem Studium? Jetzt wird ein Schuh draus. Du fühlst dich nicht gut genug, Verantwortung in der Weinstube zu übernehmen. Dir war es ganz recht, hier nur die Aushilfskraft zu sein, wie? So als Übergangslösung.«

Das Boot war zu einem Gefängnis geworden, aus dem sie nicht flüchten konnte. Katrin hatte sie festgenagelt. Sophie lauschte bewegungslos auf den Wind und die Möwen darin. Aus dem Wasser drangen die fröhlichen Schreie ihrer Tochter nach oben.

»Wo ist dein verdammtes Problem, Sophie? Weshalb hast du dein Studium überhaupt hingeschmissen? Weshalb bist du einfach abgehauen damals?«

Katrin stand vor ihr, die Hände hatte sie wieder in die Hüften gestemmt. Sie wirkte aufgebracht, als habe sich über die letzten Monate einiges angestaut, sehr aufgebracht und so viel größer als sie selbst. Sophie hätte sich am liebsten eine Decke über den Kopf gezogen, eine, die einen unsichtbar werden ließ wie in »Herr der Ringe«.

Fieberhaft suchte sie nach einem Fluchtweg, doch da war keiner, nicht einmal ein Mauseloch, nichts. War jetzt die Stunde der Wahrheit? »Ich«, begann sie leise.

»Was?«, setzte Katrin nach.

»Ich hab damals was Schlimmes gemacht.«

Katrin blinzelte und wich ein winziges Stück zurück. »Was Schlimmes?« Sie hob fragend die Augenbrauen. »Ich verstehe immer weniger.« Sie sah zu Chrissi. »Weißt du, wovon sie redet?«

Chrissi schüttelte den Kopf, setzte sich in den Schneidersitz und nahm eine neue Yogahaltung ein, die Arme über dem Kopf gehoben und die Handflächen gegeneinandergelegt.

»Boah, Chrissi, echt jetzt? Dein Ernst?«, beschwerte sich Katrin. »Kannst du dich auch mal am Gebet beteiligen?«

»Am Gebet?« Chrissi grinste schief. »Weder am Gebet noch am Gespräch. Ihr seid mir viel zu aufgeregt, ich brauch innere Ruhe. Immerhin ging es vorhin um mich.« Sie schloss die Augen und versenkte sich in ihre Meditation.

»Also, Sophie, ich höre. Was hast du Schlimmes gemacht?« Katrin klang bereits weniger angriffslustig.

»Erinnerst du dich an die Hiwi-Stelle?«

Katrin runzelte die Stirn. »Meine Stelle bei Professor Klausen?«

»Ja. Ich wollte die Stelle auch haben.«

»Ehrlich? Warum hast du nichts gesagt?« Katrin zögerte. »Du hast dich auch beworben, und ich hab sie bekommen? Ach Mensch, Sophie, sag nicht, dass du deswegen abgehauen bist.«

Sophie schloss die Augen und schluckte schwer, doch die Vergangenheit saß ihr wie ein Kloß im Hals, sie ließ sich nicht länger verdrängen. »Das ist nur die halbe Wahrheit. Ich hab mit Klausen geflirtet. Ich wollte die Stelle haben, und ich dachte, ich hätte eh keine Chance, und –«

»Und da dachtest du, du machst dich an den Prof ran und bekommst dann die Stelle?« Katrin sah zu Chrissi, doch die hob abwehrend und kaum merklich die Hand.

Sophie räusperte sich. »Es war eine Riesendummheit. Und ich hab die Stelle trotzdem nicht bekommen. Er hat mich abserviert, gesagt, ich soll den Kurs einfach noch mal belegen, und dann könnte ich mich vielleicht noch mal bewerben, aber ich wär noch nicht reif genug.« Sophie hatte den letzten Satz nur noch mechanisch ausgesprochen. Unten im Wasser hörte sie die spitzen Schreie von Marlene, die vor Sebastian, der ein Seeungeheuer war, flüchten musste.

Jetzt stand Katrin mit offenem Mund da. »Sophie, ich weiß nicht, was ich sagen soll.«

»Das ist ja jetzt nicht so schwer.«

Sowohl Sophie als auch Katrin sahen verdutzt zu Chrissi, die sich so unerwartet eingemischt hatte.

»Nein?«, wunderte sich Katrin.

Chrissi hatte immer noch die Augen geschlossen und verharrte in ihrer Yogaposition. »Nun«, sagte sie andächtig. »Sophie hat eine Dummheit begangen, aber der Arsch in der Geschichte ist Klausen. Mehr fällt mir dazu nicht ein.«

Katrin und Sophie tauschten einen Blick, und dann mussten beide laut loslachen. So laut, dass Chrissi sich doch aus ihrer Meditation losriss und sie entgeistert ansah. »Was ist los? Hab ich was verpasst?«

Sophie aber konnte nicht antworten, sie lachte sich den angestauten Frust und die Scham über damals von der Seele und Katrin wohl den ganzen Ärger über Sophie und den eigenen Kummer. Sophie musste sich nach vorne beugen und auf den Beinen abstützen, und Katrin stützte sich auf Sophie ab.

»Seid ihr jetzt durchgedreht?«, fragte Chrissi.

»Klausen«, japste Katrin, »ein Arsch mit Ohren war der.«

Sie setzten sich zu Chrissi auf den Boden, hielten sich an den Händen und lachten, bis ihnen die Tränen über die Wangen liefen. Dann wurde Katrin wieder ernst. Langsam schüttelte sie den Kopf. »Aber Sophie, jetzt sag mir nicht, dass du deswegen alles hingeschmissen hast?«

Sophie blickte auf, das Lachen wich aus ihrem Gesicht. Hilflos hob sie die Schultern und sah von Chrissi zu Katrin. »Ich ...«, sie schniefte. »Ich hab mich einfach so geschämt.«

Am Abend verabschiedete sich Chrissi mit hochrotem Kopf. Sie hatte auf dem See zu viel Sonne abbekommen oder zu viel Sekt oder war in Gedanken bei Olaf. Wahrscheinlich alles zusammen. Katrin und Sebastian begleiteten Sophie in die Weinstube und unterhielten sich angeregt. Immer wieder schielte Sophie zu den beiden und freute sich insgeheim. Anschließend spazierten sie durch die Altstadt, immer begleitet von Katrins unbeschwertem Lachen. Sie hatte sich bei Sebastian eingehakt und lehnte im Gehen immer wieder den Kopf an seinen Arm. Sie sahen so gut zusammen aus, dass Sophie traurig ob der Unerreichbarkeit war.

Schließlich lenkten die beiden sie in eine Kellerbar. Sophie wollte erst nach Hause gehen, ließ sich aber überreden und landete mitten in einem Schlagerabend. Sebastian und Katrin schworen mit gekreuzten Fingern, dass sie nichts davon gewusst hätten, doch als sie nach wenigen Minuten schon fröhlich mitsangen und tanzten, beschlichen Sophie Zweifel. Sie mochte keine Schlager, wollte aber auch nicht beleidigt abhauen, nicht nach diesem schönen Tag auf dem See, also setzte sie sich an die Bar, um sich einen Cocktail zu bestellen. Ein Mann stellte sich zu ihr und wollte sie in ein Gespräch verwickeln, aber sie blieb so eindeutig wortkarg, dass er recht schnell die Lust verlor.

Gegen vier Uhr morgens schlenderten sie zu Sophie, jetzt lehnte sich Sebastian an Katrin, die Mühe hatte, ihn aufrecht zu halten. Bei Sophie saßen sie dann in der Küche, und Sebastian, wieder munterer, machte Spiegeleier für sie alle. Ein Klassiker, wie früher. Überhaupt erinnerte vieles an früher.

Du hast ein rosa Sofa, Schwesterherz?

Frag nicht. Ich wollte ein mintfarbenes für sie.

Du hast ja auch Geschmack, Katrin.

Hallo? Ich bin anwesend!

Wissen wir, wissen wir.

Sebastian und Katrin übernachteten auf dem Sofa. Als Sophie aus dem Bad kam und Gute Nacht wünschen wollte, schliefen die beiden bereits Arm in Arm.

30

Verkaufsgespräche

»Wir haben etwas zu besprechen«, verkündete der Großvater mit fester Stimme beim sonntäglichen Familienbrunch.

Sophie zuckte zusammen. Die Nacht steckte ihr noch in den Knochen, die Abreise von Sebastian ebenfalls. Ihr Bruder war am Morgen kaum aus dem Bett gekommen, sodass der Abschied eher flüchtig geraten war. Sie vermisste ihren Bruder mehr denn je. Neben ihr saß Katrin mit tiefen Augenringen und einem Glas mit einer sprudelnden Flüssigkeit.

»Hilft die Tablette schon?«, fragte Barbara mitfühlend.

Katrin nickte schwach. »Ich hab erst die halbe unten.« Sie hob das Glas und leerte es in einem Zug. Auch sie hatte Sebastian ungern gehen lassen.

»Wird schon«, sagte Barbara und tätschelte ihr die Wange.

»Wo wart ihr denn so lange?«, fragte Hans.

»Tantris. Schlagerparty«, sagte Katrin einsilbig.

Barbara sah überrascht zu Sophie. »Du magst Schlager? Das wusste ich gar nicht.«

»Mag ich auch nicht. Die beiden haben mich da unter Vorspiegelung falscher Tatsachen hingelockt.«

Katrin lachte. »Arme Sophie. Aber lustig war es schon.«

»Wir haben Interessenten. Die kommen heute Nachmittag«, sagte der Großvater, nahtlos an seinen Einwurf anknüpfend.

Sophie sah zur Seite. »Bitte was?«

»Die Interessenten. Sie kommen heute Nachmittag.«

»Ich weiß, dass du von den Interessenten sprichst. Ich hab das akustisch wohl verstanden, aber so schnell? Muss das denn sein?« Sophie sah hilfesuchend zu Barbara und Hans.

»Worauf soll ich warten?«, wunderte sich der Großvater.

Sophie wusste es nicht. Sie schielte zu ihrer Freundin, doch auch Katrin sah ratlos aus.

»Es ist ein Pärchen. Sie kommen um siebzehn Uhr.«

Nach dem Frühstück liefen Sophie und Katrin schweigend nebeneinander durch die Straßen der Altstadt. Es war so still, wie es nur an einem Sonntag sein konnte, die Tauben nutzten die Gelegenheit und suchten in aller Ruhe nach Krümeln in den Ritzen des Kopfsteinpflasters.

»Sag schon, dass ich eine dumme Kuh bin.« Sophie kickte ein Steinchen vor sich her.

»Wie kommst du denn jetzt darauf?«

»Na, wegen der Sache von damals, dass ich abgehauen bin, dass ich so lang gelogen habe. Dass ich jetzt so ein Theater mache, weil mein Großvater –«

»Ich vermisse deinen Bruder«, sagte Katrin statt einer Antwort.

»Klar, ich auch. Er sollte ...« Sophie blieb stehen und hielt Katrin am Arm fest. »Du vermisst ihn auch?«

Katrin hob hilflos die Arme in die Luft. »Seit Jahren denke ich, dass er der Einzige wäre, den ich wieder in mein Herz lassen könnte.« Sie schluchzte. »Ich weiß auch nicht, warum. Vielleicht weil er schon immer da ist, schon da war, bevor Michael ... Vielleicht weil er dein Bruder ist und dazugehört, in unser Leben, verstehst du?« Katrin sah zur Seite und schniefte. »Ich hab also auch Geheimnisse.«

Sophie kramte nach einem Taschentuch und reichte es ihrer Freundin. »Das wusste ich nicht«, sagte sie leise. »Ich dachte, du machst da nur Witze ... Auch wenn ich es mir immer gewünscht hätte, dass du und er ... Tut mir leid.«

»Es tut mir leid, dass du diese alte Geschichte so lang mit dir rumschleppen musstest. Es ist nicht nur deine Schuld, dass du dich schlecht gefühlt hast.«

Sophie biss sich auf die Lippen.

»Ich hätte mich mehr darum kümmern sollen, weshalb du

abgehauen bist. Ich hätte für dich da sein sollen.« Katrin sah richtig verzweifelt aus.

»Nein«, wehrte Sophie ab. »Das ist doch nicht deine Schuld. Ich war einfach nicht mutig genug.«

Katrin holte tief Luft, dann nickte sie lächelnd. »Die Wahrheit zu sagen ist manchmal gar nicht so leicht.«

Jeder Handgriff fiel Sophie an diesem Tag schwer, und spätestens am Nachmittag wusste sie, dass dies nicht mehr nur am Abschied von Sebastian, am Schlafmangel und am Restalkohol lag, sondern daran, was Katrin gesagt hatte: *Die Wahrheit zu sagen ist manchmal gar nicht so leicht.* Es gab Gründe, weshalb sie selbst nicht die Wahrheit gesagt hatte, weshalb auch Katrin sie für sich behalten hatte. Gewiss hatte auch Anton Gründe gehabt.

Die Spülmaschine piepte. Wenn Sophie die Maschine nun öffnen würde, dann käme ihr eine heiße Wolke entgegen. Sie hasste den Geruch dampfender Geschirrspülmaschinen. Diese hygienisch heiße Luft. Wieder piepte es. Missmutig starrte sie hinüber. Ein Schritt, den Arm ausstrecken und die Tür so weit öffnen, dass der Dampf entweichen konnte, dann schnell wieder Abstand nehmen.

Es ist ein Pärchen. Sie kommen um siebzehn Uhr.

Ihr Handy klingelte. Anton. Sie zögerte. Die Wahrheit. Sie musste ihr irgendwann ins Gesicht blicken. Die Wahrheit war, dass sie davon geträumt hatte, mit Anton diese Weinstube zu führen, die jetzt einem anderen Paar zum Verkauf angeboten wurde. Das Klingeln hörte auf. Sophie würde mit ihm reden, aber nicht heute. Entschlossen lief sie zur Spülmaschine und öffnete sie. Heißer Dampf stieg zu ihr auf, Sophie harrte einen Moment aus und schloss die Augen. In der Küche klapperten die Töpfe.

Ein Pärchen. Sie kommen um siebzehn Uhr.

Sie stützte sich auf den Tresen, spürte den Rillen nach, den Spuren im Holz nach all der Zeit, und fand zum ersten Mal, dass man den Tresen erhalten müsste, wenn man die Weinstube renovieren würde. Sanft fuhr sie darüber, erinnerte sich an das vertraute Bild ihrer Kindheit – die Mutter und der Vater bei der Arbeit, der Vater im Gespräch mit Gästen, die Mutter mit einem Tablett mit Gläsern.

»Au!«, rief Sophie plötzlich und hielt den Finger vor ihr Gesicht. Ein Splitter, in ihrem Zeigefinger. Die Erinnerung hatte eine sichtbare Spur hinterlassen.

Der Großvater hielt das Weinglas mit beiden Händen fest. Sophie sah nervös auf die Uhr. Eine Minute noch, dann würde wahrscheinlich die Tür zur Weinstube aufgehen, und die Interessenten würden eintreten.

»Ich hoffe, die haben das auch im Kreuz.«

»Was?« Sophie kaute auf ihrer Unterlippe.

»Na, den Kaufpreis. Wenn so junge Leute kommen, dann hab ich schon Sorge, dass die sich übernehmen.«

Der Pragmatismus des Großvaters musste ein Schutzmechanismus sein, denn die Falten auf seiner Stirn wirkten heute noch tiefer, und sein Blick war stur auf den Müller-Thurgau in seinem Glas gerichtet. Sophie hatte Mitleid, am liebsten hätte sie einfach die Tür abgesperrt und niemanden hereingelassen. Und dann ihren Großvater umarmt.

Der schielte jetzt zur Uhr. »Zu spät. Sie sind zu spät.«

»Eine Minute, Großvater, das ist noch nicht tragisch«, versuchte Sophie, ihn und sich zu beruhigen.

In dem Moment ging die Tür auf, und als Erstes hörte Sophie ein ungeduldiges Bellen. Ihr war, als drückte jemand ihren Brustkorb zusammen. Zottel kam hereingerannt und zog Janette hinter sich her, die wiederum Anton an der Hand hielt. Es war ein Auftritt wie in einer Komödie. Janette war blendend gestylt und trug ein Etuikleid in einem zarten Orange. Es war wie immer: Wenn eine schicke Frau selbstbewusst und fröhlich auf sie zukam, schrumpfte Sophie ungefähr auf die Größe ihrer Tochter.

Was taten Janette und Anton ausgerechnet an diesem Nachmittag in ihrer Weinstube? Konnten die nicht woanders essen und trinken?

Sie erhob sich schwerfällig, zog ihre geblümte Bluse nach unten und ging auf Janette zu, Anton einen bösen Blick zuwerfend. Vielleicht wollte sie die Wahrheit doch nicht wissen. Wie konnte er nur hier auftauchen? Mit Janette und diesem Hund! Janette strahlte mit den Gläsern ihrer Sonnenbrille um die Wette. Eine Welle teuren Parfüms kam Sophie entgegen. Zottel jedoch hatte sie zuerst erreicht und sprang fröhlich an ihr hoch.

»He, lass das«, schimpfte Sophie und schob den Hund weg, der umgehend fiepte.

»Entschuldige«, sagte Janette und zog Zottel zu sich. »Ich hab vergessen, wie sehr er dich mag. Und du magst Hunde gar nicht so sehr, hat Anton erzählt. Zottel, lass das jetzt. – Schatz, nimm du ihn mal.«

Anton wirkte ungelenk, als er nach der Leine griff. Seine Lippen formten ein »Sorry«.

Sophie wollte gerade einen Tisch vorschlagen, der etwas weiter entfernt lag, als hinter ihr der Großvater aufstand und zu ihr kam.

»Sie sind Frau Schelling?«, fragte er und hielt Janette seine Hand entgegen.

Es brauchte noch ein paar Sekunden, bis Sophie endlich begriffen hatte. Janette und Anton waren nicht einfach hier, um etwas zu trinken, das »Sorry« von Anton hatte nichts mit seinem unangemessenen Auftauchen zu tun, sie waren weder zufällig noch aus Spaß hier.

»Genau, die bin ich, Herr Sonnbach.« Sie sah sich freudestrahlend um. »Sie haben hier so ein Schätzchen, danke, dass wir uns heute hier treffen können.« Sie hielt noch immer die Hand des Großvaters mit beiden Händen umschlossen.

Die Falten gruben sich noch ein wenig tiefer zwischen seine Augen. »Ja, ist halt alt und mit langer Tradition hier«, erwiderte er barsch und zog seine Hand zurück. Ohne weitere Höflichkeitsfloskeln lief er zurück an seinen Tisch.

Janette sah ein wenig verwirrt zu Sophie, zuckte dann aber lachend die Schultern und lief zielstrebig an den Tisch, wo der Großvater mit seinem Weinglas in der Hand saß und wartete. Anton folgte mit Zottel, langsam. Keine Spur von dem federleichten Gang jenes Mannes, der vor Monaten den Raiteberg nach oben gelaufen war.

Er hat es nicht gewusst, sagte sich Sophie, er hatte keine Ahnung, welches Lokal Janette übernehmen will.

Ihr war schlecht, als die beiden sich setzten.

»Wollt ihr was trinken?« Jedes Wort kratzte im Hals.

»Oh ja. Ich würde gern einen Weißwein testen. Sophie, mach uns doch zwei Gläser.«

Sophie nickte mechanisch und sah zu Anton, der in sich zusammengekauert dasaß. Noch ein Dessert zum Wein, wie neulich, hätte Sophie gern gefragt.

Janette war ihrem Blick offenbar gefolgt. »Anton hat die Überraschung noch nicht so ganz verdaut. Aber ich musste es einfach wagen. Als ich gelesen habe, dass just diese Weinstube zum Verkauf steht, da konnte ich nicht anders.« Sie legte eine Hand auf Antons Arm.

Sophie wandte sich ab und lief zur Theke. Plötzlich stand Anton auf und kam ihr hinterher. Er bedeutete ihr, ihm zu den Toiletten zu folgen.

»Was willst du?«

»Wieso willst du verkaufen?«

»Das geht dich überhaupt nichts an, Anton.« Es war, als würde Sophie flüsternd schreien. Ihre Stimmbänder schmerzten umgehend.

»Sophie, bitte, du bist wütend, das verstehe ich. Aber –«

»Kein Aber. Du willst die Weinstube kaufen?« Sophie verschränkte die Arme. »Schön für dich, ach, sorry, für euch natürlich. Gratuliere.«

Anton ließ den Kopf hängen. »Bitte nicht, Sophie, du hattest so viele Ideen, du gehörst hier doch her. Du bist doch schon längst glücklich hier.«

»Klar, du musst es wissen«, gab Sophie patzig zurück. Sie hätte ihm am liebsten gegen das Schienbein getreten. Und ihn geküsst. Und angeschrien. Und geküsst. Und geschubst. Und –

»Mach dir das nicht kaputt, bitte, nicht meinetwegen. Die Weinstube und du –«

»Anton?« Janettes fröhliches Lachen drang durch das Lokal.

Anton schüttelte ganz sacht den Kopf. »Es ist anders, als du denkst«, sagte er leise und rief dann in die andere Richtung: »Ich komme, Liebes!«

Sophie war jetzt tatsächlich übel. Sie rannte in die Damentoilette und übergab sich. Sie war so aufgewühlt, von Antons Blick, seinen Worten, seinem Versuch, sie umzustimmen, aber auch von der Vorstellung, dass sie hierhergehörte und dass bald alles fort wäre. Sie saß auf der Toilette und verbarg ihr Gesicht in den Händen.

Ich würde dich so gern um Rat bitten, Papa. Und dich, Mama, würde ich bitten, mir deine Hand auf die Stirn zu legen.

Irgendwann stand Janette im Bad am Waschbecken und fragte durch die geschlossene Tür, ob alles okay sei. Sophie wischte sich übers Gesicht, betätigte die Spülung und kam in den Vorraum. Sie lachte gekünstelt und verdrehte die Augen.

»Kater«, sagte sie lapidar und schüttete sich kaltes Wasser ins Gesicht. Dann wedelte sie mit der Hand durch die Luft. »Ich war mit alten Freundinnen unterwegs, kennst du ja. Man kommt dann einfach nicht ins Bett.«

Janette lächelte sie an. »Ja, das kenne ich. Ich werde meine Mädels furchtbar vermissen, wenn wir erst einmal hier wohnen.« Sie legte den Kopf schief. »Soll ich dir schnell mein Make-up leihen?«

Sophie hätte sich beinahe verschluckt. Das letzte Mal, als sie versucht hatte, sich zu schminken, hatte sie danach ausgesehen wie zu Karneval. Sie schaffte es nicht, die Make-up-Ränder unsichtbar und fließend in den Rest des Gesichtes übergehen zu lassen.

Janette hatte bereits ein kleines Döschen aus ihrer Handtasche gezaubert und war schon dabei, mit einem Tupfer das feine Pulver aufzusammeln und Sophie auf die Wangen zu pudern.

»Oh.« Sophie zuckte vor dem etwas aufdringlichen Duft zurück.

»Schon besser.« Janette packte das Döschen weg und drehte Sophie ihrem Spiegelbild zu. »Siehst du? Es gibt nichts, was man mit ein wenig Schminke nicht retten kann.«

Sophie starrte Janette über das Spiegelbild hinweg an. Ob sie selbst bemerkte, was sie da gerade gesagt hatte? Sophie kam sich fremd vor, als sie mit Janette zurück an den Tisch ging. Ihr Großvater und Anton schienen sich gut zu verstehen.

»Ich hab sie wieder mitgebracht«, sagte Janette und präsentierte Sophie wie einen Hauptgewinn auf dem Jahrmarkt.

Der Großvater nickte, ohne wirklich aufzublicken. Anton jedoch hob den Kopf, und seine linke Augenbraue hüpfte einmal nach oben, dann versenkte er seinen Blick schnell auf die Unterlagen vor sich. Sophie wusste, dass es sich um die Bilanzen der Weinstube handelte, in die sich nun auch Janette vertiefte. Ihr Großvater tippte auf sein leeres Glas, und Sophie war froh, eine Aufgabe zu haben. Zottel winselte ihr nach. An der Theke machte sie etwas, was sie noch nie gemacht hatte: Sie schenkte sich ein Glas Wein ein und trank es sofort leer. Umgehend breitete sich der Alkohol in ihrem Körper aus, und Sophie ahnte, dass es keine gute Idee gewesen war. Mit weichen Knien und einer Flasche Müller-Thurgau ging sie zurück an den Tisch und hörte Janette gerade sagen: »Ach, schon ein Jammer, dass Sophie die Weinstube nicht weiterführen will.«

Anton hustete. Sophie schwieg.

»Also, ich für meinen Teil bin mit den Bedingungen einverstanden. Was meinst du dazu, Schatz?«

Sophie stellte sich vor, ihm ein Glas Rotwein über den Kopf zu schütten. Rot würde es von seinen Haaren auf das weiße Hemd tropfen … An ihren Beinen fühlte Sophie etwas Warmes. Zottel. Er schmiegte sich an sie. Dieser dumme Köter. Hau endlich ab, Snoopy, dachte sie und erschrak über ihren geistigen Versprecher.

31

Späte Heimkehr und verpasste Straßen

Harald Sonnbach war noch keine dreizehn, als der Zweite Weltkrieg für beendet erklärt wurde. Er hatte davon gar nicht so richtig etwas mitbekommen, Konstanz war ja ein friedliches Pflaster, aber das viele Reden vom Krieg und vom Hunger hatte ihm Angst bereitet. Er war nicht so wie die anderen Jungs, die Soldaten gespielt und sich gruselige Geschichten von der Front erzählt hatten, die sie selbst zitternd und oft mit auf die Ohren gepressten Händen nachts aufgeschnappt hatten, wenn Väter, Großväter oder Onkel zu Besuch waren. Fronturlaub am Bodensee. Wie konnte man dem »Krieg« sagen, dass man mal eben auf Urlaub war? Der kleine Harry hatte das nicht verstanden. Das Leben hatte den Radius ein wenig verengt, aber für ihn als Kind war er dennoch groß genug. Und zu essen hatten sie auch. Der Garten bot reichlich und lag so versteckt bei der Tante hinterm Haus, dass sie sich vor Plünderungen nicht fürchten mussten.

Harald träumte gern. Er wollte zur See fahren, auf dem großen Meer natürlich, weil das Bootfahren auf dem Bodensee immer so schön gewesen war mit dem Vater. Doch der Vater kam nicht aus dem Krieg zurück, lange wartete die Mutter, hoffte, betete. Die Jahre vergingen, die Großeltern führten die Weinstube, die Mutter kümmerte sich um die Küche, Harald durfte Kind sein. Ein Privileg. Er besuchte eine gute Schule und lernte Sabine kennen. Es waren die fünfziger Jahre, die Menschen fingen an, das Leben zu genießen, die neu gewonnenen Freiheiten, sie kauften Autos und Fernseher und planten Urlaube in Italien.

Harald war ganz berauscht von diesem überschäumenden Glück, in welchem der große Triumph des Lebens über den Schrecken des Krieges mitschwang. Es war wie ein trotziges »Jetzt aber!«. Die Mutter wartete noch immer, wobei das Warten an sich zum unausgesprochenen Ziel geworden war, es war ein Schutz davor, neu anfangen zu müssen. Es war ein Wermutstropfen auf seinem Glück – das Unglück der Mutter. Manchmal betete er abends für den Vater, nicht dass er zurückkam, sondern dass endlich klar wurde, wo er gefallen war, denn dass er noch lebte, daran glaubte Harald nicht mehr.

Schließlich kam die Zeit der Reisen. Sabine war immer an seiner Seite. Sie verabschiedeten sich bei ihren Familien in Konstanz und fuhren einfach los, beide neugierig und mutig genug, die ganze Welt zu erkunden. Keine Sprache, keine Sorge der Eltern, nichts konnte sie aufhalten. Sie tauchten ein in eine Welt, die die Alpträume zweier Kriege und Millionen von Toten hinter sich lassen wollte und mit geöffneten Armen vor ihnen lag. Bestätigten Abenteuer nicht erst recht das Leben? Gaben sie ihm nicht den einen Sinn, nach dem alle sich sehnten? So sehr sehnten, dass es bisweilen schmerzte, wenn man einen Moment innehalten musste.

Doch dann passierte etwas, das Haralds Leben von Grund auf verändern sollte. Mitten in Spanien erreichte ihn die Nachricht der Mutter: »Er ist zurück.«

Wer, dachte Harald, bis ihm sein verschollener Vater einfiel. Mit gemischten Gefühlen, doch auch voll freudiger Neugier verabschiedete er sich von Sabine und versprach ihr, bald zurückzukehren. Tagelang reiste er mit dem Zug quer durch Europa. Erschöpft kam er zu Hause an und stellte sich auf den letzten Metern zum Haus vor, seinem Vater in die Arme zu fallen, doch dort auf dem Sessel im Wohnzimmer saß ein alter Mann mit eingefallenen Wangen, der stumpf vor sich hinstarrte und kaum aufblickte, als sein Sohn eintrat.

Nachts in der Küche lehnte die Mutter an der Ablage, die Arme verschränkt und die Hände fest in die Oberarme gekrallt.

»Er braucht einfach noch Zeit. Er wird wieder der Alte.«

Aber Harald wusste gar nicht, wie der alte Vater gewesen war, es war zu lange her.

Der Vater wurde nicht der Alte. Er blieb wortkarg, mürrisch, abwesend. Er war viel zu dünn und wollte doch nichts essen. Oder konnte nicht. Er hasste Umarmungen und freundliche Worte. Am besten war es, wenn alle um ihn herum schwiegen, denn auch laute Geräusche konnte er nicht ertragen. Sein Kopf schmerzte, die Gliedmaßen ebenfalls. In der Weinstube stand er gedankenverloren am Tresen und starrte vor sich hin, auch wenn die Gäste ihn freundlich riefen, reagierte er manchmal überhaupt nicht. Harald half der Mutter, den Großeltern, die plötzlich nicht mehr fit genug waren, um die Weinstube allein zu betreiben. Die Rückkehr des Vaters wirkte nicht wie ein erleichterndes Geschenk, nicht wie eine Gnade des Schicksals, sondern vielmehr wie das Gegenteil: Unter der Last seiner Anwesenheit verloren die Großeltern ihre Lebensenergie und ihren Mut, die Mutter ihre Liebe und Hoffnung. Verkehrte Welt. Die Tragödie des späten Heimkehrers.

Euch wäre es wohl lieber, ich wäre für immer in diesem Lager geblieben. Oder am besten gefallen.

Wie kannst du so etwas sagen?

Merk ich doch. Ich bin nur eine Last.

Du hast dich verändert.

Ich bin gestorben, verstehst du? Ich bin hundert Mal gestorben dort draußen, und ihr wollt mich lachend zurück.

Ich will meinen Mann zurück. Einen Menschen, einen, der noch leben will.

Lass mich in Ruhe.

Es wurde immer schlimmer. Harald hörte die Mutter oft weinen. Gerade als er beschloss, wieder loszuziehen, um Sabine zu treffen und das Leben zu feiern, erklärten die Großeltern, dass sie nicht mehr konnten. So lange hatten sie die Hoffnung auf die Rückkehr des Sohnes in ihrem Herzen getragen, nur für ihn hatten sie überhaupt die Weinstube am

Laufen gehalten, um jetzt zu sehen, wie er trotz Anwesenheit verloren war. Ein Toter war zurückgekehrt. Sie beschlossen, die Weinstube an ihren Enkel zu überschreiben, an Harald. Harald war wie vor den Kopf gestoßen. Es war keine Frage, sondern eine beschlossene Sache.

Aber Sabine wartet, versuchte er zu erklären.

Er solle aufhören mit seinen Spinnereien und Verantwortung übernehmen, sagten die Großeltern. Das schließlich sei er seinem Vater schuldig.

Schuldig. Harald, der ein Kriegskind war, dessen Vater zwar aus dem Krieg heimgekehrt, aber nicht mehr derselbe war. Harald, der so gern um die Welt reiste. Er war etwas schuldig?

Harald verstand nicht, was da passierte. Die Großmutter weinte, die Mutter weinte, der Vater starrte vor sich hin, der Blick nach dem vierten Schoppen Wein glasig, der Großvater schlug mit der Faust auf den Tisch, sie sollten sich gefälligst alle nicht so anstellen, es gebe schließlich Schlimmeres, als sich ins gemachte Nest setzen zu dürfen.

Harald schrieb Sabine, dass er vorerst nicht mehr reisen könne, sondern in der Weinstube helfen wolle, dass er aber alles daransetze, bald zu ihr zu kommen.

Sabine wartete. Er schrieb wieder und versuchte ihr zu erklären, dass es nicht um ihn, sondern um die Familie gehe.

Aber genau die wollten wir doch gründen, irgendwann, wenn wir die Welt …

Und während Sabine in Schweden unterwegs war, heiratete Harald schließlich Gisela.

Der Vater trank so lange, bis er eines Abends bei einem Spaziergang am Ufer des Bodensees den Halt verlor und ins Wasser fiel. Er wurde erst Tage später wieder aus dem See gefischt. Für einen Moment überlegte Harald, ob das etwas änderte, aber Gisela war eine gute Frau und Sabine eine wunderbare Erinnerung …

»Sabine ist meine Großmutter«, schloss Chrissi ihre Erzählung.

Sophie saß schweigend da, ihre Beine baumelten über dem Rhein, und sie blickten hinüber zur anderen Uferseite. Die Lichter aus dem Lokal und vom Biergarten spiegelten sich im Wasser, das viel zu tief stand, gedämpft waren Stimmen zu hören. Über ihnen prangte ein großer, beinahe runder Mond, unten gurgelte das Wasser und ließ die Boote schaukeln und aneinanderstoßen.

Sie waren an den Rhein gelaufen, Chrissi wollte reden, eigentlich über sich und Olaf, und dann hatte Sophie es doch gewagt zu fragen, was sie schon so lange auf dem Herzen hatte. Die Frage nach der besonderen Verbindung, die sie zwischen Chrissi und dem Großvater zu spüren glaubte. Und plötzlich hatte Chrissi angefangen zu erzählen. Es war weit nach Mitternacht, die Luft schon angenehm abgekühlt, die Flasche Wein geleert.

»Weshalb hat mir niemand davon erzählt?«, fragte Sophie matt.

»Das weiß ich nicht, Sophie«, sagte Chrissi. »Meine Oma hat mir schon vor Jahren davon erzählt, vor vielen Jahren. Ich wusste nicht, was ich dir erzählen soll. Ich meine, das ist die Geschichte deines Großvaters.«

»Er wollte mir offenbar nicht davon erzählen«, stellte Sophie fest und warf einen Olivenkern ins Wasser. Eine Olive war noch übrig. »Willst du?«

Chrissi lehnte dankend ab.

Sophie nahm die letzte Olive und schob sie lange im Mund herum, bis nur noch der Kern übrig war. Den spuckte sie so weit es ging auf den dunklen Rhein hinaus.

»Du warst noch nie gut im Kernweitspucken«, stellte Chrissi lachend fest.

»Ich weiß auch nicht, weshalb, Sebastian war da immer der Profi.«

Chrissi löste ihre Zöpfe und schüttelte die Haare. »Ich hab deinen Großvater nicht allzu oft gesehen in den letzten Jahren, aber jetzt waren wir eben wieder zusammen und kamen ins

Gespräch. Er hat mich gefragt, wo ich überall war, und dann hat er mir gesagt, dass ich ihn an meine Großmutter Sabine erinnere. Ich denke, er war einfach sehr mit der Vergangenheit beschäftigt, seit deine Eltern tot sind.«

Sophie nickte. War sie selbst das nicht auch?

»Vielleicht freut er sich, wenn du ihn einfach mal fragst. Nach seinen Reisen, meine ich.«

»Weißt du, ich kenne ihn vor allem als bestimmend und resolut und meist auch grimmig.«

»Ich finde, dass er in letzter Zeit wesentlich umgänglicher geworden ist.«

»Ja, gewiss.« Sophie sah Chrissi nachdenklich an. »Reist du deshalb so viel?«

»Was meinst du?«

»Wegen deiner Großmutter. Weil sie sich fürs Reisen entschieden hat, anstatt zu meinem Großvater zurückzukehren.«

Chrissi fuhr sich lachend durch die Haare. Es klang verlegen. »Schon möglich. Ich weiß nicht. Uns beide gibt es, weil unsere Großeltern sich gegen ihre große Liebe entschieden haben.« Sie hob die Schultern. »So schlecht war das offenbar nicht, oder?«

»Weil es uns gibt?«

»Na klar.«

»Vielleicht wären wir sonst Schwestern.«

»Und ein wenig anders.« Chrissi lehnte sich an die Freundin. »Ach, Sophie. Manchmal ist das Leben sehr komplex.«

»Auch wenn das jetzt ein bisschen verrückt klingt, ich glaube, die Dinge passieren schon mit einer gewissen Richtigkeit. Wenn ich zurückblicke, ist vieles schlecht gelaufen, aber es hatte doch gute Konsequenzen.« Sophie legte den Arm um Chrissi.

»Zum Beispiel sind wir beide hier und wieder vereint«, sagte Chrissi. »Und wir haben Katrin als Freundin. Und du hast Marlene.«

Sophie nickte. »Ich habe Marlene.«

»Und wir können uns immer noch verlieben. Ich in Olaf und du in Anton.«

»Pah, da hätte ich gern drauf verzichtet«, brummte Sophie.

Chrissi richtete sich auf und drehte Sophie so, dass sie sie ansehen musste. »Sag das nicht, Süße. Es ist wichtig, dass man dieses Gefühl nicht verliert. Katrin sucht danach, jeden Tag und mit jeder Faser ihres Körpers. Und du hast es auch vermisst, das weiß ich. Jetzt war es wieder da, auch wenn es sich nicht erfüllt hat, du kannst es noch fühlen.« Sie umarmte Sophie so plötzlich und heftig, dass Sophie einen Moment brauchte, bis auch sie die Arme um die Freundin schloss.

Als sie die Umarmung lösten und wieder auf den Rhein hinaussahen, fühlte Sophie sich eigenartig beschwingt. Sie wusste nicht, ob es die verspätete Wirkung des Weines oder die Erleichterung darüber war, endlich die Geschichte ihres Großvaters und die Verbindung zu Chrissi aufgeklärt zu haben.

»Aber wenn doch mein Großvater schon am eigenen Leib erlebt hat, wie es ist, wenn man in eine Rolle gedrängt wird, weshalb hat er dann dasselbe mit meinem Vater gemacht?«

Chrissi lächelte. »Vielleicht genau aus diesem Grund. Weil er mit der Zeit erfahren hat, dass Dinge sich gut entwickeln können, auch wenn sie ungünstig starten. Vielleicht weil er seinen Frieden damit gemacht hat.«

Am nächsten Tag besuchte Sophie den Großvater und fragte, ob sie im Büro ihres Vaters ein wenig stöbern dürfe. Sie hatte bislang noch nicht die Kraft gefunden, das Zimmer zu betreten, geschweige denn Schränke zu öffnen und Notizbücher aufzuklappen.

»Es ist das Büro deines Vaters. Du kannst jederzeit dort hinein«, sagte der Großvater freundlich.

Sophie zögerte, dann berührte sie ihn sanft an der Hand. »Danke, Großvater.«

Als sie gerade in dem Zimmer verschwinden wollte, hörte sie ihn noch sagen: »Die Käufer waren nett. Ich denke, wir sollten das machen.«

»Okay.« Sophie schloss schnell die Tür hinter sich. Räume hatten ihren eigenen Duft, und hier roch noch alles nach ihren Eltern. Sie konnte ihren Vater am Schreibtisch sitzen sehen. Alles wirkte unberührt. Auch die Leseecke war unverändert. Ein Rattansofa mit einem hellgelben Polster und einem großen Kelimkissen stand dort, daneben ein kleiner Beistelltisch und eine Stehlampe. Auf dem Tisch lag noch das Buch ihrer Mutter, die gern bei ihrem Mann gesessen und gelesen hatte, um bei ihm zu sein. Sophie sah die Ecke des Lesezeichens aus dem Buch ragen, ein Lesezeichen, das sie als Kind ihrer Mutter gebastelt hatte. Es war längst verblasst und an mehreren Stellen geknickt, das wusste sie, aber es hatte all die Jahrzehnte die Mutter begleitet. Sophie wagte nicht, das Buch anzusehen, das ihre Mutter zuletzt gelesen hatte. Sie wollte dieses Bild nicht zerstören. Sie sah die Mutter mit ihrer Lesebrille auf der Nase und die Beine hochgelegt.

Sophie, was machst du denn hier? Das ist aber eine schöne Überraschung. Komm, setz dich zu mir …

Sie hatte immer offenherzig und einladend gewirkt, nein, unglücklich sah sie nie aus. Obwohl sie so gern gemalt hätte. Die weiße Wolldecke, mit der sich die Mutter gern die Beine zugedeckt hatte, lag auf dem Boden. Leben, einfach zurückgelassen, nicht wissend, dass man nie wieder zurückkehren, dort sitzen und das Buch fertig lesen würde.

Sophie musste sich auf dem Sideboard abstützen. Sie lauschte auf die Schritte vor der Tür, doch es war nichts zu hören. Sie wartete. Die Schritte des Großvaters konnte sie nicht überhört haben. War er noch da? Stand er auf der anderen Seite der Tür oder lehnte gar daran und suchte Halt wie sie selbst? Wieder lauschte sie.

»Sophie?«

Er war tatsächlich noch da. Sacht klopfte er an.

»Alles in Ordnung bei dir?«

Seine Stimme klang für einen Moment wie die des Vaters. Vater und Sohn. Ihr Großvater, ihr Vater. Sophie fühlte sich mit einem Mal klein und verletzlich wie ein Kind. Sie wollte rüber zu dem Sofa rennen und sich in die Arme ihrer Mutter werfen, sie wollte zum Schreibtisch ihres Vaters laufen und einfach losweinen. Aber es blieb nur der Großvater.

»Sophie?«, fragte er wieder.

Langsam drehte sie sich um und öffnete die Tür. Da stand er vor ihr, leicht gebeugt, die Stirn in tiefen Falten, die Augen müde. Sein Mund war leicht schief, bemühte sich aber um ein Lächeln. Hilflos hob er die Schultern. »Es tut mir so leid«, flüsterte er.

Sie stand da und wusste nicht, wohin mit sich und ihren Armen. Der Großvater wirkte groß, obwohl er so eingefallen vor ihr stand.

Er schniefte. »Es tut mir so leid«, wiederholte er und breitete die Arme aus, und Sophie fiel in diese Umarmung, als habe alles in ihr genau darauf gewartet. Sie weinten und hielten sich aneinander fest. Als sie sich beide beruhigt hatten, holte der Großvater die Fotoalben aus dem Regal, und sie setzten sich auf das hellgelbe Sofa. Gemeinsam blätterten sie durch fast hundert Jahre Familiengeschichte der Sonnbachs. Sie sprachen nicht viel, aber sie lachten zusammen, und hin und wieder fiel einem von ihnen zu einem Foto eine Anekdote ein.

Schusselchen Sophie kopfüber in einem Goldfischteich.

Die Eltern auf ihrer Vespa, der Vater glücklich, die Mutter eher ängstlich.

Die Großeltern auf dem Fahrrad.

Gisela mit einem großen Verband am Arm nach einem Fahrradunfall.

Barbara und Hans inmitten der Weinberge.

Ein Familienfoto mit Snoopy.

Sophie und Sebastian beim Ostereiersuchen im Garten.

Sebastian als Pirat, Sophie als Rotkäppchen, der Vater als Wolf.

Der siebzigste Geburtstag des Großvaters auf der Reichenau.

Stationen eines erfüllten Lebens.

»Nimm die Alben mit, wenn du möchtest.« Der Großvater legte sich den rechten Zeigefinger an die Stirn. »Ich hab alles hier drinnen.« Er nickte Sophie zu. »Daher ist es auch nicht wichtig, die Tradition weiterzuführen, Sophie. Die Weinstube Sonnbach war lange genug Teil unseres Lebens.«

Sophie taumelte durch Konstanz, als hätte sie sich verlaufen. Alles kam ihr neu und fremd oder größer und verändert vor. Zweimal bog sie falsch ab, und dann, Marlene auf dem Fahrradsitz, sie selbst das Rad schiebend, musste sie an einer Kreuzung überlegen, wohin es nach Hause ging.

»Was ist denn los, Mama? Wurden die Straßen durcheinandergewürfelt?«

»Nicht frech werden, Kind.«

»Ich bin nicht dein Kind, ich bin dein Fusselwüffchen.«

»Marlene, wir haben doch geklärt, dass es Fusselwüffchen nur zu Hause gibt.«

»Also, Mama, wir sind hier allein unterwegs, nur du und ich, das ist doch wie zu Hause, oder?«

Sophie seufzte. Man konnte nicht mit Kindern diskutieren, das dauerte immer viel zu lang. »Stimmt.«

»Fusselwüffchen, Fusselwüffchen-Mama und Fusselwüffchen-Fahrrad.«

»Puh, ich erfinde gleich eine Geschichte, in der alle Fusselwüffchen aufgegessen werden – mit schön viel Eis und Sahne.«

Zunächst verfinsterte sich Marlenes Blick, dann aber hellte er sich auf. »Wir nehmen nur das Eis, und ich verspreche, dass die Fussels sich jetzt schlafen legen, ist das ein Vorschläger?«

»Vorschlag immer noch, aber na gut.«

»Oh«, sagte Marlene. »Wir müssen schon zur Arbeit?«

Sophie sah überrascht auf. Sie war, ohne es zu wollen, zur Weinstube gelaufen.

32

Zottel

Sie rannte, als ginge es um ihr Leben, dabei ging es nur um einen hässlichen, zotteligen Hund, der ihr immer über die Hände leckte und sie so ansah, dass sie …

Es ist nur ein Hund, sagte sich Sophie.

Ein Hund bellt viel, ist übermütig und riecht streng, wenn er nass ist.

Sie rannte noch schneller. Das Wasser brandete ans Ufer und schlug gefährlich hoch. »Zottel!«, rief sie. Ihre Stimme klang bereits heiser. »Zottel, bleib stehen! Du dummer Hund!«

Tränen liefen ihr übers Gesicht. Es schmeckte salzig. Nicht zum ersten Mal an diesem Nachmittag donnerte es. Bald würde es regnen, das war sicher.

Bitte, Zottel, bleib stehen, süßer, lieber Zottel, du magst doch kein Gewitter!

Der Sturm schmeckte schon nach Regen. Sophie stolperte über eine Wurzel, sah, dass sie bereits das Hörnle erreicht hatte, und rannte unbeirrt weiter.

»Sophie!«, klang es hinter ihr.

Über ihr grollte der Himmel. Wütend klang es, und Sophie spürte, dass dieses zornige Donnern sie mitnahm wie eine Einladung, als wäre das Gewitter auch in ihr und nicht nur irgendwo über dem Bodensee, wo es sich so gern sammelte in den heißen Tagen, um dann mit geballter Kraft an Land zu jagen, Wellen und hilflose Vögel vor sich hertreibend.

Zottel, bitte, bitte, bitte, bitte halte an.

Dicke graue Wolken bauten sich vor Sophie auf, atmeten den See ein und aus, spielten mit den Segelbooten, die zu lange auf dem See geblieben waren. Wie kleine Nussschalen hüpften sie nun auf den Wellen hin und her.

»Zottel!«, rief sie erneut, allmählich wütend, dass er sie einfach ignorierte.

»Sophie, warte …« Seine Stimme verschwand im Tosen des Windes. Gut so, sie wollte nicht hören, was Anton ihr zu sagen hatte. Sie wollte überhaupt nichts mehr hören von ihm. Weshalb war Zottel ausgerechnet hier davongerannt? *Dieser blöde Köter!*

»Sophie, zum Kuckuck, halt endlich an!«

Seine Stimme klang jetzt sehr energisch. Was bildete der sich ein? Sie hatte einfach an der Uferpromenade spazieren gehen wollen und rannte gerade um ihr Leben, und der schnauzte sie auch noch an?

»Zooooottel!«, keuchte sie und musste Atem schöpfen. Sie sprintete seit Minuten dem Hund hinterher, nachdem dieser unerwartet an ihr vorbeigerannt war und einer Katze hinterherjagte, diese aber verlor. Ein gewaltiger Donner hatte ihn dann derart aufgeschreckt, dass er jaulend weitergerannt war. Kurzerhand hatte Sophie, Anton ein Stück voraus, die Verfolgung aufgenommen.

Endlich konnte sie Zottel sehen. Desorientiert sah er sich um, bellte und bog schließlich vom Seeweg ab. Er hört uns nicht, der Wind, der Donner, er hört uns nicht, schoss es Sophie durch den Kopf. »Er läuft Richtung Straße«, sagte Sophie und dann, lauter, zu Anton: »Er läuft zur Straße!« Sie rannte weiter. »Snoopy, wenn du jetzt nicht …«

Ihre Drohung verlor sich im Sturm, der kraftvoll vom See über das Ufer blies. Anton hatte sie beinahe eingeholt und rief ebenfalls gegen den Sturm an. Sie hörte seine Verzweiflung, und sie spürte den Regen auf ihrer Haut und in ihrem Gesicht. Plötzlich hörten sie ein Quietschen, dann ein Jaulen, dann war es still.

Abrupt blieben sie stehen. Anton war jetzt auf gleicher Höhe mit ihr. »Snoopy«, presste Sophie mühsam hervor. Sie spürte einen unüberwindbaren Kloß in ihrem Hals, ihr Herz krampfte sich zusammen. »Zottel!«, schrie sie panisch und rannte zur Eichhornstraße hoch. Anton lief jetzt neben ihr, rief ebenfalls nach dem grauen Hund, und auch seine Stimme verriet Panik.

Sie wusste, dass hinter der nächsten Biegung eine Straße war, die Autos sollten dort nicht allzu schnell fahren, und doch hatte sie deutlich das Quietschen von Reifen und das Jaulen eines Hundes gehört. Vor ihrem inneren Auge sah sie den grauen Hund auf der Straße liegen, sah einen Blinker, einen verzweifelten Autofahrer, der sich die Hände vors Gesicht hielt. Bitte nicht, dachte sie, bitte nicht. *Zottel, es tut mir so leid.*

Sie erreichten die Straße gleichzeitig. Kein Auto war zu sehen. *Er ist einfach weitergefahren und hat Zottel liegen gelassen …*

»Wo ist er?« Anton sah sich um, rief wieder den Namen, und auch Sophie suchte hektisch die Straßenränder ab.

Ein heftiger Platzregen ergoss sich auf sie. Da standen sie mitten auf der Landstraße, rings um sie herum tosender Regen, die Kleidung längst durchnässt.

»Wenn das Auto ihn erwischt hätte, dann läge er doch irgendwo, oder?«, stammelte sie.

»Gewiss, Sophie.« Er griff nach ihrem Arm.

»Lass mich.« Sophie zog ihren Arm aus seiner Umklammerung. »Ich such jetzt diesen Hund, mach du, was du willst.« Sie lief zur anderen Straßenseite. »Zottel, komm, wir schimpfen auch nicht.« Brombeerranken schnitten ihr in Arme und Beine. Brennnesseln verbrannten ihre Haut. Keine Spur von Zottel. Sie kehrte auf die Straße zurück, wo Anton stand, die Arme hilflos neben seinem Körper.

So schnell der Platzregen gekommen war, so schnell hörte er auch wieder auf. Die Sonne kam zum Vorschein und ließ den Asphalt dampfen. Plötzlich hörten sie ein energisches Bellen. Und da kam er aus der Brombeerhecke hervorgekrochen, schüttelte sich einmal und stand dann vor ihnen, den Kopf leicht schräg gelegt, ein Ohr in die Höhe gereckt und mit diesem kecken Grinsen um die Schnauze. Ein Bellen, das klang, als würde er sagen: Und? Hat doch Spaß gemacht, oder?

»Zottel!«, rief Sophie erleichtert. Sie kniete sich hin und untersuchte den Hund auf Verletzungen. Er missdeutete es als Streicheln und brummelte selig. Schließlich umarmte Sophie den zotteligen Hund, der nach Regen roch und ein paar Blätter und Zweige im Fell hatte, aber sonst unverletzt war. »Oh, Zottel«, sagte sie und küsste ihn auf die Nase. Sie, die eigentlich überhaupt keine Hunde mochte, vergrub ihr Gesicht in seinem Fell und fand, dass es ganz wunderbar duftete. Wenn ihr das vor neun Monaten jemand erzählt hätte, dann hätte sie denjenigen für verrückt erklärt. Überhaupt, wenn ihr das alles jemand prophezeit hätte …

Sie hielt Zottel am Halsband, nahm Anton die Leine ab und machte Zottel fest. Anschließend küsste sie den Hund noch einmal und stand dann entschlossen auf. Sie reichte Anton die Hundeleine. »Hier«, sagte sie und bemühte sich, ihre zitternde Stimme zu verbergen.

Sie standen mitten auf der Straße, um sie herum dampfte und zwitscherte es, und zwischen ihnen saß Zottel. Über ihnen klopfte ein Specht beharrlich gegen einen Baumstamm. Die Natur atmete auf, erfüllt von neuem Leben, dankbar für die Abkühlung.

Das Wasser lief Sophie in Bächen über das Gesicht. Anton hob die Hand und wischte ihr über die Wangen, wo sich der Regen mit Tränen gemischt hatte. »Danke«, flüsterte er und kam näher an ihr Gesicht.

Sie spürte seinen Atem auf ihrer Haut und hatte nicht die Kraft, sich zu wehren. Sein Mund berührte ihre Stirn, setzte ab und …

Sophie machte einen entschlossenen Schritt von Anton weg. »Pass nächstes Mal besser auf ihn auf.«

Anton wischte sich den Regen aus dem Gesicht. »Wer ist denn eigentlich Snoopy?«

»Bitte was?«

»Du hast nach Snoopy gerufen. Zwei- oder dreimal hast du Snoopy gerufen.«

Sophie stand ganz steif da. Sie sah zu Zottel, der erwartungsvoll hechelte. *Snoopy.* Hatte sie wirklich nach Snoopy gerufen? Nach all den Jahren?

»Ist er der Grund, dass du keine Hunde magst?«

Ausgerechnet, dachte Sophie wütend, ausgerechnet Anton wollte jetzt mit ihr über Snoopy reden?

Anton griff nach ihrem Arm. »Sophie, wir haben alle unsere Gründe, und die Dinge sind nicht immer nur schwarz oder weiß. Wirklich, ich wollte das alles nicht.«

33
Sophie schwimmt sich frei

»Der hat vielleicht Nerven«, wetterte Katrin und hielt sich mit beiden Händen an dem Kaffee fest, den Sophie ihr bereitet hatte. Sophie hatte ein Handtuch über die Schulter gelegt und lehnte an der Arbeitsplatte ihrer Küche. Das Holz müsste mal wieder geölt werden, dachte sie. Sie hatte Anton und Zottel stehen lassen und war zum nächsten Bus gerannt. Pitschnass war sie zu Hause angekommen, um dort vor der Tür auf Katrin zu treffen, die bei ihr vor dem Regen Unterschlupf suchen wollte und nun auch komplett durchnässt war.

»Und er wollte dich tatsächlich küssen?« Katrin trank einen Schluck. »Himmel, was ein Wolkenbruch. So nass war ich ewig nicht mehr. Wo ist denn Marlene?«

»Bei einer Freundin. Die Mutter hat sie mit dem Auto abgeholt.«

»Okay.«

Der Kaffee war weiter durchgelaufen, und Sophie schenkte sich auch einen Becher ein. Sie setzte sich Katrin gegenüber und rubbelte ihre Haare trocken. »Es war verdammt schwierig, ihn nicht zu küssen. Oder ihm eine runterzuhauen.«

»Oder beides vermutlich.« Katrin zog eine Schnute. »Ach, Süße, das ist echt nicht fair. Tut mir leid. Und immer diese Nummer mit dem Hund, das glaubt ihm doch keiner, oder?«

Sophie wiegte den Kopf hin und her. »Ich weiß nicht, Zottel ist halt ausgebüxt. Dass er mich gefunden hat, war vielleicht wirklich Zufall.«

Katrin sah Sophie durchdringend an. »Du glaubst auch an den Weihnachtsmann, oder?«

Sophie zog eine Grimasse und verdrehte die Augen. »Nur manchmal.«

Katrin grinste. »Okay, hat ja gelegentlich auch was für sich. Trotzdem: Lass dich nicht von so einer Nummer in die Enge treiben. Außerdem magst du keine Hunde.« Katrin blieb streng. »Der soll dich einfach in Ruhe lassen.«

Sophie sah Katrin mit schief gelegtem Kopf an. »Sag mal, hast du mir kürzlich nicht noch geraten, mich mit ihm zu treffen und auszusprechen?«

Katrin hob lehrmeisterhaft den Zeigefinger. »Moment, das sind zwei verschiedene Dinge. Aussprechen ja, romantische Annäherung würde ich nicht empfehlen.«

Es fiel Sophie schwer, diesen Moment im Regen einfach wegzuwischen, als jener schlimme Tag aus ihrer Kindheit in die Gegenwart gespült worden war und die Angst um Zottel sich in Erleichterung verwandelt hatte. Als ihre Gesichter sich berührt hatten – liebend gern wäre sie Anton um den Hals gefallen, hätte ihn geküsst, den Regen auf seiner Haut geschmeckt.

»Wie geht es nun weiter?«, fragte Katrin.

Sophie zuckte die Schultern. »Die heiraten, und ich versteck mich.«

Katrin starrte sie mit offenem Mund an. »Weshalb solltest du dich verstecken?«

Sophie versenkte ihren Blick in dem schwarzen Kaffee vor sich. »Ich hab mich komplett blamiert.«

»Wie kommst du denn darauf?«, fragte Katrin verwundert. »Er hat sich wie ein Idiot benommen. Weshalb solltest du dich blamiert haben?«

»Ich hab da einfach zu viel reininterpretiert. Das mache ich immer.«

»Ich denke nicht, dass du dich sehr geirrt hast. Manchmal sind die Lebensumstände einfach gegen einen.« Katrin atmete tief ein und aus. Anschließend strich sie Sophie behutsam eine nasse Strähne aus dem Gesicht. »Wirst sehen, es kommt alles in Ordnung.«

»Ich dachte, er wäre was Besonderes.«

Katrin lachte. »Er war ja auch was Besonderes.«

»Bitte?«

»Na, besonders unverfroren!«

Sophie musste nun doch auch lachen. Pitschnass wie ein begossener Pudel saß sie in ihrer Küche, sah die Tropfen über Katrins Gesicht laufen, zwei Wasserflecke, die sich auf dem Boden sammelten, und zwei dampfende Tassen zwischen ihnen auf dem Tisch – sie gaben bestimmt ein hoffnungsloses Bild ab. Aber Lachen tat gut, und so lachten sie beide, Sophie über ihren Kummer mit Anton und Katrin wohl wie immer über ihren grundsätzlichen.

»Du hast es doch gut, Sophie. Irgendwann wirst du dich wieder verlieben.«

»Du doch bestimmt auch. Immerhin gibt es bei dir immer Bewerber«, meinte Sophie heiter, aber ihre Freundin war wieder ernst geworden.

»Der Unterschied zwischen uns beiden ist, dass ich es nicht mehr will, du schon. Ich hab einfach keinen Platz mehr in meinem Herzen.« Sie zwinkerte. »Außer natürlich für deinen Bruder irgendwann.«

In der Weinstube herrschte Tumult. Sophie hörte es schon, als sie die Treppe vom Keller nach oben kam, konnte das Stimmengewirr aber nicht so richtig zuordnen. Ihr Koch stand im Flur und blickte ebenfalls in den Gästeraum.

»Was ist denn los?«, raunte Sophie ihm zu.

»Sieht nach Party aus«, erwiderte er und lief zurück in die Küche.

Sophie sah, dass etliche Leute standen und ihre Gläser hochhoben. Sie stimmten ein Trinklied an und schmetterten dann noch ein dreifaches Hoch auf den Jubilar, der an der Stirnseite des Tisches saß, ein Mann, ungefähr Mitte fünfzig, der jetzt mit den Händen beschwichtigende Zeichen gab.

Die anderen Gäste hatten teilweise mit eingestimmt und nickten jetzt dem Geburtstagskind zu.

»Frau Sonnbach, setzen Sie sich doch zu uns«, forderte der Mann sie auf. »Wir singen ab sofort auch nicht mehr, versprochen.« Er lächelte sie entwaffnend an. Durchaus sympathisch.

»Was feiern Sie denn? Also, ich meine, welchen Geburtstag?«

»Nicht doch. Ich fürchte, ich sehe älter …«, er schlug sich mit der Hand gegen die Stirn, »nein, so ist es falsch herum. Ich fürchte, ich bin älter, als ich aussehe.«

»Dann ist es ja kein Problem.« Sophie hielt die beiden Weinflaschen in die Höhe, die sie aus dem Keller geholt hatte. »Ich muss mal weiterarbeiten.«

»Kommen Sie noch auf ein Glas zu uns an den Tisch? Ich werde meine Freunde auch mäßigen, ehrlich. Sie sind natürlich eingeladen.«

Sophie legte den Kopf schief. »Mal sehen. Es ist einiges los. Aber ein Glas geht bestimmt.«

Der Mann nickte. Er hatte grau melierte Haare und glatt rasierte Haut. Er roch gut nach einer Meeresbrise und trug ein helles Jackett über einer Jeans.

Sophie sah während des ganzen Abends immer wieder zu ihm hin, und er prostete ihr zu. Noch zweimal wiederholte er seine Einladung, beim dritten Mal gab sie nach und setzte sich mit einem Glas dazu. Es war halb elf, und das Lokal leerte sich allmählich. Er hieß Holger, war bei einer Bank beschäftigt, sagte aber, dass er auf gar keinen Fall als langweiliger Banker rüberkommen wolle. Er war lustig, unterhaltsam, hatte nette Freunde, wenngleich ein wenig zu laut. Er sah gut aus, war nicht aufdringlich, aber eindeutig. Sophie ließ sich hinreißen und flirtete mit Holger, trank noch ein Glas Wein, verabschiedete einen Freund von Holger nach dem anderen und saß zu guter Letzt mit ihm allein unter der Kastanie im Garten.

»Wer hätte das gedacht, dass mein Geburtstag doch so schön endet?«

»Glückwunsch übrigens.«

Er grinste breit. »Zu spät, Sophie, der Tag ist schon vorbei.«

»Nein, Glückwunsch zur guten Restaurantwahl«, sagte Sophie lachend und trank noch einen Schluck. Sie war angeheitert genug, um souverän zu sein.

»Am liebsten würde ich dich jetzt küssen«, sagte Holger.

Sophie drehte sich zur Seite, fühlte noch dem letzten Schluck Wein nach und hob kurz die Augenbrauen. »Und was hält dich davon ab?«

Der schöne Mann mit den grauen Schläfen beugte sich nach vorne und küsste Sophie auf den Mund. Gerade als sie zurückküssen wollte, hörte sie ihren Namen durch den Garten hallen.

»Sophie!«

Sophie zuckte zusammen und fuhr herum. Sie kannte die Stimme, aber sie konnte es nicht glauben.

»Was machst du hier?«, fragte sie.

»Das könnte ich dich fragen.« Anton bändigte Zottel, der schon wieder losrennen wollte.

»Moment, ist das hier dein Freund?«, fragte Holger.

Sophie sah zu ihm und schüttelte vehement den Kopf.

»Hau ab, Anton. Das geht dich nichts an.« Sie drehte sich wieder zu Holger. »Vergiss ihn.« Dann beugte sie sich vor und küsste Holger, doch Anton kam zu ihnen herüber und baute sich vor ihnen auf. Zottel knurrte, und Holger nahm Abstand.

»Sei mir nicht böse«, sagte er, »aber was auch immer das hier ist«, er wedelte mit der Hand zwischen Sophie und Anton hin und her, »ich will da keinen Stress. Ich komm einfach mal wieder vorbei, okay?«

Sophie dachte, sie müsste explodieren. »Anton, kannst du mich nicht einfach in Ruhe lassen? Und Holger, bitte bleib hier.«

Doch Holger stand bereits, hängte sich sein Jackett über die Schulter und warf Sophie eine Kusshand zu. Als er draußen war, breitete Sophie die Arme aus. »Was soll das, Anton? Spinnst du?«

»Du willst die Weinstube verkaufen und angelst dir einen x-beliebigen Typen?«

»Ich glaube, ich bin im falschen Film. Du hast mir deine Verlobte verschwiegen. Und jetzt kauft diese Verlobte meine Weinstube. Und du vermasselst mir ein Date.«

»Ein Date? Dass ich nicht lache. Der Typ hat hier Geburtstag …« Anton biss sich auf die Lippen.

Sophie stutzte. »Woher weißt du das denn?«

Er winkte ab. »Hab ich eben gesehen.«

»Du lungerst vor meiner Tür herum?«

»Himmel, Sophie, ich muss unbedingt mit dir reden, und ans Telefon gehst du ja nicht mehr.«

»Dann überleg mal, weshalb.«

Er ließ den Kopf hängen. Dann löste er Zottel von der Leine, der sofort zu Sophie sprang und sich an ihre Beine warf. »Er wollte sich bedanken für heute Nachmittag. Und ich auch. Können wir jetzt einfach mal miteinander reden? Bitte.«

»Prima. Kommt Janette auch noch? Oder ist die Schminke ausgegangen?«

Anton zog eine Schnute, dann musste er lauthals loslachen. Auch Sophie musste lachen. Sie war eigentlich nicht so, sie flippte nicht aus, sie war nicht streitsüchtig, nicht zickig und schon gar nicht bösartig.

»Bekomme ich einen Wein?«, fragte er.

Sophie holte tief Luft. »Lässt du mich dann in Ruhe?«

Anton und Janette waren seit einer gefühlten Ewigkeit ein Paar. Im Studium hatten sie sich auf einer Party kennengelernt und ineinander verliebt, doch Anton hatte ein Geheimnis, von dem er auch Sophie nicht erzählt hatte. Er litt an einer Erbkrankheit, die von Geburt an seine Nieren schädigte, sodass er schon in jungen Jahren zunächst an die Dialyse musste und dann auf ein Spenderorgan angewiesen war. Durch die Medikamente, die er fortan nehmen musste, war ausgeschlossen, dass er und Janette Kinder haben würden. Janette blieb dennoch bei ihm. Sie blieb auch, als das Spenderorgan seinen Dienst versagte und Anton erneut auf die Dialyse angewiesen war. Zwei lange Jahre begleitete sie ihn, erlebte die dunklen Seiten der Dialysezeit, die vor allem eine Abhängigkeit schuf, an der Anton beinahe gescheitert wäre.

Das Leben war eingeteilt in Dialysezeiten, drei Tage der Woche fielen einfach komplett aus. Verreisen war nur möglich, wenn auch eine Dialysestation am Urlaubsort war. Alles war kompliziert. Janette bot irgendwann sogar an, ihm eine Niere zu spenden. Anton wollte das nicht, wollte nicht in diese weitere Abhängigkeit geraten, denn sein Leben war ohnehin schon zu einer Belastungsprobe für ihn und sie geworden.

Dann endlich der rettende Anruf, ein Organ war gefunden. Janette begleitete ihn, wachte an seinem Krankenbett, spendete Trost und Zuversicht, als der Körper sich zunächst heftig wehrte, und kehrte schließlich mit ihm in ein normales Leben zurück – nach zwei Jahren. Das war mittlerweile ein Jahr her.

Sophie hörte still zu, nippte zwischendurch an ihrem Weinglas und widerstand nur schwer dem Impuls, nach Antons Hand zu greifen.

»Wir waren getrennt, als ich mich in Konstanz nach einer neuen Wohnung umgesehen habe. Wir haben einfach gemerkt, dass wir vor allem in der schwierigen Zeit funktioniert haben. Wir hatten ein gemeinsames Ziel.«

»Dich wieder auf die Beine zu bekommen?«, fragte Sophie leise.

»Zu überleben, ja.«

Sophie senkte den Blick. Sie hatte keine Ahnung von Dialyse und Transplantationen, sie hatte mal einen Spielfilm über einen Mann gesehen, dem ein Herz transplantiert worden war, aber an viel konnte sie sich nicht erinnern. »Das ist bestimmt nicht leicht, wenn man darauf warten muss, dass ein anderer Mensch stirbt.«

Anton sah ihr tief in die Augen, dann schüttelte er sacht den Kopf. »Nein, wahrlich nicht. Es ist auch weit entfernt von Freude, so erleichtert man auch ist, wenn man dann ein neues

Organ erhält. Jedes Jahr habe ich dreimal Geburtstag, doch zweimal trauert eine andere Familie.«

»Das verstehe ich«, sagte Sophie und spürte, wie das Blut durch ihren Körper jagte. Es war eine unerwartete Wendung, eine, die sie kalt erwischt hatte. »Ihr habt also gemeinsam für deine Gesundheit gekämpft? Aber –«

»Weshalb sie jetzt hier ist, wenn wir uns doch getrennt haben?«

Sophie zuckte die Schultern. »Na ja, ich …« Sie hielt den Gedanken zurück, entschied dann aber, dass sie mutig sein sollte. »Ich habe mich in dich verliebt, Anton. Und das ist mir schon sehr lange nicht mehr passiert. Und ich dachte, dass … Weshalb bist du zurück zu ihr?«

Anton ließ den Kopf hängen. »Ich weiß auch nicht.«

»Du weißt auch nicht?«

»Ich hab mich auch in dich verliebt, Sophie. Ich hab mich in dich und deine Tochter verliebt. Wie Zottel. Als wir dort in der Schweiz bei der Kapelle auf der Picknickdecke lagen und Marlene und Zottel nebeneinandersaßen, da meinte ich, was ich gesagt habe.«

»Wie eine Familie«, zitierte Sophie.

»Genau, wie eine Familie. Das fühlte sich so *richtig*, so echt an. Ich dachte in diesem Moment, dass ich mir nichts anderes wünsche.«

Sophie meinte mit einem Mal zu wissen, dass dies kein gutes Ende nehmen würde. Er war so nah, zum Greifen nah, der Mann, den sie liebte, und dabei so verletzlich. Die gemeinsame Zukunft war so naheliegend und gleichzeitig so unerreichbar. Sophie wusste, worauf das Gespräch hinauslief, sie konnte es an Antons wehmütigem und verzweifeltem Ton hören. »Und dann? Was ist dann passiert, Anton?«

»Wir haben uns getroffen, um die gemeinsame Wohnung in Düsseldorf aufzulösen. Wir haben da schon eine Weile nicht gewohnt, also ich nicht. Alles war eigentlich klar, es musste nur noch abschließend geregelt werden. Wir standen dort inmitten der Kartons und entdeckten, dass die Fotowand noch so hing wie immer. Keiner von uns hatte die Fotos abgenommen und eingepackt.« Anton ließ wieder den Kopf hängen und atmete tief ein und aus. »Ich verstehe es selbst nicht, Sophie. Es war wie eine Welle, von der wir mitgerissen wurden. Zuletzt haben wir ein Bild abgenommen, das uns zusammen zeigte vor meiner zweiten Transplantation. Ich sah schlimm aus, verzweifelt, erschöpft, und doch hatte ich Janette im Arm, die mich liebevoll anlächelte.«

Sophie nickte. »Du fühlst dich verpflichtet?«, fragte sie matt.

»Nein«, sagte Anton, ohne zu zögern. »Das ist es nicht allein, Sophie. Uns verbindet eine lange Zeit, und auf eine gewisse Art liebe ich sie auch.«

Und über uns ist ein Sternenhimmel, dachte Sophie traurig.

»Es tut mir leid, Sophie. Janette hat gesagt, sie will mich nicht verlieren, und sie will unbedingt auch die guten Zeiten so richtig genießen mit mir. Nach all den harten Jahren. Und ja, das bin ich ihr doch schuldig, oder nicht?«

Sophie starrte ihn an. »Schuldig«, wiederholte sie und spürte einen schweren, kalten Klumpen im Magen. Sie hatte das Gefühl, von diesem Wort verfolgt zu werden. Was war man anderen Menschen schuldig? War sie ihrem Großvater etwas schuldig? War Anton seiner zukünftigen Frau etwas schuldig?

»Sophie?«

Sophie hob die linke Schulter kurz an. Zu mehr fühlte sie sich gar nicht in der Lage.

»Sophie, es tut mir wirklich leid, aber ich wollte wenigstens, dass du weißt, dass alles ehrlich gemeint war, dass du dir nichts eingebildet hast und ich auch nicht mit dir gespielt habe.« Er legte seine Hände auf ihre Schulter und drehte sie so, dass sie ihn ansehen musste. »Sophie, alles war so, wie es sich angefühlt hat. Und ich werde das nie vergessen.«

Sophie blies die Luft hörbar aus. Die Trauer wollte sich in Wut verwandeln, Wut auf das Schicksal und diesen Moment hier.

»Bitte, sei mir nicht böse. Ich kann Janette nicht wegschicken.« Anton hielt kurz inne. »Nicht nach allem, was war.« Er griff nach Sophies Hand. »Hast du eine Vorstellung davon, was das alles für eine Beziehung bedeutet?«

»Nein, du hast ja nie etwas erzählt von dir.«

»Das stimmt, Sophie. Es ist auch nicht ganz leicht, jemanden kennenzulernen und erst einmal so ein schweres Thema anzuschneiden. Vor allem wenn ein Kind im Spiel ist. Ich bin alle drei Monate bei der Kontrolle. Eine Niere kann zwei Jahre halten oder eben sechzehn wie meine erste. Wenn sich die Werte verschlechtern, dann kann man mit einer Chemo dagegensteuern, um dann ein wenig später an der Dialyse zu landen. Das Leben, aber auch der ganze Körper verändert sich. Meine Medikamente, die das Immunsystem drosseln, sorgen für ein exponentiell höheres Krebsrisiko, also habe ich regelmäßig bösartige Tumore, und, zack, muss ich wieder operiert werden. Das ist kein Thema für die ersten Treffen.«

Sophie schluckte gegen die Tränen an, doch sie begannen dennoch, über ihre Wangen zu laufen.

»Ach, Sophie«, sagte Anton und nahm sie in die Arme.

Als Sophie sich wieder beruhigt hatte, zog Anton ein Taschentuch aus seiner Jackentasche und reichte es ihr. Zottel saß unschlüssig vor ihnen und sah sie abwechselnd an. Sophie beugte sich vor und streichelte ihm zaghaft über den Kopf. Zottel machte ein Gesicht, als hätte er den Hauptgewinn erhalten.

»Ach, Sophie«, sagte Anton noch einmal, dann fügte er hinzu: »Du musst mir etwas versprechen.«

»Was denn?«

»Finde heraus, was dich glücklich macht, und dann halte es fest.«

34

Das Leben geht weiter

»Oh Gott, ich bin ja so aufgeregt!« Katrin tigerte durch die Küche, wischte hier ein paar Krümel vom Tisch, stellte dort die Flaschen ordentlich an den Rand und prüfte ihre Frisur. »Seh ich okay aus?«

»Wir gehen zu einer Einschulung«, erwiderte Chrissi in ihrem ruhigen Singsang. »Ich weiß gar nicht, weshalb du so aus dem Häuschen bist.«

»Na, hör mal, unser einziges Kind wird heute eingeschult, das ist schon eine große Sache, findest du nicht?«

Chrissi zuckte mit den Schultern und startete eine neue Atemübung. »Du musst dich unbedingt mal locker machen.«

Katrin stemmte die Hände in die Hüften. »Ich will mich überhaupt nicht locker machen. Marlene ist für mich Familie und –«

»Was ist mit mir?« Marlene kam in die Küche gestürmt, eine große Schultüte in der Hand und einen Sonnenhut auf dem Kopf. Dazu ein rosa geblümtes Kleid und einen langen Zopf. Der personifizierte Sonnenschein.

Katrin ging auf sie zu und nahm sie in den Arm. »Du bist meine Familie, so wie deine Mama, daher bin ich heute mindestens genauso aufgeregt wie sie.« Sie gab Marlene einen Kuss auf die Stirn.

Marlene strahlte, wischte aber dennoch mit dem Handrücken über die geküsste Stelle. »Erwachsene küssen immer viel zu nass«, kommentierte sie und lief zu Chrissi an den Esstisch. »So ein Band im Haar fänd ich auch schön.«

Chrissi verschränkte triumphierend die Arme. »Siehste? Wir hätten ihr doch ein Stirnband umbinden sollen.«

»Untersteh dich!« Sophie war hereingekommen und sah

hektisch zur Uhr über dem Tisch. »Wir müssten dann mal los. Himmel, hat jemand mein Handy gesehen?«

Katrin lief die Arbeitsplatte der Küche entlang und fischte das Handy aus dem Obstkorb, wo sie es samt Ladekabel gebunkert hatte, um zu wischen. Sophie verfolgte den zielsicheren Handgriff und stieß einen Pfiff aus.

»Na, sapperlot, da hätte ich garantiert nicht gesucht.«

Katrin seufzte. »Daher bin ich ja die Ordentliche bei uns.«

»Halleluja«, lobte Chrissi.

»Mama, könnten wir dann jetzt?«

Marlenes Grundschule lag mitten in der Altstadt am Stephansplatz, wo auch zweimal die Woche der Wochenmarkt stattfand – welch günstige Fügung für Sophie.

»Das Schulgebäude geht übrigens zurück auf ein Franziskanerkloster aus dem 13. Jahrhundert«, erklärte Katrin. »Wir müssen uns das mal in Ruhe ansehen. Da gibt es noch ein paar Relikte aus der alten Zeit wie eine Spitzbogenarkade und die Stuckdecken im Musiksaal. Das wird schön, wenn Marlene dort ihren ersten Gesangsauftritt hat.« Sie und Marlene kicherten.

»Schön, wenn ihr Pläne habt«, sagte Sophie schmunzelnd, während Katrin und ihre Tochter Grimassen zogen. »Ihr seid solche Quatschköpfe.«

Zwei Kinder kannte Marlene bereits aus dem Kindergarten, auch das ein Vorteil. Sie war allerdings aufgeschlossen und selbstbewusst genug, um schnell mit anderen Kindern in Kontakt zu kommen. Sie strahlte den ganzen Tag und hielt sowohl Sophie als auch Katrin an der Hand, als sie das erste Mal ihr neues Klassenzimmer betrat. Die Lehrerin, eine Frau Ines Görtz, begrüßte die Kinder und die Eltern, blieb mit ihrem Blick dann einen Moment an Sophie, Katrin und Chrissi hängen und an deren türkisfarbenem Stirnband und fügte noch »Angehörige« hinzu. Sie lächelte dabei, und Sophie lächelte zurück.

Die Einschulung an sich, die aus der Begrüßung durch die Lehrerin, ein paar grundlegenden Informationen und einem Namensspiel bestand, war vergleichsweise unaufgeregt. Gemeinsam lief man noch in die Kirche, wo ein Gottesdienst stattfand. Katrin weinte ungeniert, während Sophie und Chrissi lachten. Insgeheim aber hatte auch Sophie zu kämpfen, sie kam sich albern vor und versuchte, ihre Rührung in Ärger darüber zu lenken, dass der Pfarrer so eine große Sache daraus machen musste – man entlasse die Kinder in einen neuen Abschnitt, sie würden erwachsen und so weiter. Pfff, dachte Sophie, mein Fusselwüffchen doch nicht. Und dann flossen doch Tränen, als sie Marlene dort vorne stehen sah.

Nach der Einschulung spazierten sie gemeinsam über den Stephansplatz. Ein Mann kam ihnen entgegen, ein wenig wacklig auf den Beinen. Auf ihrer Höhe lüpfte er seinen Hut. »Guten Morgen, meine Damen.«

Marlene rümpfte die Nase und wedelte mit der Hand vor ihrem Gesicht herum. »Das roch grad aber sehr merkwürdig«, stellte sie fest und hüpfte weiter.

»Der hatte uns definitiv was Alkoholisches voraus«, sagte Chrissi.

Katrin klopfte Sophie auf die Schulter. »Nicht mehr lang, hab ich recht?«

»Mama hat sogar geweint in der Kirche.« Marlene hopste fröhlich zwischen ihnen herum.

»Gar nicht«, wehrte Sophie ab, holte aber noch einmal ihr Taschentuch und schnäuzte hinein. »Nur weil der Pfarrer so redselig war.«

»Das ist schon eine große Sache, Marlene«, sagte Katrin. »Du wirst groß, weißt du? Das ist für Mütter nicht immer gleich leicht.«

»Oh«, sagte Marlene und umschlang den Arm ihrer Mutter. »Aber ich bin doch immer dein kleines …« Sie grinste und fuhr sich mit den Fingern über die Lippen. »Ich sag es dann erst zu Hause.«

Sophie griff nach der Hand ihrer Tochter und nickte, irgendwie erleichtert. Innerlich hätte sie schon wieder heulen können. »Aber sicher! Heute sage ich das sogar: mein Fusselwüffchen.«

Das Quartett ging ins Café Zeitlos, das gegenüber der Stephanskirche lag und ebenfalls einen sehr schönen Innenhof besaß. Der wurde auf einer Seite von der Stadtmauer begrenzt, wo zahlreiche Rosenstöcke in voller Blüte standen – rot, rosa, weiß und gelb. Sie bestellten Frühstück mit Brezeln, Eiern, Obst und drei Gläser Sekt.

Marlene aß ihre Brezel und hatte einen weißen Bart von dem Milchschaum, den sie getrunken hatte.

Die Bedienung kam und stellte einen Teller mit mehreren kleinen Pfannkuchen mit Schokoladenspiegel auf den Tisch. »Kleiner Gruß der Küche für euch. Zur Feier des Tages.«

»Oh, das ist aber lieb.« Katrin holte sich sofort einen Pfannkuchen, verteilte die Schokolade und rollte ihn ein.

Marlene jubilierte. »Mama, sieh doch, man isst den doch mit den Fingern, sogar im Restaurant.«

»Klar mit den Fingern. Wie denn sonst?« Katrin sah gespielt verwundert von Marlene zu Sophie, doch die sah lächelnd auf ihr Handy.

»Deine Mama weiß einfach nicht, dass Pfannkuchen mit der Hand gegessen viel besser schmecken.« Katrin legte den Kopf schief. »Im Moment träumt sie sich gewiss durch ein Elfenreich.« Sie schnippte vor Sophies Gesicht und winkte übertrieben.

»Hihi, die Mama als Elfe, obwohl, die wär eher 'ne Zwölfe.«

»Bitte? Also hör mal, ich bin doch keine Zwölfe.«

Marlene kicherte.

Sophie hielt ihr Handy hoch und machte ein Foto von Marlene mit Katrin und Chrissi, dann tippte sie etwas.

»Wer bekommt denn das Foto?«, fragte Katrin verwundert. »Barbara?«

Sophie schüttelte den Kopf. »Zweimal darfst du noch raten.«

Mit einem Blick auf Marlene fragte Katrin lautlos: »Der Papa?«

Sophie verdrehte die Augen. »Quatsch. Der weiß nicht mal von der Einschulung.«

»Herrje, Katrin, du bist manchmal so schwer von Begriff.« Chrissi fuhr mit dem Finger durch die Schokocreme auf einem Pfannkuchen und leckte ihn genüsslich ab. »Grundsätzlich schmeckt jedes Essen besser, wenn man es mit den Fingern isst. Das weiß man in ganz vielen Kulturen auf der Welt. In Indien hab ich nur mit Fingern gegessen. Nur hier versauen wir uns alles mit Besteck.«

Katrin betrachtete Chrissi mit gerunzelter Stirn, dann sah sie zu Sophie. »Echt jetzt? Für Anton?«

»Anton und Zottel, Anton und Zottel«, sang Marlene prompt vor sich hin. »Wann sehen wir die wieder?«

Sophie zuckte mit den Schultern. »Wir wollen Freunde –«

Katrin hob abrupt beide Hände. »Stopp, nein, sag das bitte nicht.«

»Nur loser Kontakt. Vielleicht irgendwann einmal spazieren gehen, wenn ein wenig Ruhe eingekehrt ist.«

»Oh ja, Mama, es ist schon gaaanz viel Ruhe eingekehrt. Unheimlich ruhig ist es schon.«

»Er hat einen schönen Schulstart gewünscht und wollte gern ein Foto, und das hat er jetzt bekommen. Mehr nicht.«

Katrin seufzte. »Mehr nicht, ich verstehe.« Sie beugte sich vor und legte eine Hand auf Sophies Wange. »Tu dir nicht selbst weh, okay?«

»Okay.«

»Versprich es mir«, insistierte Katrin und sah Sophie durchdringend an.

Schon wieder ein Versprechen, das sie geben sollte. Sie nickte stumm.

Am Mittag waren sie bei dem Rest der Familie eingeladen. Marlene erzählte von der tollen neuen Schule, aber dass es für sie zu Beginn sicher schwer werden würde, weil sie ja schon alles könne. Dann griff sie sich eine Zeitung und buchstabierte sich durch die Wörter.

»Na ja«, sagte sie grinsend, »vielleicht kann ich mich noch etwas verbessern.«

Auch der Großvater lachte herzlich und streichelte seiner Urenkelin über den Kopf. Dann reichte er ihr ein Päckchen. Marlene machte große Augen. Sie setzte sich mit dem Großvater auf das Sofa und wickelte das kleine Päckchen aus. Es war ein Kompass, ein kleiner, goldener Kompass, den Sophie nur allzu gut kannte. Sie tauschte einen Blick mit Barbara, die ihn ebenfalls erkannt hatte.

Marlene sah den Kompass ehrfurchtsvoll an, dann fragend zu ihrem Urgroßvater.

»Den hab ich einmal von einer Freundin bekommen.« Sophie wusste sofort, dass es ein Geschenk von Sabine, Chrissis Großmutter, war. »Ich war damit auf Reisen, und immer hat er mir die Richtung gezeigt. Die richtige Richtung, denn irgendwann bin ich zurückgekehrt und habe deinen Opa und Barbara als Kinder bekommen.«

»Und Opa hat dann meine Mama bekommen«, sagte Marlene und strahlte in die Runde.

»Genau«, sagte der Großvater. »Und deine Mama hat dich bekommen.« Er streichelte ihr liebevoll ein paar Haare aus dem Gesicht. »Es ist alles gut. Ich bin sehr dankbar, dass ich deinen Opa hatte und Barbara noch immer habe. Und nun auch deine Mutter und dich. Den Kompass hatte ich übrigens deinem Opa geschenkt. Er stand bis zuletzt bei ihm im Büro.«

In Sophie verkrampfte sich etwas, doch bevor sie den Gedanken zu Ende denken konnte, fragte Marlene geradeheraus: »Hatte der Opa ihn auch dabei? Bei dem Unfall in Italien, meine ich.«

Sophie fühlte sich wie eingefroren. Sie starrte zu ihrem Großvater und fürchtete sich vor der Antwort. Hatte ihr Vater den Kompass bei sich gehabt, als er gestorben war?

Der Großvater schüttelte lächelnd den Kopf. »Er wusste ja, dass er hierher zurückkehren würde. Den Kompass hatte er immer auf seinem Schreibtisch stehen.«

Sophie seufzte leise. Ein warmes Gefühl der Dankbarkeit und Geborgenheit hüllte sie ein.

»Und jetzt gehört er mir?«, fragte Marlene andächtig.

»Jetzt gehört er dir« sagte der Großvater und schloss die kleine Kinderhand um den Kompass.

Nach dem Essen rannte Marlene in den Garten. Der Kompass ruhte auf einem samtenen Tuch auf dem Tisch. Immer wieder streiften Sophies Blicke dorthin, so gern hätte sie ihn berührt, doch etwas hielt sie zurück. Draußen quietschte die Schaukel. Der Großvater stand am Wohnzimmerfenster. Sophie ging zu ihm, und gemeinsam beobachteten sie das kleine Mädchen mit den fliegenden Zöpfen. Sophie versenkte ihre Hände in den Taschen ihrer Jeans. Ihr war, als spüre sie den Kompass im Rücken.

»Wie du als Kind. Immer lachend.« Er sah zu Sophie, und sein Gesicht wirkte entspannt. »Ich hab das Gefühl, dass du deine halbe Kindheit auf der Schaukel verbracht hast.«

»Mindestens.«

»Schade, dass Sebastian so weit weg ist. Ihr wart immer ein gutes Team.«

»Er fehlt mir«, gestand Sophie leise.

»Vielleicht kommt er irgendwann zurück.« Nach einer Pause fügte er hinzu: »Was wirst du tun?«

Sophie sah zur Seite. »Was meinst du?«

»Wenn die Weinstube übergeben ist.«

»Oh, ich, also, ich weiß nicht so recht. Ist schon alles entschieden?«

»Sie erwarten meine Antwort morgen.«

35

Die Übergabe

Der Tag begann mit einem Déjà-vu: Sophie wollte schnell noch den Müll im Rausgehen in die Tonne werfen und ließ alles los, was sie in der Hand hatte.

»Du hast es schon wieder getan!«, rief Marlene, den Fahrradhelm bereits auf dem Kopf, sodass sie mit ihrem Zeigefinger nicht die Stirn traf, sondern auf dem Helm landete. Ein dumpfes Klopfen drang zu Sophie. Ihr Schlüsselbund samt Auto-, Wohnungs- und Fahrradschlüssel war im Biomüll gelandet.

»Ich fass es nicht«, murmelte Sophie. »Ich fass es einfach nicht, dass ich –«

»Schussel«, witzelte ihre Tochter.

»Klappe, Kind«, schimpfte Sophie, musste aber lachen. »Hast ja recht.«

Sophie kippte die Tonne, bis sie mit dem Oberkörper hineinkriechen konnte, ohne dabei die ekligen Innenwände zu berühren. Drinnen stank es nach saurem Essen, aber sie erreichte mit den Fingerspitzen ihren Einhornanhänger. Sie hielt das gerettete Plüschtierchen mit den baumelnden Schlüsseln triumphierend in die Luft.

»Jetzt muss das arme Pferdchen schon wieder in die Schleuder.« Marlene machte ein trauriges Gesicht.

»Waschmaschine.«

»Eben. Das kotzt wieder. Bestimmt.«

»Es hat auch beim letzten Mal nicht … was red ich.«

Im Briefkasten lag noch die Post vom Vortag. Sophie schielte darauf.

»Ach, was soll's, jetzt ist es auch schon egal.« Sie öffnete den Briefkasten und angelte prompt Post von ihrem Anwalt wegen des Unterhalts heraus. Markus hatte sich spontan entschlossen, ihr nicht mehr den vollen Betrag zu zahlen, sondern fortan nur noch die Hälfte. Einfach so, ohne rechtliche Grundlage. Die Kommunikation über einen Anwalt war Sophie zwar zuwider, indessen sah sie nicht ein, weshalb er mit solch einer Nummer durchkommen sollte. Sie seufzte. Der Tag begann nicht gut, gar nicht gut.

»Was ist los, Mama? Sollten wir nicht mal?«

Sophie stand noch immer am Briefkasten, also stellte Marlene ihr Fahrrad ab und kam herübergehopst.

»Wird schon wieder«, sagte die Sechsjährige altersweise und umarmte ihre Mutter. Als sich ihre Blicke trafen, fragte sie: »Weißt du, was wir beide gleich gut können?«

»Was, mein Schatz?«

»Uns lieb haben!«

Sophie nutzte den Vormittag und radelte zum Stadtfriedhof. Sie schlenderte durch die Alleen, betrachtete die schönen Bäume, die sich einander zuneigten und Geborgenheit wie Ruhe boten. Es gab wunderschöne Grabsteine, anmutige Steinskulpturen, liebevoll gepflegte Gräber, die hoffen ließen, dass diese Trauernden in der Pflege Halt fanden. Als sie vor dem Grab ihrer Eltern stand, entdeckte sie in einem Winkel des Holzkreuzes ihres Vaters ein Spinnennetz. Die Sonne leuchtete hinein, es glitzerte. Als sie genauer hinsah, konnte sie erkennen, dass das Netz sich hinüberspannte zum Kreuz auf dem Grab ihrer Mutter. Sonnenstrahlen tanzten auf den Tautropfen der Nacht, das Netz, so filigran es gesponnen war, so stark wirkte es zwischen den beiden Kreuzen.

Den Kompass hatte er auf seinem Schreibtisch gelassen, er wusste ja, dass er zurückkehren würde …

Es ist alles gut, wie es ist.

Was wirst du tun?

Die Sätze des Großvaters jagten durch ihre Gedanken. *Zurückkehren, Heimat finden, innere und äußere. Entscheidun-*

gen treffen, Verantwortung übernehmen. Wissen, was glücklich macht. Familie und Verbundenheit.

Würde Chrissi nach Schweden ziehen, jetzt, da sie endlich in Konstanz ihre Heimat gefunden hatte? Oder würde sie lieber weiter um die Welt reisen als eine Abenteurerin wie ihre Großmutter? War sie, Sophie, wie ihr Großvater? Waren ihre Eltern glücklich gewesen?

»Bitte, Papa, gib mir doch ein Zeichen. Mama, was soll ich tun?« Sophie kniete sich hin und weinte.

»Kindchen, was ist denn mit Ihnen?«

Sophie fuhr herum und wischte sich über das Gesicht. Vor ihr stand eine alte Frau. Sie trug einen langen dunklen Rock und eine schwarze Jacke darüber. Weißes Haar lugte unter einem bunten Kopftuch hervor. Ihr faltiges Gesicht deutete auf ein hohes Alter, die Augen indessen wirkten ausgesprochen munter.

»Ich … ich war ganz vertieft«, flüsterte Sophie und stand auf.

»Du musst das doch nicht erklären«, sagte die Frau und sah zu den Namen auf den Kreuzen. »Das waren deine Eltern?«

Sophie nickte. »Ein Unfall.« Ihre Stimme kratzte.

»Ach Gott, sie waren zu jung. Ich bin schon dreiundneunzig und lebe immer noch.« Sie grinste verlegen. »Ist nicht immer fair, ich weiß, Sophie.«

Sophie stutzte. »Sie kennen mich?«

Die Frau lachte. »Aber sicher. Du mich auch, obwohl – das wohl eher nicht.«

Sophie kramte in ihrem Gedächtnis und hob entschuldigend die Hände. »Ich kann mich nicht erinnern.«

»Ich hab euch auf die Welt gebracht, dich und deinen Bruder. Ich war Hebamme.« Sie zwinkerte. Um ihre Mundwinkel legten sich noch ein paar Falten mehr. »Ich hab so viele Babys auf die Welt gebracht, aber man vergisst das einfach nicht. Es ist die schönste Sache der Welt. Mehr Neuanfang, mehr Zuversicht und Glaube in einem Moment geht nicht. Es ist«, sie streckte den Arm aus und streichelte Sophie über die Wange, »es ist das Leben. Und dieser Zauber des Beginns sollte dem ganzen Leben innewohnen. Etwas, das so wunderbar anfängt, hat es verdient, gefeiert und genossen zu werden.«

Sophie wusste nicht, weshalb, aber in ihr brachen alle Dämme, alle Mauern und alles, was sie sich immer in den Weg gestellt hatte. Sie fiel der alten Frau in die Arme und weinte, dieses Mal nicht gebremst und leise, sondern laut und schluchzend und befreiend. Sie spürte die streichelnde Hand auf ihrem Rücken, hörte die beruhigenden Worte an ihrem Ohr, fühlte sich plötzlich so gut aufgehoben dort mitten auf dem Friedhof. Sie hörte fremde Stimmen in ihrer Nähe, doch sie verschwanden. Sie hörte Schritte und das Fahrzeug des Friedhofsgärtners, doch auch die entfernten sich. Sophie wollte die alte Frau nicht loslassen, sie genoss die Nähe so sehr. Als sie wieder ruhigen Atem fand, löste sie sich langsam aus der Umarmung.

Wieder streichelte die Frau ihre Wange. »Mein liebes Kindchen, du bist so jung. Los, genieße dein Leben und vergiss nicht, dass die Liebe deiner Eltern immer da ist. Die verschwindet nicht mit dem Tod. Sie ist hier.«

Sophie lächelte die Frau dankbar an, dann ging ein Ruck durch sie. »Wie spät ist es?« Hektisch wühlte sie in ihrer Handtasche nach ihrem Handy. »Himmel, kurz vor elf. Ich muss weg.« Sie rannte los, drehte sich im Laufen noch einmal um und rief: »Danke!«

Als Sophie die Fahrradständer erreichte, begann es zu regnen, doch sie merkte es kaum. Sie brach einige Geschwindigkeitsrekorde, zumindest ihre eigenen, fuhr über eine rote Ampel, entschuldigte sich und radelte hastig weiter. Sie hörte die Turmuhr zum ersten Viertel nach elf Uhr schlagen – kam sie schon zu spät? Der Regen lief ihr in Bächen über den Kopf und in den Kragen.

Mal wieder war sie völlig durchnässt, als sie in der Niederburg ankam. Sie ließ ihr Fahrrad vor der Weinstube einfach fallen und trat ein. Ein freudiges Bellen war zu hören, und Sekunden später stürmte Zottel auf sie zu. Sophie ignorierte ihn und lief auf den Tisch zu, wo ihr Großvater mit Janette und Anton saß. Alle drei sahen überrascht zu ihr. Sie hinterließ eine Pfütze auf dem Boden. Janette strahlte, und für einen Moment glaubte Sophie, dass sie zu spät gekommen sei, doch dann sah sie den Blick ihres Großvaters, der zwar unter den angestrengten Falten auf der Stirn beinahe verloren ging, dann aber doch so etwas wie Neugier verriet. Und schließlich der Blick von Anton, in dem Hoffnung lag.

»Sophie«, flötete Janette, »du bist doch gekommen.« Sie stand auf und kam in ihrer überschwänglichen Art auf Sophie zu. »Schön, dass du …« Sie wollte sie umarmen, bremste dann aber angesichts der Regenbäche, die Sophie mitgebracht hatte, und legte ihr stattdessen nur die Hände seitlich auf die Arme.

»Ich hol mir nur ein Handtuch«, sagte Sophie, verschwand in der Küche und kam dann an den Tisch. »Ich bin nass geworden. Es regnet«, erklärte sie überflüssigerweise und blinzelte.

»Das haben wir uns schon gedacht«, sagte Anton verschmitzt lächelnd. Seine dunklen Augen bohrten sich durch Sophie hindurch. Schnell wischte sie sich mit dem Handtuch über das Gesicht.

Der Großvater räusperte sich. »Nun, das … Also, das kommt jetzt überraschend, Sophie, ich wusste nicht, dass du dabei sein willst. Setz dich doch.«

Sophie blieb stehen und holte tief Luft, dann sah sie Janette freundlich an. »Liebe Janette, lieber Anton. Ich weiß, dass ihr euch sehr auf den heutigen Tag gefreut habt, und es tut mir leid, dass ich jetzt hier so reinplatze. Lieber Großvater, es hat ein wenig gedauert, aber ich weiß jetzt, dass ich hierhergehöre.« Sie ließ ihren Blick einmal durch den Raum wandern und unterstrich ihre Bewegung mit der Hand. »Das alles hier ist mein Zuhause, hier bin ich groß geworden, hier leben meine Eltern weiter.« Sie sah flüchtig zu Anton und dann länger zu Janette. »Ich will nicht verkaufen.«

Janettes Lächeln brach in sich zusammen. Geräuschvoll ließ sie sich in ihren Stuhl zurückfallen. Von Anton war ein Ausatmen zu hören, aus dem Augenwinkel konnte Sophie erkennen, dass er sich freute. Zottel bellte. Er spürte die Energie, die sich da gerade entladen hatte.

»Das ist, das ist …«, stammelte Janette. »Das kommt überraschend, wir haben auch schon …« Sie sah auf den Tisch und die Unterlagen, die dort lagen.

Sophie zuckte zusammen. *Der Vertrag. Sie haben den Vertrag bereits unterzeichnet.* Sie war zu spät.

»Das ist doch völlig in Ordnung«, sagte Anton schnell, beugte sich vor und griff nach dem Vertrag. Janette streckte die Hand aus und wollte etwas sagen, doch Anton zerriss den Vertrag, noch bevor Janette zu Wort kam. Auf das Geräusch des zerrissenen Papiers folgte nur Schweigen. Schließlich räusperte sich der Großvater.

»Gut«, sagte er schlicht. »Dann hätten wir das.« Er stand auf, als wäre es das Normalste der Welt, und lief zur Theke. Mit einem Birnenschnaps und vier kleinen Gläsern kam er zurück an den Tisch. »Wer braucht auch einen?«

Sophie ließ sich auf ihren Stuhl sinken und hob die Hand. Zottel saß neben ihr, also fing sie an, ihn zu streicheln. Energisch schob Janette ihren Stuhl zurück. Sophie rechnete mit einem Wutanfall, doch Janette klang eher weinerlich als wütend. »Ich muss hier raus, Anton. Bitte, ich will gehen. Sofort.«

Sophie hatte ein schlechtes Gewissen.

An der Tür rief Janette noch einmal: »Anton? Kommst du?«

»Gleich, Janette, gleich.«

»Mach, was du willst. Ich warte draußen.« Die Tür fiel ins Schloss.

Zottel fiepte. Unruhig lief er neben dem Tisch auf und ab. Anton stand auf und rief ihn zu sich, um ihn an die Leine zu nehmen.

»Tut mir leid, Anton«, flüsterte Sophie.

Ihr Großvater reichte ihr den Schnaps. »Auch einen?«,

fragte er und hielt Anton ein Glas hin. Anton nahm im Stehen das Glas entgegen und hielt es prostend hoch. »Auf dein Wohl, Sophie. Es muss dir nicht leidtun. Ich freu mich für dich.«

Sophie wischte sich eine nasse Strähne aus dem Gesicht. »Ich meine nicht die Weinstube.«

Anton stand da mit dem leeren Schnapsglas und sah sie an. Es dauerte eine Weile, doch dann schien er zu begreifen.

»Ich kann nicht mit dir befreundet sein. Ich würde mir einfach immer Hoffnungen machen, und das will ich nicht«, sagte Sophie und leerte ihr Glas in einem Zug. Die Birne hinterließ eine pelzige Spur auf ihrer Zunge und landete in ihrem Magen, von wo aus sich umgehend eine heiße Welle in ihrem Körper ausbreitete. Als die Tür der Weinstube das nächste Mal ins Schloss fiel, wusste sie, dass auch Anton und Zottel fort waren.

Der Großvater trommelte mit den Fingern auf den Tisch. Als sie sich ihm zuwandte, konnte sie sein breites Grinsen sehen. Triumph und Erleichterung lagen dort. »Also, ich muss schon sagen, Sophie, das war in allerletzter Sekunde. Was ein Glück, dass dieser Anton so beherzt ...« Er hielt inne und musterte Sophie. »Ich Idiot. Das ist, ich meine, das war der Mann, der dich, also, in den du ... Herrje, ich hab das die ganze Zeit nicht verstanden.«

Sie schwiegen, der Großvater schenkte sich noch einmal nach, doch Sophie hielt ihre Hand über ihr Glas. Noch einen Schnaps, und sie würde Marlene nicht mehr abholen können.

»Was hat dich bewogen, es dir anders zu überlegen?«, fragte er schließlich.

Sophie lächelte ihren Großvater an. »Ich bin glücklich hier. Und man muss die Dinge festhalten, die einen glücklich machen.«

36
Feierlichkeiten

Sophie stand vor der Weinstube und sah zum Himmel. Ein milder Novembertag, für Konstanz nichts Unübliches. Auch im November konnte man am Bodensee durchaus noch an einem geschützten Platz in der Sonne sitzen. Sophie zog gleichwohl die Strickjacke etwas fester und sah die Straße entlang. Ein altes Pärchen lief dort untergehakt. Schön sah das aus, jeder stützte den anderen, und gemeinsam gingen sie durchs Leben.

Lächelnd prüfte Sophie noch einmal den schwarzen Aufsteller, der das Essen für den heutigen Abend verkündete. In schöner, verschnörkelter Schrift war dort mit Kreide geschrieben:

Süßkartoffel-Kichererbsen-Suppe
Asiatische Tofu-Pfanne mit Mango-Chutney
Zucchini-Kürbis-Lasagne mit frittiertem Rucola
Quiche mit Avocado-Carpaccio
Weineis mit Himbeersoße

Und wie immer hatte Marlene etwas dazu gemalt, dieses Mal einen Blumenstrauß.

Sophie musste zugeben, dass sie stolz war. Gemeinsam mit dem Koch hatte sie den Oktober über geplant und eine neue Speisekarte ausgearbeitet. Immer wieder hatte sie ihre Familie und Freundinnen eingeladen und Probe gekocht, besonders aufwendig an ihrem Geburtstag, und schließlich war sie zufrieden gewesen. Sie würde selbst vorkochen und nur noch die Weinberatung im Lokal übernehmen.

Sie hatte auch einige Veranstaltungen für die Winterwochen organisiert, einmal kämen auch die Weintherapeuten. Außerdem war ihre Weinstube fester Bestandteil der romantischen Stadtführungen von Katrin, das hatte sich mittlerweile etabliert.

Anfang November hatten sie zudem renoviert. Die Theke wurde erhalten, das Mobiliar zum Teil erneuert, gerade so, dass alles insgesamt heller wirkte, die schönen alten Stücke aber noch ihren Platz hatten. Die Fotowand blieb das Herzstück und wurde erweitert durch viele weitere Familienfotos aus den Alben, die Sophie in alte Rahmen gepackt und im Lokal verteilt hatte. Daneben neue, einmal Marlene in der Pose des Großvaters vor dem Lokal, ein Foto von dem Großvater mit Barbara, Hans und Sophie, eines von den Freundinnen, eines von ihnen allen zusammen. Hinzu kamen frische Blumen und Dekostücke, neue und alte. Sophie hatte große Freude am Dekorieren gehabt und sich vorgestellt, ihre Eltern wären dabei. Der Großvater kam immer mal wieder vorbei, setzte sich ins Lokal, beobachtete Sophie und die Handwerker und nickte wohlwollend.

»Er ist ganz schön stolz auf dich«, hatte Barbara einmal gesagt.

»Das behält er aber schön für sich«, hatte Sophie gelacht.

»Du kennst ihn doch. Er hat bis zu jenem Brunch mit deinem Bruder nie so viel am Stück gesprochen und seitdem auch nicht mehr. Aber ich weiß es: Er ist sehr stolz.« Barbara hatte den Arm um Sophie gelegt und sie an sich gedrückt. »Das wird *deine* Weinstube, Sophie Sonnbach!«

Jetzt drehte Sophie den Aufsteller noch ein wenig weiter zur Straßenseite hin.

»Klingt gut«, sagte da eine wohlbekannte Stimme hinter ihr.

Sophie drehte sich um. Da stand er. Anton. Zwei Monate hatte sie ihn inzwischen nicht mehr gesehen.

»Bei Sophie«, las er die Schrift über dem Eingang. »Schöner Name für die Weinstube.«

Sophie lachte. Sie hatte so vieles gelernt für sich, sie musste nicht mehr wütend auf Anton sein. »Ja, es ist, glaub ich, ganz gut geworden.«

Anton nickte. »Das sehe ich.« Er musterte sie. »Das sehe ich«, wiederholte er etwas leiser.

»Na dann«, sagte Sophie und hob die Hand winkend zum Gruß.

»Bei Sophie«, sagte Anton, »die Weinstube merk ich mir.« Und dann lief er die Gasse entlang und bog um die nächste Ecke.

Sophie blickte ihm nach, prüfte ihr Herz, ob es auch ruhig weiterschlagen konnte, und war erleichtert. Sie würde in der Lage sein, Anton in der Stadt zu begegnen, ohne Wut, ohne Verbitterung, ohne Schmerz. Sie konnten einfach beide hier in Konstanz leben und glücklich werden – er mit Janette und sie mit ihrer kleinen Tochter und der neuen Weinstube. Es war möglich. Sie hatte sich hier ein eigenes Leben aufgebaut, sie hütete die Familientradition, weil sie das wollte, und sie hatte eine tolle Familie und tolle Freunde. Sie hatte einen ganz besonderen Großvater, und irgendwann würde sie vielleicht sogar einen Hund haben, wer wusste das schon.

Sophie ging nach drinnen und stürzte sich in die Vorbereitungen fürs Abendgeschäft.

Eine Woche später lag eine Einladung in ihrem Briefkasten. Von Janette. Da zitterten Sophies Hände dann doch. Janette würde sie doch nicht zu ihrer Hochzeit mit Anton einladen, oder doch? *Es gibt nichts, was man mit ein wenig Schminke nicht retten kann.* Okay, dachte Sophie, Janette würde sie wohl doch zu ihrer Hochzeit einladen. Sophie legte die Einladung auf die Küchenablage und schlich zwei Tage darum herum. Albern, schimpfte sie sich, doch sie schaffte es nicht, den Brief zu öffnen. Zwischen »Wir können in derselben Stadt leben« und »Ich komme zu deiner Hochzeit« war eben noch ein großer Schritt. Sophie wartete, bis Katrin zu Besuch kam, und zeigte ihr die Einladung.

»Wenn es das ist, was du denkst, dann hat die Frau wirklich Nerven. Und er auch«, sagte Katrin. »Los, mach auf, vielleicht ist es was anderes.«

»Was denn?« Sophie öffnete den Brief, las, dann lachte sie. Sie hielt die Einladung so, dass Katrin sie lesen konnte.

»Janette hat doch ein Restaurant gefunden?«

»Sieht so aus. Sie lädt mich zur Eröffnung ein.«

»Hm, besser als zur Hochzeit«, scherzte Katrin.

»In der Tat. Da gehen wir hin, oder?«

»Wir? Echt jetzt?«

»Klar«, sagte Sophie selbstbewusst.

Katrin nickte. »Du hast dich verändert. Das ist gut.«

»Anton hat so etwas Ähnliches gesagt, neulich«, sagte Sophie, wohl wissend, dass Katrin die beiläufige Information nicht einfach so stehen lassen würde.

»Du hast mit Anton gesprochen?«

»Er kam zufällig bei der Weinstube vorbei. Nur draußen.«

»Und?«

»Alles okay. Ich habe beschlossen, dass die Stadt groß genug für uns beide ist.«

Katrin klatschte einmal in die Hände. »Gut, dann gehen wir also zur Einweihung von Janettes Restaurant. Und wir werden uns schick machen und uns anständig benehmen. Und Marlene werden wir auch mitnehmen.«

»Selbstverständlich.«

Das Restaurant lag zwischen Bodenseeufer und Lorettowald auf einer Anhöhe über dem Hörnle. Es bot eine phantastische Sicht über den Bodensee und ungefähr hundert Gästen Platz und außerdem ein paar Zimmer. Es war ein denkmalgeschütztes Gebäude mit altem Fachwerk, romantisch von Bäumen umrahmt. Eine Scheune war zum Festsaal umgebaut worden, Birnbäume rankten an Spalieren an der Südseite und boten die schönen Farben des Herbstes. Es war erneut ein milder Novembertag, an die fünfzehn Grad mit Sonne. Welch ein

Glück für die neuen Restaurantbetreiber. Vor der Scheune und vor dem Haupthaus standen Stehtische, und einige Kellner reichten den ersten Gästen bereits Sektgläser. Eine Bühne war aufgebaut, ein paar Musiker standen dort und stimmten ihre Instrumente. Später würde man in der Scheune sitzen können.

»Nicht schlecht«, kommentierte Katrin die Ansicht. »In der Tat nicht schlecht.« Sie drehte sich in Richtung See. »Und ein grandioser Ausblick.«

»Stimmt«, sagte Sophie. Sie war nun doch aufgeregt, gleich würde ihr Janette entgegenkommen, sie euphorisch begrüßen, wie es nun einmal ihre Art war und wie es sich natürlich für so ein Eröffnungsfest auch gehörte, das konnte Sophie ihr gewiss nicht vorwerfen. Und dann wäre Anton bestimmt an ihrer Seite, würde Sophie anlächeln, Marlene begrüßen, und dann käme sicher auch wieder dieses graue Monster angerannt und würde Sophie anhimmeln, und sie würde schwach …

»Sophie?«

Sophie sah sich um. Sie kannte die Stimme, die tatsächlich wieder eine Spur zu hoch und aufgekratzt über den Platz vor dem Eingang schallte.

»Es geht los«, murmelte Katrin. »Und immer schön freundlich gucken!« Sie hakte sich bei Sophie unter und zog sie zielstrebig Janette entgegen.

In Sophie vibrierte es, ihr wurde heiß und kalt im Wechsel. Fieberhaft suchten ihre Augen den Platz ab, ob sie Zottel oder Anton irgendwo entdecken konnte, doch beide waren nicht zu sehen. War sie erleichtert? Aber das unvermeidbare Treffen war ja nur verschoben.

»Janette«, begrüßte Katrin die Restaurantbesitzerin überschwänglich. »Meine Güte, da hast du ja ein wahres Schmuckstück aufgetan!«

»Oh ja, findet ihr auch? Oh, Sophie, ich freu mich so, dass du kommst. Ich hatte gleich das Gefühl, dass wir uns gut verstehen würden, und dass du jetzt zu meiner Eröffnung kommst, das finde ich wirklich wunderbar.« Sie stand vor Sophie, hatte beide Hände in ihren und sah sie geradezu rührselig an. »Ach, komm her«, sagte sie plötzlich und umarmte Sophie. Die sah ein wenig hilfesuchend zu Katrin.

Marlene stand daneben und kicherte. Schließlich zupfte sie an Janettes Ärmel und sagte: »Du, die Mama sieht ein wenig verzweifelt aus, wenn du mich fragst.«

Katrin lachte laut los. Janette ließ Sophie los, sah zu Marlene, erst verwirrt, dann belustigt. »Oh, du bist die Marlene, nicht wahr? Schön, dass du mitgekommen bist. Wir haben hier auch einen Spielplatz. Magst du mal mitkommen? Dann zeig ich ihn dir. Das ist doch okay, Sophie, oder? Dann könnt ihr schon mal in Ruhe ein Glas Sekt trinken. Ich komme wieder.« Sie lief mit Marlene an der Hand los und quasselte unentwegt auf Sophies Tochter ein, die herzhaft lachte.

Wir konnten keine Kinder bekommen wegen meiner Krankheit, Janette blieb dennoch bei mir …

Sophie wollte sich nicht erinnern, doch plötzlich tat ihr Janette leid.

»Sie ist ja nicht gerade unnett«, sagte Katrin trocken.

»Nö, aber anstrengend.« Vorsichtig sah Sophie sich um. »Wo ist eigentlich Anton, frage ich mich.«

»Wir werden ihn früh genug zu Gesicht kriegen.«

Sie sahen ihn nicht. Weder Anton noch Zottel tauchten auf. Nach der Begrüßungsrede und etlichen Danksagungen von Janette an ihre Eltern, an die Vorbesitzer des Restaurants, an die Leute, die alle bei der Eröffnungsfeier mitgewirkt hatten, ging es unter Musikbegleitung nach drinnen in die festlich dekorierte Scheune. Wo war Anton? Sophie beschlich eine eigenartige Unruhe. Welchen Grund konnte es geben, dass er nicht zu der Einweihungsfeier seiner Verlobten kam? Verdammt, ich will mir keine Sorgen machen, dachte Sophie und kaute auf ihrer Unterlippe.

Es gab noch ein frühes Abendessen für die geladenen Gäste. Sophie und Katrin unterhielten sich mit einem Pärchen, Paul und Ines. Es waren alte Freunde von Janette und Anton aus

Düsseldorf. Es war ein nettes Gespräch, irgendwann beobachteten sie alle gleichzeitig die Gastgeberin im Gespräch mit einem anderen Gast.

»Schon verrückt, wie das Leben manchmal so spielt«, sagte Ines, nachdem Sophie erzählt hatte, dass sie vor einem Jahr ihre Eltern verloren hatte und daher in Konstanz gelandet war.

»In der Tat«, bestätigte sie daher.

»Und unsere Freundin landet der Liebe wegen in der Stadt und findet hier dieses Kleinod.« Paul legte einen Arm um seine Frau. »Immerhin haben wir jetzt immer ein schönes Ausflugsziel. Der Bodensee ist eine tolle Region, da kann man schon ins Träumen geraten.«

»Wohl wahr. Ich bin auch froh, dass meine liebe Sophie nun wieder hier ist.« Katrin umarmte ihre Freundin ebenfalls. »Apropos Liebe – wo ist eigentlich der Verursacher?«

»Anton?«

Sophie hielt die Luft an. Die ganze Zeit hatten sie das Thema vermieden, aber offenbar hatte bei Katrin nun doch die Neugier gesiegt.

Paul winkte ab. »Traurige Geschichte, das Ganze.«

»Inwiefern?«, fragte Sophie erschrocken. *Ich war im Krankenhaus.* Sie hatte seine Stimme im Ohr. Aber Janette würde doch nicht feiern, wenn … Die Angst schnürte ihr die Kehle zu.

»Na, hat Janette das nicht erzählt? Sie haben sich getrennt. Nach allem, was sie mit ihm durchgestanden hat.«

37
Ankommen

Der November verging, der Nebel kam und verschwand, und in der Weinstube stellte sich die Dekoration auf die Weihnachtszeit ein. Marlene war begeistert. Sie konnte lesen und schreiben und freute sich jeden Tag auf die Schule. »Endlich passiert wieder was in meinem Leben!« Das aus dem Mund einer Sechsjährigen zu hören entbehrte nicht einer gewissen Komik. Sie hatte das bei einem Brunch beim Großvater gesagt, und zunächst hatten alle Anwesenden überrascht innegehalten, um sich dann auszuschütten vor Lachen.

Chrissi war noch immer in Konstanz. Sie hatte ihre Wohnung neu eingerichtet und eine neue Küche geordert. Olaf akzeptierte, dass sie erst einmal Ruhe brauchte, um sich mit dem Gefühl der Sesshaftigkeit auseinanderzusetzen, allein diese Offenheit seinerseits überzeugte Chrissi, dass er ein Mann war, mit dem sie sich ein Leben vorstellen konnte. Vielleicht einfach nicht sofort in Schweden.

Und so kam es, dass die alte Freundschaft zwischen Sophie, Katrin und Chrissi nun wieder so intensiv war wie vor fünfundzwanzig Jahren. Sie trafen sich mehrmals die Woche, schmiedeten Pläne für Konzerte und kleinere Urlaube und buchten schließlich ein paar Tage in einem Hotel in Mailand. Sebastian kündigte seinen Besuch für Weihnachten an, die Weinstube lief gut, und Sophie hatte etliche Buchungen für Weihnachtsfeiern. Sie bastelte regelmäßig an neuen Speisen für ihre Karte, nahm an einem Weinseminar im schweizerischen Thurgau teil und ließ sich von Barbara auch in die Buchhaltung einarbeiten.

Zwischendurch besuchte sie regelmäßig ihre Eltern auf dem Friedhof und ihren Großvater im Königsbau. Immer mehr Geschichten kamen ans Tageslicht, Geschichten über ihn und die Großmutter von Chrissi und über die Reisen, die Träume, die ihr Großvater als junger Mann in den fünfziger Jahren gehabt hatte, über jenes Leben, von dem Sophie so lange nichts gewusst hatte. Sie sah ihren Großvater mit anderen Augen, auch ihren Vater. Sie sah auch ihr eigenes Leben mit anderen Augen. Es gab so viele Dinge, die von Belang waren, so viele Säulen, die ein glückliches Leben ausmachen konnten, es war eine menschliche Schwäche, dass man den Blick dafür verlor, wenn eine Säule in Schieflage geriet oder wegbrach.

Zweimal hatte sie eine Nachricht an Anton getippt, in der sie ihn wissen lassen wollte, dass sie bei der Eröffnung von der Trennung erfahren habe. Doch bevor sie auf »Senden« gedrückt hatte, war ihr klar geworden, dass das nichts änderte. Anton hatte sich für ein Leben mit Janette entschieden – weshalb es letztlich gescheitert war, ging nur ihn etwas an, die Konsequenzen daraus ebenfalls. Er wusste, wo Sophie wohnte, und war nicht gekommen, nachdem er sich getrennt hatte. Weshalb sollte sie ihm jetzt schreiben? Zweimal also widerstand Sophie und löschte ihre Nachrichten, beim dritten Versuch schrieb sie erst gar nicht zu Ende. Sie wertete das als gutes Zeichen. Zwar war sie sicherlich noch nicht über Anton und ihre Gefühle für ihn hinweg, hatte jedoch an innerer Stärke und Souveränität gewonnen.

Das zeigte sich auch bei einer Begegnung mit Markus, der Mitte Dezember plötzlich unverhofft in der Weinstube auftauchte. Er lenkte ein wegen des Unterhalts, entschuldigte sich sogar, er sei durch die Scheidung einfach durcheinander und im Streitmodus gewesen und anwaltlich außerdem schlecht beraten. Jetzt wolle er das wiedergutmachen und überhaupt. Er flirtete, machte Sophie Komplimente, fand ihre Arbeit und ihr Aussehen großartig – »Du wirst immer schöner!« –, und Sophie lachte mit ihm. Und dann bat sie ihn, sich ein Hotel zu nehmen und erst dann wiederzukommen, wenn er seine Tochter kennenlernen wollte. Sie befreite sich von dieser längst überholten Vorstellung, die noch irgendwo in ihrem Kopf herumschwirrte und an alte Verliebtheit anknüpfte, und war an jenem Abend sehr zufrieden, eine gute Entscheidung für sich und für Marlene getroffen zu haben.

In der dritten Dezemberwoche stand plötzlich Janette in ihrer Weinstube – mit einem Adventsgesteck. Es kam unerwartet, Sophie wusste nicht so recht, was sie mit der Frau reden sollte. Wobei sie vermutlich einiges verband, immerhin liebten sie denselben Mann. Janette wirkte verlegen und für ihre Verhältnisse kleinlaut, als sie ihr das Geschenk überreichte. Sophie bot ihr einen Kaffee an, doch Janette lehnte ab.

»Oder doch schon ein Glas Wein? Möchtest du einen von uns versuchen?«

Janette lachte. »Wir haben längst eure Weine auf unserer Karte. Das versteht sich doch von selbst. Immerhin hätte ich fast diese Weinstube übernommen.« Sie sah sich um und nickte anerkennend. »Das ist wirklich schön geworden, Sophie. Wirklich schön.« Sie blieb an der Fotowand hängen. »Ach, wie herrlich, solch alte Fotos zu haben.« Sie klang wehmütig. »Und das waren deine Eltern?«

Sophie betrachtete das Foto, auf dem ihr Vater mit ihrer Mutter vor der Weinstube stand, lachend, einladend.

»Sie sehen sehr glücklich aus«, sagte Janette. »Es ist, wie du gesagt hast, deine Eltern sind immer hier.«

»Tut mir leid, dass ihr euch getrennt habt.«

Janette nickte. »Es war längst Zeit. Mir ist nur zu spät klar geworden, dass … Na ja, ich hätte es früher merken können, so wie er von dir erzählt hat.«

»Oh«, sagte Sophie nur. Sie spürte, dass sie errötete. Sie hätte nicht erwartet, dass Anton tatsächlich von ihr erzählen würde. Schon gar nicht, dass Janette daraus irgendwelche Schlüsse zöge. »Ich hab ihn schon ein paar Wochen nicht gesehen, also, ich weiß nicht einmal, wie es ihm geht.«

Janette hob kaum merklich die Schultern. »Das ist Anton. Er macht die Dinge gern mit sich selbst aus. Damit sich niemand sorgen muss.« Sie lachte, und es klang müde. »Dabei macht man sich ständig Sorgen, nicht wahr? So sind wir Frauen doch, oder?« Sie hob die Schultern. Ihr Gesicht flatterte wie ihre Stimme.

Sophie wusste nicht, was sie sagen sollte. Janette wirkte ungewohnt zerbrechlich. Sophie zog die Augenbrauen leicht nach oben und hoffte, dass Janette nicht in Tränen ausbrechen würde. Sie tat ihr leid, aber sie wollte sie nicht trösten.

Janette schniefte kurz, dann setzte sie wieder ihr strahlendes Lächeln auf. »Na dann, ich wollte dir nur eine schöne Adventszeit wünschen. Komm gern vorbei mit deiner süßen Tochter und deinen Freudinnen.« Sie ging, ohne einen Kaffee oder einen Wein getrunken zu haben, und Sophie starrte noch zur Tür, als diese längst geschlossen war. Wollte Janette sehen, ob Anton bei ihr war? Wollte sie wissen, was aus der Weinstube geworden war, die sie beinahe gekauft hatte?

Als sie später Katrin davon erzählte, wunderte die sich ebenfalls. »Sucht sie vielleicht Anschluss?«, fragte sie.

»Du meinst, sie will sich ausgerechnet mit mir befreunden, obwohl sie angeblich weiß, dass Anton und ich …?«

»Eigentlich ist ja nichts passiert, oder?«

»Nur ein Kuss, ein wunderschöner langer Kuss.«

»Und ein paar Ausflüge«, fügte Katrin noch hinzu. »Aber nicht mal ein One-Night-Stand. Von der Nähe, die ihr empfunden habt, weiß sie ja nichts.«

»Das stimmt.«

Katrin holte tief Luft. »Das Leben mit Anton war aber offenkundig nicht immer leicht.«

»Natürlich nicht. Die Krankheit, die ständige Ungewissheit, ich hab ein wenig …« Sophie zögerte. Eigentlich hatte sie das niemandem erzählen wollen.

»Du hast recherchiert?«

»Na ja, ich wollte schon wissen, was genau –«

»Hm. Schon erstaunlich, dass man ihm gar nichts anmerkt.«

»Er wolle das Leben genießen, solange es geht. Es ist ein Geschenk, das wisse er jeden Tag, und schließlich sei er diese

Demut den Spendern auch schuldig.« Sophie seufzte. »Es war sicher nicht leicht für Janette, und ehrlich gesagt tut es mir auch leid für sie.«

»Ach, Süße«, Katrin streichelte ihrer Freundin über die Wange. »Anderes Thema. Dein Großvater ist ja echt eine ziemlich coole Socke.«

»Bitte?« Sophie musste lachen. »Mein Großvater ist über neunzig.«

»Eben. Und jetzt fährt er mit Chrissi …« Katrin hielt inne, bemerkte das erstaunte Gesicht von Sophie und hielt sich kurz die Hand vor den Mund. »Oh weh, du weißt noch gar nichts davon?«

Sophie saß mit offenem Mund da. »Er macht was?«

»Er begleitet Chrissi nach Marokko. Er war da vor unfassbaren siebzig Jahren mit ihrer Großmutter und fühlt sich jetzt noch fit genug, noch einmal zu fliegen.« Katrin grinste. »Sorry, dass ich das ausgeplaudert habe, vielleicht wollte er es dir schonend beibringen.«

»Muss er nicht.« Sophie schüttelte vehement den Kopf. »Er kann doch machen, was er will. Eine Reise nach Marokko also. Unglaublich. Mein Großvater und Chrissi. Vielleicht ist sie ja doch seine Enkelin und meine Cousine? Vielleicht hatten sie doch noch eine Affäre, mein Großvater und Sabine.«

»Wer weiß?« Katrin schenkte ihnen beiden noch Tee ein und holte sich ein paar Vanillekipferl. »Die schmecken wie früher bei deiner Mutter, das ist wunderbar, Sophie. Ich hab so viele Dinge wiederentdeckt und mich an so viele schöne Momente bei euch erinnert.« Genussvoll aß sie einen der zuckrigen Halbmonde. »Weißt du, Erinnerungen sind ja immer da, aber manchmal so verborgen unter vielen anderen Dingen, dass es einen Anstoß braucht.« Auf dem Tisch reihte sie die Kekse nebeneinander auf. »Alle gleich groß. Ich hab das nie hinbekommen. Die Sonnbach-Frauen wohl. Du hättest gleich was mit Backen und Kochen machen sollen.«

»Ich hab mir das nie zugetraut.«

Katrin schob sich einen Keks in den Mund und ersetzte ihn durch einen weiteren, ebenso schön gebogenen in der Reihe auf dem Tisch. »Stimmt. Schmecken nicht und sind krumm.« Sie grinste frech. »Und auch wenn das mit Anton nichts geworden ist, ich bin sehr dankbar, dass du wieder da bist und hier etwas gefunden hast, was du richtig gut kannst. Und ich bin dankbar, dass du meine Freundin bist und so viele schöne Erinnerungen geweckt hast. Ich fühl mich wieder viel kompletter, und an Michael denke ich auch wieder öfter. Mit einem Lächeln. Dank dir!«

Sophie streckte die Hände vor und wartete, bis ihre Freundin ihre hineinlegte. »Das war das Schönste, was mir je jemand gesagt hat.«

Ein paar Tage vor Weihnachten, Sophie versuchte gerade, bei eBay-Kleinanzeigen einen Pferdestall von Schleich für Marlene zu finden, die währenddessen mit Kopfhörern auf den Ohren am Tisch saß und Weihnachtspost schrieb, bellte es vor der Tür ihrer Weinstube. Sophie horchte auf, wartete, ob das Bellen verschwand, doch stattdessen wurde es energischer.

»Was zum Henker …?« Sie lief zur Tür und öffnete. Vor ihr stand schwanzwedelnd und fiepend ein graufelliger Vierbeiner und begann, aufgeregt um Sophie herumzutänzeln.

»Zottel!«, rief sie erfreut und sah sich um. »Was machst du denn hier? Bist du ausgebüxt?« Sie ging in die Hocke und wuschelte dem Hund über den Kopf. Er legte seinen Kopf auf ihre Schulter und schnupperte an ihren Haaren. Sophie konnte nicht anders, sie umarmte den Hund. »Ach, Zottel«, sagte sie seufzend. »Ich hab dich auch vermisst.«

Verschmitzt blickte er sie an mit diesen Mir-kann-keiner widerstehen-Augen.

Erst jetzt sah sie die rote Schleife, die um Zottels Hals gebunden war, daran hing ein Briefumschlag. Sophie machte ihn ab, zog die Karte heraus und klappte sie auf.

Liebe Sophie,
mein Herrchen und ich würden dich gern wiedersehen. Wir vermissen dich. Anton war doof. Sehr lange und sehr doof. Und nicht mutig. Auch doof. Gut, dass er mich hat. Ich bin mutig und süß, stimmt's?
Verzeihst du meinem Herrchen?

Dein Zottel

Sophie musste lachen. Sie schaute sich wieder um und sah Anton an der nächsten Straßenecke stehen. Er hob die Hand zum Gruß. Sophie nickte ihm zu und hielt die Karte in die Höhe. Zottel rannte aufgeregt vor ihren Füßen hin und her und bellte in Richtung Anton. Der kam langsam zu ihnen herüber.

»Zottel hatte Sehnsucht«, sagte er anstelle eines Grußes.

»Soso, der Hund also.«

»Ich auch«, sagte Anton leise.

Sophie sah ihn schweigend an.

»Wir haben uns getrennt. Du hattest recht. Es ging mehr um das Festhalten an der Vergangenheit und um Verpflichtung als um Liebe.«

»Ich weiß«, sagte Sophie. »Also, dass ihr getrennt seid.«

»Ja?« Anton wirkte erstaunt. »Wieso hast du dich nicht gemeldet? Und woher weißt du es überhaupt?«

»Paul und Ines. Bei der Eröffnung des Restaurants.«

»Oh. Du warst dort?«

»Klar. Janette hatte mich eingeladen.« Sophie schüttelte den Kopf und lachte. »Ich dachte erst, es wäre die Einladung für eure Hochzeit. Da war die Eröffnung eines Restaurants ein Klacks für mich.«

»Verstehe.« Anton schmunzelte.

»Weshalb kommst du erst jetzt?«

Anton fuhr sich durch seine dunklen Locken, die länger geworden waren.

»Steht dir«, Sophie deutete auf die Haare. »Also? Ich freu

mich, dich zu sehen, aber weshalb hast du dir so lange Zeit gelassen?«

»Ich hatte ein paar Arzttermine, das hat mich alles doch mitgenommen, und dann lief es nicht so rund, und ich –«

»Da wolltest du mich nicht mit reinziehen?«

Anton nickte und sah auf seine Schuhspitzen.

»Ich will da aber nicht rausgehalten werden«, sagte Sophie leise, jedoch bestimmt.

Er nickte erneut. »Versprochen. Und? Bekomme ich jetzt einen Wein?«

Den Kopf leicht schief gelegt, ein Lüpfen der Augenbraue – ein Nein wäre sehr schwer gewesen, doch bevor Sophie antworten konnte, drängte Marlene nach draußen. Aus den Kopfhörern, die in ihrem Nacken lagen, drang fröhliche Einhornmusik. Im Takt hüpfte sie um Zottel herum und kam dann zwischen ihrer Mutter und Anton zum Stehen. Abwechselnd sah sie die beiden an.

»Ihr redet wieder? Das ist Fusselwüff-großartig!« Sie streckte ihre kleinen Hände aus und wartete, bis Anton und Sophie danach griffen. Anschließend lief sie zielstrebig zu ihrem Maltisch und begann, aufgeregt in ihrem Block zu wühlen.

»Wo ist es nur, verflixt, Mama, wo hast du es hingetan?«

»Was denn, Süße?«

»Mein Bild! Das schöne Bild.«

»Kann ich suchen helfen?«, bot Anton an.

Sophie ahnte, worum es ging.

Plötzlich zog Marlene ein Blatt hervor und hielt es triumphierend hoch. Ein Strichmännchen-Mann mit einer Frau und einem Kind. Darüber drei Herzen.

»Jetzt stimmt es doch«, rief Marlene zufrieden. »Das mit den Herzen. Jetzt stimmt es doch!«

Anton streichelte Marlene liebevoll über den Kopf, dann deutete er auf die graue, vierbeinige Kugel mit den großen Kulleraugen und den vielen Strichen. Es sah aus wie ein Igel. »Und wer ist das da?«

Marlene kicherte. »Da konnte ich noch nicht so gut malen. Das soll Zottel sein.«

Anton lächelte anerkennend. »Das hab ich mir gedacht.«

»Ehrlich?« Marlene applaudierte, und Zottel bellte vergnügt.

»Du hast dich doch daran erinnert, dass wir uns schon einmal begegnet sind, nicht wahr? Am Raiteberg. Ich war auf dem Weg zum Bismarckturm«, frage Anton Sophie.

Sie nickte.

»Das war aber nicht das erste Mal«, sagte er.

Sophie machte große Augen. Ein kurzer Schauer jagte über ihren Rücken und die Arme hinab. Fieberhaft suchte sie in ihrer Erinnerung nach möglichen Begegnungen, doch sie konnte Anton nicht finden. Ihre Gedanken überschlugen sich.

»Es war in Frankfurt, letztes Jahr im Juli, ein schöner Sommertag. Du warst Eis essen mit deiner Tochter. Sie hat gekleckert. Ich saß am Nebentisch mit meiner Schwester und ihren Kindern. Ich hatte sie am Flughafen abgeholt, Zottel war bei Janette in Düsseldorf geblieben.«

Ganz allmählich erschien ein Bild vor Sophies geistigem Auge. Der Mann, der ihr eine gute Landung gewünscht hatte, mit der grauen Umhängetasche und … »Du hattest keinen Bart und kürzere Haare.«

»Stimmt. War das besser?«

Sophie lachte. »Nein, Quatsch, ich mag deinen Bart.«

»Ich hab dich erkannt, damals am Raiteberg«, sagte Anton. »Ich wollte etwas sagen, aber du sahst so traurig und verzweifelt aus. Später erfuhr ich ja, weshalb. Auf jeden Fall machtest du nicht den Eindruck, als wolltest du von jemandem angesprochen werden. Da konnte ich nicht sagen, hey, ich bin der Mann, mit dem du im Sommer geflirtet hast. In dieser grässlichen Großstadt. Das war schon so weit weg. Also habe ich geschwiegen und dich gehen lassen. Zum zweiten Mal.«

»Oh.« Sophie wehrte sich gegen den Anflug von Rührung.

»Unsere Wege haben sich immer wieder gekreuzt, wir gehören offenbar zusammen.«

»Offenbar.«

»Aber es wird vielleicht nicht immer leicht. Ich bin kein Traumprinz, Sophie, und –«

Sophie legte ihm zwei Finger auf die Lippen. »Auch wenn ich noch keine Ahnung habe, was da alles auf mich zukommt, so möchte ich doch wenigstens die Chance haben, mich damit auseinanderzusetzen. Die kannst nur du mir geben. Indem du mir von dir erzählst.« Sie lächelte. »Zum Beispiel von der Narbe an deinem Hals.«

Er nickte. »Ich weiß, Sophie, ich bin dir viele Geschichten schuldig.«

Sie wiegte den Kopf hin und her. »Du bist mir das nicht schuldig, aber ich möchte einfach das Vertrauen haben, dass du auch diese dunklen Geschichten mit mir teilst, auch wenn wir nicht all die Erfahrungen gemeinsam gesammelt haben.«

»Ich versteh, was du meinst, ehrlich, und du hast recht.«

Marlene stand die ganze Zeit über andächtig neben ihnen und folgte ihrem Gespräch, jetzt aber wurde sie ungeduldig. »Was passiert denn nun? Machen wir jetzt wieder Ausflüge zusammen?«

Sophie küsste ihre Tochter auf die Stirn. »Ja, ich denke, wir unternehmen wieder etwas mit den beiden.«

Marlene sah fragend zu Anton, der umgehend nickte.

»Ich freu mich darauf, dich noch viel besser kennenzulernen, Marlene. Und daher, liebe Sophie, nun die wichtigste Frage von allen.«

»Ja?«

»Kannst du dir vorstellen, auch Zottel zu lieben und wieder einen Hund in dein Herz zu lassen? Ohne Zottel wird es nämlich nicht gehen, oder, Marlene?«

Marlene entfuhr ein kleiner Freudenschrei. Mit gedrückten Daumen stand sie fiebernd vor ihrer Mutter, die Lippen eingezogen. Auch Anton sah Sophie abwartend an. Zottel setzte sich dazu, als würde er wissen, dass es gerade um ihn, nein, eigentlich um alles ging.

Sophie sah von Marlene zu Anton, dann zu Zottel und wieder zurück. Ein einfaches Ja, für das Glück, es war zum Greifen nah. Ihre Tochter, die sich so sehr einen Hund wünschte, Anton, der sie so lange hatte warten lassen und ein Paket an Sorgen mitbrachte, Zottel, der sie immer an Snoopy erinnern würde. *Wir haben uns in Frankfurt gesehen, und ich habe dich sofort erkannt.* Aber er hatte sich für Janette entschieden. *Und ich habe wieder an Markus gedacht …* Snoopy. Eine alte Schuld. *Ich kann diese Verantwortung nicht mehr …*

»Mama?«

Anton legte eine Hand auf Marlenes Schulter. »Sophie muss das nicht sofort beantworten. Das ist schon eine große Sache, weißt du?«

Marlenes Gesicht verzog sich zu ihrem Denkergesicht. Es war still zwischen ihnen, nur Zottels Hecheln war zu hören.

In Sophie überschlugen sich die Gedanken, Bilder rasten vor ihrem inneren Auge vorbei. Katrin auf dem Boot, ihr Großvater, die Weinstube, Markus … Sich befreien, sich entscheiden, gegen die Angst, gegen die Schatten der Vergangenheit, gegen ihre Schuldgefühle. Endlich einen Entschluss fassen.

Plötzlich hellte sich Marlenes Miene auf. »Die Schweine. Mama, denk an die Schweine.«

»Unsere Meerschweinchen?«, fragte Sophie verwundert. »Wie kommst du denn jetzt auf die?«

»Du hast sie gerettet. Etwas Großes. Wenn es um etwas Großes geht. Schweine eben. Ach«, sie wedelte mit beiden Händen durch die Luft. »Wenn man Mut braucht, dann sollte man bestimmt an etwas Großes denken.«

Sophie musste lachen, und gleichzeitig traten ihr Tränen in die Augen. Etwas Großes. Es war etwas Großes, sich etwas zuzutrauen, genauso groß war die Aufgabe, sich zu verzeihen. Sie holte tief Luft, dann streichelte sie Marlene über die blonden, verwuschelten Haare. Anschließend wühlte sie in

Marlenes Mäppchen und zog einen roten Filzstift heraus. Sie öffnete ihn und malte ein dickes rotes Herz über den Hund. Dann küsste sie Anton. »Ich liebe Zottel doch längst, und ja, ich kann mutig sein.«

Mit dem Bild in der Hand hopste Marlene um sie herum und sang: »Jetzt sind wir vier Herzen am See.«

Und Zottel saß in der Mitte und sah sehr zufrieden aus.

Danksagung

»Weißt du, Mama, wie das mit dem Glück funktioniert?«

Ich schüttle den Kopf.

»Früher dachte ich ja, das Glück falle vom Himmel, aber jetzt glaube ich, es kommt von unten und muss erst wachsen. Bis nach oben ins Herz.«

»Ja, das kann gut sein«, stimme ich ihr zu, wobei das Wort »früher« aus dem Mund einer Sechsjährigen befremdlich klingt.

»So wie ein Fohlen, das plötzlich vor mir steht und dann wächst und ein Pferd wird. Oh«, sie lächelt verträumt, »ich glaube, mehr Glück kann es gar nicht geben.«

»Hm. Aber woher kommt denn das Fohlen auf einmal?«

Sie lacht. »Na ja, vielleicht fällt ja ganz kleines Glück auch mal vom Himmel … Ach, eigentlich ist es egal, wo das Glück herkommt, Hauptsache, man erkennt es und hält es fest.«

Sie wirft mir eine Kusshand zu, elegant fange ich sie auf und stecke sie mir ins Herz.

Schönes Glück.

Ein großes Glück war es auch, dass ich dieses Buch schreiben durfte. Mein besonderer Dank geht daher an Stefanie Rahnfeld und Christel Steinmetz, dass sie bei der Idee für eine neue Reihe an mich gedacht haben. Ich danke Lothar Strüh, der nach sechs Kriminalromanen nun meinen ersten Liebesroman lektoriert hat. Er ist und bleibt einer meiner wichtigsten und wertvollsten Ratgeber. Danke an Sophie Olk, Annika Hynek und Nina Schäfer vom Emons Verlag und an alle, die im Hintergrund auch noch mitgeholfen haben.

Tina Schlegel
SCHREIE IM NEBEL
Der 1. Fall für Paul Sito
Broschur, 384 Seiten
ISBN 978-3-95451-723-7

»Wer einen ungewöhnlichen Krimi mit durchdachter und anspruchsvoller Handlung lesen möchte, kann hier getrost zugreifen. Ein großartiges Debüt, das voller Sprachkunst wichtige Themen aus dem Handgelenk schüttelt.« VEBU-Magazin

Tina Schlegel
DIE DUNKLE SEITE DES SEES
Der 2. Fall für Paul Sito
Broschur, 368 Seiten
ISBN 978-3-7408-0078-9

»Rasant und sehr spannend. Ein anspruchsvoller Pageturner mit furiosem Finale.« Bodensee Edition

»Der komplexe Fall bringt unvorhersehbare Wendungen, aufgrund derer man das Buch bald nicht mehr weglegen kann. Das packende Finale macht Schlegels zweites Buch zu einem gelungenen Bodenseekrimi.« Südkurier

www.emons-verlag.de

Tina Schlegel
DER WOLF VOM BODENSEE
Der 3. Fall für Paul Sito
Broschur, 336 Seiten
ISBN 978-3-7408-0470-1

Die Halbinsel Höri versinkt im Schnee, ihre Bewohner sind in einer weißen Falle gefangen. Kommissar Sito wollte hier eigentlich ein paar ruhige Tage verbringen, doch da versetzt ein Wolf die Menschen in Angst. Die Lage spitzt sich zu, als eine Schriftstellerin ermordet aufgefunden wird – inmitten zahlloser Manuskriptseiten, auf denen immer wieder ein Name steht: Sito. Als am Neujahrstag auch noch ein Kind verschwindet, gerät Sito in einen Strudel aus Lügen und Gewalt. Und die Jagd auf den Wolf beginnt …

Tina Schlegel
STILL SCHWEIGT DER SEE
Der 4. Fall für Paul Sito
Broschur, 320 Seiten
ISBN 978-3-7408-0936-2

Bewaffnete Männer überfallen die Universität Konstanz und nehmen fünfzig Geiseln. Ihre Forderung: Eine Vergewaltigungsserie soll endlich aufgeklärt werden. Als ein Bus mit einer Bombe auftaucht, droht die Lage zu eskalieren. Und alles wird live in den sozialen Netzwerken übertragen. Hauptkommissar Paul Sito und seinen Kollegen bleiben nur wenige Stunden, um eine Katastrophe zu verhindern.

www.emons-verlag.de